a OUTRA MULHER

Daniel Silva

a OUTRA MULHER

Tradução
Laura Folgueira

Rio de Janeiro, 2019

Título original: The Other Woman

Diretora editorial: *Raquel Cozer*

Gerente editorial: *Alice Mello*

Editor: *Ulisses Teixeira*

Copidesque: *André Sequeira*

Preparação de original: *Thaís Carvas*

Revisão: *Thadeu Santos*

Capa e ilustração: *Will Staehle*

Imagem de capa: © *Alexander Voskresensky/ Shutterstock*

Adaptação de capa: *Osmane Garcia Filho*

Diagramação: *Abreu's System*

CIP-Brasil. Catalogação na Publicação
Sindicato Nacional dos Editores de Livros, RJ

S579o

Silva, Daniel, 1960-
A outra mulher / Daniel Silva; tradução Laura Folgueira. – 1. ed. – Rio de Janeiro: Harper Collins, 2019.

Tradução de: The other woman
ISBN 9788595084568

1. Romance americano. I. Folgueira, Laura. II. Título.

18-54296 CDD: 813
CDU: 82-31(73)

Meri Gleice Rodrigues de Souza – Bibliotecária CRB-7/6439

HarperCollins Brasil é uma marca licenciada à Casa dos Livros Editora LTDA.
Todos os direitos reservados à Casa dos Livros Editora LTDA.
Rua da Quitanda, 86, sala 218 — Centro
Rio de Janeiro, RJ — CEP 20091-005
Tel.: (21) 3175-1030
www.harpercollins.com.br

Mais uma vez, para minha esposa,
Jamie, e meus filhos, Nicholas e Lily.

Ele recebeu uma nova vida quando o Centro, enfim, sugeriu que participasse do treinamento de uma nova geração de agentes na escola de espiões da KGB, um emprego que aceitou com muito entusiasmo. Provou-se um professor excelente, compartilhando o que sabia com prazer, paciência e devoção. Ele amava o trabalho.

— YURI MODIN, *My Five Cambridge Friends*

E o que se sabe sobre traidores ou sobre por que Judas fez o que fez?

— JEAN RHYS, *Wide Sargasso Sea*

PRÓLOGO

MOSCOU, 1974

O carro era uma limusine Zil, comprida e preta, com cortinas xadrez nas janelas traseiras, e dirigia-se do aeroporto Sheremetyevo até o centro de Moscou por uma pista reservada para membros do Politburo e do Comitê Central. A noite já caíra quando eles chegaram ao destino, uma praça batizada em homenagem a um escritor russo, em uma antiga parte da cidade conhecida como Largo do Patriarca. Caminharam por ruas estreitas e sem iluminação, a criança e os dois homens de terno cinza, até chegarem a um oratório cercado por plátanos moscovitas. O edifício ficava do lado oposto a um beco. Eles passaram por um portão de madeira e se apertaram em um elevador, que os levou até um hall escuro. Havia um lance de escadas pela frente. A criança, por força do hábito, contou os degraus. Eram quinze. No patamar, havia outra porta, esta, de couro acolchoado. Um homem bem-vestido estava parado em frente, com um drinque na mão. Algo no rosto arruinado parecia familiar. Sorrindo, ele proferiu uma única palavra em russo. Levaria muitos antes até a criança compreender o significado daquela palavra.

Parte Um

◇◇◇◇◇◇◇◇◇◇◇◇◇◇◇◇◇◇◇◇◇

TREM NOTURNO PARA VIENA

I

BUDAPESTE, HUNGRIA

Nada teria acontecido — nem a busca desesperada pelo traidor, nem as alianças desfeitas, nem as mortes desnecessárias — se não fosse pelo pobre Heathcliff. Ele era o personagem trágico, a promessa quebrada. No fim, se provaria mais um troféu para Gabriel. Isto posto, Gabriel teria preferido que Heathcliff ainda estivesse ao seu lado. Um informante como ele não aparecia todos os dias, se muito, uma vez em uma carreira. Assim era a natureza da espionagem, lamentaria Gabriel. Assim era a vida.

Não era seu nome verdadeiro, Heathcliff; fora gerado aleatoriamente por computador, ou era o que seus contatos diziam. O programa escolhera deliberadamente um codinome que não tinha semelhança alguma com o verdadeiro nome, com a nacionalidade ou com o ramo de trabalho do informante. Nesse sentido, tinha sido bem-sucedido. O homem a quem o nome Heathcliff tinha sido atribuído não era nem um rejeitado, nem um romântico incurável. Sua natureza também não era amarga, vingativa ou violenta. Na realidade, não tinha nada em comum com o Heathcliff de Brontë, exceto a pele escura, pois sua mãe era da Geórgia, antiga república soviética. A mesma pátria, apontava ela, orgulhosa, do camarada

Stalin, cujo retrato ainda estava pendurado na sala de estar de seu apartamento em Moscou.

Heathcliff falava e lia inglês fluentemente, e gostava muito de romances vitorianos. Tinha, inclusive, flertado com a ideia de estudar literatura inglesa, antes de cair em si e matricular-se no Instituto de Línguas Estrangeiras de Moscou, considerado a segunda universidade mais respeitada da União Soviética. Seu orientador na faculdade era olheiro do SVR, o Serviço de Inteligência Estrangeiro, e, quando se formou, Heathcliff foi convidado a entrar na instituição. A mãe, entorpecida de alegria, colocou flores e frutas frescas aos pés do retrato do camarada Stalin.

— Ele está cuidando de você — disse ela. — Um dia, você será um homem poderoso. Um homem a ser temido.

Aos olhos de sua mãe, era o melhor que um homem podia ser.

A ambição da maioria dos cadetes era servir em uma *rezidentura* no exterior, uma estação do SVR onde recrutariam e controlariam espiões inimigos. Essa tarefa exigia um tipo específico de oficial: impetuoso, confiante, falante, ágil, um sedutor natural. Heathcliff, infelizmente, não era abençoado com nenhuma dessas qualidades. Também não possuía os atributos físicos exigidos para algumas das tarefas mais desagradáveis do SVR. O que ele tinha era uma facilidade com idiomas — falava alemão e holandês fluentemente, além de inglês — e uma memória que, até para os padrões do serviço, era considerada excepcional. Deram-lhe uma escolha, algo raro no mundo hierárquico do SVR: ele podia trabalhar como tradutor no Centro de Moscou ou servir no campo como mensageiro. Escolheu a segunda opção, selando, assim, seu destino.

Não era um trabalho glamoroso, mas era vital. Com os quatro idiomas e uma mala cheia de passaportes, ele vagava pelo mundo a serviço da pátria, um office boy clandestino, um carteiro secreto. Limpava pontos de entrega, enfiava dinheiro em cofres particulares e, de vez em quando, até se encontrava com um agente pago de verdade do Centro de Moscou. Não era incomum que passasse trezentas noites por ano fora da Rússia, o que lhe tornava inadequado para um casamento ou mesmo para um relacionamento sério. O SVR lhe fornecia companhia feminina quando ele estava em Moscou — belas jovens que, em circunstâncias normais, nunca olhariam para ele —, mas, quando viajava, ele estava sujeito a períodos de solidão intensa.

Foi durante um desses episódios, num bar de hotel em Hamburgo, que ele conheceu Catherine. Ela, uma mulher atraente de trinta e poucos anos, cabelo castanho claro, braços e pernas bronzeados, bebia vinho branco numa mesa de canto. Heathcliff tinha ordens de evitar mulheres assim durante viagens. Invariavelmente, tratava-se de oficiais de inteligência hostis ou prostitutas a serviço do inimigo. Mas Catherine parecia diferente delas. E quando ela olhou para Heathcliff por cima de seu telefone celular e sorriu, ele sentiu uma descarga elétrica do coração até a virilha.

— Quer se sentar comigo? — perguntou ela. — Odeio beber sozinha.

O nome dela não era Catherine, mas Astrid. Pelo menos, foi o que ela sussurrou no ouvido de Heathcliff enquanto passava a unha de leve pelo interior da coxa dele. Era holandesa, o que significava que ele, passando-se por empresário russo, podia conversar na língua nativa dela. Depois de vários drinques, Astrid se convidou para ir ao quarto de Heathcliff, onde ele se sentia seguro. Acordou na manhã seguinte com uma ressaca profunda, incomum para ele, e sem memória de ter feito amor. Ela já tinha tomado banho e estava enrolada em um roupão atoalhado. À luz do dia, a beleza extraordinária dela era evidente.

— Você está livre hoje à noite? — perguntou ela.

— Não deveria.

— Por que não?

Ele não tinha resposta.

— Você vai me levar num encontro de verdade. Um bom jantar. Quem sabe, em seguida, uma boate.

— E depois?

Ela abriu o roupão, revelando dois seios lindamente formados. Por mais que tentasse, Heathcliff não conseguia se lembrar de tê-los acariciado.

Eles trocaram números de telefone, outro ato proibido, e se despediram. Heathcliff tinha duas tarefas em Hamburgo naquele dia, que exigiam várias horas de "limpeza" para garantir que não estivesse sendo observado. Enquanto finalizava a segunda tarefa — o esvaziamento rotineiro de uma caixa postal fria —, ele recebeu uma mensagem com o nome de um restaurante da moda próximo ao porto. Chegou na hora marcada e encontrou Astrid radiante já sentada à mesa deles, atrás de uma garrafa aberta de um Montrachet terrivelmente caro. Heathcliff franziu a testa; ele teria de pagar o vinho de seu próprio bolso. O Centro de Moscou monitorava cuidadosamente suas despesas e o repreendia quando ele excedia sua verba.

Astrid pareceu sentir o desconforto dele.

— Não se preocupe, é por minha conta.

— Achei que *eu* é que fosse te levar num encontro de verdade.

— Eu disse isso mesmo?

Foi naquele instante que Heathcliff compreendeu que tinha cometido um erro terrível. Sua intuição lhe disse para dar as costas e correr, mas ele sabia que seria inútil; já tinha feito sua cama. E, portanto, ficou no restaurante e jantou com a mulher que o traíra. A conversa foi forçada e tensa, como uma novela mexicana, e, quando a conta chegou, foi Astrid quem pagou. Em dinheiro, claro.

Em frente ao restaurante, um carro os esperava. Heathcliff não se opôs quando Astrid o instruiu, silenciosamente, a entrar no banco de trás. Também não protestou quando o carro foi na direção oposta à do seu hotel. O motorista, obviamente, era profissional; não falou uma palavra enquanto fazia várias manobras clássicas para despistar a vigilância. Astrid passou o tempo mandando e recebendo mensagens. Para ele, não disse nada.

— Nós chegamos a...

— Fazer amor? — perguntou ela.

— Sim.

Ela olhou pela janela.

— Bom — disse ele. — É melhor assim.

Quando finalmente pararam, estavam em um pequeno chalé à beira-mar. Nele, um homem esperava. Ele se dirigiu a Heathcliff falando um inglês com sotaque alemão. Disse que seu nome era Marcus e que trabalhava para um serviço de inteligência ocidental. Não especificou qual. Então, mostrou para Heathcliff vários documentos altamente sensíveis que Astrid tinha copiado de sua mala trancada na noite anterior, enquanto ele estava incapacitado pelas drogas que ela lhe havia dado. Ele continuaria fornecendo documentos da mesma importância, afirmou Marcus, e muito mais. Senão, eles usariam o material de que estavam em posse para fazer o Centro de Moscou acreditar que Heathcliff era espião.

Ao contrário de seu xará, Heathcliff não era amargo nem vingativo. Ele voltou a Moscou meio milhão de dólares mais rico e esperou pela próxima missão. O SVR mandou uma linda jovem ao apartamento dele na Colina dos Pardais. Ele quase desmaiou de medo quando ela se apresentou como Ekaterina. Fez um omelete a ela e a mandou embora intocada.

A expectativa de vida de um homem na posição de Heathcliff não era longa. A pena para traição era a morte. Não uma morte rápida, mas inominável. Como todos os que trabalhavam para o SVR, ele ouvira as histórias. Histórias de homens adultos implorando por um tiro para acabar com o próprio sofrimento. No fim, ele viria, à moda russa, na base do pescoço. O SVR se referia a isso como *vysshaya mera*: a mais alta punição. Heathcliff decidiu nunca se permitir cair em tais mãos. De Marcus, obteve uma ampola suicida. Bastava colocar na boca. Dez segundos e estaria acabado.

Marcus também deu a ele um dispositivo de comunicação secreto que lhe permitia transmitir relatórios via satélite, tudo criptografado. Heathcliff o usava em raras ocasiões, preferindo, em vez disso, informar Marcus pessoalmente durante as viagens ao exterior. Sempre que possível, permitia que o ocidental fotografasse os conteúdos de sua maleta, mas, em geral, eles apenas conversavam. Heathcliff era um homem sem importância que trabalhava para homens importantes, e transportava seus segredos. Além do mais, conhecia as localizações dos pontos de entrega russos em todo o mundo, gravadas em sua memória prodigiosa. Tinha cuidado de não divulgar coisa demais rápido demais — para proteger a si mesmo e sua conta bancária, que crescia rapidamente. Informava os segredos de modo fragmentado para aumentar o valor. Em um ano, meio milhão virou um milhão. Depois, dois. E depois, três.

A consciência de Heathcliff continuava inabalada — ele era um homem sem ideologia nem partido —, mas o medo o acompanhava dia e noite. O medo de que o Centro de Moscou soubesse de sua traição e observasse todos os seus movimentos. O medo de ter passado segredos demais ou de acabar sendo traído por um dos espiões do Centro no Ocidente. Em diversas ocasiões, Heathcliff suplicou para Marcus libertá-lo. Mas ele, às vezes com bálsamo e às vezes com chicote, recusava-se. Heathcliff devia continuar até que sua vida estivesse realmente em perigo. Só então, teria permissão de desertar. Ele, com razão, duvidava da capacidade de Marcus de julgar o momento preciso em que a espada cairia sobre seu pescoço, mas não tinha escolha a não ser prosseguir. Estava nas mãos de Marcus, que ia arrancar até o último segredo dele antes de liberá-lo de sua obrigação.

Mas nem todos os segredos são iguais. Alguns são mundanos, cotidianos, e podem ser transmitidos com pouca ou nenhuma ameaça ao mensageiro. Outros, porém, são perigosos demais para serem traídos. Heathcliff acabou encontrando um desses segredos em uma caixa postal fria, na longínqua Montreal. A caixa postal, na verdade, era um apartamento vazio usado por um russo infiltrado ilegalmente nos Estados Unidos. Escondido no armário embaixo da pia da cozinha, havia um pen drive. Heathcliff tinha recebido ordens de coletá-lo e levá-lo de volta ao Centro de Moscou, enganando, assim, a poderosa NSA, a Agência de Segurança Nacional norte-americana. Antes de sair do apartamento, ele conectou o pen drive ao laptop e viu que o dispositivo não estava protegido e que o conteúdo não estava criptografado. Heathcliff leu os documentos à vontade. Eram de serviços de inteligência norte-americanos diferentes, todos com a maior classificação possível.

Heathcliff não ousou copiá-los. Em vez disso, decorou cada detalhe com sua memória infalível e voltou a Moscou, onde entregou o pen drive ao agente de controle, junto com uma repreensão firme por não tomar as medidas de segurança apropriadas. O oficial de controle, chamado Volkov, prometeu lidar com o assunto. Então, ofereceu uma excursão sem estresse à amigável Budapeste, como recompensa.

— Considere umas férias com tudo pago, cortesia do Centro de Moscou. Não leve a mal, mas você está com cara de que precisa de uma folga.

Naquela noite, Heathcliff usou o dispositivo de comunicação secreto para informar a Marcus que tinha descoberto um segredo tão importante que sua única escolha era desertar. Para sua surpresa, Marcus não se opôs. Instruiu Heathcliff a descartar o dispositivo de forma que ele nunca fosse encontrado. Heathcliff o quebrou em pedacinhos e jogou os restos em um esgoto aberto. Nem os farejadores da diretoria de segurança do SVR, raciocinou, procurariam ali.

Uma semana mais tarde, após uma visita final a sua mãe no apartamento dela, que mais parecia uma toca de coelho, com aquele retrato taciturno do camarada Stalin, Heathcliff saiu da Rússia pela última vez. Chegou a Budapeste no fim da tarde, a neve caindo suavemente na cidade, e tomou um táxi até o InterContinental Hotel. O quarto tinha vista para o Danúbio. Ele deu duas voltas na tranca da porta e colocou a trava de segurança. Depois, sentou-se à escrivaninha e esperou o celular tocar. Ao lado dele, estava a ampola suicida de Marcus. Bastava colocar na boca. Dez segundos.

Aí, estaria acabado.

2

VIENA

A 250 quilômetros para o noroeste, depois de algumas curvas preguiçosas tangenciando o rio Danúbio, uma exposição com as obras de sir Peter Paul Rubens — pintor, acadêmico, diplomata, espião — caminhava para uma melancólica conclusão. As hordas estrangeiras tinham ido e vindo e, no fim da tarde, apenas alguns velhos apoiadores do museu caminhavam hesitantes pelas salas rosadas. Um deles era um homem de meia-idade. Ele analisava as telas enormes, com seus nus corpulentos girando em meio a cenários históricos, debaixo da aba de uma boina colocada bem acima de suas sobrancelhas.

Um homem mais jovem estava impaciente às suas costas, e conferia o horário em seu relógio de pulso.

— Falta muito, chefe? — perguntou, baixinho, em hebraico.

O homem mais velho respondeu, em alemão, alto o suficiente para o guarda sonolento no canto conseguir ouvir.

— Só quero ver mais um antes de ir embora, obrigado.

Seguiu para a sala ao lado e parou diante de *A virgem e o menino*, óleo sobre tela, 137 por 111 centímetros. Era um quadro que ele conhecia intimamente; tinha-o restaurado em um chalé à beira-mar na Cornualha. Agachando um pouco, observou a superfície sob a luz. O trabalho resistira bem. Quem dera pudesse dizer o mesmo sobre si próprio, pensou, esfregando o ponto de dor que ardia na base da coluna. As duas vértebras recentemente fraturadas eram o menor de seus problemas físicos. Durante a carreira longa e distinta como oficial da inteligência israelense, Gabriel Allon levara dois tiros no peito, fora atacado por um cão de guarda alsaciano e jogado escada abaixo nos porões de Lubyanka, em Moscou. Nem Ari Shamron, seu mentor lendário, tinha um histórico de lesões corporais parecido.

O jovem que o seguia pelo museu se chamava Oren. Era o chefe do destacamento de segurança de Gabriel, um benefício extra indesejado de uma promoção recente. Eles estavam viajando de avião há 36 horas, de Tel Aviv a Paris, e, depois, de carro até Viena. Agora, caminhavam pelas salas de exibição desertas até os degraus da entrada do museu. Havia começado uma tempestade de neve, grandes flocos caíam retos na noite sem vento. Um turista comum podia achar a cidade pitoresca, com os bondes elétricos deslizando por ruas que pareciam polvilhadas de açúcar e lotadas de palácios e igrejas vazios. Mas não Gabriel. Viena sempre o deprimia, especialmente, quando nevava.

O carro esperava na rua, o motorista ao volante. Gabriel puxou o colarinho de sua velha jaqueta Barbour para cima de suas orelhas e informou a Oren que pretendia caminhar até o apartamento seguro.

— Sozinho — completou.

— Não posso deixar que você ande por Viena sem proteção, chefe.

— Por que não?

— Porque, agora, você é o chefe. Se alguma coisa acontecer...

— Você dirá que estava seguindo ordens.

— Igual aos austríacos. — Na escuridão, o guarda-costas entregou a Gabriel uma pistola Jericho 9mm. — Pelo menos, leve isto.

Gabriel enfiou a Jericho na cintura da calça.

— Chego ao apartamento em trinta minutos. Aviso aos responsáveis no boulevard Rei Saul quando chegar.

O boulevard Rei Saul era o endereço do serviço secreto de inteligência de Israel. O nome longo e enganoso tinha muito pouco a ver com a verdadeira natureza do trabalho. Até o chefe se referia a ele como o Escritório, nada mais.

— Trinta minutos — repetiu Oren.

— E nem um minuto mais — prometeu Gabriel.

— E se você se atrasar?

— Significa que fui assassinado ou sequestrado pelo ISIS, pelos russos, pelo Hezbollah, pelos iranianos ou por alguém mais que consegui ofender. Eu não ficaria muito esperançoso com minha sobrevivência.

— E nós?

— Vocês vão ficar bem, Oren.

— Não foi isso que eu quis dizer.

— Não quero você perto do apartamento — disse Gabriel. — Continue em movimento até que eu diga algo. E lembre-se: não tente me seguir. É uma ordem direta.

O guarda-costas olhou em silêncio para Gabriel, uma expressão de preocupação no rosto.

— O que foi agora, Oren?

— Tem certeza de que não quer companhia, chefe?

Gabriel deu meia-volta e desapareceu na noite sem mais uma palavra sequer.

Ele cruzou a Burgring e enveredou-se pelos caminhos do Volksgarten. Sua altura era menor que a média — 1,72 metro, talvez, não mais — e ele tinha o físico esguio de um ciclista. O rosto era longo e estreito no queixo, com maçãs amplas e um nariz fino que parecia ter sido esculpido em madeira. Os olhos tinham uma cor verde que não parecia natural; o cabelo era escuro e manchado de cinza nas têmporas. Era um rosto de muitas nacionalidades possíveis, e Gabriel tinha o dom linguístico para fazer uso disso. Ele falava cinco idiomas fluentemente, incluindo italiano, aprendido antes de viajar a Veneza, em meados dos anos 1970, para estudar o ofício da restauração de obras de arte. Depois, ele vivera como um restaurador taciturno, mas talentoso, chamado Mario Delvecchio, enquanto, ao mesmo tempo, servia como assassino e oficial de inteligência do Escritório. Alguns de seus melhores trabalhos tinham sido realizados em Viena. Alguns dos piores também.

Ele contornou o Burgtheater, o Teatro Nacional Austríaco, palco em língua alemã mais famoso do mundo, e seguiu a Bankgasse até o Café Central, um dos mais importantes de Viena. Então, olhou pelas janelas geladas e, em sua memória, viu Erich Radek, colega de Adolf Eichmann, algoz da mãe de Gabriel, sentado sozinho a uma mesa. Radek, o assassino, estava embaçado e indistinto, como um personagem de um quadro que precisa ser restaurado.

— *Tem certeza de que nunca nos encontramos antes? Seu rosto me parece muito familiar.*

— *Duvido muito.*

— *Talvez nos vejamos de novo.*

— *Talvez.*

A imagem se dissolveu. Gabriel virou-se e seguiu para o antigo bairro judeu. Antes da Segunda Guerra Mundial, este era o lar de uma das comunidades judias mais vibrantes do mundo. Agora, a comunidade era, em grande parte, uma lembrança. Ele viu alguns homens saindo trêmulos pela porta discreta da Stadttempel, a principal sinagoga de Viena, e encaminhou-se para uma praça próxima cheia de restaurantes. Um deles era o italiano onde ele tinha feito a última refeição com Leah, sua primeira esposa, e Daniel, único filho dos dois.

Em uma rua adjacente, ficava a vaga onde o carro deles estivera estacionado. Gabriel diminuiu o passo involuntariamente, paralisado pelas memórias. Ele se lembrou da dificuldade com as fivelas da cadeirinha de seu filho e do vago gosto de vinho nos lábios da esposa quando ele a beijou pela última vez. E se recordou do som do motor hesitando — como um disco tocado na velocidade errada — porque a bomba estava sugando energia da bateria. Ele gritara tarde demais para Leah não girar a chave pela segunda vez. Então, num flash branco brilhante, ela e a criança perderam-se para sempre dele.

O coração de Gabriel batia como um sino de ferro. Não agora, disse a si mesmo, com lágrimas borrando a visão. Ele tinha trabalho a fazer. Virou o rosto para o céu.

Não é lindo? A neve cai sobre Viena enquanto chovem mísseis em Tel Aviv...

Checou o horário em seu relógio de pulso; tinha dez minutos para chegar ao apartamento. Correndo pelas ruas vazias, ele foi tomado por uma sensação esmagadora de destruição iminente. Era só o clima, assegurou a si mesmo. Viena sempre o deprimia. Especialmente quando nevava.

3

VIENA

O apartamento seguro ficava localizado em frente ao Donaukanal, em um belo prédio antigo do período Biedermeier, no Segundo Distrito. A região era movimentada, um bairro de verdade, não um museu. Havia um pequeno mercado Spar, uma farmácia, alguns restaurantes asiáticos, até um templo budista. Carros e motocicletas iam e vinham pela rua; pedestres caminhavam pelas calçadas. Era o tipo de lugar onde ninguém notaria o chefe do serviço secreto de inteligência israelense. Ou um desertor russo, pensou Gabriel.

Ele virou-se para entrar em uma galeria, cruzou um pátio e entrou num saguão. A escadaria estava escura e, no patamar do quarto andar, uma porta, ligeiramente aberta. Ele entrou com discrição, fechou a porta atrás de si e andou em silêncio até a sala, onde Eli Lavon encontrava-se atrás de vários notebooks abertos. Ele levantou os olhos, percebeu a neve na boina e nos ombros de Gabriel e franziu o cenho.

— Por favor, não me diga que você veio a pé.

— O carro quebrou. Não tive escolha.

— Não foi isso que seu guarda-costas contou. É melhor você avisar o boulevard Rei Saul que está aqui. Senão, nossa operação provavelmente vai se tornar uma busca e salvamento.

Gabriel se debruçou sobre um dos computadores, digitou uma mensagem breve e a enviou de forma segura para Tel Aviv.

— Crise evitada — disse Lavon.

Ele vestia um cardigã por baixo de seu casaco de tweed amassado e uma echarpe no pescoço. O cabelo era fino e desgrenhado; o rosto, insípido e fácil de esquecer. Era uma de suas maiores vantagens. Eli Lavon parecia ser oprimido pela vida. Na verdade, era um predador natural capaz de seguir um oficial de inteligência altamente treinado ou um terrorista endurecido em qualquer rua do mundo sem atrair o menor interesse. Ele supervisionava a divisão do Escritório conhecida como Neviot, cujos agentes incluíam artistas de vigilância, batedores de carteira, ladrões e especialistas em plantar câmeras escondidas e escutas atrás de portas trancadas. As equipes dele tinham estado muito ocupadas naquela noite em Budapeste.

Ele acenou com a cabeça na direção de um dos computadores. Mostrava um homem sentado à escrivaninha de um quarto de hotel luxuoso. Uma mala fechada estava ao pé da cama. Diante dele, havia um celular e uma ampola.

— É uma fotografia? — perguntou Gabriel.

— Vídeo.

Gabriel fechou a tela do laptop.

— Ele não consegue ouvir a gente, sabe.

— Tem certeza de que ele está vivo?

— Está morrendo de medo. Não moveu um músculo nos últimos cinco minutos.

— Do que ele tem tanto medo?

— Ele é russo — disse Lavon, como se essa informação explicasse tudo.

Gabriel estudou Heathcliff como se fosse um personagem de um quadro. Seu nome verdadeiro era Konstantin Kirov, e ele era uma das fontes mais valiosas do Escritório. Apenas uma pequena parte das informações coletadas por Kirov dizia respeito diretamente a Israel, mas o restante tinha dado frutos em Londres e Langley, onde os diretores do MI6 e da CIA se regalavam com cada fornada de segredos despejada pelo adido russo. Os anglo-americanos não tinham comido de graça. Os dois serviços de inteligência pagaram juntos pela operação, com os britânicos, depois de muita discussão, concordando em conceder asilo a Kirov no Reino Unido.

O primeiro rosto que o russo veria após desertar, porém, seria o de Gabriel Allon. O histórico dele com o serviço de inteligência russo e os homens no Kremlin era longo e sangrento. Por esse motivo, ele mesmo queria fazer o interrogatório inicial de Kirov. Precisava saber, especialmente, o que Kirov tinha descoberto e por que precisava desertar de repente. Em seguida, Gabriel o entregaria para o chefe de Estação do MI6 em Viena. Estava mais que disposto a deixar os britânicos ficarem com ele. Agentes descobertos, invariavelmente, eram uma dor de cabeça, em especial os russos.

Kirov, enfim, se mexeu.

— Que alívio — disse Gabriel.

A imagem na tela ficou instável por alguns segundos antes de voltar ao normal.

— Permaneceu assim a noite toda — explicou Lavon. — A equipe deve ter colocado o transmissor em cima de alguma interferência.

— Quando eles entraram no quarto?

— Mais ou menos uma hora antes de Heathcliff chegar. Quando hackeamos o sistema de segurança do hotel, acessamos as reservas e pegamos o número do quarto dele. Entrar no quarto não foi um problema.

Os magos do departamento de tecnologia do Escritório desenvolveram uma chave mágica capaz de abrir qualquer porta eletrônica de qualquer quarto de hotel no mundo. A primeira passada roubava o código. A segunda abria a fechadura.

— Quando a interferência começou?

— Assim que ele entrou no quarto.

— Alguém o seguiu do aeroporto ao hotel?

Lavon balançou a cabeça negativamente.

— Algum nome suspeito no registro do hotel?

— A maioria dos hóspedes está participando da conferência da Sociedade de Engenheiros Civis da Europa Oriental — explicou Lavon. — É um baile de nerds. Um monte de caras com protetores de bolso para caneta.

— Você era um desses caras, Eli.

— Ainda sou. — A imagem virou um mosaico de novo. — Caramba — disse Lavon, em voz baixa.

— A equipe checou a conexão?

— Duas vezes.

— E?

— Não tem mais ninguém na linha. Mesmo se tivesse, o sinal é tão criptografado que alguns supercomputadores precisariam de meses para reagrupar as peças. — A gravação se estabilizou. — Isso, bem melhor.

— Quero ver o lobby.

Lavon digitou no teclado de outro computador e uma imagem do lobby apareceu. Era um mar de roupas mal ajustadas, crachás e cabeças com princípios de calvície. Gabriel examinou os rostos, buscando um que parecesse fora do lugar. Achou quatro: dois homens e duas mulheres. Por meio das câmeras do hotel, Lavon capturou imagens estáticas de cada um e as encaminhou a Tel Aviv. Na tela de outro laptop, Konstantin Kirov conferia seu telefone.

— Quanto tempo você pretende fazê-lo esperar? — perguntou Lavon.

— O tempo que levar para o boulevard Rei Saul passar esses rostos pela base de dados.

— Se ele não for embora logo, vai perder o trem.

— Melhor perder o trem que ser morto no lobby do Inter-Continental por uma equipe de assassinos do Centro de Moscou.

Mais uma vez, a gravação ficou pixelada. Irritado, Gabriel bateu na tela.

— Nem adianta — disse Lavon. — Já tentei fazer isso.

Dez minutos se passaram antes de a Mesa de Operações do boulevard Rei Saul declarar que não encontrara nenhuma ocorrência para os quatro rostos na galeria digital do Escritório de oficiais de inteligência inimigos, terroristas conhecidos ou suspeitos e mercenários particulares. Só então, Gabriel compôs uma breve mensagem de texto em um BlackBerry e clicou no botão "enviar". Um momento depois, assistiu a Konstantin Kirov pegar o celular. Depois de ler a mensagem de Gabriel, o russo se levantou abruptamente, colocou o sobretudo e enrolou um cachecol no pescoço. Ele deslizou o celular no bolso, mas continuou com a ampola suicida na mão. A mala, deixou para trás.

Eli Lavon digitava no laptop enquanto Kirov abria a porta de seu quarto e saía para o corredor. As câmeras de segurança do hotel monitoraram sua breve caminhada até os elevadores. Não havia outros hóspedes nem funcionários presentes, e a cabine na qual o russo entrou estava vazia. O lobby, porém, era um tumulto. Ninguém pareceu notar Kirov saindo do hotel, nem os dois valentões do serviço de segurança húngaro que vestiam jaquetas de couro e estavam de vigilância na rua.

Faltavam alguns minutos para as nove da noite. Havia tempo suficiente para Kirov pegar o trem noturno para Viena, mas ele precisava continuar andando. Foi na direção sul na rua Apáczai Csere János, seguido por dois observadores de Eli Lavon, e virou na rua Kossuth Lajos, uma das principais vias do centro de Budapeste.

— Meus homens dizem que ele está limpo — declarou Lavon. — Nada de russos nem húngaros.

Gabriel mandou uma segunda mensagem para Konstantin Kirov, instruindo-o a embarcar no trem, como planejado. Ele o fez apenas quatro minutos antes da partida, acompanhado pelos observadores. Por enquanto, não havia mais nada que Gabriel ou Lavon pudessem fazer. Olhando-se em silêncio, os pensamentos dos dois eram idênticos. A espera. Sempre a espera.

4

WESTBAHNHOF, VIENA

Gabriel e Eli Lavon não esperavam sozinhos; naquela noite, tinham um parceiro operacional do Serviço Secreto de Inteligência de Sua Majestade, a maior e mais antiga agência de espionagem do mundo civilizado. Seis oficiais de sua lendária Estação de Viena — o número exato logo se tornaria assunto de certa polêmica — estavam em uma vigília tensa numa câmara trancada na Embaixada Britânica, e mais uma dezena pairava sobre computadores e telefones que piscavam em Vauxhall Cross, a sede do MI6, à beira-rio em Londres.

Um último oficial do MI6, um homem chamado Christopher Keller, esperava em frente à estação de trem Westbahnhof de Viena, ao volante de um Volkswagen Passat. Tinha olhos azuis claros, cabelos clareados pelo sol, maçãs do rosto quadradas e um queixo grosso com um buraco no meio. A boca parecia permanentemente fixada num sorriso irônico.

Sem ter mais nada a fazer naquela noite a não ser ficar de olho em algum agente russo perdido, Keller contemplava o caminho improvável que o levara a esse lugar. O ano gasto em Cambridge, a operação secreta no norte da Irlanda, o incidente de fogo amigo durante a primeira Guerra do Golfo que o levou para o autoexílio na ilha de Córsega. Lá, ele tinha aprendido um francês perfeito, ainda que com sotaque corso. Também realizara serviços para certa figura criminosa notável da região, que podiam ser vagamente descritos como assassinatos de aluguel. Mas tudo isso estava no passado. Graças a Gabriel Allon, Christopher Keller era um oficial respeitável do Serviço Secreto de Inteligência de Sua Majestade. Estava recuperado.

Keller olhou para o israelense no banco do passageiro. Era alto e magricela, a pele pálida e os olhos da cor de gelo glacial. A expressão era de tédio profundo. O tamborilar ansioso dos dedos no console central, porém, mostrava seu verdadeiro estado mental.

Keller acendeu um cigarro, o quarto em vinte minutos, e soprou uma nuvem de fumaça contra o para-brisa.

— Precisa mesmo? — protestou o israelense.

— Eu paro de fumar se você parar de bater a porcaria dos dedos — falou Keller com um sotaque sofisticado de West London, remanescente de uma infância privilegiada. — Está me dando dor de cabeça.

Os dedos do israelense pararam. O nome dele era Mikhail Abramov. Como Keller, ele era veterano de uma unidade militar de elite. No caso de Mikhail, o Sayeret Matkal, unidade especial das Forças de Defesa de Israel. Os dois trabalharam juntos várias vezes antes, mais recentemente no Marrocos, rastreando Saladin, líder da divisão de operações externas do Estado Islâmico, até um complexo remoto nas montanhas do Médio Atlas. Nenhum dos dois havia disparado o tiro que acabou com o reino de terror de Saladin. Gabriel alcançara o alvo antes.

— Com o que você está tão nervoso, afinal? — perguntou Keller. — Estamos no meio da tediosa e chata Viena.

— Sim — disse Mikhail, distante. — Nada nunca acontece aqui.

Mikhail morara em Moscou e falava inglês com um leve sotaque russo. Suas habilidades linguísticas e aparência eslava lhe permitiam posar como russo em várias operações notáveis do Escritório.

— Você já operou em Viena? — perguntou Keller.

— Uma ou duas vezes. — Mikhail limpou sua arma, um Jericho calibre .45. — Lembra daqueles quatro homens-bomba do Hezbollah que planejavam atacar o Stadttempel?

— Achei que o EKO Cobra tinha cuidado disso. — EKO Cobra era a unidade de política tática da Áustria. — Aliás, tenho certeza de que li algo assim nos jornais.

Mikhail olhou para Keller sem expressão.

— Foi você?

— Eu tive ajuda, claro.

— Alguém que eu conheça?

Mikhail não disse nada.

— Entendi.

Era quase meia-noite. A rua em frente à moderna fachada de vidro da estação estava deserta, com apenas alguns táxis esperando as últimas corridas da noite. Um pegaria um desertor russo e o entregaria ao Hotel Best Western em Stubenring. Dali, ele caminharia até o apartamento seguro. A decisão de admiti-lo ou não seria tomada por Mikhail, que o seguiria a pé. A localização do apartamento era, talvez, o segredo mais bem guardado da operação. Se Kirov estivesse limpo, Mikhail o revistaria no saguão do prédio e, então, subiria com ele até Gabriel. Keller deveria ficar no Passat, e fazer a segurança do perímetro — com o que, ele não sabia. Alistair Hughes, chefe de Estação do MI6 em Viena, o proibira vigorosamente de carregar uma arma. Keller tinha uma merecida reputação de ser violento; Hughes, de ser cauteloso. Ele tinha uma boa vida em Viena — uma rede produtiva, longos almoços, relações decentes com o serviço local. A última coisa que queria era um problema que resultasse em ser convocado de volta para uma mesa em Vauxhall Cross.

Nesse momento, o BlackBerry de Mikhail acendeu com uma mensagem recebida. O brilho da tela iluminou seu rosto pálido.

— O trem está na estação. Kirov está saindo.

— Heathcliff — disse Keller, com reprovação. — O nome dele é Heathcliff até colocarmos o cara dentro do apartamento seguro.

— Lá vem ele.

Mikhail colocou o aparelho de volta no bolso do casaco enquanto Kirov emergia da estação, precedido por um dos observadores de Eli Lavon e seguido por outro.

— Ele parece nervoso — comentou Keller.

— Ele está — Mikhail tamborilava os dedos no centro do console de novo. — Ele é russo.

Os observadores saíram da estação a pé; Konstantin Kirov, em um dos táxis. Keller o seguiu a uma distância discreta enquanto o carro atravessava a cidade para leste por ruas desertas. Não viu nada para sugerir que o mensageiro russo estivesse sendo seguido. Mikhail concordou.

À 00h15, o táxi parou em frente ao Best Western. Kirov saiu, mas não entrou no hotel. Em vez disso, cruzou o Donaukanal pela Schwedenbrücke, agora seguido por Mikhail a pé. A ponte deixou os dois homens na Taborstrasse, e essa rua, por sua vez, os levou a uma bonita praça de igreja chamada Karmeliterplatz, onde Mikhail diminuiu a distância entre ele e sua presa para alguns passos.

Juntos, eles dirigiram-se para uma rua adjacente e passaram por um desfile de lojas e cafés apagados na direção do prédio residencial em estilo Biedermeier no fim do quarteirão. A luz saía fraca pela janela do quarto andar, apenas o suficiente para Mikhail distinguir a silhueta de Gabriel parado com uma mão no queixo e a cabeça levemente inclinada para o lado. Mikhail mandou para ele uma última mensagem. Kirov estava limpo.

Foi então que ele ouviu o som de uma moto se aproximando. Seu primeiro pensamento indicava que não era o tipo de noite para pilotar um veículo com apenas duas rodas. Isso se confirmou alguns segundos depois, quando ele viu a moto derrapando na esquina do prédio.

O motorista usava uma roupa de couro preto e um capacete com o visor escuro abaixado. Ele freou bruscamente a alguns metros de Kirov, colocou um pé na rua e puxou uma arma da jaqueta. Havia um silenciador cilíndrico. Mikhail não conseguiu discernir o modelo da arma em si. Uma Glock, talvez uma H&K. Qualquer que fosse, estava apontada diretamente para o rosto de Kirov.

Mikhail deixou o telefone cair de sua mão e alcançou a Jericho, mas, antes de conseguir puxá-la, a arma do motociclista cuspiu duas línguas de fogo gêmeas. Os dois tiros encontraram o alvo. Mikhail ouviu o estalo nauseante das balas rasgando o crânio de Kirov e notou um esguicho de sangue e massa encefálica quando o mensageiro caiu na rua.

O homem na moto, então, moveu o braço alguns graus e apontou a arma para Mikhail. Dois tiros, ambos errantes, o jogaram no asfalto, e outros dois o fizeram rastejar para se proteger atrás de um carro estacionado. A mão esquerda dele tinha encontrado o cabo da Jericho. Quando ele a puxou, o homem da moto levantou o pé e acelerou o motor.

Ele estava a trinta metros de Mikhail, não mais, com o térreo do prédio atrás dele. O agente tinha as duas mãos na Jericho, os braços esticados apoiados no porta-malas do carro estacionado. Mesmo assim, conteve-se. A doutrina do Escritório dava aos agentes de campo ampla liberdade para utilizar força letal para proteger a própria vida. Não permitia, porém, que um agente disparasse na direção de um alvo em fuga num bairro residencial de uma cidade europeia, onde corria o risco de tirar uma vida inocente.

A moto se movia, o rugido do motor reverberando no cânion dos prédios. Por cima do cano da Jericho, Mikhail manteve os olhos no assassino até que desaparecesse de sua visão. Então, cambaleou até o lugar onde Kirov tinha caído. O russo também se fora. Não restava quase nada de seu rosto.

Mikhail olhou na direção da figura na janela do quarto andar. Então, de trás, ele ouviu a nota crescente de um carro se aproximando em alta velocidade. Ele temia que fosse o resto da equipe de assassinos vindo terminar o trabalho, mas era só Keller no Passat. Ele pegou o celular e se jogou lá dentro.

— Eu falei — disse ele, enquanto o carro acelerava. — Nunca acontece nada por aqui.

Gabriel continuou na janela por mais tempo do que deveria, assistindo ao farol da moto encolher, perseguido pelo Passat apagado. Quando os dois veículos sumiram, ele olhou para o homem deitado na rua. A neve o cobria de branco. Ele estava tão morto quanto se pode estar. Estava morto, pensou Gabriel, antes de chegar a Viena. Morto antes de sair de Moscou.

Eli Lavon agora estava ao lado de Gabriel. Mais um longo momento se passou e Kirov permanecia lá, jogado, abandonado. Finalmente, um carro se aproximou e parou. A motorista, uma jovem, desceu. Levou a mão à boca e desviou o olhar.

Lavon fechou as cortinas.

— Hora de ir embora.

— Não podemos simplesmente...

— Você tocou em alguma coisa?

Gabriel buscou em sua memória.

— Nos computadores.

— Mais nada?

— Na maçaneta.

— A gente limpa na saída.

De repente, uma luz preencheu a sala. Era uma luz que Gabriel conhecia bem, o brilho de uma viatura da Bundespolizei, a Polícia Federal da Alemanha. Ele ligou para Oren, chefe de seu destacamento de segurança.

— Venha até a Hollandstrasse, na lateral do prédio. Tranquilamente e em silêncio.

Gabriel desligou e ajudou Lavon a guardar computadores e telefones. Na saída, eles deram uma boa esfregada na maçaneta, primeiro Gabriel, depois Lavon, só para garantir. Enquanto corriam pelo pátio, eles conseguiam ouvir o som distante das sirenes, mas, exceto pelo som de um motor de carro em ponto morto, a Hollandstrasse estava silenciosa. Gabriel e Lavon entraram no banco de trás. Um momento depois, estavam cruzando o Donaukanal, trocando o Segundo Distrito pelo Primeiro.

— Ele estava limpo. Certo, Eli?

— Brilhando.

— Então, como o assassino sabia onde ele estava indo?

— Talvez devêssemos perguntar a ele.

Gabriel tirou o telefone do bolso e ligou para Mikhail.

5

FLORIDSDORF, VIENA

O Passat era equipado com a mais nova tração integral da Volkswagen. Uma curva à direita a cem quilômetros por hora na neve fresca, porém, estava muito além de suas habilidades. Os pneus traseiros perderam tração e, por um instante, Mikhail temeu que eles fossem perder o controle e girar. De alguma forma, os pneus recuperaram a aderência ao asfalto e o carro, com um último espasmo descontrolado, se endireitou.

Mikhail relaxou a mão que apertava o descanso de braço do banco.

— Você tem muita experiência dirigindo em condições de inverno?

— Bastante — respondeu Keller, calmamente. — E você?

— Fui criado em Moscou.

— Você foi embora quando era criança.

— Na verdade, eu tinha 16 anos.

— Sua família tinha um carro?

— Em Moscou? É claro que não. A gente andava de metrô igual a todo mundo.

— Então você nunca *dirigiu* mesmo um carro na Rússia no inverno.

Mikhail não contestou a observação de Keller. Estavam de volta à Taborstrasse, passando por um parque industrial e complexo de armazéns cerca de cem metros atrás da moto. Mikhail estava razoavelmente familiarizado com a geografia de Viena. Ele julgou que estavam indo mais ou menos na direção leste. Havia uma fronteira para o leste. Ele pensou que, em breve, precisariam de uma.

A luz de freio da moto se acendeu.

— Ele está virando — avisou Mikhail.

— Estou vendo.

A moto virou à esquerda e desapareceu, por um momento, de vista. Keller se aproximou da curva sem desacelerar. Uma feia rua secundária flutuou de um lado para o outro pelo para-brisa antes de ele conseguir controlar o carro de novo. A moto agora estava pelo menos duzentos metros à frente.

— Ele é bom — disse Keller.

— Você devia ver como ele usa uma arma.

— Eu vi.

— Obrigado pela ajuda.

— O que eu devia fazer? Distrair o cara?

Diante deles, estava a Millennial Tower, um prédio comercial e residencial de 51 andares na margem oeste do Danúbio. A velocidade de Keller se aproximava de 150 quando eles cruzaram o rio e, mesmo assim, a moto continuava se distanciando. Mikhail se perguntou quanto tempo levaria para a Bundespolizei notá-los. Mais ou menos o mesmo tempo para pegar um passaporte do bolso de um mensageiro russo morto.

A moto desapareceu em outra esquina. Quando Keller conseguiu fazer a mesma curva, a luz da lanterna era um pontinho vermelho na noite.

— Estamos perdendo o cara.

Keller apertou o acelerador e não tirou o pé. Então, o celular de Mikhail vibrou. Ele tirou os olhos da moto tempo o suficiente para ler a mensagem.

— O que foi? — perguntou Keller.

— Gabriel quer uma atualização. — Mikhail digitou uma breve resposta e olhou de novo. — Merda — disse baixinho.

A lanterna tinha sumido.

A culpa, afinal, era de Alois Graf, aposentado e apoiador discreto de um partido de extrema direita austríaco — não que isso tivesse a ver com o que aconteceu. Recém-viúvo, Graf estava tendo problema para dormir nos últimos tempos. Aliás, não conseguia se lembrar da última vez que conseguira um sono ininterrupto por mais do que duas ou três horas desde a morte de sua amada Trudi. O mesmo acontecia com Shultzie, seu *dachshund* de 9 anos. Na verdade, a pequena fera não era dele, mas de Trudi. O cão nunca gostara muito de Graf, nem Graf dele. E, agora, eram companheiros de cela, sem dormir e deprimidos, companheiros no luto.

O cachorro era bem treinado em relação às suas necessidades, e razoavelmente respeitoso com os outros. Nos últimos dias, porém, estava tendo vontade nos horários mais inapropriados. Graf também era respeitoso e nunca reclamava quando Shultzie lhe buscava às altas horas da madrugada com aquele olhar desesperado e ressentido.

Naquela noite, o chamado ocorreu à 0h25, segundo o relógio de cabeceira de Graf. O lugar favorito de Shultzie era o pequeno quadrado de grama ao lado de um *fast-food* americano na Brünnerstrasse. Isso agradou Graf. Ele achava o restaurante, se é possível chamar assim, uma monstruosidade. Bem, Graf nunca gostou muito de americanos. Tinha idade suficiente para se lembrar de Viena após a guerra, quando era uma cidade dividida entre espiões e infelicidade. Ele preferia os britânicos, que, pelo menos, tinham alguma astúcia.

Chegar à terra prometida de Shultzie exigia cruzar a própria Brünnestrasse. Graf, ex-diretor de escola, olhou para os dois lados antes de sair da calçada. Foi então que viu um único farol vindo do centro da cidade. Pausou, indeciso. A moto estava muito longe; não havia som. Certamente ele conseguiria chegar do outro lado com tempo de sobra. Mesmo assim, deu um pequeno puxão na coleira de Shultzie para que o cachorro não sujasse o meio da rua, como gostava de fazer.

No meio do caminho, Graf deu outra olhada na direção da moto. Em questão de três ou quatro segundos, ela percorrera uma distância grande. Viajava a uma velocidade extremamente alta, fato evidenciado pela nota alta e dura do motor, que Graf agora conseguia ouvir claramente. Shultzie também conseguiu ouvir. O cão ficou imóvel como uma estátua, e não tinha puxão de Graf que conseguisse convencê-lo a se mexer.

— *Komm, Shultzie! Mach schnell!*

Nada. Era como se a criatura estivesse congelada no asfalto. A moto estava a cerca de cem metros, mais ou menos o comprimento da quadra esportiva da antiga escola de Graf. Ele se abaixou e pegou o cachorro, mas era tarde demais; a moto já estava em cima deles. Ela desviou de repente, passando tão perto das costas de Graf que pareceu puxar o tecido de seu sobretudo. Um segundo depois, ele ouviu a terrível batida metálica da colisão e viu uma figura de preto voando pelo ar. Podia deduzir que o homem era capaz de voar, de tão longe que foi. Mas o som seguinte, o som do corpo dele contra o asfalto, acabou com essa fantasia.

Ele deu várias e várias cambalhotas por muitos metros, antes de, por fim, descansar. Graf considerou ir examiná-lo, mesmo que só para confirmar o óbvio, mas outro veículo, um carro, aproximava-

-se em alta velocidade vindo da mesma direção. Com Shultzie nos braços, Graf saiu rapidamente da rua e permitiu que o carro passasse. O veículo desacelerou para inspecionar os destroços da moto antes de parar ao lado da figura de preto caída imóvel na rua.

Um passageiro desceu. Era alto e magro, o rosto pálido parecia brilhar na escuridão. Olhou para o corpo na rua — mais com raiva que com pena, observou Graf — e removeu o capacete arrebentado do motociclista. Então, fez algo bastante extraordinário, algo que Graf nunca contaria a vivalma. Tirou uma foto do rosto do homem morto com o celular.

O flash assustou Shultzie, que irrompeu em latidos. O homem olhou com frieza para Graf antes de voltar para o carro. Em seguida, desapareceu.

De repente, havia sirenes na noite. Alois Graf devia ter ficado lá para contar à Bundespolizei o que tinha testemunhado. Em vez disso, correu para casa com Shultzie se debatendo em seus braços. Graf lembrava de Viena após a guerra. Às vezes, pensou, era melhor não ver nada.

6

VIENA — TEL AVIV

Dois cadáveres, separados por uma distância de cerca de seis quilômetros. Um tinha levado um tiro à queima-roupa. O outro, morrido num acidente de moto em alta velocidade, e estava em posse de um revólver de grosso calibre, um HK45 Tactical equipado com silenciador. Não havia testemunhas nem câmeras de segurança em nenhuma das duas cenas. Não tinha importância; uma parte da história fora escrita na neve, em marcas de pneu e pegadas, com invólucros de balas e sangue. Os austríacos trabalharam rápido, pois havia previsão de chuva forte, seguida por dois dias de calor fora de época. A mudança climática conspirava contra eles.

O homem assassinado levava consigo um celular, uma carteira e um passaporte russo que o identificava como Oleg Gurkovsky. Outros documentos encontrados na carteira sugeriam que ele era morador de Moscou e trabalhava para uma empresa de tecnologia de comunicações. Reconstruir as últimas horas da vida dele foi bastante fácil. O voo da Aeroflot de Moscou a Budapeste. O quarto no InterContinental, onde, curiosamente, ele deixara a bagagem. O trem noturno para Viena. Câmeras de segurança na Westbahnhof o viram entrar em um táxi e o motorista, interrogado pela polícia, se lembrou de deixá-lo no Best Western, na Stubenring. Dali, ele cruzou o Donaukanal pela Schwedenbrücke, seguido por um homem a pé. A polícia descobriu vários clipes de vídeo de sistemas de segurança de vitrines e câmeras de trânsito, nos quais o rosto daquele que o seguia estava parcialmente visível. Ele também deixou uma trilha de pegadas, especialmente na Karmeliterplatz, onde a neve tinha ficado praticamente intacta. Os sapatos eram tamanho 46, com a sola sem nada em especial. Investigadores da cena do crime encontraram várias digitais iguais ao lado do corpo.

Encontraram também seis cápsulas de balas .45 e rastros de um pneu de motocicleta Metzeler Lasertec. Análises do padrão do rastro o ligaria de forma conclusiva à BMW destruída na Brünnerstrasse, e testes de balística casariam os invólucros ao HK45 que o motorista da moto levava consigo quando bateu em um carro estacionado. Ele não tinha outros objetos. Nada de passaporte ou carteira de motorista, nada de dinheiro nem cartões de crédito. Parecia ter cerca de 35 anos, mas a polícia não podia ter certeza; o rosto havia passado por cirurgias plásticas substanciais. Era um profissional, concluíram.

Por que um assassino profissional teria perdido o controle de sua moto na Brünnerstrasse? Quem era o homem que seguira o russo assassinado do hotel Best Western até o local no Segundo Distrito onde ele tinha levado dois tiros à queima-roupa? Por que o russo havia ido de Budapeste a Viena, para começar? Fora enganado? Convocado? Se sim, por quem? Independentemente dessas perguntas, aquilo tinha todas as marcas de um assassinato executado por um serviço de inteligência muitíssimo competente.

A Bundespolizei, durante as primeiras horas de investigação, guardou esses pensamentos para si, mas a mídia estava livre para especular o quanto quisesse. No meio da manhã, convenceram-se de que Oleg Gurkovsky era um dissidente, apesar de ninguém na oposição russa parecer ter ouvido falar dele. Havia outros na Rússia, porém, incluindo um advogado, que, boatos diziam, era amigo pessoal do próprio czar e conhecia bem o assassinado. Não pelo nome Oleg Gurkovsky, mas por Konstantin Kirov, um agente secreto do SVR, o serviço de inteligência russo.

Foi nesse ponto, perto do meio-dia em Viena, que uma goteira contínua de reportagens, tuítes, posts de blogs e outras formas de discurso moderno começou a aparecer em sites noticiosos e nas mídias sociais. No início, surgiam de forma espontânea; com o tempo, tudo menos isso. Quase todos os materiais vinham da Rússia ou de antigas repúblicas soviéticas. Nenhuma das supostas fontes tinha nome, pelo menos não que pudesse ser verificado.

Cada informação era fragmentada, um pequeno pedaço de um quebra-cabeça maior. Mas, quando montado, a conclusão era clara como o dia: Konstantin Kirov, agente do SVR russo, tinha sido assassinado a sangue frio pelo serviço de inteligência secreto israelense, sob ordem direta de seu chefe, o conhecido russófobo Gabriel Allon.

O Kremlin declarou isso às três da tarde e, às quatro, o serviço de notícias russo *Sputnik* publicou o que alegava ser uma foto de Allon saindo do prédio residencial perto da cena do crime, acompanhado por uma figura élfica cujo rosto era irreconhecível. A fonte da fotografia nunca foi confirmada. O *Sputnik* disse ter obtido a imagem da Bundespolizei austríaca, embora ela tenha negado. Mesmo assim, o dano estava feito. Especialistas convidados pela televisão em Londres e Nova York, incluindo alguns que tiveram o privilégio de conhecer Allon pessoalmente, admitiram que o homem na foto parecia muito com ele. O ministro do Interior da Áustria concordou.

Publicamente, o governo de Israel manteve sua antiga política de não comentar questões de inteligência. Contudo, no início da noite, com a pressão aumentando, o primeiro-ministro deu o passo incomum de negar, pessoalmente, qualquer envolvimento israelense na morte de Kirov. Sua declaração foi recebida com ceticismo, talvez merecidamente. Além do mais, falou-se muito sobre o primeiro-ministro ter negado, não o próprio Allon, cujo silêncio, disse um ex-espião americano, falava por si.

A verdade era que Gabriel não estava disponível, naquele momento, para comentar qualquer declaração; encontrava-se trancado em uma sala segura nos porões da Embaixada Israelense em Berlim, monitorando os movimentos clandestinos de sua equipe operacional. Às oito da noite, todos estavam seguros de volta a Tel Aviv, e Christopher Keller, em casa e seco, em Londres. Gabriel saiu da embaixada sem ser observado e embarcou num voo da El Al para Tel Aviv. Nem a equipe de comissários sabia sua identidade verdadeira. Pela segunda noite consecutiva, ele não dormiu. A imagem de Konstantin Kirov morto na neve não deixava.

Ainda estava escuro quando o avião pousou no Ben Gurion. Dois guarda-costas esperavam na pista. Eles escoltaram Gabriel pelo terminal até uma porta sem placa à esquerda do controle de passaporte. Atrás dela, havia uma sala reservada para pessoal do Escritório voltando de missões no exterior, por isso o odor permanente de cigarros, café queimado e tensão masculina. As paredes eram uma imitação de calcário de Jerusalém, as cadeiras, modulares e revestidas de vinil preto. Em uma delas, banhado por uma luz inclemente, sentava-se Uzi Navot. Seu terno cinza parecia ter sido usado para dormir. Os olhos por trás dos óculos da moda sem aro estavam vermelhos de fadiga.

Levantando-se, deu uma olhada no grande relógio de pulso prata que sua esposa, Bella, dera a ele em seu último aniversário. Não havia uma peça de roupa ou acessório no corpo grande e robusto de Navot que ela não tivesse comprado ou selecionado, incluindo um novo par de sapatos sociais que, na opinião de Gabriel, eram bicudos demais para um homem com a idade e a ocupação de Navot.

— O que você está fazendo aqui, Uzi? São três da manhã.

— Eu precisava de um descanso.

— Do quê?

Navot sorriu tristemente e levou Gabriel por um corredor com luzes fluorescentes muito claras. O corredor terminava em uma porta segura, que dava para uma área restrita próxima à rotatória de tráfego principal em frente ao terminal. Um comboio rugia sob as luzes amarelas da rua. Navot começou a se dirigir para a porta traseira do lado do passageiro, que estava aberta, na SUV de Gabriel antes de parar abruptamente e contornar o carro para o lado do motorista. Navot era predecessor direto de Gabriel como chefe. Em uma quebra, sem precedentes, na tradição do Escritório, concordara em ficar como vice em vez de aceitar um emprego lucrativo em uma empresa de segurança na Califórnia, como Bella queria. Sem dúvida, começava a se arrepender dessa decisão.

— Caso você esteja se perguntando — disse Gabriel enquanto a SUV começava a se mover —, eu não o matei.

— Não se preocupe, eu acredito.

— Parece que só você. — Gabriel pegou a cópia do *Haaretz* que estava entre eles e leu melancolicamente a manchete. — Dá para saber que a coisa está ruim quando o jornal local acha que você é culpado.

— Nós mandamos uma mensagem extraoficial para a imprensa deixando claro que não tivemos nada a ver com a morte de Kirov.

— Obviamente — falou Gabriel, folheando os outros jornais — eles não acreditaram.

As maiores publicações, independentemente da tendência política, tinham declarado que o episódio em Viena fora uma operação do Escritório que dera errado, e exigiam um inquérito oficial. O *Haaretz*, que pendia para a esquerda, chegou a se perguntar se Gabriel Allon, um talentoso agente de campo, estava à altura do cargo de chefe. Como as coisas tinham mudado, pensou ele. Alguns meses antes, ele tinha sido celebrado como o homem que eliminara Saladin, o mentor do terrorismo do EI, e evitara um ataque com uma bomba radioativa em frente à Downing Street, em Londres. Agora, isto.

— Tenho que admitir — disse Navot —, a semelhança é incrível. — Ele observava a foto de Gabriel na primeira página do *Haaretz*. — E aquele cara ao seu lado me lembra outra pessoa que eu conheço.

— Devia ter uma equipe do SVR no prédio do outro lado da rua. Pelo ângulo da câmera, eu diria que estavam no terceiro andar.

— Os analistas dizem que provavelmente era no quarto.

— Ah, dizem?

— Muito possivelmente — continuou Navot —, os russos tinham outro posto estático em frente ao prédio, um carro, talvez outro apartamento.

— O que significa que sabiam para onde Kirov ia.

Navot assentiu lentamente.

— Acho que você pode se considerar sortudo de eles não terem aproveitado para matá-lo também.

— É uma pena. Eu teria recebido uma cobertura melhor na imprensa.

Estavam se aproximando do fim da rampa de saída do aeroporto. À direita, Jerusalém, a esposa e os filhos de Gabriel. À esquerda, Tel Aviv e o boulevard Rei Saul. Ele instruiu o motorista a levá-lo para a esquerda.

— Tem certeza? — questionou Navot. — Você está com cara de quem precisa dormir umas horas.

— Imagina o que escreveriam sobre mim.

Navot colocou os números da senha dos cadeados de uma maleta de aço inoxidável. Dela, removeu uma fotografia, que entregou a Gabriel. Era a imagem tirada por Mikhail do assassino de Konstantin

Kirov. Os olhos não estavam totalmente mortos; em algum lugar, havia um vago traço de luz. O resto da face era uma bagunça, mas não por causa do acidente. Tinha sido esticado e puxado e costurado a tal ponto que mal parecia humano.

— Ele parece uma ricaça que conheci em um leilão de arte — comentou Gabriel. — Vocês passaram a foto pela base de dados?

— Várias vezes.

— E?

— Nada.

Gabriel devolveu a foto a Navot.

— É de se perguntar por que um agente com habilidade e treinamento desse nível não eliminou a única ameaça à sua vida.

— Mikhail?

Gabriel assentiu, devagar.

— Ele disparou quatro tiros nele.

— E os quatro erraram. Até você conseguiria ter acertado daquela distância, Uzi.

— Você acha que ele tinha ordem de errar?

— Com certeza.

— Por quê?

— Talvez achassem que um israelense morto faria a história deles ser menos crível. Ou talvez tivessem outro motivo — disse Gabriel. — Eles são russos. Normalmente, têm.

— Por que matar Kirov em Viena, para começo de conversa? Por que não arrancar o couro dele em Moscou e depois colocar uma bala na cabeça? — Gabriel bateu na pilha de jornais. — Talvez quisessem usar a oportunidade para me ferir mortalmente.

— Existe uma solução simples — falou Navot. — Dizer ao mundo que Konstantin Kirov trabalhava para nós.

— Neste ponto, pareceria um disfarce. E mandaria uma mensagem para todos os informantes em potencial de que somos incapazes de proteger quem trabalha para nosso serviço. É um preço alto demais.

— Então, o que vamos fazer?

— Vou começar descobrindo quem deu aos russos o endereço de nosso apartamento seguro em Viena.

— Caso você esteja se perguntando — disse Navot —, não fui eu.

— Não se preocupe, Uzi. Eu acredito em você.

7

BOULEVARD REI SAUL, TEL AVIV

Uzi Navot tinha o desejo, durante seu último ano de mandato como chefe, de trocar a sede do Escritório do boulevard Rei Saul para um novo complexo vistoso logo ao norte de Tel Aviv, em Ramat HaSharon. Dizia-se que Bella estava por trás da mudança. Ela nunca gostou do velho prédio, mesmo quando trabalhava lá como analista da Síria, e o achava impróprio para um serviço de inteligência de alcance global. Ela queria uma versão israelense de Langley ou Vauxhall Cross, um monumento moderno à proeza de inteligência de Israel. Ela pessoalmente aprovou os desenhos arquitetônicos, fez lobby junto ao primeiro-ministro e ao Knesset para conseguir os fundos necessários e até escolheu a localização — um lote vazio próximo ao trevo conhecido como Junção de Glilot, adjacente ao shopping e complexo de salas de cinema chamado Cinema City. Gabriel, porém, em um de seus primeiros atos oficiais, arquivara, com uma elegante canetada, esses planos. Em questões tanto de inteligência quanto de arte, ele era um tradicionalista que acreditava que a maneira antiga era melhor que a nova. De modo algum ele aprovaria a mudança do escritório para um lugar conhecido coloquialmente em Israel como Junção de Glilot.

— Como diabos vamos nos referir à instituição? — questionara Eli Lavon. — Vamos ser motivo de piada.

O velho prédio tinha seu charme e, talvez mais importante, um senso histórico. Sim, era insípido e indistinto, mas, como Lavon, tinha a vantagem do anonimato. Não havia emblema sobre sua entrada, nem placa de metal proclamando a identidade do ocupante. Aliás, não havia nada que sugerisse tratar-se da sede de um dos serviços de inteligência mais temidos e respeitados do mundo.

O escritório de Gabriel ficava no andar mais alto, com vista para o mar. As paredes estavam cheias de quadros — alguns pintados por ele mesmo, não assinados, e vários outros por sua mãe — e, num canto, um velho cavalete italiano em que os analistas apoiavam fotografias e gráficos quando iam informá-lo de alguma situação. Navot levara sua grande mesa de vidro para o novo escritório do outro lado da antecâmara, mas deixara para trás a moderna parede de vídeo com uma colagem de canais de notícias globais. Quando Gabriel entrou na sala, várias telas piscaram com imagens de Viena e, no painel reservado à BBC World Service, ele viu o próprio rosto. Aumentou o volume e descobriu que o primeiro-ministro britânico, Jonathan Lancaster, um homem que devia a carreira a Gabriel, estava "profundamente preocupado" com as alegações de envolvimento israelense na morte de Konstantin Kirov.

Gabriel abaixou o volume e entrou em seu banheiro privativo para tomar banho, barbear-se e vestir roupas limpas. De volta ao escritório, encontrou Yaakov Rossman, chefe de Operações Especiais, esperando por ele assistindo à BBC. Yaakov tinha um cabelo que parecia palha de aço e o rosto esburacado. Nas mãos, um envelope de carta.

— Dá para acreditar no Lancaster?

— Ele tem motivos.

— Tipo o quê?

— Proteger seu serviço de inteligência.

— Malditos duas caras — murmurou Yaakov. — Nunca devíamos ter dado a eles acesso ao material de Kirov. — Ele jogou o envelope na mesa de Gabriel.

— O que é isso?

— Minha carta de demissão.

— Por que você escreveria uma coisa dessas?

— Porque perdemos Kirov.

— Você é culpado?

— Acho que não.

Gabriel pegou o envelope e passou na picotadora de papéis.

— Alguém mais está pensando em se demitir?

— Rimona.

Rimona Stern era chefe de Coletas. Era responsável por cuidar de agentes do Escritório no mundo todo. Gabriel tirou o telefone interno do gancho e discou para o escritório dela.

— Desça aqui. E traga Yossi.

Gabriel desligou e, um minuto depois, Rimona adentrou correndo pela porta. Ela tinha cabelo cor de arenito, quadris largos e um notório pavio curto. Entrara na profissão naturalmente; seu tio era Ari Shamron. Gabriel a conhecia desde que ela era criança.

— Yaakov diz que você tem algo para mim — disse ele.

— Do que você está falando?

— Da sua carta de demissão. Pode entregar.

— Ainda não escrevi.

— Não se dê ao trabalho, não vou aceitar.

Gabriel olhou para Yossi Gavish, agora apoiado no batente da porta. Ele era alto e intelectual, e se portava com um distanciamento sério. Nascera no bairro londrino de Golders Green e formara-se em Oxford antes de imigrar para Israel. Ainda falava hebraico com um sotaque britânico pronunciado e recebia carregamentos regulares de uma loja de chás em Picadilly.

— E você, Yossi? Está pensando em se demitir também?

— Por que eu devia ser mandado embora? Sou só um analista.

Gabriel sorriu brevemente contra sua vontade. Yossi não era um mero analista. Era chefe de todo o departamento conhecido como Pesquisa. Muitas vezes, ele não sabia as identidades de agentes de alta hierarquia, só seus codinomes e pseudônimos, mas estava no pequeno círculo de oficiais que possuía acesso ilimitado ao arquivo de Kirov.

— Chega de falar de demissão. Estão me ouvindo? — perguntou Gabriel. — Além do mais, se alguém vai perder o emprego, sou eu.

— *Você?* — duvidou Yossi.

— Você não leu os jornais? Não está assistindo à televisão? — O olhar de Gabriel vagou para a parede de vídeo. — Estão pedindo minha cabeça.

— Isso também passará.

— Talvez — admitiu Gabriel —, mas eu gostaria que vocês aumentassem minhas chances de sobrevivência.

— Como?

— Me trazendo o nome da pessoa que assinou a sentença de morte de Kirov.

— Não fui eu — retorquiu Yaakov.

— Que bom que esclarecemos isso. — Gabriel olhou para Rimona. — E você? Traiu Kirov para os russos?

Rimona franziu a sobrancelha.

— Ou talvez tenha sido você, Yossi. Sempre me pareceu o tipo traidor.

— Não olhe para mim, sou só um analista.

— Então, volte para seu escritório e comece a analisar. Quero esse nome.

— Não é algo que se faça rapidamente. Vai levar tempo.

— Claro. — Gabriel sentou-se à sua mesa. — Você tem 72 horas.

O resto do dia passou com uma lentidão de câmara de tortura; parecia não haver fim. Sempre surgia mais uma pergunta para Gabriel responder. Ele se consolou tentando consolar os outros. Ele o fez em reuniões pequenas, pois, ao contrário das sedes da CIA ou do MI6, o boulevard Rei Saul não tinha auditório formal. Era coisa de Shamron, que acreditava que espiões não deviam se reunir no local de trabalho, nem para celebrar, nem para lamentar. Ele também não aprovava os discursos motivacionais ao estilo estadunidense. As ameaças que Israel enfrentava, dizia ele, eram incentivo suficiente.

No fim da tarde, com a luz vermelha preenchendo a sala de Gabriel, ele recebeu uma convocação do primeiro-ministro. Limpou a mesa de várias questões rotineiras, verificou duas operações em andamento e, às 20h30, entrou, exausto, em seu comboio para ir até a rua Kaplan, em Jerusalém. Como todos os visitantes do escritório do primeiro-ministro, foi forçado a entregar o celular antes de entrar. A caixa antiescuta na qual o aparelho foi colocado era conhecida como "colmeia", e a área segura para além dela era o "aquário". Gabriel foi recebido cordialmente, mas com uma distinta frieza. Um inquérito envolvendo as finanças pessoais do primeiro ministro estava ameaçando desandar seu mandato, o mais longo desde David Ben Gurion. A última coisa de que ele precisava era de um escândalo envolvendo seu serviço de inteligência.

Em geral, os dois reuniam-se na confortável zona de convivência para *briefings* ou discussões particulares, mas, naquela noite, a autoridade máxima de Israel escolheu ficar à sua mesa embaixo do retrato de Theodor Herzl, fundador do movimento sionista que levou à reconstituição da dominação judaica sobre uma porção da Palestina. Sob o olhar inclemente de Herzl, Gabriel relatou os fatos como os conhecia. O primeiro-ministro ouviu impassível, tão imóvel quanto o homem na fotografia acima de seu ombro.

— Você sabe como passei meu dia? — perguntou ele, quando Gabriel terminou.

— Posso imaginar.

— Dezoito de meus colegas estrangeiros se deram ao trabalho de me telefonar diretamente. Dezoito! É o maior número em um único dia desde a nossa última guerra em Gaza. Todos me perguntaram a mesma coisa: como eu pude ser tão irresponsável a ponto de permitir que meu célebre chefe de inteligência atirasse em um oficial russo no coração de Viena?

— Você não fez nada disso. Nem eu.

— Tentei explicar isso, mas nenhum deles acreditou em mim.

— Também não tenho certeza se eu teria acreditado — admitiu.

— Até meu amigo na Casa Branca estava cético. Que cara de pau — murmurou o primeiro-ministro. — Ele está mais encrencado do que eu. E isso não é coisa pouca.

— Imagino que Jonathan Lancaster não tenha telefonado.

Ele balançou negativamente a cabeça.

— Mas o chanceler da Áustria me segurou no telefone por quase uma hora. Disse que tinha prova inegável de que estávamos por trás do assassinato do russo. Também me perguntou se queríamos de volta o corpo de nosso assassino.

— Ele falou mais sobre essa prova?

— Não. Mas não me pareceu que estava blefando. Ele deixou claro que está considerando sanções diplomáticas.

— Sérias?

— Expulsões. Talvez uma quebra total de relações diplomáticas. Quem sabe? Podem emitir um ou dois pedidos de prisão. — O primeiro-ministro fitou Gabriel por um momento. — Não quero perder uma embaixada europeia por causa disso. Nem o chefe do meu serviço de inteligência.

— Nisso — disse Gabriel — estamos em total acordo.

O primeiro-ministro olhou de relance para a televisão, que exibia uma reportagem no mudo.

— Você conseguiu me tirar do topo das manchetes. É uma conquista e tanto.

— Pode acreditar, não foi minha intenção.

— Há gente séria exigindo uma auditoria independente.

— Não tem nada para auditar. Nós não matamos Konstantin Kirov.

— Com certeza parece que mataram. Pode ser necessária uma avaliação para manter as aparências.

— Podemos cuidar disso sozinhos.

— Podem mesmo? — O tom do primeiro-ministro era duvidoso.

— Vamos descobrir o que deu errado — garantiu Gabriel. — Se tivermos qualquer culpa, tomaremos medidas apropriadas.

— Você está começando a soar como um político.

— Era para ser um elogio?

O primeiro-ministro sorriu friamente.

— Nem um pouco.

8

RUA NARKISS, JERUSALÉM

Chiara raramente via televisão à noite. Criada no mundo enclausurado do gueto judaico de Veneza, educada na Universidade de Pádua, ela se considerava uma mulher antiquada e desdenhava das distrações modernas como smartphones, redes sociais e TVs por assinatura de fibra ótica que entregavam mil canais de alta definição e programas em boa parte impossíveis de assistir. Gabriel costumava chegar em casa e encontrá-la absorta em algum tratado histórico importante — ela começava um doutorado sobre a história do Império Romano quando foi recrutada pelo Escritório — ou em um dos romances literários sérios que recebia pelo correio de uma livraria na Via Condotti, em Roma. Nos últimos tempos, pegara gosto também por romances de espionagem baratos, que lhe davam uma conexão, ainda que tênue e improvável, com a vida de que ela alegremente abrira mão para ter filhos.

Naquela noite, porém, Gabriel chegou ao seu apartamento fortemente protegido no bairro de Nachlaot, em Jerusalém, e encontrou a esposa assistindo a uma das emissoras a cabo dos Estados Unidos. Um repórter relatava, com óbvio ceticismo, a defesa de Israel de que não tinha tido nada a ver com os acontecimentos em Viena. O chefe do serviço secreto israelense, entoou ele, acabara de sair da rua Kaplan. Segundo um dos assessores de segurança nacional do ministro, que desejava permanecer anônimo, a reunião tinha ido tão bem quanto se poderia esperar.

— Alguma parte disso é verdade? — perguntou Chiara.

— Eu tive uma reunião com o primeiro-ministro. E é mais ou menos isso.

— Não foi bem?

— Ele não me ofereceu comida chinesa. Achei um mau sinal.

Chiara apontou o controle remoto para a tela e desligou a televisão. Ela vestia um jeans com lycra, que ficava bem em suas pernas longas e esguias, e um suéter cor de nata, sobre o qual seus cabelos escuros, com luzes castanhas e castanho-avermelhadas, caía desordenadamente. Os olhos eram cor de caramelo com pontos dourados. No momento, analisavam Gabriel com uma pena evidente. Ele só podia imaginar como parecia a ela. O estresse do campo sempre fora cruel com a aparência dele. Sua primeira operação, Ira de Deus, o deixara com cabelos grisalhos aos 25 anos. Gabriel tinha ido ladeira abaixo depois disso.

— Onde estão as crianças? — indagou ele.

— Saíram com amigos. Disseram para não esperarmos acordados. — Ela levantou uma sobrancelha de forma provocativa. — Temos a casa só para nós. Talvez você queira me arrastar para a cama e se aproveitar de mim.

Gabriel ficou muito tentado; havia meses que não fazia amor com sua bela e jovem esposa. Não havia tempo para isso. Chiara tinha dois filhos para criar e Gabriel, um país para proteger. Eles se viam por alguns minutos a cada manhã e, se tivessem sorte, por mais ou menos uma hora à noite, quando ele voltava do trabalho. Gabriel podia usar um apartamento seguro do Escritório em Tel

Aviv nas noites em que os acontecimentos não permitiam que ele fizesse o longo caminho até Jerusalém. Ele odiava o apartamento. Lembrava-lhe de como tinha sido sua vida antes de Chiara. O Escritório os tinha unido. E agora, estava conspirando para separá-los.

— Você acha possível — perguntou ele — que as crianças tenham voltado de fininho para o apartamento sem você saber?

— Tudo é possível. Por que não vai ver?

Gabriel caminhou silenciosamente até a porta do quarto dos filhos e entrou. Antes de sair para Viena, ele tinha trocado os berços por um par de camas infantis, o que significava que tinham liberdade para andar pelo apartamento à noite o quanto quisessem. Neste momento, porém, dormiam profundamente embaixo de um mural de nuvens à Ticiano que Gabriel pintara depois de um confronto sangrento com o serviço secreto russo.

Ele se abaixou e beijou a testa de Raphael. O rosto do menino, iluminado por um feixe de luz vindo da porta entreaberta, parecia impressionantemente com o de Gabriel. Ele tinha até sido amaldiçoado com os olhos verdes do pai. Irene, porém, parecia mais com a mãe de Gabriel, em homenagem a quem tinha sido batizada. Chiara era o ingrediente esquecido da receita genética das crianças. O tempo mudaria isso, pensou Gabriel. Uma beleza como a de Chiara não podia ser suprimida para sempre.

— É você, Abba?

Era Irene quem estava questionando. Raphael continuaria dormindo mesmo durante uma explosão, mas Irene, como o pai, tinha o sono leve. Ele achava que ela possuía as características de uma espiã perfeita.

— Sim, querida — sussurrou ele. — Sou eu.

— Fica um pouco aqui.

Gabriel se sentou na beirada da cama dela.

— Faz carinho nas minhas costas — ordenou a menina, e ele colocou a mão suavemente sobre o tecido quente do pijama dela. — Sua viagem foi boa?

— Não — respondeu ele, com honestidade.

— Eu vi você na televisão.

— Viu?

— Sua cara estava muito séria.

— Onde você aprendeu essa palavra?

— Qual palavra?

— Séria.

— Com a mamãe.

Essa era a linguagem da casa dos Allon. As crianças se referiam a Gabriel como Abba, palavra hebraica para "pai", mas Chiara, chamavam só de "mamãe". Estavam aprendendo hebraico e italiano simultaneamente, junto com alemão. O resultado era que falavam um idioma que só seus pais podiam compreender.

— Aonde você foi, Abba?

— Nenhum lugar interessante.

— Você sempre fala isso.

— Ah, é?

— Sim.

As crianças tinham apenas uma vaga ideia do que seu pai fazia para ganhar a vida. Sabiam que a foto dele, às vezes, aparecia na televisão, que ele era reconhecido em lugares públicos e que estava sempre rodeado de homens com armas. A família toda também.

— Você cuidou bem da sua mãe enquanto eu não estava?

— Eu tentei, mas ela estava triste.

— Estava? Por quê?

— Alguma coisa que ela viu na televisão.

— Seja boazinha e volte a dormir.

— Posso dormir com você e a mamãe?

— De jeito nenhum.

O tom dele era austero. Mesmo assim, Irene deu uma risadinha. Este era o único lugar em que ninguém obedecia às ordens dele. Ele fez carinho nas costas da filha por mais um minuto, até a respiração dela começar a ficar profunda e regular. Então, levantou-se com cuidado e foi em direção à porta.

— Abba?

— Sim, meu amor?

— Me dá mais um beijo?

Ele a beijou mais vezes do que podia contar. Ele a beijou até, feliz, ela implorar para ele sair.

Na cozinha, Gabriel encontrou uma panela de água fervendo no fogão e Chiara passando um bloco de queijo *parmigiano reggiano* sobre a superfície de um ralador. Ela ralava o queijo de forma muito hábil e aparentemente sem esforço, assim como a maioria das coisas, inclusive cuidar das crianças. Quando tinha produzido a quantidade necessária, ela trocou o bloco de *parmigiano reggiano* por um de *pecorino* e o ralou também. Gabriel examinou rapidamente os outros ingredientes dispostos no balcão. Manteiga, azeite, um moedor alto de pimenta: os requisitos para um *cacio e pepe*. A massa simples romana era uma das favoritas dele, especialmente da forma como Chiara a preparava.

— Sabe — disse ele, observando-a trabalhar —, há um homem muito simpático no mercado de Mahane Yehuda que pode fazer isso por você.

— Ou talvez eu devesse simplesmente comprar um pote no mercado. — Ela balançou a cabeça em repreensão. — O queijo tem de ser ralado com a consistência exata. Senão, os resultados são desastrosos.

Ele franziu o cenho olhando para a televisão no canto do balcão.

— Como em Viena.

Chiara puxou um fio de espaguete da panela e, depois de testá-lo, jogou o resto em um escorredor. Misturou a massa com manteiga derretida, azeite de oliva, os queijos ralados e um pouco da água do cozimento, e temperou o prato com pimenta suficiente para realçar o sabor. Eles comeram juntos na pequena mesa de café da cozinha, a babá eletrônica entre eles e a televisão no mudo. Gabriel recusou a oferta de vinho toscano; só Deus sabia o que a noite reservava. Chiara serviu para si uma taça pequena e ouviu atentamente à descrição dele sobre os acontecimentos em Viena.

— E agora? — perguntou ela.

— Fazemos uma revisão rápida, mas impiedosa para determinar onde ocorreu o vazamento.

— Quem sabia o endereço do apartamento seguro?

— Eli, Mikhail, os oficiais do Neviot, o atendente da Governança que o alugou e seis seguranças de campo, incluindo meus guarda-costas. E Uzi, claro.

— Você não mencionou os britânicos.

— Não?

— Certamente, você tem um suspeito.

— Não quero influenciar a investigação de maneira alguma.

— Você está passando tempo demais com o primeiro-ministro.

— É um dos perigos do meu trabalho.

O olhar de Chiara foi até a televisão.

— Perdoe o que vou dizer, mas Uzi, no fundo, deve estar gostando disso. Kirov foi recrutado no mandato dele. E, agora, está morto.

— Por enquanto, Uzi deu total apoio.

— Ele não tem escolha. Mas tente imaginar como é do ponto de vista dele. Uzi cuidou do Escritório com competência por seis anos.

Não de forma brilhante — adicionou ela —, mas com competência. Como recompensa, foi afastado para você entrar.

Um silêncio caiu entre eles. Só havia a respiração ritmada das crianças no monitor.

— Você foi adorável com Irene — disse Chiara, por fim. — Ela ficou tão animada de saber que você vinha para casa que se recusou a dormir. Devo dizer, Raphael lida muito bem com sua ausência. É um menininho estoico, como o pai deve ter sido. Mas Irene sente demais a sua falta quando você não está. — Ela fez uma pausa antes de completar: — Quase tanto quanto eu.

— Se isso virar um escândalo completo, você pode acabar me vendo muito mais.

— Nada nos deixaria mais felizes. De qualquer forma, o primeiro-ministro nunca ousaria demitir o grande Gabriel Allon. Você é a figura mais popular do país.

— A segunda — falou Gabriel. — Aquela atriz é bem mais popular que eu.

— Não acredite nas pesquisas, elas nunca estão certas. — Chiara sorriu. — Sabe, Gabriel, tem coisas bem piores do que ser demitido.

— Tipo o quê?

— Um assassino russo explodir os seus miolos. — Ela levou a taça de vinho aos lábios. — Você tem certeza de que não quer beber um pouco? Está muito bom.

9

BOULEVARD REI SAUL, TEL AVIV

Independentemente das preocupações do primeiro-ministro, Gabriel deixou a investigação nas mãos de Yossi Gavish e Rimona Stern, dois de seus oficiais sêniores mais confiáveis e amigos mais íntimos. Os motivos eram pessoais. O último inquérito independente do Escritório, conduzido após uma série de operações malsucedidas no fim dos anos 1990, tinha trazido Ari Shamron de volta de sua aposentadoria inquieta. Um dos primeiros atos oficiais dele foi ir até a Cornualha, onde Gabriel estava trancado em um chalé isolado, só com a companhia de seus quadros e seu luto. Shamron, como sempre, não chegara de mãos vazias: tinha levado uma operação. Acabaria sendo o primeiro passo da longa jornada de Gabriel do autoexílio à suíte executiva do boulevard Rei Saul. A moral da história, pelo menos do ponto de vista de Gabriel, era que espiões admitiam forasteiros entre si por sua conta e risco.

A primeira tarefa de Yossi e Rimona era se livrar de qualquer suspeita pelo vazamento. Conseguiram isso passando por alguns testes de polígrafo, completamente desnecessários, em que foram aprovados com honras. Depois, pediram a ajuda de um analista adicional. Com relutância, Gabriel lhes emprestou Dina Sarid, especialista em terrorismo com uma pilha de casos ativos em sua mesa bagunçada, incluindo três envolvendo o EI, que caíam na categoria de bomba-relógio. Dina não sabia quase nada sobre o caso de Kirov ou a deserção iminente do russo. Mesmo assim, Gabriel a colocou no polígrafo. Não foi surpresa ela ter passado. Assim como Eli Lavon, Mikhail Abramov, Yaakov Rossman, a equipe de Neviot, os membros da unidade de segurança de campo e o atendente da Governança.

A primeira fase da investigação, concluída ao meio-dia do dia seguinte, trouxe descobertas previsíveis. Os três analistas não acharam evidências para sugerir um vazamento por parte de funcionários do Escritório. Também não encontraram falhas na execução da operação em si. Todos tinham participado de empreitadas bem mais complexas que uma deserção e extração comum.

Era, como escreveu Yossi em seu memorando, "brincadeira de criança, para nossos padrões". Ainda assim, ele admitiu que havia fatos "conhecidos e desconhecidos". O principal era a possibilidade de o vazamento ter partido de ninguém menos que o próprio Konstantin Kirov.

— Como? — perguntou Gabriel.

— Você enviou a ele um total de quatro mensagens de texto naquela noite, correto?

— Você tem todas elas, Yossi. Sabe que está correto.

— A primeira mensagem instruía Kirov a sair do InterContinental e caminhar até a estação de trem. A segunda o instruía a embarcar no último trem a Viena. Na chegada, você disse para ele tomar um táxi até o Best Western. Um minuto antes de ele chegar lá, você enviou o endereço do apartamento seguro.

— Culpado.

— Ele ainda estava no táxi, o que quer dizer que Mikhail e Keller não conseguiam vê-lo com clareza.

— E?

— Ele pode ter encaminhado a mensagem.

— Para quem?

— O Centro de Moscou.

— Ele fez com que o matassem?

— Talvez tivesse a impressão de que a noite seria diferente.

— De que forma?

— Tendo outro alvo, por exemplo.

— Quem?

Yossi deu de ombros.

— Você.

Essa resposta levou-os a segunda fase do inquérito: uma revisão completa do recrutamento, do acompanhamento e da quantidade enorme de informações de Konstantin Kirov. Com o benefício de olhar em retrospecto, os três analistas consideraram cada um dos relatórios de Kirov. Não encontraram evidências de dissimulação. Kirov, concluíram, era um animal dos mais raros. Apesar das circunstâncias de seu recrutamento forçado, continuava puro como ouro.

Mas o Escritório não havia guardado as informações valiosas de Kirov para si; tinha dividido o tesouro com americanos e britânicos. Cada compartilhamento estava registrado no volumoso arquivo de Kirov: o tipo de material, a data, a lista de distribuição. Ninguém em Washington ou Londres, porém, sabia a verdadeira identidade do agente de codinome Heathcliff, e só um punhado de oficiais sêniores estavam cientes da intenção dele de desertar. Um oficial do MI6 recebera com antecedência o endereço do apartamento de Viena. Insistira, alegando ser necessário para garantir a transferência segura do desertor ao aeroporto internacional de Viena, onde um jato executivo Falcon o levaria a Londres.

— Teríamos exigido a mesma coisa — ponderou Uzi Navot. — Além disso, o fato de alguém ter acesso a uma informação não é a mesma coisa que ter prova de que ela foi enviada aos russos.

— É verdade — concordou Gabriel. — Mas é um bom lugar para começar.

Navot levou uma delicada xícara de porcelana até os lábios. Continha água quente com uma fatia de limão. Ao lado do pires, havia um prato de palitos de salsão, dispostos, cuidadosamente, para parecerem mais apetitosos. Bella não estava feliz com o peso atual de Navot, que flutuava como uma bolsa de valores latino-americana. Ele passara a maior parte da última década de dieta. A comida era sua única fraqueza, em especial, a culinária pesada e calórica da Europa Central e do Leste Europeu.

— A decisão é sua — seguiu ele —, mas, se eu estivesse na sua posição, ia querer mais que uma pilha de suposições antes de acusar um oficial de um serviço de inteligência amigo. Eu o conheci, aliás. Não me parece alguém que trairia seu país.

— Tenho certeza de que Angleton disse a mesma coisa sobre Kim Philby.

Navot concordou, balançando a cabeça com sabedoria.

— Então, como você pretende agir?

— Vou voar para Londres e dar uma palavrinha com nossos parceiros.

— Posso fazer uma previsão?

— Por que não?

— Seus parceiros vão rejeitar, categoricamente, suas descobertas. E, aí, vão nos culpar pelo que aconteceu em Viena. É assim que funciona quando há um desastre no nosso meio. Todo mundo corre para o esconderijo mais próximo.

— Então, eu devia deixar para lá? É isso que você está dizendo?

— O que eu estou dizendo — respondeu Navot — é que insistir no assunto com base numa estimativa inconsistente dá margem a prejuízos sérios em uma relação valiosa.

— Não existe relação entre nós e os britânicos. Está suspensa até segunda ordem.

— E eu com medo de que você fosse se precipitar. — Navot completou, abaixando a voz: — Não vá fazer tempestade num copo d'água, Gabriel.

— Minha mãe sempre me disse isso. Eu ainda não sei o que significa.

— Significa que você devia colocar esse relatório na picotadeira.

— Sem chance.

— Nesse caso — disse Navot, com um suspiro —, mande alguém de volta a Viena para ver se consegue mais detalhes. Alguém que fale o idioma como um nativo. Alguém com um ou dois contatos dentro do serviço de segurança local. Quem sabe? Se ele fizer o trabalho direito, pode conseguir tirar da cabeça dos austríacos a ideia de que matamos nosso próprio desertor.

— Você conhece alguém com esse perfil?

— Talvez.

Gabriel sorriu.

— Você pode comer um belo *Wiener schnitzel* enquanto estiver por lá, Uzi. Eu sei o quanto você ama a forma como eles o preparam em Viena.

— E o *Rindsgulasch*. — Navot passou a mão distraidamente por sua cintura ampla. — Era o que eu precisava. Bella vai acabar me obrigando a comer porções de prisioneiro.

— Tem certeza de que não se importa?

— Alguém tem de fazer. — Navot olhou com tédio para o prato de palitos de salsão. — Que seja eu.

10

BOSQUES DE VIENA, ÁUSTRIA

Uzi Navot passou uma noite tranquila com Bella na casa confortável deles no subúrbio de Petah Tikva, em Tel Aviv, e, pela manhã, tendo acordado no detestável horário de três da manhã, ele embarcou no voo da El Al das 05h10 para Varsóvia, conhecido carinhosamente no Escritório como Expresso Polonês. A mala de mão continha duas mudas de roupa e três mudas de identidade. Sua vizinha de assento, uma mulher de 33 anos de uma cidade na Alta Galileia, não o reconheceu. Navot ficou aliviado e, examinando seus sentimentos com honestidade, também ficou profundamente ressentido. Durante seis anos, ele liderara o Escritório sem máculas, mas já havia sido esquecido. Há muito, se conformara em ser lembrado meramente como chefe temporário, aquele que guardou o lugar para o escolhido. Ele era um asterisco.

Por outro lado, era, essencialmente, um ótimo espião. É certo que não era uma espécie de super-herói como Gabriel. Navot era um verdadeiro espião, um recrutador e controlador de agentes, um coletor de segredos alheios. Antes da ascensão burocrática no boulevard Rei Saul, seu campo principal de batalha era o Leste Europeu. Armado com um rol de idiomas, um charme fatalista e uma pequena fortuna em financiamento, ele recrutara uma ampla rede de agentes dentro de organizações terroristas, embaixadas, ministérios do exterior e serviços de segurança. Um deles era Werner Schwarz. Navot ligou para ele naquela noite de um quarto de hotel em Praga. Pela voz, Werner parecia ter bebido uma ou duas doses a mais do que o recomendado. Ele gostava demais de álcool. Era infeliz no casamento, e a bebida, sua anestesia.

— Eu estava esperando pela sua ligação.

— Odeio ser previsível.

— É uma desvantagem no seu ramo — disse Werner Schwarz. — Suponho que Viena esteja no seu plano de viagem.

— Amanhã, na verdade.

— Seria melhor um dia depois.

— Tenho problemas de tempo, Werner.

— Não podemos nos encontrar em Viena. Meu serviço está nervoso.

— O meu também.

— Posso imaginar. Que tal aquele pequeno vinhedo nos Bosques? Você se lembra, não?

— Com um carinho considerável.

— Com quem jantarei?

— Monsieur Laffont.

Vicent Laffont era uma das antigas identidades falsas de Navot. Era um repórter de turismo freelancer de descendência bretã, que levava uma vida nômade.

— Estou ansioso por vê-lo de novo. Vincent sempre foi um dos meus favoritos — disse Werner Schwarz, e desligou.

Navot, como de hábito, chegou ao restaurante trinta minutos mais cedo, carregando uma caixa decorativa de Demel, o famoso fabricante de chocolate vienense. Comera a maioria dos bombons durante o caminho e, em seu lugar, colocou quinhentos euros em dinheiro. O proprietário do restaurante, um homem pequeno com corpo em formato de *matrioshka*, lembrava-se dele. Navot, no papel de monsieur Laffont, o brindou com histórias de suas últimas viagens antes de se acomodar em um canto tranquilo do salão de madeira. Ele pediu uma garrafa de Grüner Veltliner, confiante de que não seria a última. Só havia mais três mesas ocupadas, e todos os grupos estavam terminando a refeição. Logo, o lugar estaria deserto. Navot gostava de um pouco de ruído ambiente quando estava espionando, mas Werner preferia trair seu país sem ser observado.

Werner chegou às três horas, vestido para trabalhar, com um terno escuro e sobretudo. Sua aparência tinha mudado desde a última vez que Navot o vira, e não necessariamente para melhor. Um pouco mais redondo e grisalho, com mais algumas veias estouradas nas bochechas. Os olhos brilhavam enquanto Navot enchia duas taças de vinho. Depois, a decepção de sempre voltou. Werner Schwarz a vestia como uma gravata berrante. Navot percebera isso durante uma de suas viagens de pescaria a Viena e, com um pouco de dinheiro e conversinha, o tinha fisgado. De seu posto dentro do BVT, o competente serviço de segurança interna da Áustria, Werner mantivera Navot bem-informado sobre questões de interesse para o Estado de Israel. Navot tinha sido forçado a abrir mão de Werner durante seu mandato como chefe. Por vários anos, não tiveram contato a não ser alguns cartões de Natal clandestinos e os depósitos em dinheiro regulares na conta bancária de Werner em Zurique.

— Uma coisinha para Lotte — disse Navot, entregando a caixa a Werner.

— Não precisava.

— Era o mínimo que eu podia fazer. Eu sei que você é um homem ocupado.

— Eu? Tenho acesso, mas nenhuma responsabilidade verdadeira. Compareço a reuniões e ganho tempo.

— Quanto falta?

— Talvez dois anos.

— Não vamos esquecer de você, Werner. Você foi bom para nós.

O austríaco fez um gesto de indiferença.

— Eu não sou uma garota que você pegou em um bar. Sei que quando eu me aposentar, você vai ter dificuldade de lembrar meu nome.

Navot nem se preocupou em negar.

— E você, monsieur Laffont? Pelo que vejo, ainda na ativa.

— Pelo menos, por mais algumas rodadas.

— Você é muito maltratado pelo seu serviço. Merece coisa melhor.

— Eu tive uma boa fase.

— Só para ser jogado de lado em troca de Allon. — Num sussurro confessional, Werner Schwarz perguntou: — Ele realmente achou que conseguiria se safar matando um oficial do SVR no meio de Viena?

— A gente não teve nada a ver com isso.

— Uzi, por favor.

— Você precisa acreditar em mim, Werner. Não fomos nós.

— Nós temos prova.

— Tipo qual?

— Um dos membros de sua equipe de assassinos. O alto — insistiu Werner Schwarz. — O que parece um cadáver. Ele ajudou Allon com aquele probleminha no Stadttempel há alguns anos, e seu chefe foi tolo o suficiente de mandá-lo de volta a Viena para cuidar do russo. Você nunca cometeria um erro desses, Uzi. Sempre foi muito cuidadoso.

Navot ignorou o elogio de Werner.

— Nossos oficiais estavam presentes naquela noite — admitiu Navot —, mas não pelo motivo que você pensa. O russo trabalhava para nós. Ela ia desertar quando foi morto.

Werner Schwarz sorriu.

— Quanto tempo você e Allon demoraram para inventar essa?

— Você não viu de fato o assassinato, viu, Werner?

— Não tinha câmeras naquele canto da rua, e é por isso que vocês a escolheram. As evidências balísticas provam de forma conclusiva que foi o agente na motocicleta que puxou o gatilho. — Werner Schwarz pausou e, então, completou: — Meus pêsames, aliás.

— Não é necessário. Ele não era nosso.

— Ele está largado em uma laje no necrotério central. Você realmente pretende deixar o cara lá?

— Ele não é preocupação nossa. Façam o que quiserem com ele.

— Ah, vamos fazer.

O proprietário apareceu e tirou o pedido deles enquanto os últimos grupos saíam, ruidosamente, em direção à porta. Do lado de fora das janelas do salão de jantar, os Bosques de Viena começavam a escurecer. Era o momento de silêncio, o momento de que Werner Schwarz mais gostava. Navot encheu sua taça. Depois, sem aviso nem explicação, falou um nome.

Werner Schwarz levantou uma sobrancelha.

— O que tem ele?

— Você conhece?

— Só a reputação.

— E qual é?

— Um bom oficial que serve os interesses de seu país aqui em Viena de forma profissional, de acordo com nossos desejos.

— O que quer dizer que ele não tenta atacar o governo austríaco.

— Nem nossos cidadãos. Portanto, deixamos que ele faça seu trabalho sem ser perturbado. Na maior parte do tempo — adicionou Werner Schwarz.

— Vocês ficam de olho nele?

— Quando nossos recursos permitem. Somos um serviço pequeno.

— E?

— Ele é muito bom no que faz. Mas, na minha experiência, eles geralmente são. O fingimento parece ser natural para eles.

— Nenhum crime ou contravenção? Nenhum vício pessoal?

— Alguns casos de vez em quando — contou Werner Schwarz.

— Com alguém em particular?

— Ele se envolveu com a esposa de um cônsul americano há alguns anos. Causou uma confusão e tanto.

— Como foi resolvido?

— O cônsul americano foi transferido para Copenhague e a esposa voltou para a Virgínia.

— Mais alguma coisa?

— Ele tem voado muito para Berna, o que é interessante, porque a cidade não faz parte do território dele.

— Você acha que ele tem uma garota nova lá?

— Ou talvez alguma outra coisa. Como você sabe, nossa autoridade acaba na fronteira suíça. — Os primeiros pratos chegaram; uma terrine de fígado de frango para Navot e um peito de pato defumado para Schwarz. — Posso perguntar por que você está tão interessado nesse homem?

— É uma questão de limpeza interna. Só isso.

— Ele está conectado aos russos?

— Por que você perguntaria uma coisa dessas?

— Só por causa do *timing*.

— Dois coelhos com uma cajadada — explicou Navot, distraído.

— Não é algo tão fácil de se fazer. — Werner Schwarz limpou os lábios com um guardanapo engomado. — O que nos traz de volta ao homem largado no necrotério central. Quanto tempo você pretende continuar com essa farsa de que ele não é seu?

— Você acha mesmo — disse Navot, com frieza — que Gabriel Allon permitiria que você enterrasse um judeu em uma cova sem nome?

— Admito que não é o estilo de Allon. Não depois do que ele passou nesta cidade. Mas o homem no necrotério não é judeu. Pelo menos, não etnicamente.

— Como você sabe?

— Quando a Bundespolizei não conseguiu identificá-lo, pediu um teste de DNA.

— E?

— Nem um traço de gene Asquenaze. Ele também não tem as marcas genéticas de um judeu sefardita. Nada de sangue árabe, nem da África do Norte, nem espanhol. Nem uma gota.

— Então, o que ele é?

— É russo. Cem por cento.

— Imagine só — disse Navot.

II

ANDALUZIA, ESPANHA

A vila ficava na beira de um grande penhasco nos morros da Andaluzia. A precariedade de sua posição atraía a mulher; a construção dava a impressão de que podia a qualquer momento perder o contato com a pedra e desabar. Havia noites, acordada na cama, em que ela se imaginava caindo no abismo, com seus souvenires e livros e gatos rodopiando num tornado de memórias esfarrapadas. Ela se perguntava por quanto tempo ficaria morta no solo do vale, sepultada nos escombros de sua existência solitária, até alguém notar. Será que as autoridades lhe dariam um enterro decente? Notificariam a criança? Ela deixara algumas pistas cuidadosamente escondidas sobre a identidade da criança em suas posses, e no início de um livro de memórias. Por enquanto, só escrevera onze páginas, todas a lápis e marcadas pelo círculo marrom de sua xícara de café. Ela tinha um título, porém, o que considerava uma conquista notável, já que títulos eram sempre tão difíceis. Chamava de *A outra mulher.*

As escassas onze páginas, soma total de seu trabalho, ela via de forma menos favorável, pois os dias não eram nada além de um punhado de tempo vazio. Além do mais, ela era jornalista, ou, pelo menos, se passara por uma quando jovem. Talvez fosse o assunto que bloqueasse seu caminho. Escrever sobre a vida dos outros — o ditador, o revolucionário, o homem que vende azeitonas e tempero no *souk* — era, para ela, um processo relativamente natural. O entrevistado falava, as palavras dele eram confrontadas com os fatos disponíveis — sim, as palavras *dele*, porque, naqueles dias, as mulheres não tinham importância — e alguns milhares de caracteres eram derramados na página. Com sorte, elegância e discernimento o suficiente para garantir um pequeno pagamento de um editor longínquo em Londres, Paris ou Nova York. Contudo, escrever sobre ela mesma era totalmente diferente. Era como tentar lembrar os detalhes de um acidente de automóvel em uma estrada escura. Ela tinha sofrido um, com *ele*, nas montanhas próximas a Beirute. Ele estava bêbado, como sempre, e abusivo, o que não era de seu feitio. Ela imaginava que ele tinha direito de estar bravo; ela, finalmente, criara coragem para contar a ele sobre o bebê. Até hoje, perguntava-se se ele estava tentando matá-la. Tinha matado muitos outros. Centenas, aliás. Ela sabia disso, agora. Mas não na época.

Ela trabalhava — ou fingia trabalhar — pelas manhãs na alcova sombreada abaixo das escadas. Andava dormindo menos e acordando mais cedo. Supunha que era mais uma consequência do envelhecimento. Naquela manhã, ela estava mais prolífica que o normal, uma página inteira de prosa polida quase sem correção ou revisão. Mesmo assim, ainda não finalizara o primeiro capítulo. Ou chamaria de prólogo? Sempre tivera dúvidas sobre prólogos; considerava-os macetes baratos usados por escritores menores. No caso dela, porém, um prólogo se justificava, pois ela estava começando a história não do começo, mas do fim, uma tarde abafada de agosto de 1974 quando certo Camarada Lavrov — um pseudônimo — trouxe a ela uma carta de Moscou. Não trazia nem o nome do remetente, nem a data em que fora escrita. Mesmo assim, ela sabia que era *dele*, o jornalista inglês que conhecera em Beirute. A prosa o traía.

Eram onze e meia da manhã quando ela pousou o lápis. Sabia disso porque o alarme metálico de seu relógio de pulso Seiko lhe lembrou de tomar a próxima pílula. Sofria do coração. Ela engoliu o pequeno comprimido amargo com o resto frio do café e trancou o manuscrito — era uma palavra pretenciosa, é bem verdade, mas ela não conseguia pensar em outra — na antiga caixa-forte vitoriana abaixo da escrivaninha. O item seguinte do movimentado cronograma diário foi o ritual do banho, que consumia quarenta minutos inteiros, seguidos por mais meia hora se arrumando, depois dos quais ela saiu da vila e caminhou na luz feroz do início da tarde em direção ao centro da aldeia.

A cidade era branca como osso seco, admiravelmente branca, e equilibrada em cima do ponto mais alto do morro que parecia uma tesoura. Para chegar ao novo hotel eram necessários 114 passos pelo paseo, e, com mais 228, ela alcançava um trecho de oliveiras e carvalhos-californianos no limite da *centre ville*, como ela costumava chamar, em particular, mesmo agora, depois de todos os seus anos de esplêndido exílio. Era um jogo dela com a criança em Paris há muito tempo, a contagem dos passos. Quantos passos para cruzar o pátio até a rua? Quantos passos para atravessar a pont de la Concorde? Quantos passos para uma criança de 10 anos desaparecer da vista da mãe? A resposta eram 29.

Um grafiteiro tinha maculado a primeira habitação em formato de cubo de açúcar com uma obscenidade em espanhol. Ela achava o trabalho dele bastante decente, um toque de cor, como uma almofada jogada para quebrar a monotonia do branco. Subiu pelas curvas da cidade até a rua San Juan. Os comerciantes a observaram passar com desdém. Tinham muitos nomes para ela, nenhum deles elogioso. Chamavam-na de *la loca*, a louca, ou *la roja*, a vermelha, em referência à cor de sua ideologia política, que ela não tentava esconder, quebrando as instruções do Camarada Lavrov. Aliás, havia poucas lojas na aldeia em que ela não havia tido uma discussão de algum tipo, sempre por dinheiro. Ela achava os comerciantes uns abutres capitalistas, e eles a consideravam, com razão, uma comunista e encrenqueira, e importada, além de tudo.

O café onde ela gostava de fazer a refeição do meio-dia localizava-se numa praça perto do topo da cidade. Havia uma ilhota hexagonal com uma bonita luminária no centro e, no lado leste, uma igreja ocre em vez de branca, outro respiro à monotonia. O próprio café era um lugar simples — mesas e cadeiras de plástico, toalhas de plástico com uma estampa escocesa peculiar —, mas três agradáveis laranjeiras cheias de frutas faziam sombra no terraço. O garçom era um jovem marroquino simpático de algum povoado abandonado na região montanhosa do Rife. Até onde ela sabia, ele podia ser um fanático do EI planejando cortar a garganta dela na primeira oportunidade, mas era uma das poucas pessoas na cidade que a tratavam bem. Eles conversavam em árabe, ela no clássico artificial que aprendera no Marrocos, ele no dialeto magrebino do Norte da África. O garçom era generoso com o presunto e o xerez, embora desaprovasse as duas coisas.

— Você viu as notícias da Palestina hoje? — Ele colocou uma *tortilla* na frente dela. — Os sionistas fecharam o monte do Templo.

— Absurdo. Se os tolos não abrirem logo, vai ser a ruína deles.

— *Inshallah.*

— Sim — concordou ela, enquanto bebia um Manzanilla pálido. — *Inshallah*, de fato.

Durante o café, ela rabiscou algumas linhas em seu caderno Moleskine, memórias daquela tarde de agosto em Paris, impressões de um tempo distante. Diligente, ela tentou separar o que conhecia na época do que conhecia agora, e colocar a si mesma e o leitor no período correto, sem o viés do tempo. Quando a conta chegou, ela deixou o dobro do valor pedido e foi para a praça. Por alguma razão, a igreja a chamava. Subiu os degraus — eram quatro — e empurrou a porta de madeira cravada de tachas. O ar frio a encontrou como uma respiração. Instintivamente, ela esticou uma das mãos para a fonte e molhou as pontas dos dedos na água benta, mas parou antes de fazer o ritual de bênção. Certamente, pensou, a terra tremeria e a cortina do templo se abriria em duas.

A nave central estava numa penumbra e deserta. Ela deu alguns passos hesitantes para o corredor e inalou os aromas familiares de incenso e fumaça e da cera da vela. A vida inteira amara o cheiro de igrejas, mas achava que o resto a respeito delas era para os trouxas. Como sempre, Deus em seu instrumento romano de execução não falou com ela nem a levou ao êxtase. Já uma estátua da *Madonna e menino* que pairava acima de um estande de velas votivas, a levou, inesperadamente, às lágrimas.

Ela enfiou algumas moedas na abertura da caixa e cambaleou em direção ao sol. Tinha ficado frio sem aviso, como acontecia nas montanhas da Andaluzia no inverno. Correu para a base da cidade, contando os passos, perguntando-se por que, em sua idade, era mais difícil caminhar morro abaixo do que morro acima. O pequeno supermercado El Castillo tinha acordado da *siesta*. Das prateleiras arrumadas, ela escolheu alguns itens para o jantar e os carregou em uma sacola plástica pelo deserto de carvalho e oliveiras, passando pelo novo hotel e, finalmente, até a prisão de sua vila.

O frio a seguiu para dentro de casa como um animal perdido. Ela acendeu a lareira e tomou um uísque para aquecer os ossos. O perfume de fumaça e madeira tostada a fez pensar, involuntariamente, *nele*. Os beijos dele sempre tinham gosto de uísque.

Ela levou o copo para sua alcova embaixo da escada. Acima da escrivaninha, livros enfileiravam-se em uma prateleira única. Seus olhos foram da esquerda para a direita pelas lombadas rachadas e desbotadas. Knightley, Seale, Boyle, Wright, Brown, Modin, Macintyre, Beeston... Havia também uma edição do livro de memórias desonesto dele. O nome dela não aparecia em página alguma. Ela era seu segredo mais bem guardado. Não, na verdade, pensou ela, era o segundo mais bem guardado.

Ela abriu a caixa-forte vitoriana e removeu um álbum de colagens com capa de couro tão velho que restara apenas o cheiro de poeira. Dentro, cuidadosamente colada às páginas, estava a porção escassa de fotos, notícias e cartas que o Camarada Lavrov lhe permitira levar de seu antigo apartamento em Paris — e algumas outras que ela conseguira guardar sem ele saber. Ela só tinha oito instantâneos amarelados da criança, o último tirado, clandestinamente, na Jesus Lane, em Cambridge. Havia muitas outras *dele*. Os longos almoços regados a álcool em St. Georges e na Normandia, os piqueniques nas montanhas, as tardes bêbadas nas cabanas de praia em Khalde. Havia, ainda, as fotos que ela tirara na privacidade de seu apartamento, quando ele estava indefeso. Eles nunca tinham se encontrado no grande apartamento dele na rua Kantari, só no dela. De alguma forma, Eleanor nunca os descobrira. Ela imaginava que a traição era natural para os dois. E para os filhos deles.

Ela devolveu o álbum à caixa e, na sala de estar, ligou a televisão antiquada. O noticiário da noite acabara de começar. Depois de vários minutos das notícias habituais — uma greve de trabalhadores, uma briga de futebol, mais confusão na vizinha Catalunha —, houve uma história sobre um agente russo em Viena e sobre o espião israelense supostamente responsável. Ela odiava o israelense pelo simples motivo de ele existir, mas, no momento, sentia-se um pouco chateada. *Pobrezinho*, pensou. Não tinha ideia do que estava enfrentando.

12

BELGRAVIA, LONDRES

Um protocolo oficial ditava que Gabriel informasse "C", diretor-geral do Serviço Secreto de Inteligência da Grã-Bretanha, sobre sua intenção de visitar Londres. Ele seria recebido por um comitê de boas-vindas no aeroporto de Heathrow, acompanhado pelo controle de passaporte e levado a Vauxhall Cross em um comboio digno de primeiro-ministro, presidente ou potentado de algum canto de um império perdido. Quase todo mundo que importava na Londres oficial e secreta saberia de sua presença. Em resumo, seria um desastre.

O que explicava por que Gabriel voou a Paris com um passaporte falso e entrou escondido em Londres em um trem da Eurostar no meio do dia. Para se hospedar, escolheu o Grand Hotel Berkshire, na West Cromwell Road. Ele pagou pela estadia de duas noites em dinheiro — era esse tipo de lugar — e subiu as escadas para seu quarto, porque o elevador estava quebrado. Era esse tipo de lugar, também.

Ele pendurou o NÃO PERTURBE na maçaneta e acionou a trava de segurança antes de tirar o telefone do gancho. Estava com cheiro da loção pós-barba do último ocupante. Ele começou a discar, mas parou. A ligação seria monitorada pelo GCHQ, o serviço de inteligência de sinais britânico, e quase certamente pela NSA americana, e os dois conheciam o som da voz dele em várias línguas.

Gabriel colocou o gancho de volta e abriu em seu celular um aplicativo que transforma textos em voz. Depois de digitar a mensagem e selecionar o idioma no qual queria que ela fosse lida, levantou o gancho malcheiroso mais uma vez e discou o número completo.

Uma voz masculina, fria e distante, atendeu, como se irritada pela interrupção indesejada. Gabriel segurou o alto-falante do celular ao bocal do telefone fixo e apertou play. A voz automatizada do software enfatizou todas as palavras e sílabas erradas, mas conseguiu transmitir seus desejos. Ele queria dar uma palavra em particular com "C", longe de Vauxhall Cross e sem que ninguém mais dentro do MI6 ficasse sabendo. Podia ser encontrado no Grand Hotel Berkshire, quarto 304. Não podia esperar muito.

Quando a mensagem inteira tinha sido tocada, Gabriel desligou e assistiu ao trânsito da hora do *rush* passando na rua. Vinte minutos se passaram antes de o telefone de quarto finalmente tocar com uma chamada. A voz que falou com Gabriel era humana.

— Eaton Square, sete da noite. Traje casual.

Então, houve um clique e a ligação caiu.

Gabriel esperava ser enviado a uma casa segura sombria do MI6 em um lugar como Stockwell ou Stepney ou Maida Vale, por isso, o endereço em Belgravia foi uma pequena surpresa. Era de uma habitação em estilo georgiano com vista para o quadrante sudoeste da praça. A casa, como suas vizinhas de terraço, tinha um exterior de estuque branco como a neve no térreo, com tijolo castanho no andar de cima. Uma luz queimava brilhante entre os pilares do pórtico, e a campainha, quando tocada por Gabriel, produziu um sonoro som de sino lá dentro. Enquanto esperava por uma resposta, ele examinou as outras casas ao longo da praça. A maioria estava escura, prova de que um dos endereços mais badalados de Londres era reduto de proprietários ricos e ausentes da Arábia, da China e, claro, da Rússia.

Finalmente, surgiram passos, o bater de saltos altos num piso de mármore. Então, a porta recuou, revelando uma mulher alta de uns 65 anos, que vestia calças pretas da moda e uma jaqueta com uma estampa que parecia a paleta de tintas de Gabriel após um longo dia de trabalho. Ela resistira à tentação da cirurgia plástica e dos implantes de colágeno e, portanto, mantido uma beleza elegante e digna. A mão direita segurava a maçaneta; a esquerda, uma taça de vinho branco. Gabriel sorriu. Prometia ser uma noite interessante.

Ela devolveu o sorriso dele.

— Meu Deus, é você mesmo.

— Infelizmente, sim.

— Entre logo, antes que alguém atire em você ou tente explodi-lo. Meu nome é Helen, aliás. Helen Seymour — adicionou ela, enquanto a porta se fechava com uma batida sólida. — Certamente, Graham já avisou sobre mim.

— Ele não para de falar de você.

Ela fez uma careta.

— Graham me avisou de seu senso de humor sombrio.

— Vou fazer o possível para mantê-lo sob controle.

— Por favor, não. Todos os nossos outros amigos são chatíssimos.

Ela o conduziu por um corredor com papel de parede xadrez, até uma cozinha ampla com um cheiro agradável de frango, arroz e açafrão.

— Estou preparando uma *paella*. Graham disse que você não se importaria.

— Perdão?

— Com o chouriço e os frutos do mar — explicou ela. — Ele me garantiu que você não era *kosher.*

— Não sou, embora em geral evite as carnes proibidas.

— Dá para tirar e comer o resto. É o que os árabes fazem quando eu cozinho para eles.

— Eles vêm bastante aqui?

Helen Seymour revirou os olhos.

— Alguém em particular? — indagou Gabriel.

— O camarada jordaniano esteve aqui há pouco. Aquele que usa ternos da Savile Row e fala como um de nós.

— Fareed Barakat.

— Ele se acha bastante. E você também — completou ela.

— Estamos do mesmo lado, Fareed e eu.

— E que lado é esse?

— O da estabilidade.

— Não existe isso, meu caro. Não mais.

Gabriel entregou a Helen Seymour a garrafa de Sancerre em temperatura ambiente que ele tinha comprado no Sainsbury's, na Berkeley Street. Ela colocou direto no freezer.

— Vi sua foto no *Times* outro dia — disse ela, fechando a porta. — Ou foi no *Telegraph*?

— Nos dois, infelizmente.

— Não era uma de suas melhores. Talvez isto ajude. — Ela serviu uma taça grande de Alvarinho. — Graham está esperando lá em cima. Ele diz que vocês dois têm algo a discutir antes do jantar. Suponho que tenha a ver com Viena. Não tenho permissão de saber.

— Considere-se com sorte.

Gabriel subiu as escadas amplas até o primeiro andar. A luz vazava pela porta aberta do escritório grandioso forrado de livros, onde Graham Seymour, sucessor de Cumming, Menzies, White e Oldfield, esperava em um esplêndido isolamento. Ele vestia um terno cinza listrado e uma gravata azul-acinzentada que combinavam com a cor de seus cachos abundantes. A mão direita segurava um copo de vidro lapidado com uma bebida destilada clara. Seus olhos estavam fixos na televisão, onde o primeiro-ministro respondia à pergunta de um repórter sobre o Brexit. Por sua vez, Gabriel ficou feliz com a mudança de assunto.

— Por favor, diga a Lancaster o quanto sou grato pelo apoio inabalável a mim nos dias depois de Viena. Avise que ele pode me ligar sempre que precisar de um favor.

— Não culpe Lancaster — respondeu Seymour. — Não foi ideia dele.

— De quem foi?

— Minha.

— Por que não ficar de boca calada? Por que me expor?

— Porque você e sua equipe conduziram uma operação ruim, e eu não queria que isso acabasse sujando meu serviço nem meu primeiro-ministro. — Seymour olhou com desaprovação para o vinho de Gabriel, antes de caminhar até o carrinho e completar seu drinque. — Aceita algo um pouco mais forte?

— Uma acetona com gelo, por favor.

— Azeitona ou limão? — Com um sorriso cauteloso, Seymour declarou um cessar temporário das hostilidades. — Você devia ter me avisado que vinha. Teve sorte de eu estar aqui. Voo para Washington de manhã.

— As cerejeiras ainda vão demorar três meses para florescer.

— Graças a Deus.

— Qual é a agenda?

— Uma reunião de rotina em Langley para revisar as operações conjuntas atuais e definir prioridades futuras.

— Meu convite deve ter se perdido no correio.

— Há algumas coisas que fazemos sem seu conhecimento. Somos família, afinal.

— Família distante — disse Gabriel.

— Mais distante a cada dia.

— A aliança já sofreu antes.

— Sofreu, sim, mas isto é diferente. Estamos enfrentando a possibilidade muito real do colapso da ordem internacional. A mesma ordem, por sinal, que fez nascer seu país.

— Nós somos capazes de nos cuidar.

— Mesmo? — perguntou Seymour, com seriedade. — Por quanto tempo? Contra quantos inimigos de uma vez?

— Vamos falar de algo agradável. — Gabriel fez uma pausa, e, então, completou: — Viena, por exemplo.

— Era uma operação simples — afirmou Seymour após um momento. — Resgatar o agente, dar uma palavra com ele em particular, colocá-lo num avião em direção a uma nova vida. Fazemos o tempo todo.

— Nós também — replicou Gabriel. — Mas essa operação ficou mais complicada porque meu agente estava descoberto muito antes de sair de Moscou.

— *Nosso* agente — enfatizou Seymour. — Fomos nós que concordamos em recebê-lo.

— E é por isso — disse Gabriel — que agora ele está morto.

Seymour estava apertando o copo com tanta força que as pontas de seus dedos tinham ficado brancas.

— Cuidado, Graham. Você vai acabar se cortando.

Ele colocou o copo no carrinho.

— Vamos dizer — começou, calmamente — que a evidência disponível sugira que Kirov havia sido descoberto.

— Sim, vamos.

— Mas vamos também dizer que era responsabilidade sua resgatá-lo, independe das circunstâncias. Você devia ter identificado as equipes de vigilância do SVR em Viena e o mandado embora.

— Não podíamos identificá-las, Graham, porque não existiam. Não eram necessárias. Eles sabiam aonde Kirov estava indo e que eu estaria esperando por ele. Foi assim que usaram os *bots*, *trolls*, fóruns de mensagem e serviços de notícias para criar a impressão de que éramos nós por trás do assassinato de Kirov.

— Onde estava o vazamento?

— Não veio do nosso serviço. O que quer dizer — falou Gabriel — que veio do seu.

— Eu tenho um espião russo na minha folha de pagamento? — perguntou Seymour. — É isso que você está dizendo?

Gabriel foi até a janela e olhou para as casas escuras no lado oposto da praça.

— Alguma chance de você colocar um disco de Harry James na vitrola num volume bem alto?

— Tenho uma ideia melhor — disse Seymour, levantando-se. — Venha comigo.

13

EATON SQUARE, LONDRES

A porta, embora aparentemente normal por fora, fora construída dentro de um batente de aço de alta resistência. Graham Seymour a abriu digitando os oito números corretos no teclado na parede. A câmara atrás era pequena e apertada, e elevada a vários centímetros do chão. Havia duas cadeiras, um telefone e uma tela para videoconferências seguras.

— Uma sala à prova de escutas doméstica — constatou Gabriel. — O que mais vão inventar?

Seymour sentou-se em uma das cadeiras e gesticulou para Gabriel tomar a segunda. Os joelhos dos dois estavam se tocando, como passageiros dividindo o banco em um trem. A luz vinda de cima tornava as belas feições de Seymour caóticas. Ele, de repente, parecia um homem que Gabriel não conhecia.

— É bastante conveniente, não? E totalmente previsível.

— O quê? — perguntou Gabriel.

— Você procurar um bode expiatório para o seu fracasso.

— Eu teria cuidado em ficar usando a expressão *bode expiatório*. Pessoas como eu ficam desconfortáveis com ela.

De alguma forma, Seymour conseguiu manter uma máscara de discrição britânica.

— Não ouse usar esse argumento contra mim. Nós nos conhecemos bem demais para isso.

— É verdade. E é por isso que achei que você podia ter interesse em saber que seu chefe de Estação em Viena é espião russo.

— Alistair Hughes? Ele é um ótimo oficial.

— Tenho certeza de que os controladores dele no Centro de Moscou acham a mesma coisa. — O sistema de ventilação da câmara rugia como um freezer aberto. — Você, ao menos, pode me dar uma audiência?

— Não.

— Nesse caso, minha única escolha é suspender nosso relacionamento.

Seymour só sorriu.

— Você não é muito bom em pôquer, é?

— Nunca tive tempo para interesses triviais.

— Lá vem de novo o mesmo argumento.

— Nossa relação é como um casamento, Graham. É baseada em confiança.

— Na minha opinião, a maioria dos casamentos se baseia em dinheiro ou no medo de ficar sozinho. Se você se divorciar de mim, não vai ter amigo algum no mundo.

— Não posso operar com você nem dividir informações se seu chefe de Viena estiver na folha de pagamento dos russos. Tenho bastante certeza de que os americanos vão achar a mesma coisa.

— Você não ousaria.

— Pague para ver. Aliás, acho que vou contar a meu amigo Morris Payne tudo isso a tempo da reunião de vocês amanhã. — Payne era o diretor da CIA. — Isso deve animar as coisas consideravelmente.

Seymour não reagiu.

Gabriel olhou de relance para as lentes da câmera acima da tela de vídeo.

— Esse negócio não está ligado, né?

Seymour balançou a cabeça.

— E ninguém sabe que estamos aqui?

— Só Helen. Ela tem adoração por ele, aliás.

— Por quem?

— Alistair Hughes. Acha ele boa-pinta.

— A mulher de um diplomata americano que trabalhava em Viena também achava.

Seymour apertou os olhos.

— Como você sabe disso?

— Um passarinho me contou. O mesmo passarinho que me contou sobre Alistair Hughes exigindo o endereço do apartamento onde eu planejava interrogar Kirov.

— O Controle de Londres queria o endereço, não Alistair.

— Por quê?

— Porque tínhamos responsabilidade de tirar Kirov de Viena e colocá-lo em segurança em um avião. Não é como pedir um carro pelo Uber. Não dá para apertar um botão na última hora. Tivemos de planejar a rota principal e montar uma alternativa caso os russos interviessem. Para isso, precisávamos do endereço.

— Quantas pessoas sabiam?

— Em Londres? — Seymour olhou para o teto. — Oito ou nove. E outras seis ou sete em Viena.

— Até os Meninos Cantores de Viena? — Com o silêncio como resposta, Gabriel perguntou: — Quanto os americanos sabiam?

— Nossa chefe de Estação em Washington informou-os de que Heathcliff estava saindo e que tínhamos concordado em dar a ele status de desertor. Não contou a eles os detalhes operacionais.

— Nem o local?

— Só a cidade.

— Eles sabiam que eu estaria lá?

— Talvez. — Seymour demonstrou estar pensativo. — Desculpe, mas estou ficando um pouco confuso. Você está acusando os americanos de vazar a informação aos russos, ou nós?

— Estou acusando o boa-pinta do Alistair Hughes.

— E os outros catorze oficiais do MI6 que conheciam o endereço do seu apartamento seguro? Como você sabe que não foi nenhum deles?

— Porque estamos sentados nesta sala. Você me trouxe aqui — disse Gabriel — porque teme que eu esteja certo.

14

EATON SQUARE, LONDRES

Graham Seymour permaneceu em um silêncio que pareceu eterno, desviando o olhar, como se observasse o campo passando pela janela do vagão de trem imaginário de Gabriel. Por fim, falou baixinho um nome, um nome russo, que Gabriel teve dificuldade de compreender com o uivo do sistema de ventilação.

— Gribkov — repetiu Seymour. — Vladimir Vladimirovich Gribkov. O apelido era VeeVee. Ele posava de adido de imprensa na missão diplomática russa em Nova York. Bastante mal, aliás. Na verdade, era um oficial do SVR que buscava espiões nas Nações Unidas. O Centro de Moscou tem uma enorme *rezidentura* em Nova York. Nossa estação é bem menor e a de vocês, menor ainda. Um homem, na verdade. Sabemos a identidade dele, e os americanos também.

Isso, adicionou Seymour, não era relevante. O que importava era que Vladimir Vladimirovich Gribkov, durante uma festa tediosa num elegante hotel de Manhattan, abordara o homem do MI6 em Nova York e o intimara a discutir algo de natureza altamente sensível. Esse oficial, que Seymour não identificou, relatou devidamente o contato ao Controle de Londres.

— Afinal, como todo oficial de campo do MI6 sabe, o caminho mais curto para transformar sua carreira numa pilha de pó é ter uma conversa íntima não autorizada com alguém do SVR.

O Controle deu a benção formal ao encontro e, três semanas depois do contato inicial — tempo suficiente, disse Seymour, para permitir que Gribkov caísse em si —, os dois oficiais concordaram em se encontrar em uma localização remota a leste de Nova York, em Long Island.

— Na verdade, era em uma ilha menor perto da costa, um lugar chamado Shelter Island. Não há ponte, só balsas de carros. A maior parte da ilha é uma reserva natural, com quilômetros de trilhas nas quais é possível nunca esbarrar com vivalma. Em resumo, era o lugar perfeito para um oficial do Serviço Secreto de Inteligência de Sua Majestade se encontrar com um russo que estava pensando em trair seu país.

Gribkov gastou pouco tempo com preliminares ou gentilezas profissionais. Disse que tinha se desiludido com o SVR e com a Rússia sob comando do czar. Desejava desertar para a Inglaterra com mulher e filhos, que moravam com ele em Nova York, no complexo diplomático russo no Bronx. Ele disse que podia fornecer ao MI6 um baú de tesouros de informação, incluindo uma que o tornaria o desertor mais valioso da história. Portanto, em troca, ele queria ser bem recompensado.

— Quanto? — perguntou Gabriel.

— Dez milhões de libras em dinheiro e uma casa no interior inglês.

— Ele é desses — declarou Gabriel, com desprezo.

— Sim — concordou Seymour.

— E qual a informação que o fazia valer tantas riquezas?

— O nome de um informante russo na hierarquia mais alta dos serviços de inteligência anglo-americano.

— Ele especificou qual serviço ou de qual lado do oceano?

Seymour balançou a cabeça em negação.

— Qual foi sua reação?

— Cautela, beirando o ceticismo, que é nossa posição inicial padrão. Supusemos que ele estava contando uma história ou que fosse um agente provocador enviado pelo Centro de Moscou para nos induzir a lançar uma caça às bruxas autodestrutiva buscando por um traidor entre nós.

— Então, disseram a ele que não estavam interessados?

— Pelo contrário, na verdade. Dissemos que estávamos muito interessados, mas que precisávamos de algumas semanas para fazer os arranjos necessários. Neste meio tempo, checamos as referências dele. Gribkov não era nenhum estagiário. Era um oficial veterano do SVR que servira em várias *rezidenturas* no Ocidente, mais recentemente em Viena, onde teve inúmeros contatos com meu chefe de Estação.

— O boa-pinta Alistair Hughes.

Seymour não disse nada.

— Qual foi a natureza dos contatos?

— A de sempre — disse Seymour. — O importante é que Alistair reportou todos eles, como é exigido. Foram todos registrados no arquivo dele, com referências cruzadas no de Gribkov.

— Então, você levou Hughes a Vauxhall Cross para pegar as impressões dele sobre Gribkov e sobre o que ele estava vendendo.

— Exatamente.

— E?

— Alistair estava ainda mais cético que o Controle de Londres.

— Ah, é mesmo? Estou chocado.

Seymour fez uma careta.

— Nesse ponto — continuou —, seis semanas se passaram desde a primeira oferta de deserção de Gribkov, que começava a ficar nervoso. Fez duas ligações altamente desaconselháveis ao meu homem em Nova York. E, aí, fez uma coisa verdadeiramente imprudente.

— O quê?

— Procurou os americanos. Como você pode imaginar, Langley ficou furiosa com a forma como lidamos com o caso. Colocaram pressão para aceitarmos Gribkov o mais rápido possível. Chegaram a oferecer pagar uma parte dos dez milhões. Quando resistimos, virou uma briga familiar completa.

— Quem venceu?

— O Centro de Moscou — disse Seymour. — Enquanto estávamos batendo boca com nossos primos, não notamos que Gribkov fora mandado de volta para casa para consultas urgentes. A esposa e os filhos dele voltaram à Rússia alguns dias depois e, no mês seguinte, a Missão Permanente da Federação Russa nas Nações Unidas anunciou a indicação de um novo adido de imprensa. Nem preciso dizer que nunca mais se viu ou ouviu falar de Vladimir Vladimirovich Gribkov.

— Por que eu não fiquei sabendo de nada disso?

— Não era da sua conta.

— Passou a ser *da minha conta* — disse Gabriel com frieza — no minuto em que você deixou Alistair Hughes se aproximar da minha operação em Viena.

— Não passou pela nossa cabeça não permitir que ele trabalhasse na operação.

— Por que não?

— Porque nosso inquérito interno mostrava que ele não tinha tido papel algum no destino de Gribkov.

— Fico aliviado em saber. Mas como exatamente os russos descobriram que Gribkov tentara desertar?

— Concluímos que o comportamento dele deve ter chamado atenção. Os americanos concordaram com nossa avaliação.

— Acabando, assim, com uma briga potencialmente desestabilizadora entre amigos. Agora você tem outro russo morto nas mãos. E o único denominador comum é o seu Chefe de Estação em Viena, um homem que teve um caso extraconjugal com a esposa de um cônsul americano.

— O marido dela não era cônsul, era da Agência. Se infidelidade marital fosse um indicador preciso de traição, nosso serviço não existiria. Nem o seu.

— Ele tem passado bastante tempo do outro lado da fronteira, na Suíça.

— Seu passarinho também contou isso ou você o está seguindo?

— Eu nunca seguiria um oficial inglês sem contar a você, Graham. Amigos não fazem isso um com o outro. Não deixam o outro no escuro. Não quando há vidas em jogo.

Seymour não respondeu. Ele pareceu exausto, de repente, e cansado da discussão. Gabriel não invejava a situação do amigo. Um espião nunca vencia em um caso desses. Era só uma questão de quanto perdia.

— Correndo o risco de meter o nariz onde não sou chamado — disse Gabriel — me parece que você tem duas escolhas.

— Tenho, é?

— A conduta mais lógica seria abrir uma investigação interna para determinar se Alistair Hughes está vendendo segredos aos russos. Você será obrigado a contar para os americanos sobre o inquérito, o que vai fazer a relação de vocês congelar. Além do mais, vai ter que trazer seus rivais do MI5, que é a última coisa que você quer.

— E a segunda opção? — perguntou Seymour.

— Deixe que a gente vigie Hughes para você.

— Que piada!

— Podia ser. Mas, desta vez, não é.

— É algo sem precedentes.

— Não totalmente — replicou Gabriel. — E tem suas vantagens.

— Por exemplo?

— Hughes conhece suas técnicas de vigilância e, talvez o mais importante, sua equipe. Se você o vigiar, há uma boa chance de ele perceber. Mas, se formos nós...

— Você vai ter licença para revirar os assuntos particulares de um de meus oficiais.

Dando de ombros, Gabriel deixou claro que já tinha essa licença, com ou sem a aquiescência de Seymour.

— Ele não vai conseguir esconder de nós, Graham, não sob vigilância 24 horas. Se estiver em contato com os russos, vamos ver.

— E depois?

— Entregamos a evidência, e você pode fazer o que achar melhor com ela.

— Ou o que *você* achar melhor.

Gabriel não mordeu a isca; a disputa estava quase no fim. Seymour levantou os olhos com irritação na direção da grade do teto. O ar estava gelado como a Sibéria.

— Não posso deixá-lo vigiar meu Chefe de Viena sem alguém do nosso lado junto — disse ele, por fim. — Quero um de meus oficiais nesta equipe.

— Foi assim que o problema começou, Graham. — Recebido pelo silêncio, Gabriel completou: — Dadas as circunstâncias atuais, só há um oficial do MI6 que eu aceitaria.

— Esqueceu que ele e Alistair se conhecem?

— Não — respondeu Gabriel —, esse fato importante não me escapou de repente. Mas não se preocupe, não os deixaremos chegar perto um do outro.

Gabriel levantou a mão direita, como se fizesse um juramento solene.

— Sem qualquer acesso aos arquivos do MI6 ou ao funcionamento interno da estação de Viena — insistiu Seymour. — Sua operação vai se limitar à vigilância física.

— Mas o apartamento dele está liberado — contrariou Gabriel. — Olhos e ouvidos.

Seymour demonstrou refletir sobre a questão.

— Concordo — disse, por fim. — Seja discreto com as câmeras e os microfones. Um homem tem direito a uma zona de imunidade.

— A não ser que esteja espionando para os russos. Aí, só tem direito a *vysshaya mera*.

— Isso é hebraico?

— Russo, na verdade.

— O que quer dizer?

Gabriel colocou o código numérico de oito dígitos no teclado interno e as fechaduras se abriram com um clique. Seymour franziu o cenho.

— Vou precisar trocar a numeração de manhã cedo.

— Faça isso.

Seymour estava distraído durante o jantar, então, coube a Helen, a dona de casa perfeita, guiar a conversa. Ela o fez com uma discrição admirável. Gabriel não era estranho à imprensa londrina, mas ela não trouxe à tona o assunto desagradável das antigas explorações dele em solo britânico. Só mais tarde, quando se preparava para ir embora, ele percebeu que não tinham falado de absolutamente nada.

Ele esperava voltar a pé para o hotel, mas havia uma limusine Jaguar aguardando à porta. Christopher Keller estava no banco de trás; lia algo em seu BlackBerry do MI6.

— Eu entraria, se fosse você — falou. — Um amigo próximo do czar mora do outro lado da praça.

Gabriel se abaixou, entrou no carro e fechou a porta. O veículo se afastou com uma guinada e, em um instante, já atravessava o Chelsea pela King's Road.

— Como foi o jantar? — perguntou Keller, com cuidado.

— Quase tão ruim quanto Viena.

— Ouvi falar que vamos voltar.

— Eu, não.

— Que pena. — Keller olhou pela janela. — Sei quanto você ama aquele lugar.

15
EMBAIXADA BRITÂNICA, WASHINGTON

O diretor-geral do serviço secreto de inteligência de Sua Majestade não tinha aeronave particular — esse privilégio era reservado ao primeiro-ministro —, então, Graham Seymour cruzou o Atlântico na manhã seguinte em um jato executivo Falcon fretado. Foi recebido na pista do aeroporto internacional Washington Dulles por uma equipe de recepção da CIA e levado em alta velocidade pela expansão suburbana de Virgínia do Norte até o complexo da Embaixada Britânica na Massachusetts Avenue. Ao chegar, foi encaminhado ao primeiro andar para a reunião obrigatória com o embaixador, um homem que conhecera a vida toda. Os pais de ambos serviram juntos em Beirute no início dos anos 1960. O pai do embaixador trabalhava para o Ministério das Relações Exteriores e o de Seymour, para o MI6.

— Quer jantar hoje? — perguntou o embaixador, enquanto acompanhava Seymour até a porta.

— Preciso voltar a Londres, infelizmente.

— Pena.

— Muita.

A parada seguinte de Seymour foi a estação do MI6, que ficava atrás de uma porta protegida como o cofre de um banco, um reino secreto, separado e isolado do resto da embaixada. Era, de longe, a maior estação do serviço e, sem dúvida, a mais importante. Por um acordo permanente, os oficiais não tentavam coletar inteligência em solo americano. Serviam meramente como elos de ligação com a grande comunidade de inteligência americana, onde eram considerados clientes valiosos. O MI6 tinha ajudado a construir a capacidade de espionagem dos Estados Unidos durante a Segunda Guerra Mundial e, agora, décadas depois, ainda colhia os frutos. A relação familiar próxima permitia que o Reino Unido, ex-potência militar esvaziada e com um exército pequeno, tivesse um papel superdimensionado no palco mundial e, assim, mantivesse a ilusão de que era uma potência global a ser enfrentada.

Rebecca Manning, a Chefe de Estação de Washington, esperava por Seymour do outro lado da barreira de segurança. Ela já fora bela — bela demais para ser oficial de inteligência, na opinião de um recrutador já há muito esquecido —, mas agora, no auge de sua vida profissional, era apenas incrivelmente atraente. Uma mecha solta de cabelo escuro caía por cima do olho azul-cobalto. Ela a afastou com uma das mãos e estendeu a outra para Seymour.

— Bem-vindo a Washington — entoou, como se a cidade e tudo o que ela representava fossem exclusivamente dela. — Espero que o voo não tenha sido muito ruim.

— Me deu a oportunidade de ler seu *briefing*.

— Eu só quero revisar mais um ou dois pontos antes de irmos para Langley. Tem café na sala de reuniões.

Ela soltou a mão de Seymour e o levou pelo corredor central da estação. Sua jaqueta e saia elegantes cheiravam levemente a tabaco; ela, sem dúvida, escapara até o jardim para fumar um cigarro L&B rapidamente antes da chegada de Seymour. Rebecca Manning era uma fumante incorrigível e contumaz. Tinha adquirido o hábito em Cambridge, e piorado enquanto atuara em Bagdá. Também havia servido em Bruxelas, Paris, Cairo, Riad e Amã, onde era Chefe de Estação. Tinha sido Seymour, no início de seu mandato como chefe, que lhe dera o cargo de C/Washington, como era conhecido no léxico do serviço. Com isso, praticamente abençoara Rebecca como sua sucessora. Washington seria a última estação estrangeira dela; não havia mais aonde ir. Apenas uma volta final em Vauxhall Cross, para, então, ser formalmente apresentada aos barões de Whitehall. A nomeação dela seria histórica, e já não era sem tempo. O MI5 já tivera duas chefes — incluindo Amanda Wallace, diretora-geral atual —, mas o Seis nunca confiara as rédeas do poder a uma mulher. Era um legado que Seymour teria orgulho de deixar.

À parte os laços familiares, a Estação de Washington seguia os mesmos procedimentos de segurança de qualquer outro posto no mundo, especialmente no que dizia respeito a conversas sensíveis entre oficiais sêniores. A sala de reuniões era impenetrável à escuta eletrônica. O livro de capa de couro com o *briefing* fora colocado na mesa à frente do assento de Seymour. Dentro estava a pauta da reunião com o diretor da CIA, Morris Payne, junto com resumos das políticas atuais, objetivos futuros e operações correntes. Era um dos documentos mais valiosos do mundo da inteligência global. O Centro de Moscou certamente mataria por ele.

— Com creme? — perguntou Rebecca Manning.

— Puro.

— Não é o de sempre.

— Ordens médicas.

— Nada sério, espero.

— Meu colesterol está um pouco alto. Minha pressão também. Um dos bônus do trabalho.

— Desisti de me preocupar com minha saúde há muito tempo. Se sobrevivi a Bagdá, posso sobreviver a qualquer coisa. — Ela entregou o café a Seymour. Então, preparou um para si e franziu a testa. — Café sem um cigarro. Nem vale a pena.

— Você realmente devia parar de fumar, sabia. Se eu consigo, qualquer um consegue.

— Morris me diz a mesma coisa.

— Não sabia que vocês estavam tão íntimos.

— Ele não é ruim, Graham.

— Tem ideologia, o que me deixa nervoso. Um espião não deve acreditar em nada. — Ele pausou antes de completar: — Como você, Rebecca.

— Morris Payne não é espião, é diretor da CIA. Tem uma diferença enorme. — Ela abriu sua cópia do *briefing*. — Vamos começar?

Seymour nunca duvidara de que nomear Rebecca para o posto em D.C. fora uma decisão sábia, principalmente depois dos 45 minutos do *briefing*. Ela passou pela pauta com agilidade e segurança — Coreia do Norte, China, Irã, Iraque, Afeganistão, Síria, o esforço global contra o Estado Islâmico e a al-Qaeda. O domínio dela sobre questões políticas era total, bem como sua exposição a operações secretas americanas. Como Chefe de Estação do MI6 em Washington, Manning sabia muito mais sobre o funcionamento secreto da comunidade de inteligência do que a maioria dos membros do Senado. O raciocínio dela era sutil e sofisticado, e não era dada a hipérboles ou precipitações. Para Rebecca, o mundo não era um lugar perigoso e sem controle; era um problema a ser resolvido por homens e mulheres com competência e treinamento.

O último item na pauta era a Rússia, um terreno traiçoeiro por natureza. O novo presidente americano não escondia sua admiração pelo autoritário líder russo e expressava o desejo de relações melhores com Moscou. Agora, ele estava envolvido numa investigação sobre uma possível ajuda secreta do Kremlin na disputa presidencial contra o Partido Democrata. Seymour e o MI6 concluíram que sim, bem como o antecessor de Morris Payne na CIA.

— Por motivos óbvios — falou Rebecca —, Morris não deseja discutir política interna americana. Ele está interessado em um assunto, um único assunto.

— Heathcliff?

Rebecca assentiu.

— Se é verdade, ele devia convidar Gabriel Allon para uma conversa aqui em Washington.

— Acredita mesmo que tenha sido culpa dele? — Houve um silêncio breve. — Posso falar francamente?

— É para isso que estamos aqui.

— Os americanos não vão acreditar. Trabalham de perto com o israelense há muitos anos, assim como você. Sabem que ele é mais do que capaz de resgatar um agente russo desertor.

— Você parece estar bem por dentro do pensamento dos americanos.

— Faz parte do meu trabalho, Graham.

— O que devo esperar deles?

— Extrema preocupação — respondeu Rebecca.

Ela não disse mais nada, pois não havia nada a ser dito. Se a CIA compartilhava da crença de Gabriel de que o MI6 fora infiltrado pelos russos, era um desastre.

— Morris vai fazer a acusação explicitamente? — perguntou Seymour.

— Infelizmente, não sei. Isto posto, ele não vai medir palavras. Já estou detectando uma mudança de temperatura em minhas interações com eles. O clima está ficando meio gelado. Muitos silêncios longos e olhares vazios. Temos de encarar as preocupações deles. Senão, vão começar a esconder as joias da coroa.

— E se eu disser que compartilho dessas preocupações?

— É verdade? — perguntou Rebecca Manning.

Seymour bebeu o café.

— Você precisa saber que o assassinato de Heathcliff levou os americanos a reavaliarem o que deu errado com o caso Gribkov. Com bastante atenção — adicionou Rebecca.

— Seriam tolos se não fizessem isso. — Após uma pausa, Seymour falou: — E nós também.

— Você abriu uma investigação formal?

— Rebecca, você sabe que eu não posso...

— E eu não posso continuar exercendo minhas funções como sua Chefe de Estação em Washington sem saber a resposta a essa pergunta. Vou ficar em uma situação insustentável, e qualquer confiança que os americanos ainda tenham em mim vai evaporar.

O argumento era válido.

— Nenhuma investigação formal — disse Seymour, com frieza — foi aberta até agora.

A resposta era uma obra-prima de passividade burocrática sombria. Não passou despercebido a Rebecca.

— E *informal*? — perguntou.

Seymour deixou um momento passar antes de responder.

— Basta dizer que certas averiguações estão sendo feitas.

— Averiguações?

Ele assentiu.

— Você identificou um suspeito?

— Rebeca, francamente. — O tom de Seymour era disciplinador.

— Eu não sou uma funcionária administrativa de baixo escalão, Graham. Sou sua C/Washington. Tenho direito de saber se Vauxhall Cross acha que existe um traidor trabalhando na minha estação.

Seymour hesitou, depois balançou lentamente a cabeça. Rebecca pareceu aliviada.

— O que vamos dizer aos americanos?

— Nada. É perigoso demais.

— E quando Morris Payne informar a suspeita de que estamos abrigando um espião russo em nosso meio?

— Vou lembrá-lo de Aldrich Ames e Robert Hanssen. Dizer que ele está enganado.

— Ele não vai aceitar.

— Não terá escolha.

— A não ser que sua averiguação não oficial descubra um informante russo.

— Que averiguação? — perguntou Seymour. — Que informante?

16

BAIRRO BELVEDERE, VIENA

A Embaixada Britânica em Viena localizava-se na Jauresgasse, 12, próxima dos jardins do Palácio Belvedere, no dourado Terceiro Distrito. Os jordanianos estavam do outro lado da rua, os chineses, ao lado, e os iranianos, no fim do quarteirão. Os russos também. Consequentemente, Alistair Hughes, Chefe de Estação do MI6 em Viena, tinha oportunidade de passar inocentemente pela grande *rezidentura* do SVR várias vezes ao dia, ou em seu carro com chofer, ou a pé.

Ele morava em uma rua tranquila chamada Barichfasse, num apartamento grande o suficiente para acomodar a esposa e os dois filhos, que vinham de Londres ao menos uma vez por mês. O departamento de Governança tinha conseguido um aluguel de curto prazo num apartamento mobiliado no prédio exatamente em frente. Eli Lavon se mudou na manhã da visita de Graham Seymour a Washington; Christopher Keller, no dia seguinte. Ele trabalhara com Lavon em várias operações, mais recentemente, no Marrocos. Mesmo assim, Keller mal reconheceu o homem que abriu a porta e o puxou às pressas para dentro.

— Qual é exatamente — perguntou Keller — a natureza do nosso relacionamento?

— Não é óbvio? — respondeu Lavon.

Keller viu Alistair Hughes de relance pela primeira vez às 20h30 daquela noite, saindo do banco traseiro de um sedã da embaixada. Dois minutos depois, viu Hughes novamente, na tela de um laptop, quando ele entrou no apartamento. Uma equipe de Neviot invadira o local naquela tarde e tinha escondido câmeras e microfones em todos os cômodos. Também colocaram uma escuta no telefone fixo do apartamento e na rede de Wi-Fi, o que permitiria que Lavon e Keller monitorassem as atividades de Hughes no ciberespaço, incluindo o que ele teclasse. O regulamento do MI6 o proibia de conduzir negócios oficiais em qualquer computador fora da estação e em qualquer telefone que não seu BlackBerry seguro. Ele estava livre, porém, para conduzir negócios pessoais numa rede insegura, usando um aparelho pessoal. Como a maioria dos oficiais do MI6 declarados, ele tinha um segundo telefone. Era um iPhone.

Ele passou aquela primeira noite como passaria as nove seguintes, à maneira de um homem de meia-idade morando sozinho. O horário de sua chegada variava um pouco a cada noite, o que Lavon, que registrava as idas e vindas, creditava à realização apropriada do ofício e à segurança pessoal. As refeições, muitas vezes, eram do tipo congeladas de micro-ondas e, em geral, ele as consumia enquanto assistia ao noticiário na BBC. Não tomava vinho no jantar — aliás, eles não observaram nenhum consumo de bebidas alcóolicas — e costumava telefonar para a família por volta das 22 horas. Eles moravam no bairro de Shepherd's Bush, em West London. A esposa, Melinda, trabalhava para a sede do Barclays em Canary Wharf. Os garotos tinham 14 e 16 anos e estudavam na St. Paul's, uma das escolas mais caras de Londres. Aparentemente, dinheiro não era problema.

Insônia, porém, era. O primeiro recurso de Alistair era uma biografia densa de Clement Attlee, o primeiro-ministro do Partido

Trabalhista na Grã-Bretanha pós-guerra, e, quando isso não funcionava, ele buscava o frasco de comprimidos que ficava em seu criado-mudo. Havia mais dois frascos na caixa de remédios do banheiro. Estes, Hughes tomava pela manhã, junto com seu café. Era cuidadoso com a escolha de suas roupas, mas sem exagero. Nunca deixava de enviar uma mensagem de "bom dia" aos meninos e à Melinda, e nenhuma delas ou e-mails recebidos por ele no apartamento era de natureza abertamente romântica ou sexual. Eli Lavon encaminhava todos os números das ligações feitas e recebidas e os e-mails ao boulevard Rei Saul, que, por sua vez, os mandava à Unidade 8200, o serviço de sinais e cyber inteligência altamente capacitado de Israel. Nada parecia suspeito. Por garantia, a Unidade varrera nomes, telefones e endereços de e-mail nos contatos dele. Todos estavam limpos.

Um carro pegava Hughes a cada manhã, por volta das 9 horas, e o levava à embaixada, e nesse ponto ele desaparecia por várias horas. As medidas estritas de segurança na Jauresgasse tornavam impossível para os observadores de Lavon manterem uma presença fixa ali. Também não havia parques, praças ou espaços públicos onde um artista da vigilância pudesse permanecer por determinado período. Não tinha importância; os serviços de localização do iPhone que Hughes mantinha em sua maleta os alertavam quando ele saía.

Como chefe de Estação declarado em um país pequeno e razoavelmente amigável, Alistair Hughes era uma espécie de espião-diplomata, o que exigia que ele mantivesse uma agenda lotada de reuniões e compromissos fora da embaixada. Era um visitante frequente a vários ministérios austríacos e à sede da BVT, e almoçava diariamente nos melhores restaurantes de Viena com espiões, diplomatas e até alguns jornalistas — incluindo uma bela repórter de TV alemã que o pressionava por informações sobre o papel de Israel no assassinato de Konstantin Kirov. Eli Lavon sabia disso porque almoçava na mesa ao lado com uma de suas observadoras. Lavon também estava presente em uma recepção diplomática no Museu de História da Arte de Viena, quando Hughes esbarrou com um homem da Embaixada Russa. Lavon tirou disfarçadamente uma foto do encontro e a mandou ao boulevard Rei Saul. O Escritório não conseguiu colocar um nome no rosto russo, nem o Ministério das Relações Exteriores de Israel. Graham Seymour, porém, não teve dificuldades em identificá-lo:

— Vitaly Borodin — disse a Gabriel, na ligação segura entre os dois escritórios. — É um vice-secretário sem qualquer ligação com o SVR.

— Como você sabe?

— Porque Alistair reportou o contato no minuto em que voltou à estação.

Naquela noite, a décima da operação de vigilância, Hughes só conseguiu ler duas páginas da biografia de Attlee antes de pegar os comprimidos no criado-mudo. Pela manhã, depois de mandar mensagens à mulher e aos filhos, ele tirou um comprimido de cada um dos frascos na caixa de remédios, e engoliu com café. O carro da embaixada chegou às 9h12, e 9h30 Keller entrou no apartamento de Hughes com a ajuda dos artistas especializados em invasão de Lavon. Ele foi direto para o frasco no criado-mudo. Não havia rótulo nem marcas de qualquer tipo. Nem nos frascos da caixa de remédios. Keller pegou uma amostra de cada, as dispôs no balcão do banheiro e fotografou, de frente e de trás. Do outro lado da rua, no posto de observação, ele colocou os números de identificação impressos no remédio em uma base de dados on-line para identificar pílulas.

— Agora sabemos por que ele é o único oficial do MI6 que não bebe — disse Eli Lavon. — Os efeitos colaterais o matariam,

Lavon mandou uma atualização ao boulevard Rei Saul, e Gabriel deu a notícia a Graham Seymour em uma ligação segura no fim daquela tarde. O Chefe de Estação do MI6 em Viena era um maníaco-depressivo que lutava contra a ansiedade e tinha problemas para dormir à noite. Havia, porém, um lado bom. Até agora, nenhuma evidência sugeria que ele fosse também um espião russo.

Por mais três dias e noites eles o vigiaram. Ou, como Eli Lavon mais tarde descreveria, e Keller concordaria, zelaram por ele, tal foi o impacto dos três frascos não marcados, um de zolpidem, um de alprazolam e um de carbonato de lídio, um poderoso estabilizador de humor. Até Lavon, um *voyeur* profissional que passara a vida toda criando crônicas da vida secreta dos outros — fraquezas e vaidades, indiscrições particulares e infidelidades — já não conseguia pensar em Alistair Hughes apenas como alvo e potencial espião russo. Era dever deles cuidar dele e protegê-lo do mal. Ele era o paciente deles.

Não era o primeiro profissional de inteligência a sofrer com doenças mentais, e não seria o último. Alguns chegavam ao jogo já com as enfermidades; outros descobriam que era o próprio jogo que os deixava doentes. Hughes, porém, escondia as aflições melhor do que a maioria. De fato, Keller e Lavon tiveram dificuldade de ligar a figura dopada de zolpidem que se levantava vacilante da cama a cada manhã ao espião profissional elegante que emergia alguns minutos depois pela porta do prédio, o próprio arquétipo da sofisticação e competência britânica. Ainda assim, os observadores fecharam a órbita, seguindo Hughes em seus compromissos diários. Quando ele quase entrou na frente de um bonde elétrico na Ringstrasse — ele estava distraído, no momento, por algo em seu BlackBerry —, foi Eli Lavon que agarrou o cotovelo dele e o avisou, em alemão, para tomar cuidado por onde andava.

— Você tem certeza de que ele não te viu? — perguntou Gabriel no link seguro.

— Eu me virei antes de ele levantar os olhos do telefone. Ele nunca olhou diretamente para o meu rosto.

— Você quebrou a quarta parede entre observador e presa. — O tom de Gabriel era de advertência. — Não devia ter feito isso.

— O que eu *devia* ter feito? *Observado* enquanto ele era atropelado por um bonde?

O dia seguinte era uma quarta-feira cinza e desanimada, mas quente o bastante para as nuvens baixas despejarem chuva em vez de neve. O humor de Hughes combinava com o clima. Ele demorou para se levantar da cama e, quando engoliu os comprimidos da caixa de remédios, o alprazolam e o carbonato de lítio, fez isso como se estivessem sendo forçados goela abaixo. Na rua, pausou antes de entrar no banco de trás do carro da embaixada e levantou os olhos para as janelas do apartamento de observação, mas, fora isso, o dia seguiu da mesma forma que os doze anteriores. Ele passou a manhã dentro da embaixada, almoçou com um oficial da Agência Internacional de Energia Atômica e foi ao Café Sperl com um repórter do *Telegraph*. Não deixou pegadas, não fez caminhadas longas em um parque vienense ou em um bosque isolado e não se envolveu em atos visíveis de comunicação impessoal. Em resumo, não fez nada para sugerir que estivesse em contato com um serviço de inteligência adversário.

Permaneceu na embaixada até mais tarde do que o normal e voltou ao apartamento às 21h15. Mal houve tempo suficiente para um *curry* de frango de micro-ondas e uma ligação rápida para Shepherd's Bush antes de ir para a cama. Lá, ele pegou não o livro, mas seu laptop, que usou para comprar um voo e reservar um quarto de hotel por duas noites. O voo era o SkyWork 605, saindo de Viena às 14 horas na sexta, com chegada programada em Berna às 15h30. O hotel era o Schweizerhof, um dos melhores da cidade. Ele não contou os planos para a esposa. Nem informou para a Estação de

Viena ou para Vauxhall Cross, admitiu Graham Seymour em uma ligação segura com Gabriel.

— Por que não? — questionou Gabriel.

— Não é exigido, desde que a natureza da viagem seja pessoal.

— Talvez devesse ser.

— Você sabe onde seus chefes de estação estão a cada minuto de cada dia?

— Não — confirmou Gabriel. — Mas nenhum dos meus está espionando para os russos.

Alistair Hughes dormiu profundamente naquela noite com a ajuda dos dez miligramas de zolpidem, mas, no boulevard Rei Saul, as luzes demoraram a se apagar. Pela manhã, Mikhail Abramov voou a Zurique; Yossi Gavish e Rimona Stern, a Genebra. Todos os três, no fim, acabaram em Berna, onde foram recebidos por Christopher Keller e vários oficiais de Neviot que trabalhavam na operação em Viena.

Sobrara apenas Gabriel. Na sexta-feira, de manhã cedo, ele se levantou na escuridão e se vestiu, em silêncio para não acordar Chiara, com as roupas de um empresário alemão chamado Johannes Klemp. No quarto ao lado, Raphael continuava dormindo mesmo após o beijo suave do pai, mas Irene despertou assustada e o observou com um olhar acusatório.

— Você está diferente.

— Às vezes eu tenho que fingir que sou outra pessoa.

— Você vai embora de novo?

— Sim — admitiu ele.

— Quanto tempo vai ficar fora?

— Não muito — respondeu, sem fé.

— Para onde você vai desta vez?

A segurança operacional não lhe permitia responder. Ele deu um último beijo em Irene e desceu para a rua, onde seu comboio perturbava a tranquilidade do local. *Para onde você vai desta vez?* Para a Suíça, pensou. Por que tinha que ser a Suíça?

17

PALISADES, WASHINGTON

Enquanto o voo de Gabriel decolava sobre o leste do Mediterrâneo, Eva Fernandes passava pano no pequeno bar do Brussels Midi, um bistrô belga popular localizado no boulevard MacArthur, no noroeste de Washington. O último cliente da noite tinha finalmente ido embora, e o salão estreito estava deserto, exceto por Ramon, que passava o aspirador sobre o carpete, e Claudia, que arrumava as mesas para o serviço de almoço do dia seguinte. Os dois haviam chegado recentemente de Honduras — ela legalmente, ele, não — e não falavam bem inglês. O mesmo se podia dizer da maior parte da equipe da cozinha. Por sorte, Henri, proprietário e chef belga, sabia espanhol o suficiente para comunicar seus desejos, assim como Yvette, sua esposa e sócia implacavelmente eficiente.

Yvette administrava as operações do dia a dia no restaurante e cuidava possessivamente do livro de reservas. Mas era Eva Fernandes, magra, loura e atraente, que servia como rosto do lugar. A clientela próspera era composta por membros respeitados da elite governante de Washington — advogados, lobistas, jornalistas, diplomatas e intelectuais das agências de políticas públicas e *think tanks* proeminentes da cidade. Eram globalistas, ambientalistas e apoiadores dos direitos reprodutivos, da imigração irrestrita, do acesso universal à saúde, de um controle de armas robusto e de uma renda básica garantida para aqueles na base da pirâmide econômica. Adoravam Eva. Ela os recebia quando entravam no restaurante e tirava de seus ombros os sobretudos e as preocupações. Quando a mesa não estava disponível porque Yvette tinha aceitado reservas demais, Eva acalmava a ira deles com um sorriso deslumbrante, uma taça de vinho gratuita e algumas palavras suaves com seu sotaque irreconhecível.

— De onde você é? — perguntavam eles, e ela dizia que era brasileira, o que, até certo ponto, era verdade. Se perguntavam sobre a origem de sua beleza europeia, ela explicava que seus avôs eram da Alemanha, o que não era nem um pouco verdade.

Eva tinha chegado aos Estados Unidos sete anos antes, morando primeiro em Miami e depois pulando para o norte como em um jogo de amarelinha, passando por uma série de empregos e relacionamentos sem futuro até se encontrar em Washington, que sempre fora seu destino final. Ela achara o emprego no Brussels Midi por acidente, após deparar-se com Yvette no Starbucks do outro lado da rua. Era qualificada demais para o trabalho — tinha um diploma em biologia molecular de uma universidade prestigiosa — e o salário era temeroso. Ela suplementava seus ganhos dando três aulas por semana num estúdio de ioga em Georgetown e recebendo apoio financeiro adicional de um amigo que ensinava história na Hunter College, em Manhattan. Combinadas, as três fontes de renda lhe davam a aparência de alguém autossuficiente. Ela morava sozinha em um pequeno apartamento na Reservoir Road, tinha um Kia Optima e viajava com frequência, principalmente para o Canadá.

Eram 23h15 quando Ramon e Claudia foram embora. Eva pegou a bolsa na chapelaria, ligou o sistema de alarmes do restaurante e saiu. Seu carro estava estacionado próximo ao bar. O apartamento ficava a menos de dois quilômetros, mas Eva nunca ia a pé sozinha à noite. Houvera uma série de assaltos no boulevard MacArthur naquele inverno e, uma semana antes, uma jovem havia sido ameaçada com uma faca, arrastada para o bosque do Battery Kemble Park e estuprada. Ela sabia se defender em caso de roubo ou abuso sexual, mas tal bravura não se encaixava no perfil de uma recepcionista e professora de ioga de meio período. Também não queria correr o risco de se envolver com a polícia.

Eva apertou o botão da chave para destravar a porta do carro e rapidamente entrou. Colocou a bolsa com cuidado no assento do passageiro. Estava mais pesada do que o normal, pois continha um objeto eletrônico de cromo polido, mais ou menos do tamanho de um livro comum. Eva tinha recebido ordens de ligá-lo naquela noite — apenas por quinze minutos, a partir das 21 horas — para permitir que um agente do Centro de Moscou entregasse documentos eletronicamente. O aparelho possuía um alcance de cerca de trinta metros em todas as direções. Era possível que o agente transmitisse os documentos da calçada ou de um carro passando, mas Eva duvidava que fosse o caso. O mais provável era que a transmissão tivesse acontecido dentro do Brussels Midi. Por motivos de segurança, Eva não sabia a identidade do agente, mas tinha um suspeito. Notava coisas que a maioria das pessoas não notava, coisas pequenas. Sua sobrevivência dependia disso.

O boulevard MacArthur estava deserto e molhado pela chuva noturna. Eva dirigiu para o leste, atenta à velocidade por causa das câmeras. Seu prédio residencial baixo e de tijolos vermelhos tinha vista para a reserva. Ela estacionou o veículo a cerca de noventa metros, e examinou os carros parados enquanto caminhava pela calçada úmida. Reconheceu a maioria, mas um em especial, uma SUV com placa da Virginia, nunca tinha visto antes. Decorou o número da placa — não o fez nem em inglês, nem em português, o idioma de sua identidade falsa, mas em russo — e entrou.

No saguão, ela encontrou sua caixa de correio lotada. Jogou os catálogos e outras publicidades no lixo reciclável e levou alguns boletos para o apartamento. Lá, na mesa da cozinha, com as luzes baixas e as cortinas fechadas, ela conectou o aparelho cromado ao laptop e digitou a senha de 27 caracteres na caixa de texto que apareceu na tela.

Ela também inseriu um pen drive nunca utilizado e, quando solicitado, clicou com o mouse. Os arquivos no aparelho foram automaticamente transferidos ao dispositivo, mas era responsabilidade de Eva trancar e criptografar o conteúdo. Como sempre, fez esse passo lenta e meticulosamente. Para conferir o trabalho, ejetou o pen drive e o reinseriu na entrada USB, antes de clicar no ícone que apareceu. A entrada sem a senha de 27 caracteres foi rejeitada. O pen drive estava seguramente trancado.

Eva desconectou o aparelho cromado e o escondeu no lugar de sempre, embaixo do carpete e de uma tábua solta no piso do closet do quarto. O pen drive, ela guardou em um compartimento com zíper da bolsa. O primeiro ato estava completo; ela tomara posse, com sucesso, das informações do agente. Agora, precisava entregá-las ao Centro de Moscou de forma que a NSA americana não detectasse. Isso significava dar a um mensageiro, o próximo elo na cadeia que ia de Washington a Yasenevo. Antigamente, Eva deixava seus pen drives embaixo da pia da cozinha de um apartamento vazio em Montreal. Mas o Centro de Moscou, por motivos que não se deu ao trabalho de compartilhar com ela, fechara o local e criara um novo.

Para justificar as viagens regulares ao Canadá, o Centro tinha criado uma lenda, uma história de disfarce. Aparentemente, ela tinha uma tia materna que morava no bairro latino de Montreal, e que sofria de insuficiência renal e realizava diálise. As próximas folgas de Eva eram na segunda e na terça, mas os relatórios do agente sempre tinham prioridade máxima. Sexta ou sábado estavam fora de questão

— Yvette ficaria irada se Eva pedisse folga tão em cima da hora —, mas domingo era tranquilo, especialmente no inverno. Yvette podia cuidar da porta e do telefone. Eva só precisava encontrar alguém para assumir sua aula de domingo, às nove da manhã, no estúdio de ioga. Não seria problema. Emily, a garota nova, estava desesperada por mais trabalho. Essa era a vida na economia freelancer moderna dos Estados Unidos.

Eva sentou em frente ao laptop e enviou três e-mails breves, um para Yvette, um para o gerente do estúdio e um terceiro para sua tia materna não existente. Depois, comprou um assento na classe econômica do voo de domingo de manhã da United Airlines para Montreal, e reservou um quarto para passar a noite no Marriott do centro. Ganhou milhas e pontos valiosos nos dois. Seu controlador no Centro de Moscou a encorajara a se inscrever em programas de milhagem, pois ajudava a cobrir o alto custo para mantê-la no Ocidente.

Finalmente, à 1h30, ela desligou o computador e caiu na cama, exausta. O cabelo ainda estava com o cheiro do Brussels Midi, de escargot e salmão grelhado com molho de açafrão, e de carne cozida em cerveja escura à moda flamenga. Como sempre, os acontecimentos mundanos da noite passaram por seus pensamentos. Era involuntário, um efeito colateral indesejado da natureza tediosa de seu emprego de disfarce. Ela repassou todas as conversas e todos os rostos de cada um nas 22 mesas do Midi. Lembrou-se de um grupo mais claramente que os demais — Crawford, mesa para quatro, às 20 horas. Eva os colocara na mesa sete. Às 21h08, eles esperavam os pratos principais. Três conversavam animadamente. Um olhava para o telefone.

18

VIENA — BERNA

Não demorou para Eli Lavon notar que Alistair Hughes escondia algo. Havia, por exemplo, o pequeno detalhe da mala de mão. Ele a deixou no apartamento, apesar de estar indo para Berna em um voo no começo da tarde. Além disso, havia o carro que levou Hughes da embaixada ao Café Central às 10h30. Em geral, o motorista esperava lá perto durante os compromissos de Hughes, mas, desta vez, foi embora assim que o oficial entrou pela porta da famosa cafeteria. Lá, foi recebido por um homem que parecia ter comprado suas roupas de um alfaiate exclusivo para diplomatas da União Europeia. Lavon, de seu posto de observação do outro lado do salão lotado, não conseguiu determinar com certeza a nacionalidade do homem, mas teve a nítida impressão de que ele era francês.

Hughes saiu do café alguns minutos depois das onze e caminhou até a Burgring, onde pegou um táxi, o primeiro desde que era vigiado pelo Escritório. O carro o levou até seu apartamento e esperou em frente enquanto ele buscava a mala de mão. Lavon sabia disso porque observava do banco do passageiro de um Astra azul-escuro, conduzido pelo último membro de sua equipe ainda em Viena. Eles percorreram os 18 quilômetros até o aeroporto em tempo recorde, ultrapassando o táxi de Hughes e permitindo que Lavon fizesse o check-in no voo para Berna antes de o inglês entrar no terminal, o que fez com seu BlackBerry do MI6 grudado na orelha.

A jovem austríaca no balcão da SkyWork pareceu reconhecer Hughes, e vice-versa. Ele passou, sem demora, pelo controle de passaporte e pela segurança e sentou-se num canto tranquilo da área de embarque, onde enviou e recebeu várias mensagens no iPhone pessoal. Pelo menos, era o que parecia a Lavon, misturado entre os beberrões no bar do outro lado do terminal, arrancando o rótulo suado de uma Stiegl.

Às 12h40, os alto-falantes soaram; o embarque para o voo deles estava prestes a começar. Lavon bebeu cerveja suficiente para satisfazer a curiosidade de qualquer oficial de contravigilância do SVR que estivesse observando e, então, caminhou para o portão, seguido, um momento depois, por Alistair Hughes. O avião era um Saab 2000, um turbopropulsor de cinquenta lugares. Lavon embarcou primeiro e, enquanto colocava a mala de mão embaixo do assento à sua frente, Alistair Hughes passou pela porta da cabine.

Minutos depois, uma mulher com cerca de 45 anos, maquiagem chamativa, atraente, vestida de modo profissional e falando alemão suíço no celular sentou-se ao lago do inglês. Com um excesso de cautela, Lavon tirou uma foto dela e, depois, estudou os dois enquanto conversavam tranquilamente. O companheiro de assento de Lavon, por sua vez, não era do tipo falador. Parecia ser dos Balcãs, sérvio, talvez búlgaro, que tomara três garrafas de cerveja *lager* no bar antes do voo. Quando a aeronave balançou dentro de uma nuvem baixa, Lavon se perguntou se o rosto do homem, com sua barba sem fazer há cinco dias, seria o último que ele veria.

As nuvens rarearam sobre Salzburg, dando aos passageiros uma lindíssima vista dos Alpes cheios de neve. Lavon, porém, só tinha olhos para Alistair Hughes e a atraente mulher que falava alemão sentada ao lado dele. Ela tomava vinho branco. Hughes, como sempre, bebericava um copo de água mineral com gás. O zumbido dos motores turbopropulsores impossibilitava Lavon de ouvir a conversa, mas era óbvio que a mulher estava intrigada pelo que o belo inglês dizia. Não era de se surpreender: como oficial do MI6, Alistair Hughes era treinado em sedução. Era possível, porém, que Lavon estivesse assistindo a algo mais do que um encontro fortuito entre um homem e uma mulher num avião. Talvez Hughes e ela já fossem amantes. Ou talvez ela fosse a controladora de Hughes no SVR.

Com 45 minutos de voo, Hughes tirou uma cópia da *Economist* de sua maleta e a leu até o Saab 2000 bater na pista do pequeno aeroporto de Berna. Ele trocou algumas últimas palavras com a mulher enquanto o avião taxiava até o terminal, mas, quando cruzou a pista varrida pelo vento, já falava em seu iPhone pessoal. A mulher caminhava alguns passos atrás dele e Lavon, alguns depois dela. Também estava ao telefone. Com Gabriel.

— Assento 4B — disse Lavon, baixinho. — Mulher, alemã suíça, uns 40 anos. Ache o nome dela no manifesto e passe pelas bases de dados para eu conseguir dormir à noite.

O prédio do terminal era do tamanho de um aeroporto municipal típico, baixo e cinza, com uma torre de controle em uma das pontas. Alguns passageiros reuniram-se em torno da esteira de bagagens, mas a maioria correu para a saída, inclusive Alistair Hughes e a mulher. Lá fora, ela entrou no banco de passageiro de uma caminhonete suja de lama e beijou o homem atrás do volante. Depois, fez o mesmo com as duas crianças pequenas atrás.

Uma fila de táxis esperava do outro lado da rua. Hughes subiu no primeiro; Lavon, no terceiro. Berna ficava alguns quilômetros a noroeste. O nobre Hotel Schweizerhof tinha vista para a praça Bahnhofplatz. Quando o táxi de Lavon passou pela entrada, ele vislumbrou Alistair Hughes tentando evitar os avanços de um mensageiro empolgado demais.

Como pedido, o motorista de Lavon o deixou do lado oposto da praça cheia. Seu destino verdadeiro, porém, era o Hotel Savoy, localizado numa esquina elegante, em uma via de pedestres chamada Neuengasse. Mikhail Abramov bebia café no lobby. Gabriel e Christopher Keller ocupavam um quarto num andar acima.

Havia vários laptops na escrivaninha. Em um deles, uma imagem aérea do balcão de check-in do Schweizerhof, cortesia da rede de câmeras de segurança do hotel. Alistair Hughes estava prestes a entregar seu passaporte, uma exigência em todos os hotéis suíços. Desnecessária no caso de Hughes, pensou Lavon, pois ele e o recepcionista pareciam se conhecer.

Com a chave do quarto em mãos, Hughes foi na direção dos elevadores, saindo da tela de um computador e entrando em outra. Mais duas câmeras monitoraram o caminho dele pelo corredor do quarto andar até a porta de sua suíte júnior com vista para as torres da Cidade Antiga. Dentro do quarto, porém, as câmeras eram do tipo escondidas, com sinais fortemente criptografados que transitavam facilmente pela curta distância entre o Schweizerhof e o Savoy. Havia quatro câmeras no total — duas na sala principal, uma no quarto e uma no banheiro — e também microfones, inclusive nos telefones fixos. Enquanto Alistair Hughes estivesse em Berna, uma cidade além das fronteiras de seu território, uma cidade em que ele não deveria estar, ele não teria direito à zona de imunidade. Pelo menos por enquanto ele era do Escritório.

Ao entrar no quarto, Hughes colocou o sobretudo e a bagagem na cama, e a maleta na escrivaninha. O iPhone, agora, estava comprometido de todas as formas possíveis: mensagens de voz, navegador de internet, mensagens de texto e e-mails, câmera e microfone.

Hughes o usou para mandar cumprimentos à esposa e aos filhos. Depois, fez uma ligação em seu BlackBerry do MI6.

Fiel ao acordo de Gabriel com Graham Seymour, o Escritório não tentou atacar o aparelho. Portanto, só o que Hughes dizia era audível. Seu tom era de superior com subordinado. Ele disse que a reunião do almoço — na verdade, ele tinha pulado o almoço — havia sido mais longa do que o esperado e que pretendia começar o fim de semana mais cedo. Falou que não tinha planos a não ser atualizar umas leituras, e que estaria à disposição por telefone e e--mail em caso de crise, o que era improvável, já que seu território era Viena. Houve um silêncio de vários segundos, presumivelmente, enquanto o subordinado falava.

— Parece algo que pode esperar até segunda-feira — falou Hughes, e desligou.

Hughes checou o horário; eram 15h47. Ele trancou BlackBerry, iPhone e passaporte no cofre do quarto, e colocou a carteira no bolso interno do paletó. Então, engoliu dois comprimidos de analgésico com um gole da garrafa de água mineral de cortesia e saiu.

19

HOTEL SCHWEIZERHOF, BERNA

O elegante Hotel Schweizerhof era, há muito, amado por viajantes e espiões britânicos, em parte pelo chá da tarde, servido no lounge bar. Alistair Hughes claramente era um frequentador. A recepcionista o recebeu carinhosamente antes de oferecer-lhe uma mesa abaixo de um retrato de algum nobre suíço morto há séculos. Hughes escolheu a cadeira dos espiões, virada para a entrada principal do hotel, e, como proteção, segurou uma cópia do *Financial Times*, cortesia de Herr Müller, o *concierge* desanimado.

Seis câmeras de segurança do hotel miravam o lounge, mas, como Alistair Hughes tinha deixado o iPhone no quarto, não havia cobertura de áudio. Gabriel rapidamente enviou mensagem para Yossi e Rimona, hospedados no hotel sob identidades falsas, e os mandou descer. Eles chegaram em menos de noventa segundos e, fingindo desarmonia matrimonial, acomodaram-se na mesa atrás da de Hughes. Não havia chance do homem do MI6 reconhecê-los como agentes do Escritório. Yossi e'Rimona não haviam tido papel na deserção fracassada de Konstantin Kirov — a não ser identificar Alistair Hughes como potencial fonte do vazamento fatal — e em nenhum ponto de suas ilustres carreiras trabalharam com Hughes em uma operação conjunta entre Escritório e MI6.

Os clientes seguintes vieram não de dentro do hotel, mas da rua, um homem e uma mulher, ambos em torno dos 40 anos, aparentemente da Europa Central ou Escandinávia. Eles eram atraentes e estavam vestidos com roupas caras — o homem com terno escuro e camisa azul néon, a mulher com um terninho elegante — e em boa forma física, com destaque para ela. A recepcionista os levou a uma mesa próxima ao bar, mas o homem se opôs e apontou para a que lhe dava visão direta tanto da entrada do hotel quanto da mesa onde o Chefe de Estação do MI6 em Viena estava lendo o *Financial Times*. Eles pediram drinques em vez de chá e não olharam para seus telefones. O homem sentou com a mão direita no joelho e o antebraço esquerdo apoiado na mesa. A mulher passou vários minutos cuidando do rosto impecável.

— Quem você acha que são? — perguntou Gabriel.

— Boris e Natasha — murmurou Eli Lavon.

— Centro de Moscou.

— Sem dúvida.

— Podemos pedir uma segunda opinião?

— Se você insistir.

Com a câmera 7, Lavon capturou um *close-up* do rosto do homem. A câmera 12 lhe deu a melhor visão da mulher. Ele copiou as duas imagens num arquivo e disparou de forma segura a Tel Aviv.

— Agora, vamos ver o exterior do hotel.

Lavon subiu a imagem da câmera 2. Estava montada acima da entrada do hotel e apontada para fora, na direção dos arcos da arcada. No momento, dois mensageiros estavam tirando uma pilha de bagagens caras do porta-malas de uma Mercedes S-Class. Atrás deles, o trânsito de fim de tarde corria pela Bahnhofplatz.

— Rebobine — pediu Gabriel. — Quero ver a chegada deles.

Lavon moveu a barra de tempo cinco minutos para trás, até o ponto em que Boris e Natasha entraram no lounge bar. Então, voltou mais dois minutos e clicou no ícone PLAY. Alguns segundos depois, Boris e Natasha apareceram na imagem.

Levon pausou o vídeo.

— O casal feliz — disse, ácido. — Chegaram ao hotel a pé para não podermos pegar o registro do carro.

Lavon mudou rapidamente para a câmera 9, a imagem com o maior ângulo do lounge bar. Um novo cliente havia chegado, um homem grande e bem-vestido, com uma mandíbula brilhante de mármore e cabelo claro penteado grudado no couro cabeludo. Pediu uma mesa na frente do lounge e se acomodou em uma cadeira de frente para Alistair Hughes. O oficial do MI6 o examinou brevemente por cima do *Financial Times*, sem expressão, antes de voltar a ler.

— Quem é esse? — perguntou Gabriel.

— Igor — respondeu Lavon. — E Boris o cobriu, pela frente e por trás.

— Vamos olhar mais de perto.

Mais uma vez, a melhor gravação era a da câmera 12. Os traços dele eram decididamente eslavos. Lavon ampliou a imagem e produziu vários *stills*, que mandou ao boulevard Rei Saul, com prioridade-relâmpago.

— Como ele chegou aqui? — questionou Gabriel.

Lavon trocou para a câmera 2, a imagem exterior, e rebobinou o suficiente para ver o homem que chamavam de Igor saindo de um Audi A8 sedã. O carro ainda estava em frente ao hotel, com um capanga atrás do volante e outro no banco do passageiro.

— Parece que Igor não gosta de caminhar — comentou Lavon. — Nem pelo bem de seu disfarce.

— Talvez devesse — falou Keller. — Ele podia perder alguns quilos.

Bem nesse momento, o link seguro piscou com uma mensagem de Tel Aviv.

— E então? — perguntou Gabriel.

— Eu estava errado — respondeu Lavon. — O nome dele não é Igor, é Dmitri.

— Melhor que Igor. Qual o sobrenome?

— Sokolov?

— Patronímico?

— Antonovich. Dmitri Antonovich Sokolov.

— E o que Dmitri faz para viver?

— É um ninguém na missão permanente da Federação Russa em Genebra.

— Interessante. O que ele faz de verdade?

— É um capanga do Centro de Moscou.

Gabriel olhou para a tela.

— O que um capanga do Centro de Moscou faz no lounge bar do Hotel Schweizerhof, a seis metros do Chefe de Estação do MI6 em Viena?

Lavon trocou a imagem para a câmera 9, a mais ampla de seu arsenal.

— Não sei. Mas estamos prestes a descobrir.

20

HOTEL SCHWEIZERHOF, BERNA

Há diversos métodos para um agente pago ou coagido de um serviço de inteligência se comunicar com seus controladores. Ele pode deixar mensagens codificadas ou filmes em um local de entrega ou em uma caixa de correio. Pode passar informações dissimuladamente em encontros coreografados conhecidos como "esbarradas", mandar mensagens pela internet usando e-mail criptografado, por satélite usando um transmissor em miniatura, ou pelo correio comum usando métodos consagrados de escrita secreta. Pode até deixá-las em objetos falsos de aparência comum, como pedras, troncos ou moedas. Todos os métodos têm desvantagens, e nenhum é infalível. Quando algo dá errado, como em Viena na noite da tentativa de deserção de Konstantin Kirov, é quase sempre o agente, não o controlador que paga o maior preço.

Nas ocasiões em que tanto agente quanto controlador são oficiais conhecidos ou declarados de seus respectivos serviços, e quando ambos detêm passaportes diplomáticos, há uma opção bem menos perigosa de comunicação: o contato casual. Pode ocorrer numa festa ou recepção, ou numa ópera, ou num restaurante, ou no lobby de um hotel de luxo na sonolenta Berna. Certa quantidade de comunicação impessoal pode estar envolvida nas preliminares — um jornal, por exemplo, ou a cor de uma gravata. Se o controlador sentir necessidade, pode levar junto um par de guarda-costas para proteção. Pois até o bar de um hotel suíço pode ser um lugar perigoso quando os segredos de nações estão trocando de mãos.

Durante a maior parte dos cinco minutos seguintes, ninguém pareceu se mexer. Eram como figuras em um quadro — ou atores em um palco escuro, pensou Gabriel, esperando que o primeiro canhão de luz os animasse. Só os observadores de Eli Lavon se moviam, mas eram figurantes. Dois estavam sentados num Škoda estacionado na Bahnhofplatz e mais dois, um homem e uma mulher, estavam protegidos sob as arcadas. Os dois no carro seguiriam Dmitri Sokolov. Os embaixo das arcadas cuidariam de Boris e Natasha.

Sobrava apenas Alistair Hughes, que devia estar em Viena para aproveitar o fim de semana. Mas não; estava em Berna, a seis metros de um oficial do SVR não declarado. Era possível que os dois já estivessem em contato por meio de um aparelho de comunicação de curto alcance entre agentes — SRAC, na sigla em inglês, utilizada em todo o meio — que agia como uma espécie de rede Wi-Fi privada. O agente carregava um transmissor; o controlador, um receptor. O agente só precisava estar dentro do alcance, e a mensagem ia seguramente de um aparelho a outro. O sistema podia ser configurado até para que não exigisse ação alguma, nenhum apertar de botão incriminador, por parte do agente. Mas ele não podia carregar o aparelho para sempre. Uma hora, teria de tirá-lo do bolso ou da maleta e plugá-lo em um carregador ou em seu computador pessoal. Se fizesse isso perto de uma câmera ou de um observador, seria exposto como espião.

Gabriel, porém, duvidava que Alistair Hughes estivesse carregando um aparelho SRAC. Keller e Lavon não viram evidência de um em Viena, onde Hughes estivera sob vigilância física e eletrônica quase constante. Além do mais, o motivo para usar o sistema era evitar encontros frente a frente entre um agente e seu controlador. Não, pensou Gabriel, tinha outra coisa acontecendo no lobby do Hotel Schweizerhof.

Finalmente, às 16h24, Alistair pediu a conta. Um momento depois, Dmitri Sokolov fez o mesmo. Então, o russo levantou seu considerável corpo da cadeira e, abotoando o blazer, caminhou os seis metros que separavam sua mesa daquela onde Alistair Hughes assinava uma conta que seria cobrada do quarto.

A sombra do oficial do SVR caiu sobre Hughes. Ele olhou para cima e, franzindo o cenho, ouviu enquanto Sokolov, à maneira de um garçom explicando as especialidades da casa, fazia um curto discurso. Seguiu-se um breve diálogo. Hughes falou, Sokolov respondeu, Hughes falou de novo. Então, Sokolov sorriu, balançou os ombros pesados e se sentou. Hughes dobrou lentamente o jornal e o colocou na mesa entre eles.

— Desgraçado — sussurrou Christopher Keller. — Parece que você tinha razão. Parece que ele está espionando para os russos.

Sim, pensou Gabriel, observando a tela, era exatamente isso que parecia.

— Com licença, mas acredito estar falando com o senhor Alistair Hughes, da Embaixada Britânica em Viena. Nos conhecemos numa recepção nesta cidade no ano passado. Foi em um dos palácios, não consigo me lembrar de qual. Tem tantos em Viena. Quase tantos quanto em São Petersburgo.

Essas foram as palavras ditas por Dmitri Antonovich Sokolov enquanto estava de pé ao lado da mesa de Alistair Hughes, como lembraram fielmente Yossi Gavish e Rimona Stern. Nenhum dos dois conseguiu identificar o que foi dito depois — nem o breve diálogo que ocorreu enquanto Sokolov ainda estava de pé, nem o mais longo quando ele se sentou —, pois ambos foram conduzidos num volume mais adequado à traição.

O segundo diálogo durou dois minutos e doze segundos. Por boa parte desse tempo, Sokolov segurou o pulso esquerdo de Hughes. O russo falou mais, tudo num sorriso falso. Hughes ouviu impassível e não tentou recolher a mão.

Quando Sokolov finalmente o soltou, buscou dentro da lapela de seu blazer um envelope, que colocou dentro da cópia do *Financial Times*. Então, levantou-se de forma abrupta e, com uma reverência curta, pediu licença. Pela câmera 2, eles o viram entrar no banco de trás do Audi. Gabriel ordenou que os observadores de Lavon não o seguissem.

Dentro do hotel, Boris e Natasha continuaram em sua mesa. Ela conversava animada, mas Boris não ouvia; estava observando Alistair Hughes, que olhava fixamente para o jornal. Por fim, o inglês olhou, teatralmente, para seu relógio de pulso e levantou-se às pressas, como se tivesse ficado tempo demais no lounge. Deixou uma nota em cima da conta. Pegou o jornal — e o envelope escondido dentro dele — quase como uma lembrança posterior.

Ao sair do local, ele se despediu da recepcionista e foi até os elevadores. Uma porta se abriu no instante em que ele apertou o botão. Sozinho, Hughes retirou o envelope de Dmitri Sokolov e, abrindo a aba, analisou o conteúdo. Mais uma vez, o rosto permaneceu impassível, a máscara em branco do espião profissional.

Ele recolocou o envelope no jornal para a curta caminhada pelo corredor, mas, dentro de seu quarto, abriu-o uma segunda vez e removeu o conteúdo. Examinou tudo com cuidado em frente à janela com vista para a Cidade Antiga, sem querer bloqueando o material da vista das duas câmeras escondidas.

Depois, foi ao banheiro e fechou a porta. Não tinha problema; havia uma câmera ali também. Ela olhava com julgamento para Hughes enquanto ele molhava uma toalha de banho e a colocava na base da porta. Então, agachou-se ao lado do vaso sanitário e começou a queimar os conteúdos do envelope de Dmitri Sokolov. Mais uma vez, o ângulo da câmera não permitia que Gabriel visse claramente o material. Ele olhou para Keller, que fulminava a tela com raiva.

— Tem um voo da British Airways saindo de Genebra hoje, às 21h40 — disse Gabriel. — Ele chega ao Heathrow às 22h15. Com alguma sorte, você estará na casa de Graham em Eaton Square às 23 horas. Quem sabe? Talvez Helen tenha alguma sobra do jantar para você.

— Sorte minha. O que você quer que eu diga a ele?

— Isso fica totalmente por sua conta. — Gabriel observou enquanto Alistair Hughes, Chefe de Estação do MI6 em Viena, queimava um último item, o envelope com suas digitais e as de Dmitri Antonovich Sokolov. — Ele é problema seu, agora.

21

HOTEL SCHWEIZERHOF, BERNA

Ele sempre soubera que chegaria nisso, que, um dia, iam descobri-lo. Um segredo como o dele não podia ser guardado para sempre. Verdade seja dita, estava surpreso de ter conseguido esconder por tanto tempo. Durante anos, ninguém tinha suspeitado dele, nem em Bagdá, onde passou dez meses deploráveis tentando encontrar as armas de destruição em massa inexistentes usadas como pretexto para levar seu país a uma guerra desastrosa. Ele podia ter enlouquecido no Iraque se não fosse por Rebecca. Tinha tido muitos casos — casos demais, era verdade —, mas havia amado Rebecca. Ela o vencera em uma contenda para se tornar C/Washington. Agora, estava em uma trajetória ascendente para se tornar a primeira diretora-geral do Seis. Talvez ela pudesse usar sua influência crescente para ajudá-lo. Não, pensou, nem Rebecca podia salvá-lo agora. Sua única escolha era confessar tudo e torcer para Graham varrer sua deslealdade para debaixo do tapete.

Ele removeu a toalha molhada da base da porta e a jogou na banheira. Caiu como um animal morto. Uma nuvem de fumaça de sua fogueira de mentiras pairava no ar em repreensão. Ao sair, ele fechou a porta rapidamente atrás de si, para a fumaça não escapar e acionar o alarme de incêndio. Que obra-prima cômica seria, pensou. Que habilidade na espionagem!

Ele supôs que o quarto estivesse grampeado. O apartamento também. Estava há algumas semanas com uma sensação incômoda de estar sendo seguido. Conferiu o relógio; estava atrasado para um compromisso. Apesar das circunstâncias atuais, sentia uma pontada de culpa profunda. Tinham concordado em ficar até mais tarde para acomodá-lo, mas, agora, sua única escolha era deixá-los na mão e fugir de Berna o mais rápido possível.

Não havia mais voos para Viena naquele dia, mas havia um trem noturno que chegaria às 6h30. Ele podia passar o resto do sábado no escritório, o próprio modelo de dedicação e trabalho duro. Como Rebecca, pensou de repente. Rebecca nunca tirava um dia de folga. Era por isso que logo seria chefe. Imagina se ela tivesse concordado em se casar com ele. Ele a teria arrastado para a lama também. Agora, ele era só uma mancha, uma indiscrição lamentável.

Digitou o código no cofre do quarto — era a data de nascimento de Melinda, de trás para frente, duas vezes — e jogou o BlackBerry e o iPhone na maleta. Os telefones, sem dúvida, estavam comprometidos. Aliás, provavelmente estavam olhando para ele agora, registrando todas as suas palavras e delitos. Ele só ficava feliz por tê-los deixado no quarto. Sempre fazia isso quando tomava chá no Schweizerhof. A última coisa que queria durante sua meia hora sozinho era uma interrupção vinda de casa ou, pior, de Vauxhall Cross.

Ele fechou a maleta e passou os trincos. O corredor tinha o cheiro do perfume de Rebecca, com que ela costumava se banhar para cobrir o odor de seus miseráveis L&Bs. Ele chamou o elevador e, quando chegou, desceu agradecido para o lobby. Herr Müller, o *concierge*, viu a mala no ombro dele e, com uma expressão preocupada, perguntou se havia um problema com o quarto de Herr

Hughes. *Havia* um problema, mas não era o quarto. Era o par de capangas do SVR observando Herr Hughes do lounge bar.

Ele passou pelos dois sem olhar e entrou nas arcadas. A noite tinha chegado e, com ela, uma neve repentina. Caía pesada sobre os carros que corriam pela Bahnhofplatz. Ele olhou por cima do ombro e viu os dois capangas do SVR avançando em sua direção. E, como se não fosse suficiente, um dos seus telefones tocava na maleta. O tom o dizia que era o iPhone, o que significava que era Melinda querendo notícias. Mais mentira para contar...

Ele tinha de correr para conseguir pegar o trem. Passou por baixo de um dos arcos e entrou na praça. Estava quase do outro lado quando ouviu o carro. Não chegou a ver os faróis, pois estavam apagados. Nem lembraria da dor do impacto inicial ou de sua colisão de costas com a rua. A última coisa que viu foi um rosto olhando para ele. Era o rosto de Herr Müller, o *concierge*. Ou seria Rebecca? Rebecca, que ele tinha amado. *Conte-me tudo*, ela sussurrou enquanto ele morria. *Seus segredos estão seguros comigo.*

Parte Dois

◇◇◇◇◇◇◇◇◇◇◇◇◇◇◇◇◇◇◇◇◇

GIN COR-DE-ROSA NO NORMANDIE

22

BERNA

A reportagem foi publicada pouco depois da meia-noite no site do *Berner Zeitung*, maior jornal diário da capital suíça. Frugal nos detalhes, afirmava apenas que um diplomata britânico chamado Alistair Hughes fora atingido por um automóvel e morto enquanto tentava fazer uma travessia ilegal na Bahnhofplatz durante o horário do *rush*. O carro fugira da cena; todas as tentativas subsequentes de localizá-lo haviam fracassado. O incidente estava sendo tratado, disse um porta-voz da Kantonspolizei de Berna, como atropelamento e fuga acidentais.

O Escritório de Relações Exteriores britânico esperou amanhecer para emitir um breve comunicado declarando que Alistair Hughes era oficial da Embaixada Britânica em Viena. Os repórteres mais experientes — que sabiam ler entre as linhas das bobagens oficiais de Whitehall — detectaram uma imprecisão característica no tom, sugerindo envolvimento da organização secreta baseada no horrendo complexo à beira-rio, conhecido como Vauxhall Cross. Os que tentaram confirmar suas suspeitas contatando o subutilizado assessor de imprensa do MI6 foram recebidos com um silêncio sepulcral. No que dizia respeito ao Governo de Sua Majestade,

Alistair Hughes era um diplomata de pouca importância que morrera enquanto cuidava de um problema particular.

Em outros locais, porém, os repórteres não eram coagidos pela tradição e leis draconianas relacionadas às atividades dos serviços secretos; entre eles, a correspondente da emissora alemã ZDF em Viena. Ela alegou ter almoçado com Alistair Hughes dez dias antes da morte dele, e sabia muito bem que ele era Chefe de Estação do MI6. Outros repórteres se seguiram, incluindo uma do *Washington Post* que afirmou ter usado Hughes como fonte de uma reportagem sobre a não existência de armas de destruição em massa no Iraque. Em Londres, o Escritório de Relações Exteriores discordou. Alistair Hughes era um diplomata, insistiu um porta-voz, e nenhuma quantidade de delírios mudaria esse fato.

O único lugar onde ninguém parecia se importar com a profissão de Alistair Hughes era onde ele morreu. Para a imprensa suíça, Hughes era "*di cheibe Usländer*" — um estrangeiro maldito — que ainda estaria vivo se tivesse tido o bom senso de obedecer às leis de trânsito. A Kantonspolizei seguia a Embaixada Britânica, que não via com bons olhos uma investigação detalhada. A polícia procurou o veículo culpado — ainda bem, a placa era alemã e não suíça —, mas deixou Alistair Hughes descansar em paz.

Havia ao menos um homem em Berna, porém, que não estava disposto a aceitar a versão oficial da história. Sua investigação foi particular e praticamente invisível, mesmo para os que a testemunharam. Foi conduzida de seu quarto no Hotel Savoy, onde ele permanecera, para a preocupação de seu primeiro-ministro e de sua esposa, após evacuar às pressas seus subordinados no país. A gerência do Hotel Savoy acreditava tratar-se de Herr Johannes Klemp, cidadão alemão de Munique. O nome real, porém, era Gabriel Allon.

O episódio deveria ser comemorado como uma vitória pessoal dele, contudo, este não era o estilo de Gabriel. Ainda assim, ele tinha direito a certa celebração particular. Afinal, fora ele a insistir que havia um informante russo dentro do MI6. Fora ele a convencer o diretor-geral do MI6 que Alistair Hughes, Chefe de Estação de Viena, era o provável culpado. Fora ele a colocar o agente sob vigilância e segui-lo até Berna, onde se encontrara com Dmitri Sokolov, do SVR, no lounge bar do Hotel Schweizerhof. Gabriel testemunhara o encontro em tempo real, assim como vários de seus oficiais de maior confiança. Aconteceu e era inegável. Dmitri Skolov dera um envelope a Hughes, que o aceitou. Em seu quarto, o inglês queimara o conteúdo, além do próprio envelope. Quatro minutos e treze segundos depois, ele estava morto na Bahnhofplatz.

Parte de Gabriel não estava triste com a morte de Hughes, afinal, ele se arriscou e pode ter tido o final que merecia. Mas por que o britânico morrera? Era possível que fosse um acidente, que ele simplesmente tivesse corrido para a na frente de um carro. *Possível*, pensou Gabriel, mas improvável. Gabriel não acreditava em acidentes; ele fazia acidentes acontecerem. Os russos também.

Se a morte de Alistair Hughes não era uma fatalidade, se era assassinato intencional, por que fora ordenada? Para responder essa questão, Gabriel precisava, primeiro, determinar a verdadeira natureza do encontro que havia testemunhado e registrado no lounge bar do famoso Hotel Schweizerhof, em Berna.

Para isso, passou os três dias seguintes debruçado sobre um laptop, assistindo ao mesmo vídeo de trinta minutos várias e várias vezes. Alistair Hughes chegando ao Hotel Schweizerhof após um voo tranquilo de Viena. Alistair Hughes, em seu quarto grampeado, mentindo para sua estação sobre seu paradeiro e seus planos para o fim de semana. Alistair Hughes trancando seus telefones no cofre do quarto antes de descer, provavelmente para que não fosse monitorado no encontro com Dmitri Sokolov, do SVR. Para o bem ou para o mal, Gabriel não tinha vídeo da morte de Alistair Hughes na Bahnhofplatz. A visão da câmera 2 do sistema de segurança do Schweizerhof estava bloqueada pelos arcos da galeria.

As arrumadeiras do Savoy achavam que Gabriel era um romancista e faziam silêncio no corredor. Ele permitia que elas entrassem no quarto todas as tardes quando saía para caminhar na Cidade Antiga, sempre com o laptop em uma bolsa a tiracolo. Se alguém tentasse segui-lo, poderia ter notado que, duas vezes, ele entrou de fininho na Embaixada Israelense, na Alpenstrasse. Também poderia ter notado que, em três tardes consecutivas, ele tomou chá com salgadinhos no lounge do lobby do principal concorrente do Savoy, o Schweizerhof.

No primeiro dia, ele sentou-se à mesa de Herr Hughes. No dia seguinte, na de Herr Sokolov. Finalmente, no terceiro, pediu a mesa à qual Boris e Natasha haviam se sentado. Escolheu o assento de Boris, a visão de atirador do salão todo, e notou atentamente os ângulos e o posicionamento das várias câmeras de segurança. Nada, pensou, acontecera por acidente. Tudo fora escolhido com cuidado.

Voltando ao quarto no Savoy, Gabriel pegou um papel de carta do hotel e, com o apoio de vidro da escrivaninha para não deixar impressões, escreveu dois cenários possíveis que explicavam o episódio em Berna.

O primeiro foi que o encontro no lounge bar, embora usual no meio, havia sido marcado com urgência. Sokolov avisara Hughes de que ele estava sob suspeita, sendo vigiado e prestes a ser preso. Oferecera uma tábua de salvação, na forma de um envelope contendo instruções para sua extração a Moscou. Hughes tinha se livrado das instruções depois de lê-las, depois, saiu correndo do hotel para começar o primeiro trecho de sua jornada para o exílio permanente. Presume-se que haviam dito a ele que um carro o esperaria em algum lugar próximo à Bahnhofplatz, veículo que o levaria a um aeroporto amigável em algum lugar atrás da Cortina de Ferro, onde ele usaria um passaporte russo para embarcar em um avião. Na pressa, e em meio ao pânico total, ele atravessara a praça sem prestar atenção no trânsito e acabara morrendo, despojando, assim, o Centro de Moscou de seu prêmio.

Essa teoria era totalmente plausível, pensou Gabriel, mas com um furo gritante. Alistair Hughes trabalhava para o MI6, um serviço conhecido por sua qualidade e de seus oficiais. Além disso, se ele também era espião do Centro de Moscou, se equilibrava em uma corda bamba há muitos anos. Não teria entrado em pânico ao saber que estava exposto, mas desaparecido tranquilamente nas sombras. Por esse motivo, Gabriel rejeitou prontamente o primeiro cenário.

A segunda explicação era que Dmitri Sokolov fora ao Hotel Schweizerhof com outra intenção, a de matar o informante antes que ele fosse preso e interrogado, negando, assim, ao MI6 a oportunidade de descobrir a extensão da traição. Nesse cenário, o britânico estava morto muito antes de chegar a Berna, assim como Konstantin Kirov, antes de chegar a Viena. Hughes, porém, sabia seu destino, o que explicava ter saído em pânico do hotel. A arma do crime esperava lá fora, na praça, e o motorista utilizara a oportunidade que se apresentara a ele. Caso encerrado. Fim do informante.

Gabriel preferia o segundo cenário ao primeiro, mas, de novo, tinha dúvidas. Da segurança de um apartamento em Moscou, Hughes podia fornecer ajuda valiosa ao SVR. Também podia ser útil como ferramenta valiosa de propaganda, como Edward Snowden e os espiões de Cambridge na Guerra Fria — Burgess, Maclean e Kim Philby. A coisa que o czar mais amava era demonstrar a proeza de seus espiões. Não, pensou Gabriel, os russos não teriam deixado o prêmio fugir tão facilmente.

O que, no fim daquela mesma noite, enquanto o Hotel Savoy dormia ao seu redor e gatos vagavam pela rua de paralelepípedos abaixo da janela, levou Gabriel a considerar mais uma possibilidade: a de que ele próprio era culpado pela morte de Alistair Hughes. Foi por esse motivo que ele pegou, relutante, o telefone no criado-mudo e ligou para Christoph Bittel.

23
BERNA

Bittel concordou em se encontrar com Gabriel às 9 horas da manhã seguinte, em um café próximo à sede do NBD, o serviço de inteligência externa e segurança doméstica da Suíça. Gabriel chegou vinte minutos adiantado, Bittel, dez minutos atrasado, o que não era comum. Alto e careca, ele tinha a postura séria de um ministro calvinista e a palidez de um homem sem tempo para atividades ao ar livre. Gabriel, certa vez, passara várias horas desagradáveis sentado em frente a Bittel em uma mesa de interrogatório. Agora, podiam quase ser considerados aliados. O NDB empregava menos de trezentas pessoas e tinha um orçamento anual de apenas sessenta milhões de dólares, menos do que a comunidade de inteligência norte-americana gastava em uma tarde típica. O Escritório era um multiplicador valioso de força.

— Lugar legal — comentou Gabriel. Examinou devagar o interior do café triste e pequeno, com o piso de linóleo rachado, mesas bambas de fórmica e pôsteres desbotados de paisagens alpinas. O bairro lá fora era uma miscelânea de prédios comerciais, pequenos negócios industriais e usinas de reciclagem. — Você vem sempre aqui ou só em ocasiões especiais?

— Você disse que queria algo fora do burburinho.

— Que burburinho?

Bittel franziu o cenho.

— Há quanto tempo está no país?

Gabriel, genuinamente, parou para pensar.

— Acho que cheguei na quinta-feira.

— De avião?

Gabriel assentiu.

— Zurique?

— Genebra, na verdade.

— Revisamos sempre os manifestos de passageiros de todos os voos que chegam. — Bittel era chefe da divisão de contraterrorismo do NDB. Manter estrangeiros indesejados fora do país era parte do emprego dele. — Estou bem certo de que nunca vi seu nome em nenhuma das listas.

— Por um bom motivo. — O olhar de Gabriel foi para a cópia dobrada do *Berner Zeitung* deixada em cima da mesa entre eles. A matéria de capa era sobre um imigrante recente do Marrocos que tramava um ataque com caminhão e facadas em nome do Estado Islâmico. — *Mazel tov*, Bittel. Parece que você se safou de uma boa.

— Na verdade, não. Já o estávamos vigiando 24 horas por dia. Esperamos até ele alugar o caminhão para agir.

— Qual era o alvo pretendido?

— A Limmatquai, em Zurique.

— E a pista original que levou ao suspeito? — perguntou Gabriel. — De onde veio?

— O nome dele foi encontrado em um dos computadores recuperados do complexo no Marrocos onde Saladin foi morto. Um de seus parceiros nos entregou alguns dias depois da tentativa de ataque com uma bomba suja em Londres.

— Não me diga.

Bittel sorriu.

— Não sei como agradecer. Teria sido uma carnificina.

— Fico feliz de termos conseguido ajudar.

Eles conversavam em voz baixa, em *hochdeutsch*, ou alto-alemão. Se Bittel estivesse falando o dialeto do alemão suíço próprio do vale onde fora criado, em Nidwalder, Gabriel precisaria de um intérprete.

Uma garçonete se aproximou e anotou o pedido deles. Quando estavam novamente a sós, Bittel perguntou:

— Foi você que matou o homem-bomba em Londres?

— Não seja bobo, Bittel. Sou chefe da inteligência israelense, pelo amor de Deus.

— E Saladin?

— Ele está morto. É isso que importa.

— Mas a ideologia do Estado Islâmico perdura, e finalmente conseguiu se infiltrar na Suíça. — Bittel fitou Gabriel com um olhar de reprovação. — Por isso, vou fazer vista grossa para o fato de você ter entrado no país sem se dar ao trabalho de informar ao NDB e, além de tudo, com passaporte falso. Suponho que não tenha vindo para esquiar. As pistas estão péssimas este ano.

Gabriel virou a cópia do *Berner Zeitung* e apontou para a reportagem sobre a morte de um diplomata britânico na Bahnhofplatz. Bittel levantou uma sobrancelha.

— Um trabalhinho deplorável.

— Dizem que foi um acidente.

— Desde quando você acredita em tudo o que lê nos jornais? — completou Bittel, abaixando a voz: — Por favor, me diga que não foi você que o matou.

— Por que eu mataria um diplomata britânico mediano?

— Ele não era diplomata. Era Chefe de Estação do MI6 em Viena.

— Visitante frequente do seu país.

— Assim como você — comentou Bittel.

— Por acaso sabe por que ele gostava tanto de Berna?

— Há boatos de que estava saindo com uma mulher daqui.

— Estava?

— Não temos certeza.

— O NDB nunca investigou?

— Não é nosso estilo. É a Suíça. Privacidade é nossa religião.

A garçonete trouxe os cafés.

— Você estava para me contar — disse Bittel, em voz baixa — por que o chefe da inteligência israelense está investigando a morte de um oficial do MI6. Só posso supor que tenha algo a ver com aquele russo que você matou em Viena há algumas semanas.

— Também não o matei, Bittel.

— Os austríacos discordam. Aliás, nos pediram para prender você se por acaso pisasse na Suíça, ou seja, sua situação está bastante precária no momento.

— Vou arriscar.

— Por que não iria? — Bittel colocou açúcar em seu café e mexeu lentamente. — Você ia dizendo?

— Estávamos de olho em Hughes há algum tempo — confessou Gabriel.

— O Escritório?

— E nossos parceiros britânicos. Nós o seguimos até aqui desde Viena na sexta à tarde.

— Obrigado por nos avisar sobre a visita.

— Não queríamos incomodar.

— Quantos oficiais você trouxe para o país?

Gabriel levantou o olhar para o teto e começou a contar nos dedos.

— Deixa para lá — murmurou Bittel. — Isso explica todos os microfones e câmeras que desenterramos no quarto de Hughes.

Coisa de qualidade, aliás. Muito melhores que os nossos. Meus técnicos estão fazendo engenharia reversa neles agora mesmo. — Bittel, pensativo, repousou a colher na mesa. — Suponho que tenha notado a reunião de Hughes com aquele russo no lobby.

— Bem difícil de não notar.

— O nome dele é...

— Dmitri Sokolov — completou Gabriel. — O homem do Centro de Moscou em Genebra.

— Vocês se conhecem?

— Pessoalmente, não.

— Dmitri não joga exatamente seguindo as regras.

— Não há regras, Bittel. Não no que diz respeito aos russos.

— Em Genebra, há, mas Dmitri as quebra regularmente.

— Como?

— Recrutando agressivamente, fazendo vários truques sujos. Ele é especializado em *kompromat*. — Era o termo russo para materiais nocivos usados para silenciar oponentes políticos ou chantagear informantes para fazer a vontade do Kremlin. — Ele voltou para Moscou, aliás. Foi embora há duas noites.

— Você sabe por quê?

— Nunca conseguimos decifrar os códigos russos, mas Onyx captou uma explosão de tráfego entre a *rezidentura* de Genebra e o Centro de Moscou na última sexta à noite, depois da morte de Hughes. — Onyx era o sistema de inteligência de sinais suíço. — Só Deus sabe do que estão falando.

— Estão se parabenizando pelo bom trabalho.

— Você acha que os russos mataram Hughes?

— Vamos dizer que eles estão no topo da minha lista.

— Hughes estava na folha de pagamento deles?

— Você viu o vídeo de segurança do hotel?

— *Você* viu?

Gabriel não respondeu.

— Por que os russos matariam seu próprio agente? — perguntou Bittel.

— Estive me fazendo a mesma pergunta.

— E?

— Se eu soubesse a resposta, não estaria sentado nesta pocilga confessando meus pecados a você.

— Devia saber — falou Bittel, após um momento — que os britânicos não estão muito interessados em uma investigação completa. O embaixador e o Chefe de Estação em Berna estão pressionando para pararmos.

— Permita-me concordar com eles.

— É sério? É *só* isso que você quer de mim?

— Quero minhas câmeras e meus microfones. — Gabriel pausou, e, então, completou: — E quero que descubra por que Alistair Hughes passava tanto tempo na sua linda cidade.

Bittel engoliu o café de um gole só.

— Onde você está hospedado?

Gabriel respondeu com sinceridade.

— E o resto da sua equipe?

— Já foi embora há muito tempo.

— Guarda-costas?

Gabriel negou com a cabeça.

— Como quer que eu entre em contato se achar alguma coisa?

Gabriel deslizou um cartão de visita pela mesa.

— O número está no verso. Ligue da linha mais segura que encontrar. Seja discreto, Bittel. Os russos também possuem um serviço de escuta.

— É por isso que você não deveria estar em Berna sem um destacamento de segurança. Vou colocar alguns homens com você, só para garantir.

— Obrigado, Bittel, mas sei me cuidar.

— Tenho certeza de que Alistair Hughes achava a mesma coisa. Faça-me um favor, Allon. Não seja morto no meu território.

Gabriel se levantou.

— Vou tentar.

24

BERNA

Gabriel viu os dois guarda-costas na rua de paralelepípedos embaixo de sua janela ao meio-dia. Eram tão discretos quanto dois carros em chamas. Ele se referia a eles como Frick e Frack, mas só para si mesmo. Eram dois suíços intimidadores, com o físico de um touro.

Seguiram-no pelas galerias do Kunstmuseum e até o café na Kramgrasse, onde ele almoçou. Depois, foram à Embaixada Israelense, na Alpenstrasse, onde Gabriel soube que o serviço estava caminhando satisfatoriamente sem sua mão no volante. A família também. Isso secretamente o agradava. Ele nunca desejara ser indispensável.

Naquela noite, enquanto Gabriel trabalhava no laptop em seu quarto no Savoy, Frick e Frack foram substituídos por um carro com dois oficiais uniformizados da Kantonspolizei de Berna. Ficaram até de manhã, quando os dois retornaram. Gabriel os fez andar alegremente atrás dele por boa parte da tarde e, só para ver se ainda era capaz, despistou-os enquanto cruzava a Nydeggbrücke, ponte que conectava a Cidade Antiga de Berna à nova.

Livre da vigilância, ele tomou o chá da tarde no Schweizerhof, na mesma cadeira em que Alistair Hughes havia se sentado durante os minutos finais de sua vida. Gabriel imaginou Dmitri Sokolov sentado à sua frente. Dmitri, que não seguia as regras de Genebra. Dmitri, que era especialista em *kompromat*. Gabriel se lembrou da forma como o russo segurara o pulso de Alistair Hughes — mão direita no pulso esquerdo. Supunha que algo podia ter sido passado entre eles, um pen drive ou uma mensagem em código, mas duvidava. Assistira ao vídeo pelo menos cem vezes. A transação fora unilateral, de Dmitri Sokolov para Alistair Hughes. O envelope que Sokolov deslizara por baixo da cópia do *Financial Times*. O britânico queimara o conteúdo no quarto. Talvez fossem instruções para uma deserção para Moscou, talvez outra coisa. Quatro minutos e treze segundos depois, ele estava morto.

Quando Gabriel voltou ao Savoy, Frick e Frack lambiam suas feridas na rua. Os três tomaram drinques naquela noite no bar do hotel. O nome real de Frick era Kurt. Ele era de Wassen, uma vila de quatrocentas almas no Cantão de Uri. Frack se chamava Matthias. Era um garoto católico de Friburgo e ex-membro da Guarda Suíça do Vaticano. Gabriel percebeu que já tinham se visto antes, enquanto ele restaurava *O sepultamento de Cristo*, de Caravaggio, no laboratório do Museu do Vaticano.

— Bittel está chegando perto — informou ele a Gabriel. — Diz que talvez tenha algo para você.

— Quando?

— Amanhã à tarde, talvez antes.

— Antes seria melhor.

— Se queria um milagre, devia ter pedido ao seu amigo, o Santo Padre.

Gabriel sorriu.

— Bittel falou o que era?

— Uma mulher — disse Matthias, tomando um gole de cerveja.

— Em Berna?

— Münchenbuchsee. É...

— Uma cidadezinha a norte daqui.

— Como você conhece Münchenbuchsee?

— Paul Klee nasceu lá.

Gabriel não dormiu naquela noite e, pela manhã, foi direto para a Embaixada Israelense, seguido por dois oficiais uniformizados da Kantonspolizei de Berna. Lá, passou um dos dias mais longos de sua vida, beliscando uma caixa de biscoitos de manteiga vienenses que sobrara dos dias em que Uzi Navot era chefe e as estações mantinham guloseimas à mão, caso ele aparecesse sem aviso.

Às 18 horas, ainda não havia notícia. Gabriel considerou ligar para Bittel, mas decidiu que a paciência era um caminho melhor. Foi recompensado às 20h30, quando Bittel finalmente telefonou de uma linha segura na sede do NDB.

— Parece que os boatos eram verdade. Ele *tinha* uma mulher aqui.

— Como ela se chama?

— Klara Brünner.

— O que ela faz?

— É psiquiatra — respondeu Bittel — na Privatklinik Schloss em Münchenbuchsee.

Privatklinik Schloss...

Sim, pensou Gabriel, isso explicaria tudo.

25

HAMPSHIRE, INGLATERRA

A destruição dos restos mortais de Alistair Hughes aconteceu em um crematório no sul de Londres; o enterro, num antigo cemitério nas colinas de Hampshire. A chuva atrapalhou a cerimônia fechada.

— Sou a ressurreição e a vida — recitou o vigário, branco como papel, enquanto guarda-chuvas brotavam como cogumelos contra um aguaceiro repentino. — E aquele que crê em mim, ainda que esteja morto, viverá.

Era um epitáfio digno de um espião, pensou Graham Seymour.

Apesar de o funeral ser apenas para convidados, o comparecimento foi impressionante. Boa parte de Vauxhall Cross estava presente, bem como a maioria da Estação de Viena. Os americanos mandaram uma delegação de Nine Elms, e Rebecca Manning pegou um avião em Washington, trazendo um cartão pessoal do diretor da CIA, Morris Payne.

Ao fim da cerimônia, Seymour abordou Melinda Hughes para oferecer seus pêsames.

— Uma palavrinha em particular? — pediu ela. — Acho que temos algumas coisas a discutir.

Eles caminharam entre as lápides, Seymour segurando o guarda--chuva, Melinda Hughes com o braço dado ao dele. A compostura que ela mostrara ao lado do túmulo, abraçada a seus dois meninos, abandonara-a, e agora ela chorava baixinho. Seymour desejou achar palavras para consolá-la. A verdade era que ele nunca fora muito bom nisso. Culpava o pai, o grande Arthur Seymour, uma lenda do MI6, por sua incapacidade de demonstrar mesmo que um traço genuíno de empatia. Ele só conseguia se lembrar de um período de afeto entre os dois, durante uma visita estendida a Beirute, quando Seymour era garoto. Mesmo nessa época, o pai estava distraído. Por causa de Philby, o maior traidor de todos.

Philby...

Mas por que, perguntou-se Seymour, ele estava pensando no pai e em Kim Philby em um momento como este? Talvez porque estivesse caminhando por um cemitério de braço dado com a esposa de um agente de espionagem dos russos. *Suspeito* de espionagem, lembrou-se. Nada havia sido provado por enquanto.

Melinda Hughes assoou alto o nariz.

— Que americano de minha parte. Alistair ficaria envergonhado se me visse agora.

As lágrimas deixaram um rastro na maquiagem. Mesmo assim, ela era linda. Bem-sucedida, também, pensou Seymour — ao menos, financeiramente, muito mais do que o marido funcionário público. Seymour só conseguia se perguntar por que Alistair a traíra tantas vezes. Talvez a traição lhe fosse fácil. Ou talvez ele achasse que era um benefício do cargo, como pular as longas filas de controle de passaporte na chegada ao aeroporto de Heathrow.

— Você acha que ele consegue? — perguntou Melinda Hughes, de repente.

— Perdão?

— Nos ver. Você acha que Alistair está lá em cima — Ela levantou o olhar para o céu cinza — com Cristo e os apóstolos e os anjos e santos? Ou ele é alguns gramas de ossos pulverizados num solo gelado de Hampshire?

— Qual resposta você prefere?

— A verdade.

— Infelizmente, não posso dizer-lhe nem o que se passa pela cabeça do presidente russo, quanto mais responder à pergunta sobre a vida eterna.

— Você acredita em Deus?

— Não — admitiu Seymour.

— Nem eu — respondeu. — Mas, neste momento, gostaria de acreditar. É assim que acaba? Realmente não tem mais nada?

— Você tem os filhos de Alistair. Talvez continuemos vivos por meio deles. — De novo, involuntariamente, Seymour pensou no pai. E em Philby, lendo sua correspondência no bar do Hotel Normandie.

— *Eu sou Kim. E você?*

— *Graham.*

— *Graham do quê?*

— *Seymour. Meu pai é...*

— *Eu sei quem é seu pai. Todo mundo sabe. Gin cor-de-rosa?*

— *Eu tenho 12 anos.*

— *Não se preocupe, vai ser nosso segredinho.*

Um puxão no braço de Seymour o trouxe de volta ao presente; Melinda Hughes pisara em um buraco e quase caíra. Ela falava sobre o Barclays e como estava ansiosa para voltar a trabalhar, agora que Alistair finalmente tinha voltado para casa e sido enterrado.

— Você precisa de mais alguma coisa de nós?

— O departamento pessoal tem sido muito útil e surpreendentemente gentil. Alistair sempre os detestou, aliás.

— Todos detestamos, mas, infelizmente, faz parte do trabalho.

— Estão me oferecendo uma soma bem grande de dinheiro.

— Você tem direito.

— Eu não quero seu dinheiro. O que eu quero — disse ela, com uma veemência repentina — é a verdade.

Eles chegaram à ponta mais extrema do cemitério. As pessoas tinham se dispersado, mas alguns continuavam ao lado do túmulo, sorrindo com desconforto e apertando mãos, usando a ocasião do enterro de um colega para formar alianças úteis. Um dos americanos de Rebecca Manning acendia o cigarro que foi para os lábios dela. Ela fingia intenso interesse no que quer que ele estivesse dizendo, mas o olhar estava fixo em Seymour e na viúva sofrida de Alistair Hughes.

— Você quer mesmo que eu acredite que um oficial do MI6 altamente treinado foi morto atravessando a rua?

— Não era uma rua, era a praça mais movimentada de Berna.

— A Bahnhofplatz? — disse Melinda, com desprezo. — Não é como Trafalgar Square ou Picadilly. E o que ele fazia em Berna, para começo de conversa? Ele me disse que planejava passar o fim de semana em Viena com um bom livro. Clement Attlee. Imagina só. O último livro que meu marido leu foi uma biografia de Clemente Attlee.

— Não é incomum um Chefe de Estação operar fora das fronteiras de seu país.

— Tenho certeza de que o Chefe de Berna deve ter uma opinião diferente sobre isso. Aliás, por que não perguntamos? — Melinda Hughes olhou para o amontoado de gente perto do túmulo aberto de seu marido. — Ele está logo ali.

Seymour não respondeu.

— Não sou uma iniciante, Graham. Sou mulher de um oficial há quase trinta anos.

— Então, você certamente sabe que há algumas questões que não posso discutir. Talvez algum dia, mas não agora.

O olhar dela foi de desaprovação.

— Você me decepciona, Graham. É terrivelmente previsível. Esconde-se atrás de um véu de segredos, igual Alistair sempre fez. Toda vez que eu perguntava algo de que ele não queria falar, a resposta era a mesma: "Desculpa, meu amor, mas você conhece as regras".

— Elas são reais, infelizmente. Sem elas, não poderíamos trabalhar.

Melinda Hughes já não estava ouvindo, e sim olhando para Rebecca Manning.

— Eles foram amantes, em Bagdá. Você sabia? Por algum motivo, Alistair gostava muito dela. Agora, ela vai ser a próxima "C", e Alistair está morto.

— Posso garantir que o próximo diretor-geral não foi escolhido.

— Sabe, para um espião, você mente muito mal. Alistair era bem melhor. — Melinda parou de repente e se virou para fitar Seymour embaixo do guarda-chuva. — Me diga uma coisa, Graham. O que meu marido estava fazendo de verdade em Berna? Estava envolvido com outra mulher? Ou espionava para os russos?

Eles alcançaram o fim do estacionamento. Os americanos entravam ruidosamente em um ônibus alugado, como se fosse o fim de um piquenique da empresa. Seymour levou Melinda Hughes de volta aos cuidados da família e, abaixando o guarda-chuva, foi em direção a sua limusine. Rebecca Manning se posicionara ao lado da porta traseira. Estava acendendo um novo L&B.

— Sobre o que conversavam? — perguntou, em voz baixa.

— Ela tinha algumas perguntas sobre a morte do marido.

— Os americanos também têm.

— Foi um acidente.

— Foi mesmo?

Seymour não respondeu.

— E aquela outra questão? — perguntou Rebecca? — A que discutimos em Washington?

— O inquérito foi concluído.

— E?

— Não encontramos nada. — Seymour lançou um olhar para o túmulo de Alistair Hughes. — Está morto e enterrado. Volte a Washington e conte para quem quiser ouvir. Reestabeleça o fluxo.

Ela jogou o cigarro no solo úmido e caminhou para um carro que estava à espera.

— Rebecca? — chamou Seymour. Ela parou e se virou. À meia-luz, com a chuva fraca caindo, ele viu o rosto dela como se pela primeira vez. Parecia alguém que ele conhecera há muito tempo, em outra vida. — É verdade sobre você e Alistair?

— O que Melinda disse?

— Que vocês foram amantes em Bagdá.

Rebecca riu.

— Eu e Alistair? Não seja ridículo.

Seymour entrou no banco de trás de seu carro e, pela janela molhada da chuva, viu-a afastar-se. Mesmo para os padrões elevados do MI6, pensou, ela era uma ótima mentirosa.

26

HAMPSHIRE, INGLATERRA

A mensagem de texto chegou ao BlackBerry de Graham Seymour quando ele se aproximava de Crawley. Era de Nigel Whitcombe, seu assistente pessoal e responsável por incumbências não oficiais.

— Mudança de planos — disse Seymour a seu motorista, e, alguns minutos depois, eles estavam correndo para o sul na A23, em direção a Brighton. Dali, foram para oeste pelo litoral, atravessando Shoreham, Worthing, Chichester, Portsmouth, até finalmente chegarem à minúscula Gosport.

A fortaleza antiga, com o fosso vazio e as paredes de pedra cinza, era alcançada por uma trilha estreita que bifurcava no campo do clube de golfe do Gosport & Stokes Bay. O carro de Seymour passou pelo checkpoint externo, depois por um portão que levava a um pátio interno. Há muito tempo, ele fora convertido em um estacionamento para a diretoria. O membro mais antigo era George Halliday, o tesoureiro. Ele estava parado, reto como uma tábua, em seu canto na ala oeste.

— Bom dia, senhor. Que surpresa agradável. Gostaria que Cross nos tivesse, no mínimo, avisado que o senhor viria.

— Estamos um pouco desorganizados no momento, George. O enterro foi hoje.

— Ah, sim, é claro. Uma coisa terrível. Lembro-me de quando ele veio para o Curso de Entrada de Novos Oficiais de Inteligência. Um bom rapaz. Esperto como uma raposa, não? Como está a esposa?

— Tão bem quanto possível.

— Devo abrir os quartos, senhor?

— Acho que não. Não vou ficar por muito tempo.

— Suponho que esteja aqui para ver nosso hóspede. Cross também não nos avisou sobre ele. O senhor Whitcombe o deixou em uma cesta em nossa porta e saiu correndo.

— Vou falar com ele — prometeu Seymour.

— Faça isso, por favor.

— E nosso hóspede? Onde está?

— Eu o tranquei no antigo quarto do senhor Marlowe.

Seymour subiu um lance de escadas de pedra, até a área residencial da ala oeste. O quarto no fim do corredor central continha uma única cama, uma escrivaninha e um armário simples. Gabriel estava parado em frente à estreita janela, olhando para o mar cor de granito.

— Sentimos sua falta no funeral — disse Seymour. — Metade da CIA estava lá. Você devia ter ido.

— Não teria sido correto.

— Por que não?

Gabriel virou-se e olhou para Seymour pela primeira vez.

— Porque eu sou o motivo de Alistair Hughes estar morto. E, por isso — completou —, lamentarei eternamente.

Seymour franziu o cenho, pensativo.

— Há algumas horas, em um cemitério não muito longe daqui, Melinda Hughes me perguntou se o marido era espião russo.

— E o que você disse?

— Nada.

— Que bom. Porque Alistair Hughes não era espião. Era paciente — falou Gabriel. — Da Privatklinik Schloss.

27

FORTE MONCKTON, HAMPSHIRE

O forte se chamava Monckton. Oficialmente, era administrado pelo Ministério da Defesa e conhecido pelo vago nome de Estabelecimento de Treinamento Militar Número 1. Extraoficialmente, era a principal escola do MI6 para espiões novatos. A maior parte das aulas acontecia nos auditórios e laboratórios da ala principal, mas, além das antigas muralhas, havia um estande de tiro, um heliporto, quadras de tênis, uma instalação de squash e um campo de croquet. Guardas do Ministério da Defesa patrulhavam o terreno. Nenhum deles seguiu Gabriel e Graham Seymour enquanto eles caminhavam pela praia, o israelense de jeans e couro, o britânico com seu terno e sobretudo cinza funéreos e um par de botas Wellington que George Halliday desenterrara do depósito.

— É um lugar muito exclusivo. E muito discreto — completou Gabriel — como sugere o nome. Hughes estava vendo uma médica lá. Doutora Klara Brünner. Ela tratava sua bipolaridade e uma grave depressão, o que explica os medicamentos que encontramos no apartamento. Ela os fornecia por baixo dos panos, para ninguém saber. Via-o toda última sexta-feira do mês, depois do expediente.

Ele usava um codinome para as consultas. Richard Baker. Não é incomum. A Privatklinik Schloss é esse tipo de lugar.

— Quem disse?

— Christoph Bittel, do NDB.

— Podemos confiar nele?

— Pense nele como nosso banqueiro suíço.

— Quem mais sabe?

— Os russos, é claro. — No campo de golfe, um quarteto corajoso parou os trabalhos em um dos buracos para ver Gabriel e Graham Seymour passarem. — Também sabiam que Alistair não tinha informado seus superiores em Londres sobre a doença, para não descarrilhar a carreira. O Centro de Moscou sem dúvida considerou usar a informação para coagi-lo a trabalhar para eles, o que é exatamente o que eu ou você teríamos feito na mesma posição. Mas não foi o que aconteceu.

— E *o que* aconteceu?

— Eles sentaram em cima da informação até Dmitri Sokolov, um capanga conhecido do Centro de Moscou com tendência a *kompromat*, dar a Hughes um envelope no lobby do Schweizerhof Hotel, em Berna. Se eu tivesse que chutar, o envelope continha fotos de Hughes entrando e saindo da clínica. É por isso que ele o aceitou em vez de jogar de volta na cara de Dmitri. E é por isso que ele tentou ir embora da cidade em pânico. Aliás, Dmitri está de volta a Moscou. O Centro o retirou alguns dias depois da morte de Alistair.

Eles chegaram ao depósito de barcos salva-vidas de Gosport. Seymour parou.

— Foi tudo um subterfúgio elaborado para nos fazer pensar que Alistair era espião?

Gabriel assentiu.

— Por quê? — perguntou Seymour.

— Vladimir Vladimirovich Gribkov. Você se lembra de VeeVee, certo, Graham? VeeVee queria um chalé em Cotswolds e dez milhões de libras num banco de Londres. Em troca, entregaria o nome de um informante russo graduado da inteligência anglo-americana.

— Soa levemente familiar.

— Os russos pegaram VeeVee antes de ele poder desertar — continuou Gabriel. — Mas, do ponto de vista deles, era tarde demais. Gribkov já tinha falado do informante para o MI6. O dano estava feito. O Centro de Moscou tinha duas escolhas. Podia ficar sem fazer nada e esperar pelo melhor ou podia tomar medidas ativas para proteger seu investimento. Escolheram as medidas ativas. Russos — disse Gabriel — não acreditam em esperança.

Eles saíram da praia e seguiram por uma rua de mão única que cortava por um campo verde, como uma cicatriz. Gabriel caminhou pela calçada. Seymour, com botas Wellington, foi pela grama.

— E Konstantin Kirov? — perguntou ele. — Como se encaixa?

— Isso envolve certo grau de suposição de minha parte.

— O resto também. O que o impede agora?

— Kirov — falou Gabriel, ignorando o ceticismo de Seymour — valia ouro.

— E o segredo de todos os segredos que ele alegava ter descoberto? Que exigia que ele desertasse?

— Era mixaria. Mixaria muito convincente — completou Gabriel —, mas mixaria, mesmo assim.

— Plantada pelo Centro de Moscou?

— É claro. Pode ser que também tenham sussurrado algo no ouvido dele para deixá-lo assustado, mas provavelmente não era necessário. Heathcliff já estava bem assustado por si só. Só precisavam mandá-lo em uma missão, e ele saltaria sozinho.

— Eles *queriam* que ele desertasse?

— Não. Queriam que ele tentasse desertar. É uma diferença enorme.

— E por que deixar ele sair da Rússia? Por que não pendurá-lo pelos pés e deixar todos os segredos caírem dos bolsos? Por que não colocar uma bala na nuca dele e acabar com tudo?

— Porque queriam explorá-lo um pouco, primeiro. Só precisavam do endereço do apartamento onde eu estaria esperando, mas essa foi a parte fácil. A lista de distribuição tinha um quilômetro, e o nome do informante com certeza estava nela. Quando Heathcliff chegou a Viena, eles tinham um assassino pronto e uma equipe de vigilância com uma câmera de longo alcance no prédio ao lado.

— Ainda estou ouvindo — disse Seymour, a contragosto.

— Matar Heathcliff embaixo da minha janela e espalhar minha foto pela internet tinha um benefício óbvio. Fazia parecer que era eu quem tinha ordenado o assassinato de um agente do SVR no meio de Viena, enfraquecendo, assim, o Escritório. Mas não foi o motivo principal. Eles queriam que eu começasse uma investigação e identificasse Alistair Hughes como a provável fonte do vazamento, e eu caí na armadilha.

— Mas por que o mataram?

— Porque deixá-lo solto era perigoso demais para a operação toda, cujo objetivo era nos afastar do rastro do informante verdadeiro. Afinal, não é preciso caçar um informante se ele estiver morto.

Uma van não identificada esperava no fim da via, com dois homens na frente.

— Não se preocupe — falou Seymour —, são meus.

— Tem certeza disso?

Seymour se virou sem responder e começou a andar de volta para o depósito de barcos salva-vidas.

— Na noite em que você foi à minha casa em Belgravia, eu perguntei o nome da pessoa que disse que Alistair viajava com frequência à Suíça. Você se recusou, veementemente, a me dizer.

— Foi Werner Schwarz — afirmou Gabriel.

— O mesmo Werner Schwarz que trabalha para o BVT austríaco?

Gabriel assentiu.

— Qual é a natureza do relacionamento de vocês?

— Nós damos dinheiro e ele nos dá informação. É assim que funciona no nosso negócio. — Uma bicicleta passou chiando por eles, guiada por um homem de rosto vermelho. — Você não está armado, está?

— Ele também é um dos meus. — A bicicleta chacoalhou na via. — Onde você acha que ele está, esse seu informante? No meu serviço?

— Não necessariamente.

— Em Langley?

— Por que não? Ou talvez seja alguém na Casa Branca. Alguém próximo ao presidente.

— Ou talvez o próprio presidente.

— Não vamos exagerar, Graham.

— Mas esse é o perigo, não é? O perigo de corrermos atrás do rabo e nos enroscarmos. Você está na vastidão dos espelhos. É um lugar em que pode arrumar os supostos fatos para chegar à conclusão que quiser. Você apresentou um caso circunstancial, convincente, admito, mas se um elemento estiver errado, tudo desmorona.

— Alistair Hughes não era espião russo, era paciente da Privatklinik Schloss na aldeia suíça de Münchenbuchsee. Alguém contou aos russos.

— Quem?

— Se eu tivesse de chutar — falou Gabriel —, diria que o informante. O informante *verdadeiro*.

Eles tinham voltado à praia. Estava deserta em ambas as direções. Seymour caminhou até a beira da água. Ondas lamberam suas botas Wellington.

— Imagino que agora você vá me dizer que está suspendendo nosso relacionamento até o verdadeiro informante ser descoberto.

— Não posso trabalhar com você se houver um fluxo direto entre Langley, Vauxhall Cross e o Centro de Moscou. Reavaliamos várias operações atuais na Síria e no Irã. Nossa suposição — disse Gabriel — é que já tenham ido para a cucuia.

— Você tem o direito de supor isso — respondeu Seymour, enfaticamente. — A posição oficial do Serviço Secreto de Inteligência é que não estamos nem nunca estivemos abrigando um informante russo em nosso meio. — Ele pausou e completou: — Entende o que estou dizendo?

— Sim — falou Gabriel. — Acredito que sim. Você gostaria que eu encontrasse o informante que não existe no seu serviço.

A van saíra do fim da rua, indo até o pequeno estacionamento no depósito de barcos salva-vidas. Seymour não notou; admirava a ilha de Wight, no mar.

— Eu poderia dar-lhe uma lista de nomes — disse ele, após um momento —, mas seria longa e inútil. Pelo menos, sem o poder de amarrar alguém em uma cadeira e arruinar sua carreira.

— Já tenho uma lista.

— Tem? — perguntou Seymour, surpreso. — E quantos nomes há nela?

— Só um.

28

BOSQUES DE VIENA, ÁUSTRIA

Os anais da operação que se seguiu — ela não teria nem codinome — registrariam que o primeiro golpe na busca pelo informante seria desferido não por Gabriel, mas por seu predecessor azarado, Uzi Navot. O relógio marcava 14h30 daquela mesma tarde, o local era a mesma hospedaria nas margens dos Bosques de Viena onde Navot jantara três semanas antes. Esse aparente descuido não era impensado. Navot queria que Werner Schwarz achasse que não havia nada fora do comum. Para sua segurança, queria que os russos pensassem a mesma coisa.

Antes de chegar a Viena, porém, Navot não tinha deixado nada ao acaso. Ele vinha não do Oriente e das nações do há muito morto Pacto de Varsóvia, mas do Ocidente, da França e do norte da Itália e, por fim, da própria Áustria. Não fizera a jornada sozinho; Mikhail Abramov fora seu companheiro de viagem e guarda-costas. Dentro do restaurante, sentaram-se separados, Navot na mesa de sempre, reservada sob o nome Laffont, e Mikhail ao lado de uma janela. A jaqueta dele estava desabotoada para garantir fácil acesso à arma, que levava do lado esquerdo da cintura. Navot tinha a própria pistola, uma Barak SP-21. Fazia muito tempo que não a carregava, e tinha dúvidas sobre sua capacidade de usá-la em uma emergência sem matar a si mesmo ou Mikhail no processo. Gabriel tinha razão; Navot nunca tinha sido muito perigoso com uma arma de fogo. Mesmo assim, a pressão suave do coldre contra a lombar era reconfortante.

— Uma garrafa de Grüner Veltliner? — perguntou o proprietário corpulento.

Navot, no sotaque e à maneira de monsieur Laffont, repórter de viagem francês de ascendência bretã, respondeu:

— Num minuto, por favor. Vou esperar meu amigo.

Dez minutos se passaram sem sinal dele. Navot, porém, não estava preocupado; recebia atualizações regulares dos observadores. Werner pegara um pouco de trânsito na saída da cidade. Nada sugeria que ele estivesse sendo seguido por elementos do serviço que o empregava, nem por ninguém do Centro de Moscou.

Por fim, um carro parou ao lado da janela de Mikhail, e uma única figura, Werner Schwarz, saiu. Quando ele entrou no restaurante, o proprietário apertou sua mão com vigor, como se tentando tirar água de um poço, e o levou à mesa onde Navot esperava. Werner ficou claramente decepcionado com a ausência do vinho. Havia apenas uma pequena caixa decorativa de Demel, o *chocolatier* vienense.

— Abra — disse Navot.

— Aqui?

— Por que não?

Werner Schwarz levantou a tampa e olhou dentro. Não havia dinheiro, só um bilhete breve escrito por Navot em alemão. A mão de Schwarz tremeu enquanto ele lia.

— Talvez devêssemos dar uma caminhada pelo bosque antes do almoço — sugeriu Navot, levantando-se. — Vai ser bom para nosso apetite.

29

BOSQUES DE VIENA, ÁUSTRIA

— Não é verdade, Uzi! De onde você tirou uma ideia dessa?

— Não me chame pelo meu nome verdadeiro. Sou o monsieur Laffont, lembra? Ou está com dificuldades de manter os nomes dos seus controladores organizados?

Eles caminhavam por uma trilha sobre a neve pisoteada. À direita, as árvores subiam por um morro pouco inclinado; à esquerda, mergulhavam em um pequeno vale. O sol laranja estava baixo no céu, e brilhava direto no rosto deles. Mikhail andava uns trinta metros atrás, o sobretudo estava completamente abotoado, o que significava que ele trocara a arma da cintura para o bolso.

— Há quanto tempo, Werner? Há quanto tempo está trabalhando para eles?

— Uzi, sinceramente, você precisa cair em si.

Navot parou de repente e segurou o cotovelo de Schwarz, que fez uma careta de dor. Ele suava, apesar do frio implacável.

— O que você vai fazer, Uzi? Ser durão comigo?

— Vou deixar isso para ele. — Navot lançou um olhar para Mikhail, imóvel na trilha, a sombra alongada atrás deles.

— O cadáver — desdenhou Schwarz. — Com uma ligação, ele passará vários anos em uma prisão austríaca por assassinato. Você também.

— Vá em frente, Werner. — Navot apertou mais forte. — Faça a ligação.

Werner Schwarz não fez movimento em direção ao telefone. Navot, com um movimento do pulso, o jogou na trilha, mais fundo no bosque.

— Há quanto tempo, Werner? — perguntou Navot, de novo.

— Que diferença faz?

— Pode fazer bastante diferença. Aliás, pode determinar se você vai viver o suficiente para ver Lotte hoje à noite ou se meu amigo vai colocar uma bala na sua cabeça.

— Um ano. Talvez um ano e meio.

— Tente de novo, Werner.

— Quatro anos.

— Cinco, talvez? Ou seis?

— Digamos cinco.

— Quem se aproximou primeiro?

— Você sabe como são essas coisas. É meio que um caso de amor. No fim, é difícil lembrar quem foi atrás de quem.

— Tente, Werner.

— Flertamos por um tempo e, aí, eu enviei um buquê de flores a eles.

— Margaridas?

— Orquídeas — disse Werner, com um sorriso indefeso. — O melhor em que pude colocar as mãos.

— Você queria causar uma boa primeira impressão?

— Isso é muito importante.

— Quanto você recebeu?

— O suficiente para comprar uma coisa bonita para Lotte.

— Quem cuida de você?

— No início, era um garoto local da *rezidentura* de Viena.

— Arriscado.

— Na verdade, não. Na época, eu fazia contrainteligência. Tinha permissão para fazer contatos de vez em quando.

— E agora?

— Alguém de fora da cidade.

— País vizinho?

— Alemanha.

— *Rezidentura* de Berlim?

— Cobertura não oficial, na verdade. Negócios particulares.

— Qual é o nome dele?

— Ele se apresenta como Sergei Morosov. Trabalha para uma consultoria em Frankfurt. Os clientes são firmas alemãs que querem fazer negócios na Rússia. Muitas, posso garantir. Sergei as apresenta às pessoas certas em Moscou e garante que coloquem dinheiro nos bolsos certos, incluindo o dele próprio. A companhia é uma galinha dos ovos de ouro. O dinheiro vai direto para os cofres do Centro de Moscou.

— Ele é do SVR? Você tem certeza?

— É um capanga do Centro de Moscou, cem por cento de certeza.

Eles seguiram caminhando, a neve gelada e escorregadia sob seus pés.

— Sergei dá ordens a você? — indagou Navot. — Ou você é independente?

— Um pouco dos dois.

— Quais são os métodos?

— Velha guarda. Quando eu tenho algo, fecho as cortinas numa janela do andar de cima na sexta-feira. Na terça seguinte, recebo uma ligação que é engano. Sempre pedem para falar com uma mulher. O nome que usam corresponde ao lugar em que Sergei quer me encontrar.

— Por exemplo?

— Trudi.

— Onde é Trudi?

— Linz.

— Quem mais?

— Sophie e Anna. As duas ficam na Alemanha.

— Só isso?

— Não. Tem a Sabine. É um apartamento em Estrasburgo.

— Como você justifica tantas viagens?

— Faço muito trabalho de articulação.

— Eu que o diga. — Em algum lugar, um cachorro latia, grave e profundamente. — Quando você contou para os russos sobre a relação comigo?

— Nunca contei, Uzi. Juro pela vida de Lotte, nunca contei a eles.

— Não jure, Werner. É um insulto à minha inteligência. Só me diga onde aconteceu. Trudi? Sophie? Anna?

Werner Schwarz balançou a cabeça.

— Foi antes de Sergei chegar, quando eu ainda era controlado pela *rezidentura* de Viena.

— Quanto você ganhou por mim?

— Não muito.

— História da minha vida — disse Navot. — Suponho que os russos tenham explorado a situação?

— Explorado?

— Eles o usaram como meio de me espionar. Também como canal para sussurrar informações falsas ou enganosas no meu ouvido. Aliás, estou no direito de supor que tudo o que você me disse nos últimos cinco anos foi escrito pelo Centro de Moscou.

— Não é verdade.

— Então, por que você não me disse que os russos tinham o abordado? Por que não me deu a oportunidade de sussurrar um pouco de bobagens no ouvido *deles*? — Recebido pelo silêncio, Navot respondeu à sua própria pergunta. — Porque Sergei Morosov disse que ia matar você se fizesse isso. — Após uma pausa, Navot perguntou: — Não vai negar, Werner?

Werner Schwarz negou com a cabeça.

— Eles jogam pesado, os russos.

— Não tão pesado quanto nós. — Navot parou e pegou o braço de Werner Schwarz com mão de ferro. — Diga para mim mais uma coisa: onde os russos disseram que planejavam matar um desertor do SVR em Viena? Trudi? Anna?

— Sophie — admitiu Werner Schwarz. — O encontro aconteceu em Sophie.

— Que pena — falou Navot. — Sempre gostei do nome Sophie.

30

BOSQUES DE VIENA, ÁUSTRIA

Sophie era um apartamento seguro em Berlim Oriental, perto da Unter den Linden. O prédio era uma monstruosidade em estilo soviético com vários pátios e muita gente entrando e saindo. Uma garota chamada Marguerite morava lá. Tinha cerca de 30 anos e era magra como um palito, pálida como leite. O apartamento era bem grande e, aparentemente, pertencera a algum coronel da Stasi antes de o Muro cair. Havia duas entradas, a porta principal e uma segunda, na cozinha, que levava a um lance de escadas de serviço pouco usadas. Era um método clássico, da velha guarda, pensou Uzi Navot, ouvindo a descrição de Werner Schwarz. Um capanga treinado pelo Centro de Moscou nunca pisava em um apartamento que não tivesse um alçapão de fuga. Nem, aliás, um capanga treinado pelo Escritório.

— Que porta você usava? — perguntou Navot.

— A da frente.

— E Sergei? Imagino que seja um homem de porta dos fundos.

— Sempre.

— E a garota? Ficava ou saía?

— Em geral, ela nos servia algo para comer e beber e, depois, se mandava. Mas naquele dia, não.

— O que ela fez?

— Ela não estava lá.

— A pedido de quem aconteceu o encontro?

— De Sergei.

— Rotina?

— Imediato.

— Como foi arranjado?

— Ligação na quinta à noite, engano. "Fraulein Sophie está?" Inventei uma desculpa para consultar nossos parceiros alemães sobre uma questão de segurança urgente e voei a Berlim no dia seguinte. Estive pela manhã na sede do BfV e passei no apartamento a caminho do aeroporto. Sergei já estava lá.

— O que era tão urgente?

— Konstantin Kirov.

— Ele mencionou Kirov nominalmente?

— É claro que não.

— O que ele falou, exatamente?

— Disse que ia ter uma quantidade considerável de atividade de espionagem em Viena nos dias seguintes. Queria que meu serviço não fizesse nada para interferir. Sugeriu que havia um desertor envolvido.

— Um desertor do SVR?

— Fala sério, Uzi. Quem mais poderia ser?

— Ele mencionou que um assassino russo ia estourar os miolos do desertor?

— Não especificamente, mas disse que Allon ia estar na cidade para as festividades. Que estaria em um apartamento seguro.

— Ele tinha o endereço?

— Segundo Distrito, perto da Karmeliterplatz. Falou que ia ser desagradável. Queria que seguíssemos Moscou e colocássemos a culpa diretamente nos israelenses.

— E nunca ocorreu a você me contar?

— Eu teria acabado igual ao camarada Kirov.

— Ainda pode acabar assim. — O sol pairava a alguns graus do horizonte, queimando através das árvores. — E se Sergei Morosov estivesse mentindo para você, Werner? E se estivessem planejando matar meu chefe?

— A Áustria oficial não teria derramado uma lágrima.

Navot fechou e abriu o punho várias vezes e contou devagar até dez. Não adiantou. O golpe foi desferido no abdome gordo de Werner Schwarz, onde não deixaria marca. Foi profundo. O suficiente para Navot, por um momento, se perguntar se seu antigo agente se levantaria de novo.

— Mas não foi só isso que Sergei falou, não é? — perguntou Navot para a figura que se debatia e engasgava a seus pés. — Ele estava muito confiante de que eu viria falar com você depois da morte de Kirov.

Werner Schwarz não respondeu; não era capaz disso.

— Devo seguir, Werner, ou você gostaria de continuar a história? A parte sobre Sergei dizendo para você me deixar com a impressão de que o Chefe de Estação do MI6 em Viena tinha uma namorada na Suíça. Eles a mataram também, aliás — mentiu Navot. — Imagino que você seja o próximo. Francamente, estou surpreso de você ainda estar vivo.

Navot se agachou e, sem esforço, fez o austríaco ficar de pé.

— Então, era verdade? — ofegou Werner Schwarz. — Havia mesmo uma garota?

Navot empurrou Werner Schwarz pelas costas e o fez tropeçar pela trilha. O que sobrava do sol estava agora às costas dele. Mikhail liderou o caminho à luz que se enfraquecia.

— O que eles pretendem? — perguntou Schwarz. — Qual é o plano?

— Não temos ideia — respondeu Navot, sem sinceridade. — Mas você vai nos ajudar a descobrir. Senão, vamos dizer para seu chefe e seu ministro que você está trabalhando para o Centro de Moscou. Quando terminarmos, o mundo vai acreditar que *você* dirigia o carro que matou Alistair Hughes em Berna.

— É assim que você me trata, Uzi? Depois de tudo que fiz por você?

— Se eu estivesse na sua posição, tomaria cuidado. Você tem uma chance para se salvar. Está trabalhando para mim de novo. Exclusivamente — completou Navot. — Sem mais jogos duplos e triplos.

As sombras deles tinham desaparecido, as árvores estavam quase invisíveis. Mikhail era quase uma linha preta débil.

— Eu sei que não vai mudar nada — disse Werner Schwarz —, mas quero que você saiba...

— Tem razão — interrompeu Navot. — Não vai mudar nada.

— Vou precisar de um pouco de dinheiro para me segurar.

— Cuidado, Werner. A neve está escorregadia, e agora está escuro.

31

ANDALUZIA, ESPANHA

Naquela mesma tarde, na aldeia branca como ossos, nas montanhas da Andaluzia, a velha, conhecida pejorativamente como *la loca* e *la roja* sentava-se à escrivaninha na alcova embaixo da escada, escrevendo sobre o momento em que colocou os olhos pela primeira vez no homem que alteraria para sempre o curso de sua vida. O primeiro esboço, arremessado na lareira com nojo, tinha sido uma passagem verborrágica cheia de violinos e corações batendo e seios avantajados. Agora, ela adotava a prosa esparsa de uma jornalista, com ênfase em horário, data e local — 13h30 de uma tarde gelada de inverno no início de 1962, bar do Hotel St. Georges, à beira-mar, em Beirute. Ele bebia vodca e suco V8 e lia a correspondência, um homem bonito, ainda que um pouco surrado, com olhos azuis num rosto com sulcos profundos e um gaguejar torturante que ela achava irresistível. Ela tinha 24 anos à época, comunista ferrenha e muito bela. Ela disse a ele seu nome, e ele disse o dele, que ela já sabia. Ele era talvez o correspondente mais famoso, ou infame, em Beirute.

— Para qual jornal você escreve? — perguntou ele.

— Para qualquer um que publique minhas matérias.

— Você é boa?

— Acho que sim, mas os editores em Paris não têm tanta certeza.

— Talvez eu possa ajudar. Conheço muita gente importante no Oriente Médio.

— Ouvi dizer.

Ele sorriu com afeto.

— Sente-se. Tome um d-d-drinque comigo.

— É um pouco cedo, não?

— Imagina. Eles fazem um martini ótimo. Eu que ensinei.

E foi assim, escreveu ela, que tudo começou, um drinque no bar do St. Georges, depois outro e, depois, imprudentemente, um terceiro, após o qual ela mal conseguia ficar de pé, quanto mais andar. Galante, ele insistiu em acompanhá-la ao apartamento, onde fizeram amor pela primeira vez. Ao descrever o ato, ela mais uma vez recorreu à prosa sem adornos de uma repórter, pois suas memórias do acontecimento estavam nubladas pelo álcool. Ela só se lembrava de ele ter sido incrivelmente terno e bastante hábil. Fizeram amor de novo na tarde seguinte, e na seguinte. Foi então, com um vento mediterrâneo frio batendo as janelas, que ela reuniu coragem para perguntar se alguma das coisas que diziam sobre ele na Inglaterra nos anos 1950 era verdade.

— Pareço o tipo de homem que f-f-faria isso?

— Na verdade, não.

— Foi uma caça às bruxas dos americanos. São as piores pessoas do mundo, os americanos, e os israelenses chegam bem perto.

Mas os pensamentos dela se adiantavam ao lápis, e sua mão estava cansada. Ela olhou de relance para o relógio de pulso de plástico e ficou surpresa ao ver que eram quase 18 horas; tinha escrito a tarde toda. Sem almoçar, estava faminta, e não havia nada comestível na dispensa, pois ela também pulara a visita diária ao mercado. Decidiu que uma noite na cidade podia fazer-lhe bem. Um quarteto de Madri ia apresentar um programa de Vivaldi em uma das igrejas, nada muito ousado, mas uma folga bem-vinda da televisão. A aldeia era um destino turístico, mas uma espécie de deserto cultural. Havia outros lugares na Andaluzia em que ela teria preferido morar após o divórcio — Sevilha, por exemplo —, mas o camarada Lavrov escolhera a aldeia branca como ossos, localizada nas montanhas.

— Ninguém nunca vai achá-la ali — dissera ele. E por "ninguém", ele queria dizer a criança.

Estava frio lá fora, começava a ventar. A 87 passos de distância, havia uma van estacionada de qualquer jeito no acostamento rochoso, como se houvesse sido abandonada. As ruas sinuosas da cidade cheiravam a comida; luzes brilhavam quentes nas janelas das casinhas. Ela entrou no único restaurante da Calle San Juan onde ainda era tratada com respeito, e foi encaminhada a uma mesa mal localizada. Pediu uma taça de xerez e tapas sortidas, depois, abriu o romance que levara para proteção. *E o que qualquer um sabe sobre traidores ou sobre por que Judas fez o que fez...* De fato, o quê?, pensou. Ele tinha enganado todo mundo, até ela, a mulher com quem compartilhara o mais íntimo dos atos humanos. Mentira para ela com o corpo e os lábios e, mesmo assim, quando pediu pela coisa que ela mais amava, ela a deu. Este era seu castigo, ser uma velha digna de dó e ultrajada, sentada sozinha em um café numa terra que não era sua. Quem dera eles não tivessem se conhecido naquela tarde no bar do Hotel St. Georges, em Beirute. Quem dera ela tivesse recusado a oferta de um drinque, depois outro e depois, imprudentemente, um terceiro. *Quem dera...*

O xerez chegou, um Manzanilla pálido, e um minuto depois veio a comida. Quando abaixou seu livro, ela notou o homem que a observava, sem disfarçar, na ponta do bar. Então, viu um casal em uma mesa próxima e, instantaneamente, reconheceu por que havia uma van estacionada a 87 passos de sua *villa*. Os métodos de espionagem tinham mudado muito pouco.

Ela comeu lentamente, só para puni-los, e, ao sair do restaurante, correu para o recital na igreja. Estava vazio e foi pouco animador. O casal do restaurante sentou-se quatro bancos atrás dela; o homem, do lado oposto da nave. Ele aproximou-se após a apresentação, enquanto ela caminhava entre as laranjeiras na praça.

— Gostou? — perguntou ele, num espanhol duro.

— Disparate burguês.

Ele deu um daqueles sorrisos reservados para crianças pequenas e velhas tolas.

— Ainda lutando a mesma velha guerra? Ainda balançando a mesma velha bandeira? Sou o Señor Karpov, aliás. Fui enviado por nosso amigo. Permita-me levá-la para casa.

— Foi assim que me meti nesta bagunça.

— Perdão?

— Deixa para lá.

Ela entrou na rua escura, o russo ao seu lado. Ele tentara se vestir de forma simples para a aldeia, mas não tinha conseguido. Os mocassins eram polidos demais, o sobretudo, estiloso demais. Ela se recordou dos velhos dias, quando era possível identificar um agente de inteligência russo pela má qualidade do terno e pelos sapatos horrendos. Como o camarada Lavrov, lembrou, no dia em que lhe trouxe a carta do famoso jornalista inglês que ela conhecera em Beirute. Mas não este, pensou ela. Karpov era definitivamente um russo de novos tempos.

— Seu espanhol é péssimo — declarou ela. — De onde você é?

— Da *rezidentura* de Madri.

— Nesse caso, a Espanha não tem nada a temer do SVR.

— Eles me avisaram sobre sua língua ácida.

— Sobre o que mais o avisaram?

Ele não respondeu.

— Faz muito tempo — falou ela. — Comecei a pensar que nunca mais seria procurada pelo Centro.

— Certamente você notou o dinheiro na sua conta.

— Primeiro dia de cada mês, sem nunca atrasar.

— Outros não têm tanta sorte.

— Poucos — contrapôs ela — abriram mão de tanto. — Os passos deles ecoavam no silêncio sepulcral da rua estreita, junto com os dos dois oficiais de apoio, que seguiam vários passos atrás. — Eu esperava que você tivesse algo para mim além de dinheiro.

— Na verdade, tenho. — Ele tirou um envelope de seu sobretudo estiloso e o segurou entre dois dedos.

— Deixe-me ver.

— Aqui, não. — Ele guardou a carta de volta no bolso. — Nossos amigos em comum querem fazer-lhe uma oferta generosa.

— Ah, querem?

— Umas férias na Rússia. Todas as despesas pagas.

— Rússia no auge do inverno? Como eu poderia resistir?

— São Petersburgo é adorável nesta época do ano.

— Eu ainda a chamo de Leningrado.

— Igual aos meus avós. Conseguimos um apartamento com vista para o Neva e o Palácio de Inverno. Posso garantir que você vai ficar muito confortável.

— Prefiro Moscou a Leningrado. Leningrado é uma cidade importada. Moscou é a verdadeira Rússia.

— Então, vamos achar algo para você perto do Kremlin.

— Sinto muito, não estou interessada. Já não é mais minha Rússia. Agora, é sua.

— É a mesma Rússia.

— Vocês se tornaram tudo contra o que lutamos! — disparou ela. — Tudo o que desprezávamos. Meu Deus, ele provavelmente está dando cambalhotas naquele túmulo.

— Quem?

Pelo jeito, Karpov não sabia o motivo de ela receber a soma substancial de dez mil euros em sua conta bancária no primeiro dia de cada mês, sem nunca atrasar.

— Por que agora? — perguntou. — Por que querem que eu vá para Moscou depois de tantos anos?

— Minha informação é limitada.

— Como seu espanhol. — Ele absorveu o insulto em silêncio. — Estou surpresa de você se dar ao trabalho de me consultar. Antigamente, teria me enfiado num cargueiro e me levado para Moscou contra minha vontade.

— Nossos métodos mudaram.

— Duvido muitíssimo.

Eles tinham chegado à base da cidade. Ela conseguia divisar sua pequena *villa* à beira do penhasco. Deixara as luzes acesas para achar o caminho no escuro.

— Como está o camarada Lavrov? — perguntou ela, de repente. — Ainda conosco?

— Não tenho liberdade de dizer.

— E Modin? Está morto, não?

— Eu não saberia.

— Imagino que não. Ele foi um grande homem, um verdadeiro profissional.

Ela o olhou com desprezo de cima a baixo. Camarada Karpov, o novo russo.

— Acredito que você tenha algo que me pertence.

— Na verdade, pertence ao Centro de Moscou. — Ele pegou o envelope do bolso de novo e o entregou. — Você pode ler, mas não pode ficar com ele.

Ela carregou-o por alguns passos pela rua e o abriu sob o brilho de um poste de iluminação de ferro. Dentro, havia uma única folha de papel, datilografada num francês pomposo. Ela parou de ler após algumas linhas; as palavras eram falsas. Devolveu a carta e caminhou pela escuridão, contando os passos, pensando nele. De uma forma ou de outra, voluntariamente ou à força, iria para a Rússia em breve, tinha certeza. Talvez não fosse tão horrível. Leningrado era mesmo muito adorável e, em Moscou, ela podia visitar o túmulo dele. *Tome um d-d-drinque comigo...* Quem dera ela tivesse dito não. *Quem dera...*

32

FRANKFURT — TEL AVIV — PARIS

A Globaltek Consulting ocupava dois andares de um moderno prédio de escritórios envidraçado na Mainzer Landstrasse, em Frankfurt. Seu site pomposo e moderno oferecia todo tipo de serviços, a maioria dos quais sem apelo para os clientes. As empresas contratavam a Globaltek por um motivo: lobby junto ao Kremlin e, por extensão, acesso ao lucrativo mercado russo. Todos os conselheiros sêniores da Globaltek eram cidadãos russos, bem como a maior parte da equipe de apoio e administrativa. A área de expertise de Sergei Morosov supostamente era o setor bancário russo. Seu currículo falava de uma educação de elite na Rússia e de uma carreira em negócios, mas não mencionava que ele era coronel do SVR.

O planejamento da deserção dele para o Estado de Israel começara minutos depois da volta de Uzi Navot de Viena ao boulevard Rei Saul. Não seria uma deserção típica, com os rituais de acasalamento e ofertas de porto seguro e uma nova identidade. Seria do tipo imediato e altamente coercitivo. Além do mais, teria de ser conduzida de modo que o Centro de Moscou não suspeitasse que Sergei Morosov estava nas mãos do inimigo. Todos os agentes secretos, independentemente do país ou serviço, mantinham contato regular com seus controladores na sede; era um princípio operacional básico. Se Sergei Morosov perdesse mais de uma checagem, o Centro de Moscou automaticamente faria três suposições: que ele tinha desertado, que tinha sido sequestrado ou que tinha sido assassinado. Só no terceiro cenário, a morte de Sergei Morosov, o SVR acreditaria que seus segredos estavam seguros.

— Então, você vai matar *outro* russo? — perguntou o primeiro-ministro. — É isso que está me dizendo?

— Temporariamente — respondeu Gabriel. — E apenas na mente de seus controladores no Centro de Moscou.

Era tarde, pouco mais de 22 horas, e o escritório do primeiro-ministro estava na semiescuridão.

— Eles não são idiotas — disse ele. — Uma hora, vão acabar descobrindo que ele está vivo e nas suas mãos.

— Uma hora — concordou Gabriel.

— Quanto tempo vai levar?

— Três ou quatro dias... uma semana, no máximo.

— E depois, o que acontece?

— Isso depende de quantos segredos ele tem guardados na cabeça.

O primeiro-ministro olhou Gabriel em silêncio por um minuto. Na parede atrás de sua mesa, o retrato de Theodor Herzl fez o mesmo.

— Os russos provavelmente não vão aceitar isso quietos. Vão retaliar.

— Não dá para piorar muito.

— Dá, sim. Ainda mais, se for direcionado a você.

— Eles já tentaram me matar. Várias vezes, por sinal.

— Um dia desses, podem acabar conseguindo. — O primeiro-ministro pegou o documento de uma página que Gabriel trouxera do boulevard Rei Saul. — Isso representa muitos recursos valiosos. Não estou disposto a deixar isso correr indefinidamente.

— Não vai. Aliás, quando eu colocar as mãos no pescoço de Sergei Morosov, suspeito que acabará bem rápido.

— Quão rápido?

— Três ou quatro dias. — Gabriel deu de ombros. Uma semana, no máximo.

O primeiro-ministro assinou a autorização e a deslizou pela mesa.

— Lembre-se do Décimo Primeiro Mandamento de Shamron. Não seja pego.

O dia seguinte era uma quinta-feira — uma quinta-feira comum na maior parte do mundo, com a quantidade de sempre de assassinatos, caos e sofrimento humano. Contudo, no boulevard Rei Saul, ninguém nunca mais falaria nela sem depois usar a palavra *negra*. Foi na Quinta-Feira Negra que o Escritório entrou em pé de guerra. O primeiro-ministro deixara claro que o tempo de Gabriel era limitado, e ele decidiu não desperdiçar um minuto sequer. Na sexta-feira da semana seguinte, decretou, as cortinas de um apartamento de Viena seriam fechadas. E, na outra terça, um telefone tocaria no mesmo apartamento, e o interlocutor pediria para falar com uma de quatro mulheres: Trudi, Anna, Sophie ou Sabine. Trudi era Linz, Anna era Munique, Sophie era Berlim e Sabine era Estrasburgo, capital da região da Alsácia, na França. O Escritório não influenciaria o local; Sergei Morosov era dono da festa. Ou, como colocou Gabriel friamente, era a festa de despedida dele.

Trudi, Anna, Sophie, Sabine: quatro apartamentos seguros, quatro cidades. Gabriel ordenou que Yaakov Rossman, seu chefe de

Operações Especiais, planejasse a abdução de Morosov nos quatro locais.

— Fora de questão. Não é possível, Gabriel, mesmo. Já estamos no limite correndo atrás de Sergei por Frankfurt e ficando de olho em Werner Schwarz em Viena. Os observadores estão exaustos. Estão caindo pelas tabelas.

Yaakov acabou por realizar, exatamente, o que Gabriel pedira, embora, por motivos operacionais, tivesse declarado uma preferência aberta por Sabine.

— Ela é adorável, é a garota dos nossos sonhos. País amigável, um monte de esconderijos. Consiga Sabine e eu conseguirei Sergei Morosov, embrulhado para presente com um laço em cima.

— Prefiro machucado e um pouco ensanguentado.

— Também posso fazer isso. Mas me consiga Sabine. E não se esqueça do corpo — falou Yaakov, por cima do ombro, enquanto saía emburrado da sala de Gabriel. — Senão, os russos não vão acreditar em uma palavra sequer.

À Quinta-Feira Negra, seguiu-se a Sexta-Feira Negra. À Sexta--Feira Negra, um fim de semana negro. E, quando o sol nasceu na Segunda-Feira Negra, o boulevard Rei Saul estava em guerra contra si mesmo. Os departamentos Financeiro e de Identidade tinham se rebelado, Viagens e Governança estavam secretamente, planejando um golpe, e Yaakov e Eli Lavon mal se falavam. Coube a Uzi Navot fazer o papel de juiz interno e mediador de conflitos, porque, na maioria das vezes, Gabriel era um dos combatentes.

Não havia muito mistério quanto à fonte de seu mau humor. Era Ivan. Ivan Borisovich Kharkov, traficante de armas internacional, amigo do presidente russo e *bête noire* pessoal de Gabriel. Ivan arrancara um filho do útero de Chiara e, em uma floresta de bétulas congeladas nos arredores de Moscou, colocara uma arma na cabeça dela. *Espero que goste de ver sua esposa morrer, Allon...* Ninguém esquecia uma visão daquelas, nem perdoava. Ivan era a advertência que o mundo não vira. Ivan era prova de que a Rússia, mais uma vez, estava voltando às origens.

Na quarta-feira daquela semana terrível, Gabriel saiu de fininho do boulevard Rei Saul e foi em seu comboio pela Cisjordânia até Amã, onde se reuniu com Fareed Barakat, chefe anglófilo da inteligência jordaniana. Após uma hora de conversa fiada, Gabriel pediu para usar um dos vários jatos Gulfstream do rei para uma operação que envolveria certo cavalheiro de cidadania russa. Barakat prontamente concordou, pois detestava os russos quase tanto quanto Gabriel. O Açougueiro de Damasco e seus apoiadores russos fizeram várias centenas de milhares de refugiados sírios atravessarem a fronteira com a Jordânia. Fareed Barakat estava ansioso para devolver o favor.

— Mas você não vai bagunçar a cabine, né? Nunca mais vão me deixar em paz. Sua Majestade é muito cuidadosa com seus aviões e suas motocicletas.

Gabriel usou a aeronave para voar a Londres, onde informou Graham Seymour sobre o estágio atual da operação. Depois, deu um pulo em Paris, onde encontrou-se, com discrição, com Paul Rousseau, chefe com ares de professor do Grupo Alpha, uma unidade de contraterrorismo de elite da Direção-Geral de Segurança Interna da França, o famoso DGSI. Seus oficiais eram habilidosos na arte da ilusão, e Paul Rousseau era o líder e estrela-guia inconteste. Gabriel o encontrou em um apartamento seguro no vigésimo *arrondissement* e passou a maior parte do tempo abanando a fumaça do cachimbo de Rousseau.

— Não consegui encontrar um equivalente exato — disse o francês, entregando uma fotografia a Gabriel —, mas este deve servir.

— Nacionalidade?

— A polícia nunca conseguiu determinar.

— Há quanto tempo ele está...

— Quatro meses — interrompeu Rousseau. — Está um pouco maduro, mas nada ofensivo.

— O fogo vai cuidar disso. Lembre-se — adicionou Gabriel —, faça a investigação lentamente. Não é bom apressar uma situação como essa.

Esse encontro aconteceu no meio da manhã de sexta-feira, a mesma em que uma cortina foi fechada numa janela de um apartamento em Viena. Na terça à noite, um telefone tocou no mesmo apartamento, e o interlocutor pediu para falar com uma mulher que não morava ali. Na manhã seguinte, os membros da equipe de Gabriel entraram em voos para cinco cidades europeias diferentes. Todos, porém, acabariam no mesmo destino. Sabine, a garota dos sonhos deles.

33

TENLEYTOWN, WASHINGTON

Rebecca Manning acordou assustada na manhã seguinte. Estava tendo um sonho desagradável, mas, como sempre, não lembrava do assunto. Na janela de seu quarto, o céu estava de uma cor cinza de água suja. Ela checou o horário em seu iPhone pessoal. Eram 06h15, 11h15 em Vauxhall Cross. Por causa do fuso horário, o dia dela costumava começar cedo. Aliás, era raro ela conseguir dormir até tão tarde.

Levantou-se, colocou um robe para se proteger do frio e desceu para a cozinha, onde fumou o primeiro L&B do dia enquanto esperava o café ficar pronto. A casa que ela alugava ficava na Warren Street, no noroeste de Washington D.C., região conhecida como Tenleytown. Ela a herdara de um funcionário do consulado que morou lá com a esposa e os dois filhos pequenos. Era bem pequena, mais ou menos do tamanho de um chalé inglês típico, com uma fachada peculiar em estilo Tudor acima do pórtico. No fim do caminho de lajotas havia uma luminária de ferro e, do outro lado da rua, uma horta comunitária. A lâmpada brilhava fraca, quase invisível, na luz dura da manhã. Rebecca a acendera na noite anterior e esquecera de apagar antes de deitar.

Ela bebeu o café numa caneca grande, com espuma de leite vaporizado, e passou os olhos pelas manchetes em seu iPhone. Não havia mais matérias sobre a morte de Alistair. As notícias dos Estados Unidos eram as de sempre — uma greve governamental iminente, outro tiroteio em uma escola, indignação moral devido a um caso do presidente com uma atriz pornô. Como a maioria dos agentes do MI6 em Washington, Rebecca tinha passado a respeitar o profissionalismo e a imensa capacidade técnica da comunidade de inteligência norte-americana, mesmo que nem sempre concordasse com as prioridades políticas subjacentes. Admirava menos, porém, a política e a cultura. Era um país vulgar e deselegante, pensou, sempre pulando de uma crise para outra, aparentemente sem consciência de que seu poder estava diminuindo. As instituições globais de segurança e econômicas do pós-guerra, que os Estados Unidos haviam construído com tanta dificuldade, estavam desmoronando. Logo, seriam varridas e, com elas, a Pax Americana. O MI6 já se planejava para um mundo pós-americano. Rebecca também.

Ela subiu com sua caneca de café para o quarto e vestiu um conjunto esportivo de frio e um par de tênis Nike. Apesar de fumar um maço por dia, ela era uma corredora ávida. Não via contradição nas duas atividades; só esperava que uma pudesse contrabalançar os efeitos da outra. No andar de baixo, colocou o iPhone, a chave de casa e uma nota de dez dólares num bolso com zíper da calça. Ao sair pela porta, desligou a luminária no fim do caminho.

O sol começava a aparecer por entre as nuvens. Ela fez alguns alongamentos desanimados sob a proteção do pórtico enquanto examinava a rua tranquila. Segundo as regras do acordo de inteligência anglo-americano, o FBI não deveria segui-la nem manter vigilância em sua casa. Mesmo assim, ela sempre checava para garantir que os americanos mantinham a palavra. Não era difícil; a rua oferecia pouca proteção para observadores. Ocasionalmente, passavam carros, mas só moradores, convidados e empregados estacionavam ali. Rebecca tinha um catálogo mental dos veículos e suas placas. Ela sempre fora boa em jogos de memória, especialmente os que envolviam números.

Começou em um ritmo fácil pela Warren Street, depois virou na 42 e seguiu até a Nebraska Avenue. Como sempre, diminuiu o passo ao passar pela casa da esquina, uma mansão colonial de três andares de tijolo vermelho, varanda branca, persianas pretas e uma adição atarracada ao flanco sul.

A adição não estava lá em 1949, quando um agente muito respeitado do MI6, um homem que ajudou a construir a inteligência norte-americana durante a Segunda Guerra Mundial, mudou-se com a esposa sofredora e os filhos pequenos. Logo se tornou um ponto de encontro popular para a elite da inteligência de Washington, um local onde os segredos fluíam fácil como os martinis e o vinho, segredos que acabaram no Centro de Moscou. Num fim de tarde quente em 1951, o oficial altamente respeitado do MI6 removeu uma espátula de pedreiro da estufa no jardim dos fundos. Depois, de um esconderijo no porão, ele tirou sua câmera em miniatura da KGB e um fornecimento de filmes russos. Escondeu os itens em uma lata de metal e dirigiu rumo ao interior de Maryland, onde enterrou as provas de sua traição numa cova rasa.

À margem do rio, perto da ilha de Swainson, na base de um enorme plátano. Provavelmente ainda está tudo lá, se você procurar...

Rebecca continuou pela Nebraska Avenue, passou pelo Departamento de Segurança Nacional, contornou o Ward Circle e atravessou o campus da American University. A entrada dos fundos do extenso complexo da Embaixada Russa, com a enorme *rezidentura* do SVR e a presença permanente da vigilância do FBI, ficava na Tunlaw Road, em Glover Park. Dali, correu na direção sul para

Georgetown. As ruas de West Village ainda estavam em silêncio, mas o tráfego da hora do rush saía da Key Bridge para a M Street.

O sol agora brilhava forte. Rebecca entrou no Dean & DeLuca, pediu um café *latte* e o levou para uma ruazinha de pedras que ia da M Street até o C&O Canal. Sentou-se em uma mesa ao lado de três jovens vestidas, como ela, com roupas esportivas. Havia um estúdio de ioga do lado oposto da rua, a 31 passos da mesa onde Rebecca agora se sentava, 28 metros exatamente. A aula das três mulheres começaria às 7h45. Era dada por uma brasileira chamada Eva Fernandes, magra, loira e muito atraente, que, naquele momento, caminhava pela calçada ensolarada, a bolsa de academia em um dos ombros.

Rebecca pegou o iPhone e checou o horário. 7h23. Durante os minutos seguintes, ela bebeu o café e cuidou de e-mails e mensagens pessoais, enquanto tentava bloquear a conversa das três mulheres na mesa ao lado. Eram insuportáveis, pensou, essas inúteis da geração *millennial*, com seus colchões de ioga e suas leggings de marca e seu desprezo por conceitos como trabalho duro e competição. Ela só desejava ter trazido um maço de L&Bs. Um sopro de fumaça as faria ir embora correndo.

Já eram 7h36. Rebecca mandou uma última mensagem antes de guardar o telefone no bolso. Ele tocou alguns segundos depois, assustando-a. Era Andrew Crawford, oficial júnior da estação.

— Algo errado? — perguntou ele.

— Nada. Só saí para uma corrida.

— Infelizmente, vai ter que encurtá-la. Nosso amigo de Virginia quer dar uma palavrinha.

— Você pode me dar uma dica?

— A NSA está captando rumores da AQAP. — Al-Qaeda na Península Árabe. — Aparentemente, estão muito interessados em voltar ao jogo. Parece que Londres é um dos alvos.

— A que horas ele quer me ver?

— Dez minutos atrás.

Ela xingou baixinho.

— Onde você está?

— Georgetown.

— Não se mexa, vou mandar um carro.

Rebecca desligou e observou as três inúteis flutuando pela rua. O fluxo tinha sido reestabelecido, a nuvem, dissipado. Ela pensou sobre a casa na Nebraska Avenue e no homem, o agente do MI6 profundamente respeitado, enterrando a câmera no interior de Maryland. *Provavelmente ainda está tudo lá, se você procurar...* Quem sabe um dia ela fizesse exatamente isso.

34

ESTRASBURGO, FRANÇA

Os alemães deixaram sua marca indelével na arquitetura de Estrasburgo, a cidade tantas vezes conquistada na margem ocidental do rio Reno. Sabine, porém, tinha uma aparência desafiadoramente francesa. Ficava na esquina da Rue de Berne com a Rue de Soleure, avermelhada e vagamente mediterrânea, com sacadas amplas e persianas de alumínio branco. Dois estabelecimentos comerciais ocupavam o térreo, uma barraca turca de kebab e um cabeleireiro masculino vazio cujo dono passava várias horas por dia olhando para a rua. Entre as duas ficava a entrada dos moradores. Os botões dos interfones eram localizados do lado direito. A minúscula placa do apartamento 5B dizia BERGIER.

O prédio bem em frente era alemão típico. Gabriel chegou ali sem guarda-costas, às 16h15. Encontrou o apartamento 3A em um estado de noite permanente, as persianas fechadas e as luzes baixas. Eli Lavon estava debruçado sobre um laptop aberto, como naquela noite em Viena, mas, agora, com Yaakov Rossman às suas costas apontando para algo na tela, como um sommelier dando conselhos a um cliente em dúvida. Mikhail e Keller, com revólveres nas mãos esticadas, giravam como bailarinas pela entrada da cozinha.

— Você pode, por favor, fazê-los parar? — implorou Yaakov. — Estão nos distraindo. Além do mais, não é como se nunca tivessem vasculhado um cômodo antes.

Gabriel assistiu a Mikhail e Keller repetirem o exercício. Então, olhou para a tela do computador e viu uma luz indo na direção sul entre Heidelberg e Karlsruhe, no lado alemão da fronteira.

— É Sergei?

— Dois dos meus caras — explicou Lavon. — Sergei está vários metros à frente. Saiu de Frankfurt há uns quarenta minutos. Sem gorilas do SVR nem alemães. Está limpo.

— Konstantin Kirov também estava — disse Gabriel, sombriamente. — E Werner?

— Pegou o primeiro trem expresso de Viena a Paris e entrou no Ministério do Interior às 10 horas. Ele e seus colegas franceses, incluindo Paul Rousseau, do Grupo Alpha, tiveram um almoço de trabalho. Aí, Werner reclamou de enxaqueca e disse que ia para o hotel descansar. Em vez disso, dirigiu-se para a Gare de l'Est e tomou o trem das 14h15 para Estrasburgo. Deve chegar às 16h40. É uma caminhada de, no máximo, dez minutos desde a estação.

Gabriel apontou a luz azul piscante que se movia pela pequena cidade alemã de Ettlingen.

— E Sergei?

— Se for direto para o apartamento, vai chegar às 16h20. Se fizer uma parada na lavanderia primeiro...

Em um segundo computador havia uma tomada externa do prédio de codinome Sabine. Gabriel apontou para a figura na porta do salão masculino.

— E ele?

— Yaakov acha que devíamos matá-lo — falou Lavon. — Eu gostaria de achar uma solução mais justa.

— A solução — disse Gabriel — é um cliente.

— Ele só teve dois o dia todo — explicou Yaakov.

— Então, vamos encontrar um terceiro.

— Quem?

Gabriel mexeu no cabelo desgrenhado de Lavon.

— Estou um pouco ocupado no momento.

— E Doron?

— É um dos meus melhores artistas de rua. E gosta do cabelo de um jeito muito particular.

Gabriel se abaixou e bateu em algumas teclas do laptop. Então, assistiu a Mikhail e Keller dando piruetas em silêncio até a porta.

— Nem pense — avisou Eli Lavon.

— Eu? Sou o chefe da inteligência israelense, pelo amor de Deus.

— Sim — concordou Lavon, assistindo à luz azul se aproximando. — Diga isso a Saladin.

A luz azul piscante entrou em Estrasburgo às 16h15 e, sob ordens de Gabriel, os observadores abandonaram a perseguição. Seguir um capanga do SVR a 160 quilômetros por hora em uma autoestrada era uma coisa, ficar no encalço dele pelas ruas tranquilas de uma cidade franco-alemã às margens do rio Reno era bem diferente. Além disso, Gabriel sabia o destino do capanga. Era o prédio Sabine, do outro lado da rue de Berne. O prédio com duas lojas no térreo — um café turco que vendia kebabs, onde dois ex-soldados de elite, um israelense e um britânico, faziam um almoço tardio, e um salão de cabeleireiro masculino que acabava de receber o terceiro cliente do dia.

O agente do SVR passou de carro uma primeira vez às 16h25 e uma segunda às 16h31. Finalmente, às 16h35, ele estacionou a BMW sedã diretamente embaixo da janela do posto de comando e atravessou a rua. A próxima vez que o viram foi às 16h39, parado na sacada do apartamento 5B. No canto da boca estava um cigarro apagado e, na mão direita, algo que podia ser uma caixa de fósforos. O cigarro era o sinal. Cigarro acesso significava que estava tudo limpo. Cigarro apagado significava abortar. Velha guarda até o fim, pensou Gabriel. *Regras de Moscou...*

Às 16h40, um trem chegou à Estação de Strasbourg, e, dez minutos depois, um policial secreto austríaco, que devia estar se recuperando de uma enxaqueca num quarto de hotel em Paris, passou pela vitrine do café turco. Lançou um olhar para a sacada cinco andares acima, onde o cigarro do capanga do SVR brilhava como o farol de um navio. Então, ele foi até a porta do prédio e apertou o botão do interfone do apartamento 5B. Cinco andares acima, o capanga arremessou o cigarro despreocupadamente na rua e desapareceu por trás das portas francesas.

— Saiam! — gritou Yaakov no microfone de seu rádio miniatura e, no café turco, os dois ex-soldados se levantaram ao mesmo tempo. Na calçada, caminharam sem pressa visível na direção da entrada de moradores, onde o austríaco agora segurava a porta para eles. Então, a porta se fechou e os três desapareceram.

Foi nesse ponto, por motivos que só ele sabia, que Eli Lavon começou a gravar a transmissão da câmera de vigilância externa. O arquivo final não editado tinha cinco minutos e dezoito segundos e, como o vídeo de segurança do Hotel Schweizerhof, se tornaria de exibição obrigatória no boulevard Rei Saul, pelo menos para quem tivesse tempo de serviço e autorização suficientes.

A ação começa com a chegada de um furgão Ford, do qual dois homens descem e, casualmente, entram no prédio. Reaparecem quatro minutos depois, cada um carregando uma ponta de uma bolsa de pano bem pesada contendo um oficial de inteligência russo. Ela é colocada no compartimento de carga do furgão, que se afasta do meio-fio enquanto dois ex-soldados de elite, um israelense e o outro britânico, saem do prédio. Eles atravessam a rua até uma BMW sedã e entram. O motor é ligado, luzes se acendem. Então, o carro vira na rue de Soleure e sai da tomada da câmera.

Não há gravação do que aconteceu depois, porque Gabriel não permitiu. Insistiu que a câmera fosse totalmente desconectada antes de sair de novo para o silêncio sombrio da rue de Berne. Lá, entrou no banco de passageiro de um Citroën que nunca chegou a parar. O homem ao volante era Christian Bouchard, chefe de gabinete e braço direito de Paul Rousseau. Ele parecia um daqueles personagens de filme francês que sempre tinha casos com mulheres que fumavam depois de fazer amor.

— Algum problema? — perguntou Bouchard.

— Minhas costas estão me matando — respondeu Gabriel. — Fora isso, tudo bem.

O aeroporto ficava a sudoeste da cidade e era flanqueado por fazendas. Quando Gabriel e Christian Bouchard chegaram, o furgão Ford estava estacionado à cauda de um jato Gulfstream de propriedade do monarca jordaniano. Gabriel subiu pela escada embutida na porta do avião e se abaixou para entrar na cabine. A bolsa comprida estava colocada no chão, na posição vertical. Ele puxou o zíper, expondo um rosto vermelho e inchado, pesadamente atado com fita isolante prateada. Os olhos estavam fechados. Ficariam assim por toda a duração do voo. Ou talvez um pouco mais, pensou Gabriel, dependendo do metabolismo do russo. De modo geral, os russos lidavam com os sedativos tão bem quanto com a vodca.

Gabriel fechou o zíper e se acomodou em um dos assentos giratórios para a decolagem. Os russos não eram tolos, pensou. No fim, iam acabar juntando os fatos. Ele calculava ter três ou quatro dias para encontrar o informante no alto da inteligência anglo-americana. Uma semana, no máximo.

35

ALTA GALILEIA, ISRAEL

Há centros de interrogatório espalhados por toda Israel. Alguns estão em áreas restritas do Deserto de Negev, outros estão escondidos, despercebidos, no meio das cidades. Um deles fica na saída de uma estrada sem nome que vai de Rosh Pina, um dos mais antigos assentamentos judeus em Israel, a aldeia montanhosa de Amuka. O caminho que leva até ele é empoeirado e pedregoso e só adequado para jipes e SUVs. Há uma cerca com arame farpado e uma guarita com jovens durões usando coletes cáqui. Atrás da cerca fica uma pequena colônia de bangalôs e um único prédio de metal corrugado onde são mantidos os prisioneiros. Os guardas são proibidos de divulgar seu local de trabalho até para esposas e parentes. A localização é a mais secreta e escura possível. É a ausência de cor e luz.

Sergei Morosov não sabia de nada disso. Aliás, ele sabia muito pouco ou nada. Nem sua localização, nem o horário, nem a identidade de seus captores. Sabia apenas que estava com muito frio, encapuzado e preso a uma cadeira de metal seminu, e sendo sujeito a uma música perigosamente alta. Era "Angel of Death", da banda de metal Slayer. Até os guardas, profissionais implacáveis, sentiam um pouco de pena dele.

Seguindo o conselho de Yaakov Rossman, um interrogador experiente, Gabriel permitiu que a fase de estresse e isolamento do processo durasse 36 horas, mais do que ele gostaria. O relógio já estava trabalhando contra eles. Havia relatos na mídia francesa de um acidente na estrada perto de Estrasburgo. Os fatos conhecidos eram escassos — uma BMW, uma explosão, um único corpo queimado, ainda não identificado, ou assim diziam as autoridades francesas. Pelo jeito, o Centro de Moscou conhecia muito bem a identidade do morto, ou, pelo menos, achava que sim, pois um par de capangas da *rezidentura* de Berlim fez uma visita ao apartamento de Sergei Morosov, em Frankfurt, na noite seguinte ao desaparecimento dele. Gabriel sabia disso porque o apartamento estava sendo vigiado pelo Escritório. Ele temia que a próxima parada do SVR fosse o último contato conhecido de Sergei Morosov, um oficial sênior do serviço de segurança austríaco chamado Werner Schwarz. Por esse motivo, Schwarz também estava sob vigilância do Escritório.

Eram 12h17 — o horário era cuidadosamente anotado no livro de registros da instalação — quando o metal na câmera de isolamento finalmente fez silêncio. Os guardas tiraram as amarras das mãos e dos tornozelos de Sergei Morosov e o levaram a um chuveiro onde, vendado e encapuzado, ele teve permissão de se lavar. Depois, o vestiram em um conjunto de moletom azul e branco e o conduziram, ainda com os olhos cobertos, até a cabana de interrogatório, onde foi amarrado a outra cadeira. Mais cinco minutos se passaram antes de o capuz e a venda serem removidos. O russo piscou várias vezes enquanto seus olhos se acostumavam à luz repentina. Então, ele se encolheu de medo e começou a se debater loucamente contra as amarras.

— Cuidado, Sergei — disse Gabriel, tranquilamente. — Senão, vai deslocar algo. Além disso, não precisa ter medo. Bem-vindo a Israel. E, sim, aceitamos sua oferta de desertar. Gostaríamos de começar o interrogatório o mais rápido possível. Quanto antes começarmos, mais cedo você poderá iniciar sua nova vida. Escolhemos um lugarzinho ótimo para você no Deserto de Negev, onde os amigos do Centro de Moscou nunca o encontrarão.

Gabriel falou tudo isso em alemão e Sergei Morosov, quando parou de se debater, respondeu no mesmo idioma:

— Você nunca vai se safar desta, Allon.

— De aceitar um oficial desertor do SVR? Acontece o tempo todo. É o jogo.

— Eu não fiz oferta de desertar. Você me sequestrou. — O russo olhou para as quatro paredes sem janelas da sala de interrogatório, para os dois guardas à esquerda e para Mikhail, reclinado à direita. Por fim, se dirigiu a Gabriel e perguntou: — Estou mesmo em Israel?

— Onde mais você estaria?

— Pensava estar nas mãos dos britânicos.

— Infelizmente, não. Dito isso, o MI6 está ansioso para dar uma palavra com você. Não podemos culpá-los, mesmo. Afinal, você assassinou o Chefe de Estação deles em Viena.

— Alistair Hughes? Os jornais disseram que foi um acidente.

— Preciso aconselhá-lo — avisou Gabriel — a escolher outro caminho.

— E que caminho seria?

— Cooperação. Diga-nos o que queremos saber e será tratado melhor do que merece.

— E se eu recusar?

Gabriel olhou para Mikhail.

— Reconhece, Sergei?

— Não — mentiu Morosov, mal. — Nunca nos encontramos.

— Não foi isso que eu perguntei. O que eu perguntei — repetiu Gabriel — é se você o reconhece. Ele estava em Viena naquela noite. Seu assassino disparou quatro tiros contra ele, mas por algum motivo todos erraram. A mira dele foi um pouco melhor em relação a Kirov. Konstantin levou dois na cara, ponta oca, para não haver caixão aberto no funeral. A não ser que você comece a falar, meu colaborador e eu iremos começar a devolver o favor. Ah, não com nossas próprias mãos. Vamos dar você de presente a alguns de nossos amigos do outro lado da fronteira, na Síria. Eles sofreram muito com o Açougueiro de Damasco e seus benfeitores russos, e adorariam colocar as mãos em um oficial do SVR em carne viva.

O silêncio na sala era pesado. No fim, Sergei Morosov disse:

— Não tive nada a ver com Kirov.

— Claro que teve, Sergei. Você avisou Werner Schwarz alguns dias antes do assassinato de que haveria algumas coisas desagradáveis em Viena com um desertor do SVR. Depois, instruiu Werner a seguir a pista do Kremlin e apontar para um suspeito em nosso serviço.

— Ele é um homem morto. E você também, Allon.

Gabriel seguiu em frente como se não tivesse ouvido o comentário.

— Você também instruiu Werner a sussurrar algumas fofocas no ouvido do meu vice em relação à vida privada de Alistair Hughes. Algo sobre viagens frequentes para a Suíça, do outro lado da fronteira. Fez isso porque queria nos dar a impressão de que Alistair estava em sua folha de pagamentos. O objetivo da operação era proteger o espião *verdadeiro*, um informante no alto da inteligência anglo-americana.

— Informante? — questionou Morosov. — Você anda lendo romances de espionagem demais, Allon. Não tem informante. Alistair era nosso ativo. Eu sei bem, era controlador dele. Estou trabalhando com ele há anos.

Gabriel apenas sorriu.

— Bem jogado, Sergei. Admiro sua lealdade, mas ela não tem valor aqui. A verdade é a única moeda que aceitamos. Só ela vai nos impedir de entregá-lo aos colegas na Síria.

— Eu estou dizendo a verdade!

— Tente de novo.

Morosov se fez de impávido.

— Se você sabe tanto — falou, após um momento —, para que precisa de mim?

— Vai nos ajudar a preencher as lacunas. Em troca, será bem recompensado e terá permissão de viver o resto de sua vida em nosso belo país.

— Em um lugarzinho no Negev?

— Eu mesmo escolhi.

— Prefiro me arriscar na Síria.

— Preciso aconselhá-lo — avisou Gabriel — a escolher outro caminho.

— Desculpe, Allon — respondeu o russo. — Infelizmente, não.

O Falcão Negro voava a leste acima das colinas de Golã, entrando no espaço aéreo sírio da aldeia de Kwdana. O destino final era Jassim, uma cidade pequena na província de Daraa, no sul do país, dominada por rebeldes do Exército Livre da Síria. Sob a liderança de Gabriel, o Escritório tinha formado laços próximos com a oposição síria não jihadista, e vários milhares de cidadãos haviam sido levados a Israel para tratamento médico. Em partes da província de Daraa, ainda que não no resto do mundo árabe, Gabriel era uma figura reverenciada.

O helicóptero nunca pousou em solo sírio, isso era indiscutível. Os dois guardas a bordo alegaram que Mikhail amarrou uma corda às algemas de Sergei Morosov e o balançou em cima de um acampamento fervilhando de rebeldes. O israelense, porém, negou esse relato. Sim, ele tinha *ameaçado* baixar Sergei na turba, mas nunca havia chegado a isso. Depois de dar uma olhada no destino que o aguardava, o russo tinha *implorado* — isso, implorado — para ser levado de volta a Israel.

Qualquer que fosse o caso, o coronel Sergei Morosov era um homem mudado quando voltou à sala de interrogatório. Depois de, primeiro, pedir desculpa por sua intransigência mais cedo, o russo disse que estava mais do que disposto a oferecer toda e qualquer assistência ao Escritório em troca de santuário e um acordo financeiro razoável. Reconheceu, porém, que Israel não era sua primeira escolha de lar permanente. Ele não era antissemita, de forma alguma, mas tinha opiniões fortes sobre o Oriente Médio e o sofrimento dos palestinos, e não desejava viver entre pessoas que considerava colonizadoras e opressoras.

— Dê-nos alguns meses — falou Gabriel. — Se ainda se sentir da mesma forma, falo com um de nossos amigos.

— Não sabia que você tinha amigos.

— Um ou dois — garantiu Gabriel.

Com isso, eles o levaram para um dos bangalôs e permitiram que dormisse. Eram quase dez da noite quando ele acordou. Deram-lhe uma muda de roupa — apropriada, não moletom — e o serviram um jantar de *borscht* quente e frango à Kiev. À meia-noite, descansado e alimentado, ele foi levado de volta à sala de interrogatório, onde Gabriel esperava com um caderno aberto à sua frente.

— Como você se chama? — perguntou.

— Sergei Morosov.

— Não seu nome profissional — explicou Gabriel. — Seu nome real.

— Faz tanto tempo que não sei se me lembro.

— Tente — insistiu Gabriel. — Temos bastante tempo.

Não era nem um pouco verdade; o relógio estava trabalhando contra eles. Tinham três ou quatro dias para achar o informante, pensou Gabriel. Uma semana, no máximo.

36

ALTA GALILEIA, ISRAEL

O nome verdadeiro dele era Aleksander Yurchenko, mas ele o abandonara há muitos anos, após o primeiro posto no exterior, e ninguém, nem sua mãe, o chamava de outra coisa que não Sergei. Ele fora datilógrafo em Lubyanka e secretário pessoal do diretor da KGB, Yuri Andropov, que acabaria sucedendo Leonid Brezhnev como líder da moribunda União Soviética. O pai de Sergei também fora funcionário da antiga ordem. Economista e teórico marxista brilhante, ele havia trabalhado no Gosplan, a estrutura por trás da economia planificada da União Soviética conhecida como Plano de Cinco Anos. Eram documentos dignos de Orwell, cheios de esperanças vãs, que frequentemente definiam metas de produção em termos de peso, em vez de unidades produzidas. O pai de Sergei, que perdera a fé no comunismo perto do fim da carreira, mantinha uma tirinha ocidental emoldurada acima de sua escrivaninha no apartamento da família em Moscou. Mostrava um grupo de trabalhadores fabris melancólicos em volta de um único prego do tamanho de um míssil balístico soviético. "Parabéns, camaradas!", declara o diretor orgulhoso da fábrica. "Atingimos nossa cota do atual Plano de Cinco Anos!"

Os pais de Sergei não eram da elite do Partido — os membros da *nomenklatura* que cortavam o trânsito de Moscou em faixas especiais, nos bancos traseiros de limusines Zil —, mas ainda assim eram membros e, portanto, viviam uma vida muito além do alcance dos russos comuns. O apartamento deles era maior que a maioria, e só deles. Sergei ia a uma escola reservada para filhos de membros do Partido e, aos 18 anos, entrou no Instituto Estatal de Relações Internacionais de Moscou, a universidade mais prestigiosa da União Soviética. Lá, estudou ciências política e alemão. Muitos de seus colegas se tornaram diplomatas, mas não Sergei. Sua mãe, secretária pessoal de uma lenda da KGB, tinha outros planos para o filho.

O Instituto da Bandeira Vermelha era a academia da KGB. Mantinha quatro locais isolados espalhados em Moscou, com o campus principal em Chelobityevo, ao norte do rodoanel. Sergei ingressou em 1985. Um dos colegas era filho de um general da KGB. Não qualquer general; era o chefe do Primeiro Diretório, divisão de espionagem estrangeira, um homem, de fato, muito poderoso.

— O filho fora muito mimado quando criança, criado no exterior e exposto à cultura ocidental. Tinha calças jeans e discos dos Rolling Stones e se achava muito mais descolado que todos nós. Mas acontece que não era lá muito inteligente. Depois da formatura, foi mandado para o Quinto Diretório, que cuidava da segurança interna. Graças ao pai, se deu muito bem depois da queda. Fundou um banco e diversificou para vários ramos, incluindo tráfico internacional de armas. Talvez você tenha ouvido falar dele. Ele se chama...

— Ivan Kharkov.

Sergei Morosov sorriu.

— Seu velho amigo.

Como tinha ido para o Instituto da Bandeira Vermelha direto da universidade, o período de treinamento de Sergei Morosov durou três anos. Ao se formar, ele fora enviado para o Primeiro Diretório e colocado na mesa de operações alemã no Centro de Moscou, sede do diretório em Yasenevo. Um ano depois, recebeu a *rezidentura* em Berlim Oriental, onde testemunhou a queda do Muro de Berlim, sabendo muito bem que a União Soviética desmoronaria em seguida. O fim chegou em dezembro de 1991.

— Eu estava dentro de Yasenevo quando baixaram a foice e o martelo do Kremlin. Nós todos nos embebedamos, e ficamos bêbados pela maior parte da década seguinte.

Na era pós-soviética, a KGB foi desmontada, renomeada, reorganizada e renomeada de novo. No fim, os elementos básicos da velha organização foram divididos em dois novos serviços: o FSB e o SVR. O FSB cuidava de segurança doméstica e contrainteligência e ficou com a antiga sede central da KGB na praça Lubyanka. O SVR se tornou o novo serviço de inteligência externa da Rússia. Com sede em Yasenevo, era, essencialmente, o Primeiro Diretório da KGB com um novo nome. Os Estados Unidos, supostamente aliados russos, continuaram sendo a principal obsessão do SVR, embora o serviço se referisse ao país como "principal alvo" em vez de "principal inimigo". A Otan e a Grã-Bretanha também eram alvos primários.

— E Israel? — indagou Gabriel.

— Nunca foi mais que um pensamento passageiro. Quer dizer, até você entrar em guerra com Ivan.

— E você? — perguntou Gabriel. — Como Sergei Morosov se deu na nova ordem mundial?

Ele ficou por Berlim, onde construiu uma rede de agentes secretos que espionariam toda a Alemanha reunificada por anos a fio. Depois, foi para Helsinki, onde, com um novo nome, serviu como vice-*rezident*. Virou *rezident* pela primeira vez em 2004, em Haia, e, em 2009, repetiu o papel em Ottawa, um posto importante dado a proximidade com os Estados Unidos. Infelizmente, se meteu em um problema envolvendo uma garota e o ministro da Defesa canadense, águas passadas, e os canadenses disseram para ele ir passear, discretamente, para não começar um escândalo de olho por olho. Ele esfriou a cabeça no Centro de Moscou por uns anos, mudou de nome e de rosto e voltou à Alemanha como Sergei Morosov, um especialista bancário russo empregado pela Globaltek Consulting.

— Os serviços alemães eram tão sem noção que ninguém lembrou de mim de meus dias em Berlim Oriental.

— A Globaltek faz alguma consultoria de verdade?

— Bastante. Somos muito bons, devo dizer. Mas funcionamos, na maior parte do tempo, como *rezidentura* no coração da comunidade empresarial alemã, e eu sou o *rezident.*

— Não mais — disse Gabriel. — Agora, é um desertor. Por favor, continue.

A Globaltek, disse Sergei Morosov, cumpria duas funções. A principal era identificar potenciais agentes e roubar tecnologia industrial alemã, de que a Rússia precisava desesperadamente. Com esse fim, a empresa fazia várias operações de *kompromat* contra importantes empresários alemães. A maioria delas envolvia pagamentos ilícitos ou sexo.

— Mulheres, garotos, animais... — Sergei Morosov deu de ombros. — Os alemães, Allon, são uma turma liberal.

— E a segunda função?

— Cuidamos de agentes sensíveis.

— Agentes que precisam de cuidado especial porque sua exposição criaria problemas para o Kremlin. — Gabriel pausou, antes de completar: — Como Werner Schwarz.

— Correto.

Segundo todas as medidas objetivas, continuou Sergei Morosov, a operação da Globaltek era um sucesso esmagador. Era por isso que ele se surpreendera com a mensagem em sua caixa de entrada criptografada em uma tarde excepcionalmente quente de outubro.

— O que era?

— Uma convocação do Centro de Moscou.

— Obviamente — disse Gabriel — você voltava com frequência para consultas.

— É claro. Mas aquela vez foi diferente.

— O que você fez?

Sergei Morosov fez o que qualquer agente da SVR teria feito em circunstâncias similares. Resolveu suas pendências e escreveu uma carta de despedida para sua santa mãe. Pela manhã, certo de que logo estaria morto, embarcou em um voo da Aeroflot para Moscou.

37

ALTA GALILEIA, ISRAEL

— Você já foi a Moscou, certo?

— Várias vezes — admitiu Gabriel.

— Gosta?

— Não.

— E a Lubyanka? — perguntou Sergei Morosov.

Mais uma vez, Gabriel reconheceu o que já era bem sabido por oficiais de inteligência russos de certa idade e hierarquia: há alguns anos, tinha sido preso em Moscou e interrogado violentamente nos porões de Lubyanka.

— Mas você nunca foi a Yasenevo, não é? — perguntou Sergei Morosov.

— Não, nunca.

— Que pena. Teria gostado.

— Duvido.

— Ah, hoje em dia eles deixam qualquer um entrar em Lubyanka — continuou Sergei Morosov. — É meio que uma atração turística. Mas Yasenevo é especial. Yasenevo é...

— O Centro de Moscou.

Sergei Morosov sorriu.

— Seria possível me dar uma folha de papel e algo com que escrever?

— Por quê?

— Eu gostaria de desenhar um mapa do lugar para ajudá-lo a visualizar melhor o que aconteceu depois.

— Tenho uma ótima imaginação.

— Ouvi dizer.

Yasenevo, resumiu Sergei Morosov, é um mundo em si mesmo, um mundo de privilégio e poder, cercado por quilômetros de arame farpado e patrulhado a todo momento por guardas com cães de ataque violentos. O prédio principal tem formato de uma cruz gigante. Cerca de 1,5 quilômetro a oeste, escondida em uma floresta densa, há uma colônia de vinte *datchas* reservadas para oficiais sêniores. Um deles está levemente isolado e traz uma pequena placa dizendo COMITÊ DE PESQUISA INTRABÁLTICO, um título disparatado até para os padrões do SVR. Foi a essa *datcha* que Sergei Morosov foi levado com escolta armada. Lá, cercado por milhares de livros e pilhas de velhos arquivos empoeirados — incluindo vários com o selo do NKVD, precursor da KGB —, um homem esperava para vê-lo.

— Descreva-o, por favor.

— Vencedor do concurso de sósia de Vladimir Lenin.

— Idade?

— Suficiente para se lembrar de Stalin e ter tido medo dele.

— Nome?

— Vamos chamá-lo de Sasha.

— Sasha do quê?

— Sasha Tanto Faz. Sasha é um fantasma. Sasha é um estado mental.

— Você já encontrara esse estado mental antes?

Não, disse Sergei Morosov, não tinha tido a honra de ser apresentado ao grande Sasha, mas ouvira sussurros sobre ele durante anos.

— Sussurros?

— Conversas soltas. Você sabe como são os espiões, Allon. Amam fofocar.

— O que diziam sobre Sasha?

— Que ele cuidava de um único informante. Que esse informante era o trabalho da vida dele. Que para isso ele tinha recebido ajuda de uma figura lendária em nosso ramo.

— Quem era essa figura lendária?

— Os sussurros nunca falaram.

Gabriel estava tentado a pressionar Morov sobre esse ponto, mas não pressionou. Tinha aprendido há muito tempo, no que dizia respeito a interrogar uma fonte, que às vezes era melhor sentar e ganhar tempo. Assim, permitiu que a identidade da figura lendária ficasse temporariamente de lado e perguntou a data.

— Já disse, Allon, foi em outubro.

— Outubro passado?

— O anterior.

— Ele lhe ofereceu chá?

— Não.

— Pão preto e vodca?

— Sasha considerava a vodca uma doença russa.

— Quanto tempo durou a reunião?

— Reuniões com Sasha nunca são curtas.

— O assunto?

— O assunto — disse Sergei Morosov — era um traidor chamado Konstantin Kirov.

Gabriel virou a página do caderno, com indiferença, como se não estivesse surpreso em saber que sua fonte premiada do SVR tinha sido descoberta há mais de um ano.

— Por que um homem como Sasha estaria interessado em Kirov? — perguntou ele, com a caneta pairando sobre a página. — Kirov era insignificante.

— Não na cabeça de Sasha. Para ele, a traição de Kirov era uma grande oportunidade.

— Para quê?

— Proteger seu informante.

— E o motivo para a convocação agourenta?

— Sasha queria que eu trabalhasse com ele.

— Você deve ter ficado honrado.

— Muitíssimo.

— Por que acha que foi escolhido?

— Ele sabia que minha mãe tinha trabalhado para Andropov. Para Sasha, eu era alguém em quem ele podia confiar.

— Para cuidar de quê?

— De Alistair Hughes.

O arquivo primário do Centro de Moscou sobre o Chefe de Estação do MI6 em Viena era uma leitura tediosa. Afirmava que Alistair Hughes era leal ao serviço e ao país, que não guardava vícios pessoais ou sexuais e que rejeitara várias ofertas de recrutamento, incluindo uma feita quando ele ainda era estudante em Oxford. Pressupunha-se — ao menos no Centro de Moscou — estar a caminho da inteligência britânica.

A essa oferta magra, Sasha adicionou um arquivo próprio. Continha retratos íntimos da esposa e dos dois filhos de Hughes. Havia também detalhes sobre as preferências sexuais dele, que eram bem específicas, e sua saúde mental, que não era boa. Hughes sofria de bipolaridade e ansiedade aguda. Sua condição havia piorado durante um período em Bagdá, e ele esperava que o posto em Viena ajudasse a restaurar o equilíbrio. Estava vendo uma proeminente especialista da Privatklinik Schloss, na Suíça, um fato que escondia dos superiores em Vauxhall Cross.

— E da esposa também — adicionou Sergei Morosov.

— Quem era a fonte do material?

— O arquivo não dizia, e nem Sasha.

— Quando foi aberto?

— Sasha nunca datava seus arquivos particulares.

Gabriel instruiu Sergei Morosov a chutar.

— Eu diria que em algum momento dos anos 1990. Hughes era agente do MI6 há uns dez anos. Trabalhava na estação de Berlim. Eu fui um dos oficiais que o cortejou.

— Então, você e Alistair já se conheciam.

— Nos chamávamos pelos primeiros nomes.

— Quando você começou a vigiá-lo em Viena?

— Eu estava com a operação de vigilância funcionando em meados de novembro. Sasha revisou todos os aspectos, até as marcas dos carros e as roupas usadas pelos artistas de rua.

— Qual era o alcance?

Total, explicou Sergei Morosov, com exceção da estação em si. O SVR estava tentando grampear o lugar há anos, mas sem sucesso.

— Especifique, por favor — pediu Gabriel.

— Tínhamos dois apartamentos na Barichgasse, um de cada lado da rua. O interior do apartamento dele estava grampeado até as tampas, e éramos donos da rede de Wi-Fi. A cada dia, tínhamos vinte ou trinta artistas de vigilância à nossa disposição. Nós os trazíamos de Budapeste na balsa do Rio Danúbio, disfarçados como turistas. Quando Alistair almoçava com um diplomata ou colega oficial de inteligência, estávamos na mesa ao lado. Quando ele parava para um café ou um drinque, também. E havia as garotas que ele levava a seu apartamento.

— Alguma delas era sua?

— Algumas — admitiu Sergei Morosov.

— E as viagens a Berna?

— Mesma coisa, cidade diferente. Voávamos com Hughes no avião, ficávamos com Hughes no Schweizerhof e íamos com ele às consultas na clínica em Münchenbuchsee. Era uma corrida de táxi de dez minutos. Alistair nunca pegava um carro do hotel, sempre ia a um ponto de táxi, e nunca no mesmo duas vezes seguidas. Ao voltar a Berna após a consulta, pedia para o carro deixá-lo em outro lugar que não a entrada do hotel.

— Ele não queria que os funcionários soubessem onde estava indo?

— Não queria que *ninguém* soubesse.

— E quando não estava na clínica?

— Foi aí que ele errou — respondeu Sergei Morosov. — Nosso amigo Alistair era um pouco previsível.

— Como assim?

— Só havia um voo por dia de Viena a Berna, o das 14 horas da SkyWork. A não ser que o voo atrasasse, o que era raro, Alistair sempre chegava ao hotel no máximo às quatro.

— Faltando mais de uma hora e meia para sua consulta.

— Exatamente. Ele sempre aproveitava esse tempo da mesma forma.

— Chá da tarde no lounge do lobby.

— Mesma mesa, mesmo horário, última sexta-feira de cada mês.

Exceto por dezembro, falou Sergei Morosov. Alistair passou as férias com a família na Inglaterra e nas Bahamas. Voltou ao trabalho três dias após o Ano-Novo e, uma semana depois, em uma quarta-feira à noite, foi chamado bem tarde à estação para receber uma entrega urgente de um telegrama de Vauxhall Cross. O que os levou de volta ao assunto do traidor Kirov e seu assassinato em uma noite nevada em Viena.

38

ALTA GALILEIA, ISRAEL

Sob circunstâncias normais, ele teria sido preso e interrogado por dias, semanas, talvez, meses, até terem arrancado todos os seus segredos, até ele estar exausto demais, louco demais de dor, para dar uma resposta coerente à questão mais simples. Aí, ele podia levar mais uma surra antes de ser levado a um cômodo sem janelas no porão da prisão de Lefortovo, com paredes de concreto e um ralo no chão para ser mais fácil de limpar. Lá, teria sido forçado a ajoelhar-se, e um revólver de calibre grosso colocado, à maneira russa, em sua nuca. Um tiro teria sido disparado e saído pelo rosto dele, deixando o corpo impróprio para um enterro adequado. Não que ele fosse receber um. Seria jogado em um buraco não marcado em solo russo e enterrado às pressas. Ninguém, nem a mãe dele, saberia a localização do túmulo.

Mas não eram circunstâncias normais, continuou Sergei Morosov. Eram circunstâncias de Sasha, e Sasha tomou extremo cuidado com o traidor Kirov. Mandou-o realizar várias tarefas, sem vigilância, sabendo muito bem que, em algumas, ele encontrava-se com seus controladores israelenses, exatamente o que Sasha queria. Para isso, garantiu que o material a que Kirov era exposto fosse de qualidade suficiente para os controladores israelenses e os parceiros anglo-americanos não suspeitarem. No jargão, era ouro de tolo. Brilhava e chamava atenção, mas sem valor estratégico nem operacional.

Finalmente, Sasha despachou o traidor em uma missão que resultaria em sua decisão de desertar. Tinha toda a aparência de um assunto de rotina. O traidor Kirov foi instruído a limpar um local de entrega frio em Montreal e devolver o conteúdo ao Centro de Moscou. O local era, na verdade, um apartamento usado por uma cidadã brasileira que tinha residência permanente na terra prometida dos Estados Unidos. Mas a mulher não era brasileira. Era uma russa ilegal operando com um disfarce altamente secreto em Washington;

— Fazendo o quê?

— Sasha nunca divulgou a missão dela para mim. Eu diria que ela dava suporte a um informante.

— Porque os oficiais da *rezidentura* local estão sob vigilância constante do FBI, fazendo com que seja impossível que eles controlem um agente de alto nível.

— Difícil — sugeriu Sergei Morosov —, mas não impossível.

— Sasha lhe contou o nome dessa russa ilegal operando em Washington?

— Não seja tolo.

— Contou a ocupação?

— Não.

Gabriel perguntou o que tinha sido deixado no apartamento.

— Um pen drive — respondeu Sergei Morosov. — Estava escondido embaixo da pia da cozinha. Eu mesmo coloquei lá.

— Contendo o quê?

— Falsificações.

— De quê?

— Documentos com a maior classificação possível.

— Americanos?

— Sim.

— Da CIA?

— Da NSA também — falou Sergei Morosv, assentindo. — Sasha me instruiu a deixar o pen drive desprotegido para Kirov poder ver o conteúdo.

— Como você sabia que ele ia olhar?

— Um homem de campo do SVR jamais transportaria algo sem proteção nem criptografia através de fronteiras internacionais. Eles sempre checam.

— E se ele não tivesse voltado a Moscou? — perguntou Gabriel. — E se tivesse ido direto para nossos braços?

— Era a única missão em que ele estava sendo vigiado. Se fugisse para o outro lado, teria sido mandado de volta a Moscou em uma caixa.

Mas não foi necessário, continuou Sergei Morosov, porque o traidor Kirov voltou sozinho a Moscou. Nesse ponto, enfrentou um dilema doloroso. Os documentos que ele vira eram perigosos demais para compartilhar com os controladores israelenses. Se o Centro de Moscou ficasse sabendo que eles haviam se perdido, Kirov instantaneamente cairia em suspeita. A deserção, porém, era sua única opção.

O resto da conspiração de Sasha se desdobrou, precisamente, como planejado. Kirov viajara a Budapeste e depois a Viena, onde Gabriel Allon, chefe da inteligência israelense e implacável inimigo da Federação Russa, esperava em um apartamento seguro. Um assassino também esperava, um dos melhores do Centro de Moscou. Sua morte na Brünnerstrasse foi o único passo em falso da noite. Fora isso, a performance tinha sido perfeita. Kirov recebera a morte humilhante que tanto merecia. E o inimigo Allon, em breve, embarcaria em uma investigação, guiado a cada passo pela mão invisível de Sasha, que identificaria Alistair Hughes como informante do Centro de Moscou dentro da inteligência britânica.

— Como vocês sabiam que ele tinha virado nosso alvo? — questionou Gabriel.

— Vimos Eli Lavon e seu amigo Christopher Keller se mudarem para um apartamento de observação na Barichgasse. Nossos observadores viram os seus seguindo Alistair por Viena. Sob ordens de Sasha, cortamos ao máximo nossas equipes para minimizar o risco de detecção.

— Mas não em Berna — disse Gabriel. — Aquela equipe homem-mulher que você mandou para o Schweizerhof era bem difícil de não ver. Dmitri Sokolov também.

— Pupilo de Sasha.

— Suponho que Sasha tenha escolhido Dmitri para não haver confusão.

— Ele é mesmo uma figura bem chamativa no circuito social de Genebra.

— O que havia no envelope?

— Diga-me você.

Fotografias, supôs Gabriel, de Alistair Hughes entrando e saindo da Privatklinik Schloss.

— *Kompromat.*

— Imagino que não houvesse chance de Alistair sair vivo de Berna.

— Nenhuma. Mas até nós ficamos surpresos quando ele saiu correndo do hotel.

— Quem estava dirigindo o carro

Sergei Morosov hesitou antes de dizer:

— Eu.

— E se Alistair não tivesse dado uma oportunidade tão fácil de matá-lo?

— Tínhamos o avião.

— Avião?

— O voo de volta a Viena. Enquanto estávamos observando Alistair, descobrimos uma forma de colocar uma bomba a bordo. O aeroporto de Berna não é exatamente Heathrow ou Ben Gurion.

— Vocês teriam matado todos aqueles inocentes para assassinar um homem?

— Não dá para fazer omelete...

— Duvido que o mundo civilizado visse dessa forma — comentou Gabriel. — Em especial ao ouvir diretamente da boca de um oficial da KGB.

— Chamamos de SVR agora, Allon. E tínhamos um combinado.

— Tínhamos, sim. Você devia me falar tudo em troca de sua vida. Infelizmente, não cumpriu sua parte.

Sergei Morosov conseguiu sorrir.

— O nome do informante? É isso que você quer?

Gabriel sorriu de volta.

— Você acha mesmo — perguntou Sergei Morosov, com um tom de menosprezo — que o grande Sasha me contaria uma coisa dessas? Só uma célula mínima de oficiais no Centro de Moscou sabia da identidade dele.

— E a mulher? — questionou Gabriel. — A ilegal que se passa por brasileira?

— Pode ter certeza de que ela e o informante nunca se viram pessoalmente.

Gabriel pediu o endereço do local de entrega em Montreal. Sergei Morosov respondeu que a informação era obsoleta. Sasha o tinha fechado e criado um novo.

— Onde?

Sergei Morosov permaneceu em silêncio.

— Gostaria que eu pedisse para os técnicos tocarem a parte do seu interrogatório em que você admite ter matado o Chefe de Estação do MI6 em Viena?

O local, disse Sergei Morosov, ficava na Rue Saint-Denis, 6822.

— Apartamento ou casa?

— Nenhum dos dois. É um Ford Explorer. Cinza-escuro. A ilegal colocou o pen drive no porta-luvas e um dos mensageiros de Sasha o levou de volta ao Centro de Moscou.

— Velha guarda — comentou Gabriel.

— Sasha prefere os métodos antigos aos novos.

Gabriel sorriu.

— Temos isso em comum, Sasha e eu.

39

ALTA GALILEIA, ISRAEL

Havia uma última questão para resolver. Horas antes, Gabriel permitira que ela ficasse de lado. Não era nada sério, disse ele a si mesmo, só uma questão de arrumação interna, um pouco de poeira que precisava ser varrida antes de Sergei Morosov ter a permissão de dormir por algumas horas. Essa foi a mentira que Gabriel disse a si mesmo. Essa era sua fachada interna.

Na verdade, ele não havia pensado em quase mais nada durante toda a longa noite. Era o dom de um mestre na interrogação: a capacidade de reservar uma única pergunta não respondida enquanto investigava todo o resto. No processo, Gabriel descobrira uma montanha de informações valiosas, inclusive a localização de um ponto de entrega em Montreal usado por uma ilegal russa operando em Washington. Uma ilegal russa cuja principal tarefa era auxiliar um antigo agente de penetração operando no alto da inteligência anglo-americana. O único ativo de Sasha. O trabalho da vida de Sasha. A empreitada de Sasha. No jargão do meio, um informante.

O local das entregas já valia o custo e o risco da abdução de Sergei Morosov. Mas quem seria a figura lendária que assistira

Sasha na criação do informante, em primeiro lugar? Gabriel fez a pergunta de novo, como um pensamento secundário, enquanto se preparava para ir embora.

— Eu já disse, Allon, os boatos nunca deram conta disso.

— Eu ouvi na primeira vez, Sergei. Mas quem era? Um homem ou dois? Uma equipe de oficiais? Uma mulher? — E após uma longa pausa: — Era russo, mesmo?

E desta vez, quem sabe por estar exausto demais para mentir ou porque sabia que seria inútil, Sergei Morosov respondeu com sinceridade.

— Não, Allon, ele não era russo. A ideologia era russa, sim. A visão histórica era russa, claro. Mas ele continuava sendo inglês até os ossos, mesmo depois de vir para nós. Comia mostarda inglesa e marmelada, bebia barris de uísque e seguia os placares de críquete religiosamente no *Times*.

Como essas palavras foram ditas em alemão, os dois guardas às costas de Gabriel não reagiram. Nem Mikhail, que estava esparramado sonolento à direita de Sergei Morosov, parecendo ter sido ele a passar a noite sendo interrogado. Gabriel também não demonstrou reação, a não ser diminuir o ritmo em que guardava as anotações.

— Sasha lhe contou isso? — perguntou ele, em voz baixa, para não quebrar o encanto.

— Não foi Sasha. — Sergei Morosov balançou a cabeça vigorosamente. — Estava em um dos arquivos dele.

— Qual arquivo?

— Um antigo.

— Da época em que a KGB era conhecida como NKVD?

— Você estava ouvindo, afinal.

— Cada palavra.

— Sasha deixou em sua mesa uma noite.

— E você deu uma olhada?

— Era contra as regras de Sasha, mas, sim, dei uma olhada quando ele correu para o prédio principal para falar com o chefe.

— O que teria acontecido se ele tivesse visto?

— Teria suposto que eu era espião.

— E mandado matá-lo.

— Sasha? Ele mesmo teria me matado.

— Por que você arriscou?

— Não consegui resistir. Arquivos como aquele são os textos sagrados de nosso serviço. A Torá — adicionou, para agradar Gabriel. — Mesmo um homem como eu, um homem cuja mãe trabalhava para Andropov, raramente tem permissão de ver tais documentos.

— E quando abriu o arquivo, o que você viu?

— Um nome?

— O nome *dele*?

— Não — respondeu Sergei Morosov. — O nome era Otto. Era codinome de um operador do NKVD. O arquivo era sobre um encontro conduzido por Otto no Regent's Park, em Londres.

— Quando?

— Em junho — afirmou Sergei Morosov. — Junho de 1934.

Otto, Regent's Park, junho de 1934... Era possivelmente o encontro mais famoso e fatídico da história da espionagem.

— Você viu o arquivo *em si*? — perguntou Gabriel.

— Foi como ler a cópia original dos Dez Mandamentos. Eu mal conseguia enxergar a página, de tão cego de excitação.

— Havia outros arquivos?

Sim, disse Sergei Morosov, havia muitos outros, incluindo vários escritos em um russo difícil pelo assistente lendário de Sasha, o homem que era russo em ideologia, mas inglês até os ossos. Um dizia respeito a uma mulher que ele conhecera em Beirute, onde havia trabalhado por vários anos como jornalista a partir de 1956.

— Quem era ela?

— Uma jornalista também. Mais importante, era comprometida com o comunismo.

— Qual era a natureza do relacionamento?

— Não era profissional, se é isso que está perguntando.

— Ela era amante dele?

— Uma dentre várias — explicou Sergei Morosov. — Mas ela era diferente.

— Por quê?

— Havia uma criança.

O ritmo acelerado das perguntas de Gabriel acordou Mikhail de seus devaneios.

— Qual era o nome da mulher? — questionou Gabriel.

— O arquivo não dizia.

— Nacionalidade?

— Não.

— E o bebê? Era menino ou menina?

— Por favor, Allon, já chega por uma noite. Me deixe dormir um pouco e começamos de novo pela manhã.

Mas já era manhã, fim da manhã, aliás, e não havia tempo para dormir. Gabriel apertou mais e Sergei Morosov, bêbado de fadiga, descreveu o conteúdo do último arquivo que tinha ousado abrir antes do Grande Sasha voltar.

— Era uma missão particular escrita pelo inglês nos anos 1970, prevendo o colapso do comunismo.

— Que heresia — interveio Gabriel.

— Nenhum cidadão soviético, nem meu pai, teria ousado escrever algo assim.

— O inglês tinha liberdade de dizer o que os outros não podiam?

— Não publicamente, mas internamente, podia ser sincero.

— Por que ele escreveria esse documento?

— Tinha medo de que, se o comunismo entrasse em colapso, a União Soviética já não servisse mais como um farol para aqueles que acreditavam que o capitalismo era injusto.

— Os idiotas úteis.

— Uma das poucas vezes em que o camarada Lenin devia ter escolhido suas palavras com mais cuidado.

O inglês, Sergei Morosov continuou, com certeza não se considerava um idiota útil, nem mesmo um traidor. Considerava-se antes de mais nada um oficial da KGB. Temia que, se o comunismo falhasse no único país em que era aplicado, poucos cidadãos ocidentais das classes sociais mais altas imitariam seu caminho de aliança secreta com Moscou, deixando a KGB sem escolha a não ser depender de agentes pagos e coagidos. Se o serviço secreto russo quisesse um verdadeiro agente de penetração no coração da inteligência ocidental — um informante infiltrado numa posição de influência que espionasse por ideologia, não por dinheiro —, teria que criar um do nada.

Essa, disse Sergei Morosov, era a verdadeira natureza da empreitada de Sasha — criar o espião perfeito, com a ajuda do maior traidor de todos. Era por isso que Konstantin Kirov recebera a mais alta punição em Viena. Era por isso que Alistair Hughes, cujo único crime era ter uma doença mental, fora assassinado na Bahnhofplatz, em Berna.

Havia uma criança...

Sim, pensou Gabriel, isso explicaria tudo.

40
CHALÉ WORMWOOD, DARTMOOR

O Chalé Wormwood ficava em uma elevação no pântano e era feito de pedra calcária que escurecera com o tempo. Atrás, no outro lado do pátio, ficava um estábulo convertido em escritórios e quartos para os funcionários. Quando a casa não estava ocupada, um único cuidador, chamado Parish, era responsável por tudo. Com hóspedes presentes — no linguajar do lugar, eram chamados de "companhia" —, os funcionários podiam chegar a dez, incluindo um destacamento de segurança. Boa parte dependia da natureza do convidado e de quem ele estava se escondendo. Alguém "amigável" podia ficar sozinho ali. Já um homem com muitos inimigos, um homem caçado, o Chalé Wormwood seria transformado na casa mais segura do MI6 em toda a Inglaterra.

Os homens que apareceram em Wormwood no início da tarde seguinte caíam na segunda categoria, embora Parish só tivesse recebido um aviso da chegada deles alguns minutos antes. Esse alerta chegou não pelos canais usuais de Vauxhall Cross, mas por Nigel Whitcombe, assistente pessoal e faz tudo do chefe, com sua aparência de menino. Whitcombe ganhara fama no MI5, um pecado pelo qual Parish, que era do antigo serviço, não o perdoava.

— Quanto tempo ele vai ficar conosco desta vez? — perguntou Parish, seco.

— Indeterminado — respondeu Whitcombe pela linha criptografada.

— Quantas pessoas no grupo?

— Só ele.

— Guarda-costas?

— Não.

— E o que fazemos se ele quiser dar uma de suas marchas forçadas pelo pântano? Ele ama caminhar, sabe. Da última vez que esteve aqui, foi quase até Penzance sem avisar a alguém.

— Deixe uma arma com as galochas. Ele sabe se cuidar.

— E ele vai receber algum convidado?

— Só um.

— Nome?

— Terceira letra do alfabeto.

— A que horas devo esperá-lo?

— Não sabemos.

— E nossa companhia?

— Olhe pela janela.

Parish obedeceu e percebeu uma van não identificada balançando pela rua esburacada. Parou no átrio de cascalho da casa e uma única pessoa desceu do banco de trás. Um metro e setenta, olhos verdes brilhantes, grisalho nas têmporas. A última vez em que Parish o vira tinha sido a noite em que o estimado jornal *Telegraph* relatara que ele estava morto. Havia sido Parish, inclusive, a mostrar a ele a matéria impressa do site do *Telegraph*. A empresa não permitia o uso de telefones ou computadores. Regras de Wormwood.

— Parish! — cumprimentou o homem de olhos verdes com surpreendente alegria. — Eu esperava que você estivesse aqui.

— As coisas demoram para mudar aqui no pântano.

— E graças aos céus por isso. — Ele entregou o celular sem Parish precisar pedir. — Você vai tomar conta dele, certo? Não gostaria que alguém colocasse as mãos.

Com isso, o homem de olhos verdes sorriu, inesperadamente, e entrou na casa como se estivesse voltando de uma longa ausência. Quando Parish o encontrou de novo, ele se dirigia para o pântano, o colarinho do casaco Barbour em torno das orelhas e o peso do mundo nos ombros. O que seria, desta vez? Dado o histórico dele, podia ser qualquer coisa. Algo em sua expressão sombria dizia a Parish que o Chalé Wormwood mais uma vez seria cenário de uma grande realização. Embora o funcionário não soubesse, ele estava inteira e absolutamente correto.

Ele seguiu por um caminho ladeado por uma sebe até o vilarejo de Postbridge, uma coleção de casas de fazenda na interseção de duas rodovias. Lá, seguiu para o oeste na direção do calor débil do sol, já pairando logo acima do horizonte vazio. Ele se perguntou, não inteiramente em tom de gracejo, se estava trilhando o caminho que Sasha tinha planejado para ele. Ou seria o cúmplice lendário de Sasha? O inglês que acompanhava os placares de críquete religiosamente no *Times*, mesmo depois de ter cometido o ato final de traição. O inglês que ajudara Sasha a preparar e depois inserir um informante no coração da inteligência ocidental, um agente motivado por uma devoção pessoal a ele. O inglês que tinha morado por um tempo na antiga Beirute, a Beirute onde se ouvia francês ao caminhar pela Corniche. Ele conhecera ali uma mulher, tiveram um bebê. Encontrando a mulher, pensou Gabriel, ele teria a chance de encontrar a criança.

Mas como? A mulher não tinha nome nem país — ao menos, não nos arquivos que Sergei Morosov vira naquela noite na *datcha* particular de Sasha —, mas alguém devia saber do caso. Talvez alguém ligado à estação do MI6 em Beirute, que era um posto de escuta vital no Oriente Médio na época. Algum conhecido do inglês. Alguém cuja carreira tivesse sofrido devido à traição do outro. Alguém cujo filho, hoje, fosse diretor-geral do MI6 e pudesse acessar arquivos antigos sem levantar suspeitas. Era possível — *possível*, alertou-se Gabriel — que ele, finalmente, estivesse um passo adiante do grande Sasha.

Em Two Bridges, Gabriel virou na direção norte. Ele seguiu a estrada por um tempo, antes de passar a perna por cima de um muro de pedra e atravessar o pântano, subindo a encosta de um penhasco. À distância, conseguia ver um único carro, uma limusine, correndo pela paisagem árida. Desceu a encosta oposta e, no crepúsculo, encontrou um sulco na terra que o levou à porta do Chalé Wormwood. A maçaneta cedeu ao seu toque. Lá dentro, encontrou a senhorita Coventry, cozinheira e governanta, cuidando de várias panelas borbulhantes no fogão, com um avental ao redor de sua ampla cintura.

Graham Seymour estava ouvindo as notícias no velho rádio de baquelite na sala de estar. Entrando, Gabriel aumentou o volume quase ao máximo. Então, contou a Seymour sobre a empreitada da vida de Sasha. O russo não tinha trabalhado sozinho, explicou, mas com a assistência de um inglês. Havia uma mulher, e ela dera à luz um bebê. Um fruto de traição. Um fruto de Kim Philby...

41
CHALÉ WORMWOOD, DARTMOOR

Ele tinha nascido no primeiro dia de 1912, na província de Punjab, na Índia Britânica. Seu nome completo era Harold Adrian Russell Philby, mas o pai — irascível diplomata, explorador, orientalista e convertido ao Islã, St. John Philby — o apelidara de Kim em homenagem a Kimball O'Hara, herói do romance de Rudyard Kipling sobre rivalidade e intriga anglo-russa passado no subcontinente. O personagem fictício de Kipling e o jovem Kim Philby compartilhavam mais do que um apelido. Philby também podia se passar por indiano.

Ele voltou à Inglaterra aos 12 anos para cursar a prestigiosa Westminster School e, no outono de 1929, véspera da Grande Depressão, entrou na Trinity College, em Cambridge. Lá, como muitos jovens ingleses privilegiados de sua geração, caiu prontamente nos encantos do comunismo. Tirou um diploma superior de elite em economia e ganhou um prêmio no valor de catorze libras. Usou o dinheiro para comprar uma cópia das obras completas de Karl Marx.

Antes de sair de Cambridge, em 1933, confessou a Maurice Dobb, economista marxista e líder da célula comunista de Cambridge, que queria dedicar sua vida ao Partido. Dobb o enviou para um encontro em Paris com um agente da Internacional Comunista, de nome Gibarti, que o colocou em contato com o submundo comunista de Viena, no outono de 1933, uma cidade cercada. Philby participou de brigas de rua sangrentas entre esquerdistas austríacos e o regime fascista do chanceler Engelbert Dollfuss. Também se apaixonou por Alice "Litzi" Kohlmann, uma jovem judia divorciada e comunista convicta com ligações com o serviço de inteligência soviético. Philby se casou com ela na prefeitura de Viena em fevereiro de 1934, e a levou de volta para Londres, sua próxima parada a caminho da traição.

Na cidade, em um dia quente de junho, em um banco do Regent's Park, Kim Philby conheceu um acadêmico charmoso de cabelos encaracolados da Europa Oriental que se apresentava como Otto. Seu nome verdadeiro era Arnold Deutsch, caça-talentos e recrutador que trabalhava na Grã-Bretanha a mando da NKVD. Com o tempo, Philby contaria a Otto sobre dois amigos de Cambridge que pensavam como ele, Guy Burgess e Donald Maclean. Burgess, mais tarde, daria a Otto o nome de um famoso historiador da arte, Anthony Blunt. John Cairncross, um matemático brilhante, seria o quinto. Philby, Burgess, Maclean, Blunt, Cairncross: os Cinco de Cambridge. Para proteger suas origens, o Centro de Moscou se referia a eles como os Cinco Magníficos.

Por sugestão de Otto, Philby adotou publicamente a visão política de simpatizante do nazismo e fez carreira no jornalismo, primeiro em Londres, depois na Espanha, onde a guerra civil irrompeu em 1936, jogando os nacionalistas de Franco contra os republicanos simpatizantes de Moscou. Philby cobriu a guerra para o lado nacionalista, mandando despachos ponderados a vários jornais londrinos, incluindo o *Times*, ao mesmo tempo em que coletava informações valiosas da batalha para seus mestres em Moscou. Na véspera do Ano-Novo de 1937, durante a sangrenta Batalha de Teruel, uma granada caiu ao lado do carro em que Philby comia chocolates e bebia *brandy*. Os três outros ocupantes morreram instantaneamente, mas Philby sofreu apenas um ferimento na cabeça. Franco pessoalmente deu a Philby a Cruz Vermelha de Mérito Militar, pelo apoio à causa nacionalista. Apesar do ódio pelo fascismo, Philby guardou para sempre a medalha.

O casamento com Litzi Kohlmann não sobreviveu à conversão superficial à política de direita. O casal se separou, mas não se divorciou, e Litzi se mudou para Paris. Philby aceitou um emprego na redação do *Times* e, nos anos 1940, foi um dos poucos jornalistas selecionados para acompanhar a malfadada Força Expedicionária Britânica à França. Na viagem de volta a Londres após o colapso francês, ele dividiu um compartimento de trem com Hester Harriet Marsden-Smedley, uma correspondente de guerra veterana do *Sunday Express* que tinha muitos amigos e contatos nos serviços secretos britânicos. Os dois conversaram longamente sobre o futuro de Philby. Com a Inglaterra enfrentando a perspectiva de invasão alemã, Philby acreditava que sua única escolha era alistar-se.

— Você é capaz de fazer muito mais para derrotar Hitler — disse Marsden-Smedley. — Vamos descobrir algo.

Não levou muito tempo — apenas alguns dias, na verdade — para o MI6 chamá-lo. Philby foi entrevistado duas vezes e o MI5 investigou, discretamente, seu passado. O Serviço de Segurança estampou o arquivo de Philby com "Nada Consta", apesar de ele ter sido comunista em Cambridge e trabalhar como espião para Moscou há seis anos. Ele tinha entrado.

A nova carreira de Philby começou de modo pouco auspicioso. Por duas semanas, ele sentou em uma salinha vazia na sede do MI6 na 54 Broadway e não fez nada exceto ficar bêbado em almoços com Guy Burgess, o colega espião de Cambridge. Mas, no verão de 1941, Philby já era chefe da importantíssima divisão ibérica da Seção

V, o departamento de contrainteligência do MI6. Da segurança de uma mesa, ele habilmente atacou a grande rede de inteligência alemã nos países neutros de Espanha e Portugal. Também roubou todos os segredos em que conseguiu colocar as mãos e os repassou em maletas cheias a seus controladores na Embaixada Soviética em Londres. Os outros membros da rede de espiões de Cambridge — Burgess, Maclean, Blunt e Cairncross, todos entrincheirados em cargos influentes na época de guerra — faziam o mesmo.

Mas a estrela de Philby era a mais brilhante. A Seção V tinha sede não na Broadway, mas em uma grande casa vitoriana chamada Glenalmond, na vila de St. Albans. Philby morava em um chalé próximo com Aileen Furse, ex-inspetora de loja da Marks & Spencer que sofria de graves acessos de depressão. Ela deu à luz três filhos dele entre 1941 e 1944. Os colegas leais da Seção V que se reuniam todos os domingos no chalé de Philby teriam ficado chocados de saber que o casal não era de fato marido e mulher. Para Philby, o matrimônio com Aileen estava fora de questão; ele ainda era casado com Litzi Kohlmann. Até em sua vida pessoal, ele tinha tendência à traição.

Quando a guerra acabou, era óbvio a todos dentro do MI6 que Philby estava destinado à grandeza. Mas havia um furo em seu currículo impressionante: ele lutara na guerra atrás de uma mesa, sem nunca se aventurar em campo. O chefe do MI6, Stewart Menzies, buscou retificar essa deficiência nomeando Philby chefe de Estação em Istambul. Antes de ir para a Turquia, ele resolveu as pendências domésticas divorciando-se discretamente de Litzi e se casando com Aileen. A cerimônia civil, em Chelsea, aconteceu em 25 de setembro de 1946, e foi testemunhada por um punhado de amigos íntimos. A noiva mentalmente instável estava grávida de sete meses do quarto filho.

Na Turquia, Philby acomodou a família em uma *villa* no Bósforo e começou a recrutar redes de imigrantes anticomunistas que pudessem ser inseridos na União Soviética. Ele traía suas próprias redes e as entregava ao Centro de Moscou, usando seu velho amigo Guy Burgess como intermediário. No meio tempo, a situação familiar de Philby deteriorava. Aileen se convenceu de que o marido estava tendo um caso com a secretária. Atordoada, ela injetou em si mesma a própria urina e ficou doente. Philby a enviou para tratamento em uma clínica particular na Suíça.

Sua vida doméstica caótica não impactou a ascensão meteórica no MI6 e, no outono de 1949, Philby foi enviado a Washington como Chefe de Estação. Dentro da comunidade de inteligência norte-americana, que se expandia rapidamente, Philby era respeitado e admirado pelo intelecto e pelo charme mortal. Seu confidente mais próximo era James Jesus Angleton, o lendário chefe de contrainteligência da CIA, de quem ele tornara-se amigo em Londres durante a guerra. Os dois almoçavam regularmente no Harvey's Restaurant, na Connecticut Avenue, consumindo quantidades enormes de álcool e trocando segredos, que Philby prontamente repassava a Moscou. A casa espaçosa na Nebraska Avenue era um ponto de encontro popular de espiões americanos como Allen Dulles, Frank Wisner e Walter Bedell Smith. As festas de Philby eram lendárias pela libertinagem alcóolica, uma situação que só piorou quando Guy Burgess, um bêbado espetacular, foi transferido para a Embaixada Britânica em Washington e estabeleceu residência no porão de Philby.

A temporada estelar de Philby em Washington, porém, estava prestes a chegar ao fim. Venona era o codinome de um dos programas mais secretos dos Estados Unidos na Guerra Fria. Sem o conhecimento de Moscou, criptoanalistas norte-americanos descobriram um código soviético supostamente inquebrável e estavam lentamente abrindo milhares de telegramas interceptados entre 1940 e 1948, que revelavam a presença de cerca de duzentos espiões soviéticos dentro do governo dos Estados Unidos. Um tinha o codinome de Homer. Outro era conhecido como Stanley. Philby sabia o que os decodificadores americanos não sabiam. Homer era Donald Maclean. Stanley era codinome de um espião que agora servia como Chefe de Estação do MI6 em Washington. Stanley era o próprio Philby.

Em abril de 1951, a equipe do Venona ligou Homer inegavelmente a Donald Maclean. Philby sabia que era uma questão de tempo até descobrirem a identidade real do agente conhecido como Stanley. Com a forca apertando, ele despachou Guy Burgess a Londres para instruir Maclean a fugir para a União Soviética. Apesar dos avisos contrários de Philby, Burgess também fugiu com a ajuda de um oficial de inteligência soviético baseado em Londres, chamado Yuri Modin. Quando a notícia da deserção deles chegou a Washington, Philby reagiu com uma calma exterior, embora por dentro estivesse aterrorizado pelo passado estar prestes a alcançá-lo. Naquela noite, ele enterrou a câmera em miniatura e o filme fornecidos pelos russos em uma cova rasa no interior de Maryland. Então, voltou para casa e esperou pela inevitável convocação de Londres.

Ela chegou alguns dias depois, na forma de uma nota escrita à mão, seguida por um telegrama convidando Philby de volta a Londres para discutir o desaparecimento de seus dois amigos de Cambridge. O primeiro interrogatório aconteceu na Leconfield House, sede do MI5. Muitos outros se seguiriam. Em nenhum deles Philby admitiu ter avisado Maclean sobre sua prisão iminente nem ser o "terceiro homem" na rede de espiões de Cambridge, embora o MI5 claramente acreditasse que ele era culpado. O MI6 não estava convencido. Pressionado pelos americanos, o chefe do MI6, Menzies, não teve escolha a não ser separar-se de sua estrela mais brilhante. Apesar de uma indenização generosa, as finanças de Philby rapidamente decaíram. Ele aceitou um emprego em uma pequena empresa de importação e exportação, e Aileen foi trabalhar na cozinha de uma casa em Eaton Square. O casamento dos dois ficou tão frio que Philby com frequência dormia em uma barraca no jardim.

Gradualmente, porém, a nuvem de suspeita começou a dissipar e, após uma última entrevista cordial em outubro de 1955, o MI6 inocentou Kim Philby de ser um espião soviético. O MI5 reagiu com fúria, bem como J. Edgar Hoover, o diretor anticomunista do FBI, que engendrou uma matéria sensacionalista no *New York Sunday News* acusando Philby de ser o terceiro homem. Seguiu-se um escândalo público. No Parlamento, acusações foram disparadas; repórteres seguiam Philby por todos os lados. Foi o secretário de Exterior Harold Macmillan que colocou um ponto final. Em 7 de novembro de 1955, ele se levantou no Parlamento e declarou: "Não tenho motivo para concluir que o senhor Philby tenha em momento algum traído os interesses de seu país". No dia seguinte, o próprio Philby convocou uma coletiva de imprensa na sala de estar do apartamento de sua mãe, em Draycott Gardens, e, em uma demonstração formidável de charme e enganação, declarou sua inocência. A tempestade tinha passado. Kim Philby estava formalmente limpo.

O que significava que estava livre para retomar sua carreira. Um retorno oficial ao serviço ainda não era possível, mas Nicholas Elliott, amigo mais próximo dentro do MI6, providenciou que ele fosse enviado a Beirute como repórter freelancer para o *Observer* e a *Economist*, posto que lhe permitiria espionar um pouco no tempo livre. Sem o peso dos cinco filhos e da esposa doente, que ele alegremente deixou para trás no deprimente subúrbio de Crowborough, em Londres, Kim Philby chegou à Paris do Oriente Médio em 6 de setembro de 1956, e se encaminhou ao bar do Hotel St. Georges. No dia seguinte, encontrou-se com um oficial da estação do MI6 em Beirute. O nome desse oficial era Arthur Seymour.

42

CHALÉ WORMWOOD, DARTMOOR

— Você o conheceu?

— Kim Philby? — perguntou Graham Seymour. — Não tenho certeza se alguém o conheceu de fato. Mas eu o vi. Ele me deu meu primeiro drinque. Meu pai quase me matou. E quase matou ele também.

— Seu pai desaprovava o álcool?

— Claro que não. Mas detestava Kim.

Eles estavam sentados a uma mesa pequena no centro da cozinha, ao lado de uma janela de vitral com vista para o pântano. A janela estava preta com a noite e rajada de chuva. Entre os dois homens, os restos do jantar tipicamente inglês da senhorita Coventry. A pedido de Seymour, ela fora embora cedo, deixando a arrumação para os dois espiões chefes. Eles estavam sozinhos na casa. Não completamente, pensou Gabriel. Philby estava com eles.

— O que ele deu para você beber?

— Um gin cor-de-rosa — respondeu Seymour, com um traço de sorriso — no bar do Normandie. Ele usava o lugar como escritório. Costumava chegar ao meio-dia para ler suas correspondências e beber um ou dois drinques para curar a ressaca. Foi lá que os russos retomaram o contato. Um oficial da KGB chamado Petukhov caminhou até a mesa e entregou um cartão a Philby. Eles se encontraram na tarde seguinte no apartamento de Philby, e começaram a espionagem. Se Philby tinha algo que queria dividir com Moscou, ia para a sacada de seu apartamento em uma quarta à noite com um jornal na mão. Ele e Petukhov costumavam se encontrar num restaurante pouco conhecido no bairro armênio chamado Vrej.

— Se me lembro bem, houve outra esposa. Uma terceira — completou Gabriel. — Americana, para dar uma variada.

— O nome dela era Eleanor Brewer. Philby a roubou de Sam Pope Brewer, correspondente do *New York Times*. Ela bebia quase tanto quando Philby. Eles se casaram pouco depois de Aileen ser encontrada morta na casa em Crowborough. Philby ficou louco de alegria ao receber a notícia. Meu pai nunca o perdoou.

— Eles trabalharam juntos?

— Meu pai se recusava a chegar perto dele — falou Seymour, balançando a cabeça. — Tinha-o conhecido durante a guerra e nunca se deixou seduzir por seu famoso charme. Também não estava convencido da inocência dele no caso do "terceiro homem". Pelo contrário, aliás. Achava Philby culpado como o pecado, e ficara furioso ao saber que ele tinha recebido honorários do serviço e sido enviado a Beirute. Não era o único. Havia vários oficiais sêniores em Londres que pensavam igual. Pediram para meu pai ficar de olho nele.

— E ele ficou?

— O melhor que pôde. Ficou tão chocado quanto todos quando Philby desapareceu.

— Em 1963 — disse Gabriel.

— Janeiro — completou Seymour.

— Relembre as circunstâncias para mim. Ticiano e Caravaggio eu sei de cor — explicou Gabriel. — Mas Kim Philby está meio fora da minha área de especialidade.

Seymour encheu sua taça com mais vinho tinto.

— Não se faça de bobo. Seus olhos vermelhos me dizem que você estudou a história de Philby no voo de Tel Aviv. Sabe tão bem quanto eu o que aconteceu.

— George Blake foi preso por espionar para os soviéticos.

— E imediatamente sentenciado a dois anos de prisão.

— Houve também um desertor russo que contou à inteligência britânica sobre uma rede de cinco agentes que tinham se conhecido quando estudantes.

— O nome do desertor — completou Seymour — era Anatoliy Golitsyn.

— E não vamos esquecer a velha amiga de Philby de Cambridge — disse Gabriel. — A que de repente se lembrou de que ele tinha tentado recrutá-la como espiã soviética nos anos 1930.

— Quem poderia se esquecer de Flora Solomon?

— Philby começou a perder perigosamente o controle. No circuito social de Beirute, não era incomum achá-lo desmaiado no chão do apartamento do anfitrião. Seu declínio foi notado pelo Centro de Moscou, além da KGB saber da crescente ameaça a ele. Yuri Modin, controlador dos Cinco de Cambridge, viajou a Beirute para alertar Philby de que ele seria preso se voltasse à Inglaterra. No fim, os problemas foram até o próprio, na forma de seu melhor amigo, Nicholas Elliott.

Seymour pegou o fio da meada.

— Eles se encontraram em apartamento no bairro cristão, às 16 horas do dia 12 de janeiro. O cômodo estava inteiro grampeado. Meu pai estava sentado com os gravadores no quarto ao lado. Philby chegou com um turbante de curativos e dois olhos roxos. Tinha caído bêbado algumas vezes na véspera de Ano-Novo e tinha sorte de estar vivo. Elliott fez a besteira de abrir a janela para arejar a sala, e também deixou entrar barulhos da rua. Boa parte da conversa é ininteligível.

— Você ouviu a gravação?

Seymour assentiu lentamente.

— Usei o privilégio de meu cargo para escutar as fitas pouco depois de me tornar chefe. Philby negou tudo. Mas, quando voltou ao apartamento na tarde seguinte, fez uma confissão parcial em troca de imunidade. Elliott e Philby se encontraram mais algumas vezes, incluindo um jantar no Chez Temporel, um dos restaurantes mais caros de Beirute. Depois, Elliott deixou Beirute sem tomar qualquer precaução com a segurança do amigo. Ele escapou na noite de 23 de janeiro com ajuda de Petukhov, seu contato na KGB. Chegou a Moscou em poucos dias.

— Qual foi a reação do seu pai?

— Indignação, é claro, principalmente dirigida a Nicholas Elliott. Ele achava que Elliott cometera um erro ao não trancafiar Philby. Depois, chegou à conclusão de que não fora um erro, de que Elliott e seus amigos em Londres *queriam* que Philby escapasse.

— Evitando, assim, mais um escândalo público.

Seymour mudou abruptamente de assunto.

— O que você sabe sobre a época de Philby em Moscou?

— Os russos deram a ele um apartamento confortável na parte do Lago dos Patriarcas. Ele lia velhas edições do *Times* que lhe eram enviadas pelo correio, ouvia as notícias na BBC World Service e bebia muito Red Label, quase sempre até ficar inconsciente. A velha Eleanor Brewster viveu com ele por um tempo, mas o casamento entrou em crise quando ela descobriu que ele estava tendo um caso com a esposa de Donald Maclean. Mais tarde, Philby se casou pela quarta vez, dessa vez com uma russa chamada Rufina, e, em geral, foi bastante infeliz.

— E o relacionamento dele com a KGB?

— Por um tempo, o mantiveram a uma distância segura. Achavam que ele tinha escapado de Beirute fácil demais, e estavam convencidos de que podia ser agente triplo. Aos poucos, começaram a lhe dar pequenos projetos para se manter ocupado, incluindo ajudar a treinar novos recrutas no Instituto da Bandeira Vermelha da KGB. — Gabriel pausou, antes de completar: — E foi aí que Sasha entrou na história.

— Sim — falou Seymour — o fantasma Sasha.

— Já ouviu o nome?

— Não. Por um bom motivo — continuou Seymour. — Sasha só existe na imaginação de Sergei Morosov. Ele inventou uma historinha de traição e mentiras e você caiu como um patinho.

— Por que ele mentiria?

— Para você não o matar, é claro.

— Eu nunca ameacei matá-lo. Só ameacei entregá-lo para a oposição síria.

— Isso — disse Seymour — é uma distinção sem diferença.

— E a mulher? — questionou Gabriel. — A comunista que Philby conheceu em Beirute? A mulher que engravidou dele? Sergei Morosov também a inventou?

Seymour ficou pensativo.

— O que devo dizer ao primeiro-ministro e aos estimados membros do Comitê de Inteligência Conjunta? Que Kim Philby levantou-se do túmulo para criar um último escândalo? Que transformou seu descendente ilegítimo em agente russo?

— Por enquanto — respondeu Gabriel —, não diga nada.

— Não se preocupe, não vou.

Um silêncio caiu entre eles. Só havia a chuva batendo na janela.

— E se eu a encontrasse? — perguntou Gabriel, por fim. — Aí, você acreditaria?

— A amante de Kim Philby de Beirute? Você está supondo que só haja uma. Ele era o homem mais infiel da história. Pode acreditar, eu sei.

— Seu pai também sabia — falou Gabriel, baixinho.

— Meu pai está morto há quase vinte anos. Não podemos perguntar para ele.

— Talvez possamos.

— Como?

— Velhos espiões nunca morrem, Graham. Têm vida eterna.

— Onde?

Gabriel sorriu.

— Em seus arquivos.

43

SLOUGH, BERKSHIRE

Para um serviço de inteligência, a administração de arquivos é algo mortalmente sério. O acesso à informação deve ser restrito àqueles que realmente precisam vê-la, e é preciso manter um registro cuidadoso de quem lê um arquivo específico e quando. No MI6, isso é trabalho do Registro Central. Arquivos atuais são mantidos à mão em Vauxhall Cross, mas a maioria da memória institucional do serviço fica guardada num armazém em Slough, não muito longe do aeroporto de Heathrow. O local é protegido 24 horas e monitorado por câmeras, mas, no fim de uma noite chuvosa de quinta-feira, apenas um único arquivista chamado Robinson estava trabalhando. Robinson, como o cuidador Parish no Chalé Wormwood, era antigo no serviço. Tinha um rosto longo e um bigode fino e usava brilhantina no cabelo, o que fazia o ar em seu vestíbulo cheirar mal. Olhou com frieza para Nigel Withcombe e seu pedido escrito.

— *Todos* eles? — perguntou, por fim.

Whitcombe só deu como resposta um sorriso benevolente. Tinha a mente de um criminoso profissional e a cara de um pároco do interior. Era uma combinação perigosa.

— Toda a produção de um único agente durante um período de sete anos? É algo sem precedentes.

— Olhe o nome do agente. — Whitcombe bateu com a ponta do dedo indicador caso Robinson, cego como um morcego, não tivesse visto.

SEYMOUR, ARTHUR...

— Sim, eu vi, mas é impossível. Pelo menos sem uma contra-assinatura do chefe do Registro.

— Prerrogativa do diretor-geral. Direito de nascença dele, também.

— Então, talvez, o diretor devesse realizar o pedido.

Desta vez, o sorriso de Whitcombe não foi tão benevolente.

— É ele que está fazendo, Robinson. Pense em mim como emissário pessoal.

Robinson apertou os olhos para o nome no formulário.

— Um dos grandes, Arthur. Um profissional entre os profissionais. Eu o conheci, sabe. Ah, não éramos amigos, isso não. Eu não estava na categoria dele. Mas éramos conhecidos.

Whitcombe não ficou surpreso. O velho fóssil provavelmente também tinha conhecido Philby. Durante a guerra, o Registro Central ficava em St. Albans, ao lado da Seção V de Philby. O arquivista-chefe era um bêbado de marca maior chamado William Woodfield. Philby costumava enchê-lo de gin cor-de-rosa no King Harry, para conseguir os arquivos dele. À noite, copiava os conteúdos à mão na mesa da cozinha para entregar ao controlador soviético.

Philby...

Whitcombe sentiu seu rosto ficar vermelho de raiva só de pensar no desgraçado traidor. Ou talvez fosse o produto de cabelo de Robinson. O cheiro estava dando tontura.

Robinson levantou os olhos para o relógio de parede: 10h53.

— Vai levar um tempo.

— Quanto?

— Dois dias, talvez três.

— Desculpe, amigo, preciso deles hoje à noite.

— Você não pode estar falando sério! Estão espalhados por todo o prédio. Preciso achar as referências cruzadas corretas. Senão, vou acabar perdendo algo.

— Não faça isso — avisou Whitcombe. — O chefe pediu especificamente todos os arquivos do pai daquele período. Todos quer dizer *todos*.

— Ajudaria se você me desse o nome de uma operação ou alvo específico.

De fato ajudaria, pensou Whitcombe. Aliás, ele só precisava adicionar *Philby, H.A.R.* ao formulário e Robinson conseguiria localizar os arquivos relevantes em questão de minutos. Mas o chefe queria que a busca fosse a mais ampla possível, de modo a não vazar para os ouvidos errados em Vauxhall Cross.

— Talvez eu possa ajudar — sugeriu Whitcombe.

— Nem pense nisso — repreendeu Robinson. — Há uma sala para funcionários no fim do corredor. Espere ali.

Com isso, ele arrastou os pés, formulário em mãos, para as sombras do vasto armazém. Observando-o, Whitcombe ficou desanimado. O lugar o lembrava da loja da IKEA em Wembley, onde ele comprara, às pressas, os móveis para seu apartamento. Foi até a sala no fim do corredor e preparou uma xícara de Darjeeling. Estava horrível. Pior do que horrível, pensou Whitcombe, acomodando-se para uma noite longa. Não tinha gosto de nada.

A mudança de turno seria às seis. A arquivista do início da manhã era uma bruaca chamada senhora Applewhite, impassível ao charme de Whitcombe, por assim dizer, e implacável frente a ameaças veladas. Por isso, ele ficou aliviado quando Robinson colocou a cabeça pela porta da sala de funcionários às 4h30, e anunciou que o pedido estava pronto.

Os arquivos foram organizados em oito caixas, todas marcadas com o aviso de sempre em relação a divulgação e cuidados adequados, proibindo que fossem removidas do local. Whitcombe imediatamente violou essa regra, colocando os arquivos no banco de trás de um Ford *hatch*. Robinson, como era de se esperar, ficou chocado e ameaçou acordar o chefe do Registro, mas, de novo, Whitcombe saiu por cima. Os arquivos em questão, argumentou, tinham *zero* valor para a segurança nacional. Além do mais, eram para uso particular do diretor. Não se podia esperar que o diretor, completou com um tom arrogante, os lesse em um armazém gelado em Slough. Não mencionou que o chefe estava escondido em uma casa nas margens de Dartmoor. Isso não era da conta de Robinson.

Whitcombe tinha uma reputação merecida de dirigir com pé de chumbo. Ele chegou a Andover às 5h30 e, antes do nascer do sol, cruzara o planalto branco de Cranborn Chase. Parou para tomar um café e comer um sanduíche de bacon no Esso de Spakford, sobreviveu a um aguaceiro em Taunton e cantou pneu na entrada do Chalé Wormwood às 8 horas. Da janela de seu escritório, Parish o observou descarregar as caixas, auxiliado por ninguém menos que o próprio "C" e o infame chefe do serviço secreto de inteligência israelense, que parecia sofrer com uma dor chata na lombar. A grande realização começara. Disso, Parish tinha certeza.

44

CHALÉ WORMWOOD, DARTMOOR

O conjunto dos arquivos era um tour secreto do Oriente Médio de 1956 a 1963. Era uma época em que a Grã-Bretanha estava decaindo; os Estados Unidos, ascendendo; os russos, interferindo; o jovem Estado de Israel, flexionando seu novo músculo; os árabes, flertando com todos os "ismos" fracassados — pan-arabismo, nacionalismo árabe, socialismo árabe —, que acabariam levando à ascensão do islamismo e do jihadismo e à bagunça atual.

Arthur Seymour, principal espião do MI6 na região, tinha um assento na primeira fila para assistir a tudo. Oficialmente, era ligado à estação de Beirute, mas, na prática, era só o lugar em que ele pendurava o chapéu. Seu mandato era a região, e seus mestres estavam em Londres. Ele estava sempre em movimento: café da manhã em Beirute, jantar em Damasco, Bagdá na manhã seguinte. Nasser, no Egito, o recebia com frequência, assim como a Casa de Saud. Ele era bem-vindo até em Tel Aviv, embora o Escritório o considerasse, com alguma razão, antipático ao dilema israelense. Ele estava dentro do Hotel King David em 22 de julho de 1946, quando uma bomba plantada pela extremista Irgun matou 99 pessoas, incluindo 28 cidadãos britânicos.

Dadas as exigências da missão de Seymour, Kim Philby era uma espécie de hobby. Os relatórios para Londres eram irregulares, na melhor das hipóteses. Ele os enviava diretamente a Dick White, principal inimigo de Philby no MI5, nomeado chefe do MI6 na véspera da chegada de Philby a Beirute. Em seus telegramas, Seymour se referia ao informante pelo codinome Romeo, o que dava à correspondência um ar levemente cômico.

"Encontrei com Romeo na Corniche na última quarta-feira", escreveu em setembro de 1956. "Ele estava em ótima forma e de bom humor. Conversamos, não me lembro o assunto, já que Romeo, de alguma maneira, conseguiu não dizer nada." Levaria três semanas até a atualização seguinte. "Fui a um piquenique com Romeo nas montanhas nos arredores de Beirute. Ele ficou tremendamente bêbado." No mês seguinte: "Romeo ficou muito bêbado durante uma festa na casa do americano Miles Copeland. Não sei como ele consegue realizar o trabalho de correspondente. Temo por sua saúde se a atual tendência continuar".

Gabriel e Graham Seymour tinham dividido igualmente entre si as oito caixas de arquivos. O israelense trabalhava em uma mesa dobrável na sala de estar e o inglês, na cozinha. Eles conseguiam se ver pela porta aberta, mas os olhares raramente se encontravam; os dois estavam lendo o mais rápido possível. Seymour podia duvidar da existência da mulher, mas estava determinado a encontrá-la primeiro.

Foi Gabriel, porém, que achou a primeira prova da vida amorosa complicada de Philby: "Romeo foi visto em um café chamado Shaky Floor com a esposa de um importante correspondente americano. Um caso pode acabar sendo prejudicial aos interesses britânicos". O importante correspondente americano era Sam Pope Brewer, do *New York Times*. Mais relatos se seguiram: "Tenho fontes confiáveis de que o relacionamento entre Romeo e a americana é íntimo. O marido dela não está ciente da situação, pois está em uma longa viagem de trabalho. Talvez alguém deva intervir antes que seja tarde demais". Mas já era tarde, como Seymour logo descobriu: "Tenho fontes confiáveis de que Romeo informou ao correspondente americano a intenção de se casar com a esposa dele. Aparentemente, o americano lidou bastante bem com a notícia, dizendo a Philby: 'Parece a melhor solução possível. O que acha da situação do Iraque?'".

A política interna do posto do MI6 em Beirute mudou drasticamente no início de 1960, quando Nicholas Elliott, melhor amigo de Philby, foi nomeado chefe de Estação. A sorte de Philby melhorou da noite para o dia, enquanto Arthur Seymour, que desconfiava dele, perdeu a popularidade de repente. Não tinha importância; ele possuía seu próprio canal de comunicação indireto com Dick White em Londres, que usava para minar Philby sempre que possível. "Tive a oportunidade de revisar algumas das informações que Romeo está produzindo para C/Beirute. São tão duvidosas quanto suas reportagens. Temo que C/Beirute esteja cego para esse fato por causa da amizade com Romeo. São inseparáveis."

Elliott foi embora de Beirute em outubro de 1962 e voltou a Londres para se tornar controlador da África do Norte. A bebedeira de Philby, já extrema, piorou. "Romeo teve de ser carregado de uma festa ontem à noite", escreveu Arthur Seymour em 14 de outubro. "Realmente deplorável." Três dias depois: "Romeo está tão saturado de álcool que fica bêbado depois de um único uísque." E em 27 de outubro: "Romeo jogou algum objeto em sua esposa. Foi muito vergonhoso para todos nós que fomos forçados a assistir. Temo que o casamento esteja se desfazendo a olhos vistos. Disseram-me que a esposa de Romeo está convencida de que ele está tendo um caso."

Gabriel sentiu as pontas dos dedos formigarem. *Disseram-me que a esposa de Romeo está convencida de que ele está tendo um caso...* Levantando-se, ele levou o telegrama para a cozinha e o colocou, educadamente, diante de Graham Seymour.

— Ela existe — sussurrou ele, e se retirou mais uma vez para a sala de estar. A grande empreitada tinha entrado na fase final.

Gabriel tinha uma última caixa sobrando, Seymour, uma caixa e meia. Infelizmente, os arquivos não estavam em nenhuma ordem específica. Gabriel pulou de ano em ano, lugar a lugar, crise em crise, sem padrão aparente. Às vezes, era uma leitura interessante. Em um telegrama, Gabriel encontrou referência à Operação Dâmocles, uma campanha clandestina do Escritório para assassinar ex-cientistas nazistas que estavam ajudando Nasser a desenvolver foguetes em um local secreto conhecido como Fábrica 33. Havia até uma referência oblíqua a Ari Shamron. "Um dos agentes israelenses", escreveu Seymour, "é um sujeito muito desagradável que lutou pelo Palmach durante a guerra de independência. Diz-se que participou da operação Eichmann na Argentina. Quase se ouvem as correntes arrastando quando ele caminha".

Mas foi Graham Seymour quem encontrou a referência seguinte à amante de Kim Philby nos arquivos de seu pai, há tanto esquecidos. Era um telegrama datado de 3 de novembro de 1962. Seymour o colocou triunfante sob o nariz de Gabriel, como um universitário que tinha acabado de provar o impossível. A informação relevante estava em um P.S. Gabriel leu devagar, duas vezes. Depois, de novo.

Fui informado por uma fonte que considero segura de que o caso está acontecendo há algum tempo, talvez já há um ano...

Gabriel colocou o telegrama em cima do primeiro que se referia a um caso e seguiu em frente, mas, de novo, foi Graham Seymour quem desenterrou a próxima pista.

— É uma mensagem de Dick White a meu pai — gritou ele pela porta. — Enviada em 4 de novembro, o dia seguinte.

— O que diz?

— Ele está preocupado de que a outra seja na verdade a controladora de Philby na KGB. Instruiu meu pai a descobrir quem ela é.

— Seu pai levou um belíssimo tempo para fazer isso — respondeu Gabriel, um minuto depois. — Ele só mandou uma resposta em 22 de novembro.

— Quem era ela?

— Ele foi informado seguramente de que a mulher é bem jovem e jornalista.

— Jornalista freelancer — completou Seymour, um momento depois.

— O que você achou?

— Um telegrama datado de 6 de dezembro.

— Ele foi informado *seguramente*?

— Por Richard Beeston — respondeu Seymour. — O repórter inglês.

— Tem um nome?

Da cozinha, silêncio. Estavam chegando perto, mas os dois quase sem arquivos. E Arthur Seymour, embora não soubesse, quase sem tempo. No fim da primeira semana de dezembro de 1962, ele ainda não tinha descoberto a identidade da amante de Philby. Em pouco mais de um mês, o informante teria ido embora.

— Achei outro — disse Seymour. — É francesa, a nossa garota.

— Quem disse?

— Uma fonte que fora confiável no passado. Ela também diz que eles se veem no apartamento da mulher, não no de Philby.

— Qual é a data?

— Dia 19.

— De dezembro ou janeiro?

— Dezembro.

Gabriel tinha cerca de três centímetros de documentos sobrando. Descobriu outro rastro dela em um telegrama de 28 de dezembro.

"Eles foram vistos juntos no bar do St. Georges. Romeo estava fingindo editar algo que ela tinha escrito. Era obviamente um fingimento para um encontro romântico." Outro, dois dias depois: "Ouviram-na no Normandie falando bobagens marxistas. Não é à toa que Romeo a acha atraente."

Então, de repente, dezembro virou janeiro e ela foi esquecida. Nicholas Elliott tinha voltado a Beirute para interrogar Philby e extrair sua confissão e uma promessa de cooperação. Arthur Seymour estava profundamente preocupado de que Philby fosse tentar fugir. Seus medos se concretizaram na noite do dia 23: "Romeo não está em lugar nenhum. Temo que tenha fugido."

Era o último telegrama na pilha de Gabriel, mas, na cozinha, Graham Seymour tinha mais vários para revisar. O israelense se sentou do outro lado da mesa e observou a água da chuva correndo pelas janelas e o vento brincando com a grama dormente do pântano. O único som era o farfalhar suave do papel. Seymour lia com uma lentidão enlouquecedora, passando a ponta do indicador pela página toda antes de ir para a próxima.

— Graham, *por favor...*

— Silêncio.

Um momento depois, Seymour deslizou uma única folha pela mesa. Gabriel não ousou olhar. Estava observando Kim Philby atravessar o pântano, segurando a mão de uma criança.

— O que é? — perguntou, enfim.

— Uma espécie de pós-relatório de meados de fevereiro, depois que Philby estava em Moscou.

— Há um nome?

— Veja você mesmo.

Gabriel baixou os olhos para o documento a sua frente.

O nome da outra é Charlotte Bettencourt. Embora seja verdade que é meio esquerdista, certamente não é agente de Moscou. Não recomendo ações futuras...

Gabriel lançou um olhar afiado.

— Meu Deus! Encontramos!

— Não foi só ela que encontramos. Leia o P.S.

Gabriel baixou os olhos de novo.

Fui informado seguramente de que mademoiselle Bettencourt está grávida de vários meses. Philby não tem conhecimento algum?

Não, pensou Gabriel, ele não tinha.

45

DARTMOOR — LONDRES

O único computador no Chalé Wormwood com conexão ao mundo exterior ficava na mesa de Parish. Gabriel o utilizou para fazer uma busca meramente formal do nome Charlotte Bettencourt. Encontrou dezenas, em sua maioria jovens profissionais, incluindo nove na França. Nenhuma era jornalista, e nenhuma tinha a idade certa. Quando, despretensiosamente, ele adicionou o nome Kim Philby à caixa branca retangular, recebeu quatorze mil resultados insignificantes, o equivalente da internet a um convite para procurar em outro lugar.

Foi o que Gabriel fez. Não do Chalé Wormwood, mas da sala de comunicações seguras da Embaixada Israelense em Londres. Chegou lá no início da noite, após uma carona temerosa no Ford *hatch* de Nigel Whitcombe, e fez uma ligação a Paul Rousseau, chefe do Grupo Alpha, em Paris. Rousseau, por sua vez, ainda estava no escritório. A França estava em alerta vermelho, com uma série de informações indicando um ataque iminente do Estado Islâmico. Com pesar, Gabriel fez o pedido.

— Bettencourt, Charlotte.

— Data de nascimento? — perguntou Rousseau, com um suspiro pesado.

— Em algum momento dos anos 1940.

— Ela era jornalista, você disse?

— Aparentemente.

— Aparentemente *sim* ou aparentemente *não*? — questionou Rousseau, com impaciência.

Gabriel explicou que ela tinha trabalhado como freelancer em Beirute no início dos anos 1960 e, segundo os relatos, possuía tendências políticas de esquerda.

— Igual a todo mundo nos anos 1960.

— É possível que o velho DST tenha aberto um arquivo sobre ela?

— É possível — admitiu Rousseau. — Abriam arquivo sobre qualquer um que fosse pró-Moscou. Vou colocar o nome dela na base de dados.

— Discretamente — alertou Gabriel, antes de desligar.

Durante as três horas seguintes, sozinho em uma caixa à prova de som no porão da embaixada, ele considerou todos os motivos pelos quais a busca de Rousseau podia se provar infrutífera. Talvez Arthur Seymour estivesse errado e Charlotte Bettencourt não fosse o nome real dela. Talvez, depois de dar à luz, ela tivesse mudado de nome e se escondido. Talvez tivesse fugido para Moscou e ainda vivesse lá. Talvez o grande Sasha a tivesse matado, como fizera com Konstantin Kirov e Alistair Hughes.

Independentemente do que tivesse acontecido com a mulher, fazia muito tempo. Também fazia muito tempo desde que Gabriel dormira. Em algum ponto, ele encostou a cabeça na mesa e caiu em sono profundo. O toque do telefone o acordou em um susto. Eram onze e meia. Onze da manhã ou onze da noite, ele não sabia;

a caixa à prova de som era um mundo sem amanhecer e anoitecer. Ele pegou o receptor e o levou agilmente ao ouvido.

— Ela foi embora de Beirute em 1965, e voltou a Paris — informou Paul Rousseau. — Foi uma personagem menor nos protestos de 1968. Depois disso, o DST perdeu o interesse.

— Ainda está viva?

— Aparentemente.

O coração de Gabriel deu um pulo.

— Aparentemente *sim* ou aparentemente *não*?

— Ela ainda recebe pensão do governo. Os cheques são enviados a um endereço na Espanha.

— Você não tem esse endereço, por acaso, tem?

Por acaso, ele tinha. Charlotte Bettencourt, mãe da criança ilegítima de Kim Philby, morava no paseo de la Fuente em Zahara, Espanha.

46

ZAHARA, SPAIN

Era pouco depois das 14 horas quando Charlotte Bettencourt concluiu estar sendo vigiada por dois homens, um alto e esguio e outro poucos centímetros mais baixo e mais robusto. Kim ficaria orgulhoso por ela tê-los visto, mas, verdade fosse dita, eles fizeram pouco esforço para se esconder. Era quase como se quisessem ser vistos por ela. Um par de russos enviados para sequestrá-la ou matá-la não teria se comportado assim. Portanto, ela não os temia. Aliás, estava ansiosa pelo momento em que eles deixariam de lado o fingimento e se apresentariam. Até lá, pensaria neles como Rosencrantz e Guildenstern, duas criaturas indistintas da terra que agiam como uma só.

Ela os notara pela primeira vez naquela manhã, caminhando pelo paseo. A segunda vez fora na Calle San Juan, onde estavam sentados sob um guarda-chuva de um dos cafés, cada um olhando para um celular, aparentemente indiferentes à presença dela. Agora, estavam aqui de novo. Charlotte almoçava entre as laranjeiras do Bar Mirador, e os dois atravessavam as pedras do calçamento da praça na direção da Igreja de Santa María de la Mesa. Não lhe pareciam fiéis, em especial o mais alto, de pele pálida. Talvez estivessem buscando absolvição. Pareciam precisar.

Os dois subiram os degraus da igreja — *um, dois, três, quatro* — e desapareceram lá dentro. Charlotte pegou a caneta e tentou retomar o trabalho, mas não adiantou. Ela escrevia sobre uma tarde em setembro de 1962 quando Kim, em vez de fazer amor com ela, ficou bêbado. Estava inconsolável de luto. Jackie, sua amada raposa de estimação, tinha recentemente caído da varanda do apartamento e morrido. Charlotte estava convencida de que havia outra coisa o incomodando e implorou que ele confiasse nela.

— Você não s-s-seria capaz de entender — gaguejou ele com seu drinque, os olhos escondidos atrás do topete indisciplinado. — Tudo o que eu fiz foi por minha c-c-consciência.

Ela devia ter sabido, naquele instante, que era tudo verdade, que Kim era espião soviético, o terceiro homem, um traidor. Ela não o teria desprezado. Pelo contrário, aliás. Ela o teria amado ainda mais.

Guardou a caneta e o caderno Moleskine de volta na bolsa de palha e terminou seu vinho. Só havia mais um cliente no café, um homem com jeito de elfo e cabelo ralo, e um rosto que desafiava qualquer descrição. O clima estava ideal, quente no sol, fresco à sombra das laranjeiras. Charlotte vestia um pulôver de lã e uma calça jeans com uma temível cintura de elástico. Talvez a pior coisa de envelhecer era carregar a barriga durante o dia todo, como as memórias de Kim. Mal conseguia se lembrar do corpo ágil e flexível que ele devorava a cada tarde antes de voltar para casa, para a briga diária com Eleanor. Ele amava o corpo dela, mesmo quando a barriga de grávida apareceu.

— Você acha que vai ser m-m-menino ou menina? — perguntara ele, acariciando suavemente a pele dela. Não que importasse. Duas semanas depois, ele desapareceu.

O homem de cabelo ralo estudava um jornal. Pobrezinho, pensou Charlotte. Estava sozinho, como ela. Ficou tentada a iniciar uma conversa, mas os dois homens saíam da igreja para a luz forte da praça. Passaram pela mesa dela em silêncio e caminharam pela ladeira inclinada da calle Machenga.

Após pagar a conta, Charlotte fez a mesma coisa. Não estava tentada a seguir os dois; era simplesmente a rota mais curta para o supermercado El Castillo. Lá, ela viu de novo um deles. Era o que chamava internamente de Rosencrantz, o mais alto. Ele contemplava uma caixa de leite, como se buscasse a data de vencimento. Pela primeira vez, Charlotte sentiu uma pontada de medo. Talvez estivesse errada. Talvez fosse, afinal, a equipe de abdução do SVR. Ela achou que Rosencrantz parecia um pouco russo, agora que tinha conseguido vê-lo de perto.

Jogou rapidamente alguns itens na cesta e entregou o dinheiro a uma garota de seios grandes, barriga de fora e maquiagem demais.

— *La loca* — sussurrou a menina, com desprezo, enquanto Charlotte carregava as sacolas de plástico para a rua. Lá estava Guildenstern, apoiado contra uma laranjeira, sorrindo.

— *Bonjour*, madame Bettencourt. — O tom dele era amigável. Ele deu um passo cauteloso em direção a ela. — Desculpe o incômodo, mas gostaria de dar uma palavra em particular.

Os olhos dele eram muito azuis, como os de Kim.

— Uma palavra sobre o quê? — questionou ela.

— O assunto que desejo discutir com você — disse o homem — é de natureza bastante sensível.

Charlotte sorriu de forma amarga.

— Da última vez que alguém me disse isso...

Ela observou o homem de cabelo ralo descendo a ladeira na direção deles. Não suspeitara. Imaginou que ele fosse de hierarquia mais alta. Dirigiu o olhar para aquele que chamava de Guildenstern, o que tinha olhos azuis como os de Kim.

— Você é do governo francês? — perguntou ela.

— Céus, não.

— Então, de onde?

— Trabalho para o Escritório do Exterior britânico.

— Ah, você é espião. — Ela olhou para o homem de cabelo ralo. — E ele?

— É um associado.

— Não me parece britânico.

— Não é.

— E Rosencrantz?

— Quem?

— Ah, deixe para lá. — Ela ouviu a resignação em sua própria voz. Finalmente, tinha acabado. — Como diabos me encontraram?

A pergunta pareceu surpreender o inglês.

— É uma longa história, madame Bettencourt.

— Tenho certeza. — As sacolas estavam ficando pesadas. — Estou em algum apuro?

— Imagino que não.

— Tudo o que eu fiz foi por minha consciência. — Ela estava confusa. Era Kim falando ou ela? — Onde está...

Abruptamente, Charlotte se interrompeu.

— Quem, madame Bettencourt?

Ainda não, pensou. Melhor manter algo em segredo, caso precisasse comprar sua liberdade. Ela não confiava no homem, nem deveria. Os britânicos eram os melhores mentirosos criados por Deus. Isso ela sabia por experiência.

O homem alto e pálido agora estava ao seu lado. Gentilmente, ele tirou as sacolas plásticas da mão dela e as colocou no porta-malas de um Renault sedã, antes de entrar atrás do volante. O de cabelo ralo sentou-se à frente; Charlotte e o de olhos azuis, atrás. Com o carro se movendo, ela pensou nos livros na prateleira em sua alcova e na caixa-forte vitoriana embaixo de sua mesa. Dentro dela havia um álbum de colagens com capa de couro, tão velho que só cheirava a poeira. Os almoços longos regados a álcool no Hotel St. Georges e no Normandie, os piqueniques nas montanhas, as tardes na privacidade de seu apartamento, quando ele ficava vulnerável. Havia também oito retratos amarelados de uma criança, o último tirado no outono de 1984, na Jesus Lane, em Cambridge.

47

ZAHARA — SEVILHA

O carro passou acelerando pela *villa* de Charlotte. O minúsculo pátio estava vazio, mas ela pensou ter visto movimento em uma das janelas. Abutres, pensou, em cima da carniça. Finalmente havia acontecido. Sua vida balançava acima do penhasco e agora caíra no chão do vale. Ela participara por vontade própria, era verdade, mas fora Kim, no final, que a arrastara. Charlotte não tinha sido a primeira; Kim deixara muitas vidas arruinadas em seu rastro. Ela pensou de novo na caixa-forte vitoriana embaixo de sua escrivaninha. Eles sabiam, percebeu. Talvez não tudo, mas sabiam.

— Para onde estamos indo? — perguntou.

— Aqui perto — respondeu o inglês de olhos azuis.

Nesse momento, seu relógio de pulso Seiko apitou.

— Meus remédios! — exclamou Charlotte. — Não posso ir sem meus remédios. Por favor, volte.

— Não se preocupe, madame Bettencourt. — Ele pegou um frasco cor de âmbar de remédios controlados do bolso da jaqueta. — Este?

— O outro, por favor.

Ele entregou-lhe o segundo frasco. Ela jogou um comprimido na palma da mão e engoliu sem água, o que pareceu impressioná--lo. A *villa* saíra de vista. Charlotte se perguntou se a veria de novo. Fazia muito tempo que ela não se aventurava a mais que uma curta distância a pé dali. Quando era mais jovem, tinha viajado de carro por toda a Espanha — era a vida que o camarada Lavrov lhe oferecia. Mas, agora que era velha e já não podia dirigir, seu mundo tinha encolhido. Ah, claro, ela podia ter viajado de ônibus, mas não lhe atraía, todos aqueles proletários suados com seus sanduíches de alho e crianças berrando. Charlotte era socialista — comunista, até —, mas seu comprometimento com a revolução não se estendia ao transporte público.

O vale estava verde com as chuvas de inverno. Rosencrantz mantinha apenas a mão esquerda no volante. Com a direita, batia em um ritmo nervoso no painel. Estava fazendo Charlotte se distrair.

— Ele sempre faz isso? — perguntou ela ao inglês, que só sorriu em resposta.

Eles estavam se aproximando da saída para a A375. A placa que passou pela janela de Charlotte dizia SEVILLA. Rosencrantz jogou o carro na pista da direita sem desacelerar ou se dar ao trabalho de sinalizar. O carro em frente ao deles fez o mesmo, observou Charlotte, e o de trás também.

— Quanto falta? — perguntou ela.

— Uma hora e meia — respondeu o inglês.

— Talvez um pouco menos — Charlotte levantou uma sobrancelha de desaprovação para Rosencrantz —, do jeito que ele está dirigindo.

O inglês olhou por cima do ombro.

— Eles ainda estão atrás de nós? — indagou Charlotte.

— Quem?

Ela sabia que não devia perguntar de novo. O remédio a deixara sonolenta, assim como o balanço do carro acelerando pelo terreno desigual e o sol quente na lateral de seu rosto. Ela apoiou a cabeça contra o apoio do banco e fechou os olhos. Uma parte de si esperava ansiosa. Fazia muito tempo que ela não ia a Sevilha.

Acordou com a visão de La Giralda, o minarete transformado em torre do sino da Catedral de Sevilha, alta sobre o bairro de Santa Cruz, antiga região judaica. Eles estacionaram em uma rua lateral estreita, em frente a um café americano. Charlotte franziu o cenho para o logo branco e verde onipresente.

— Eles estão em todo canto — disse o inglês, notando a reação dela.

— Em Zahara, não. Temos uma mentalidade de cidade camponesa.

O inglês sorriu, como se fosse familiarizado com esse tipo de pensamento.

— Infelizmente, só podemos ir de carro até aqui. É capaz de andar uma distância curta?

— Capaz? — Charlotte ficou tentada a contar-lhe que caminhava mais de um quilômetro e meio por dia. Aliás, podia ter-lhe dito o número preciso de passos diários, mas não queria que achasse que ela era louca. — Sim, estou bem. Sempre gostei de caminhar por Sevilha.

O homenzinho descabelado agora estava à porta dela, solícito como um mordomo. Charlotte aceitou a mão dele. Era firme e seca, como se ele passasse muito tempo escavando a terra árida.

— E minhas compras? — perguntou. — Vão estragar se ficarem no porta malas.

O homenzinho olhou-a em silêncio. Ele era de observar, não de falar, pensou ela. O inglês esticou a mão na direção de La Giralda e disse:

— Por aqui, por favor.

Suas maneiras educadas estavam começando a irritá-la quase tanto quanto a batucada do amigo dele. Todos os sorrisos e o charme do mundo não iam esconder o fato de que ela estava sendo presa. Se ele dissesse "por favor" mais uma vez, pensou, ela lhe daria uma mostra de seu gênio lendário. Até Kim assustava-se.

Seguiram por uma sucessão de becos estreitos, entrando mais fundo no bairro, até chegarem a uma passagem moura. Dava para um pátio de arcadas, sombreado e perfumado pelo aroma das laranjas de Sevilha. Um homem esperava sozinho, contemplando a água que caía na fonte. Levantou os olhos sobressaltado, como se surpreso pela chegada dela, e a examinou com uma curiosidade indisfarçada. Charlotte fez o mesmo, pois o reconheceu imediatamente. Os olhos o traíam. Era o israelense culpado pelo assassinato daquele oficial russo em Viena.

— Achei que seria você — disse ela, após um momento.

Ele deu um sorriso largo.

— Falei algo engraçado?

— Foram as mesmas palavras que Kim Philby disse quando Nicholas Elliott foi a Beirute acusá-lo de ser espião.

— Sim, eu sei — confirmou Charlotte. — Kim me contou.

48

SEVILHA

O cômodo para o qual Gabriel levou Charlotte Bettencourt era sombrio, com painéis de madeira e muitos quadros de proveniência questionável, escurecidos pelo tempo e abandono. Edições de grandes clássicos com capa de couro estavam nas prateleiras de madeira e, no aparador do século XVII, um relógio de ouropel marcava o horário errado. Um objeto parecia um pouco deslocado: uma antiga caixa-forte vitoriana de madeira, com o verniz desbotado e rachado, posicionada na mesa de centro baixa.

Charlotte Bettencourt ainda não a notara; examinava os arredores com desaprovação evidente. Ou talvez, pensou Gabriel, fosse familiaridade. O nome dela sugeria uma linhagem aristocrática. A postura também. Até na velhice, era ereta, como uma bailarina. Mentalmente, ele retocou o rosto enrugado e manchado de sol, restaurando-a aproximadamente aos 24 anos, idade em que ela viajara a Beirute para praticar a arte do jornalismo. Lá, por motivos que Gabriel ainda não conseguia imaginar, ela se entregara a um tipo como Kim Philby. O amor era uma possível explicação para a atração. A outra era a política. Ou talvez uma combinação das duas coisas, o que a tornaria uma grande oponente, de fato.

— É sua? — perguntou ela.

— Perdão?

— Esta casa.

— Infelizmente — disse Gabriel — sou muitas vezes forçado a contar com a bondade de estranhos.

— Temos isso em comum.

Gabriel sorriu involuntariamente.

— De quem é? — perguntou ela.

— Do amigo de um amigo.

— Judeu?

Gabriel deu de ombros com indiferença.

— Obviamente é muito rico, esse seu amigo.

— Não tanto quanto já foi.

— Que pena — disse ela, na direção do relógio de ouropel. Virou-se e examinou Gabriel atentamente. — Você é mais baixo do que imaginei.

— Você também.

— Eu sou velha.

— Outra coisa que temos em comum.

Dessa vez, foi Charlotte quem sorriu. O sorriso desapareceu quando ela, enfim, notou a antiga caixa.

— Você não tinha direito de invadir minha casa e pegar minhas coisas. Suponho que meus crimes sejam de magnitude muito maior. E agora parece que outra pessoa vai pagar por eles.

Gabriel não respondeu, não ousava. Ela admirava Christopher Keller, que comparava o horário em seu relógio de pulso com o do de ouropel.

— Seu amigo me disse que é inglês — falou ela. — É verdade?

— Infelizmente, é.

— E qual é seu interesse nisso tudo? — exigiu saber. — A mando de quem está aqui?

— Nesta questão — explicou Gabriel, com um tom judicial —, os serviços inglês e israelense estão trabalhando juntos.

— Kim estaria se revirando no túmulo.

De novo, Gabriel escolheu o silêncio como resposta. Era muito mais útil do que dizer a Charlotte Bettencourt o que achava das opiniões de Kim Philby sobre o Estado de Israel. Ela ainda observava Keller, a expressão levemente confusa.

— Seu amigo se recusou a me dizer como conseguiram me encontrar. Talvez você possa.

Gabriel decidiu que não havia problema, já que fazia tanto tempo.

— Achamos seu nome em um arquivo antigo do MI6.

— De Beirute?

— Sim.

— Kim me garantiu que ninguém sabia sobre nós.

— Ele estava errado sobre isso também — declarou Gabriel, com frieza.

— Quem foi? Quem nos descobriu?

— O nome dele era Arthur Seymour.

Ela deu um sorriso malicioso.

— Kim o detestava.

— O sentimento era recíproco. — Gabriel sentia estar conversando com uma personagem de um diorama histórico. — Arthur Seymour suspeitava que Philby fosse um espião soviético desde o começo. Os superiores dele em Londres achavam que você também podia ser espiã.

— Eu não era. Era só uma jovem impressionável com crenças fortes. — O olhar dela recaiu sobre a caixa de madeira. — Mas você sabe disso, não é? Sabe de tudo.

— Não tudo — admitiu Gabriel.

— Estou correndo algum perigo judicial?

— Você é uma cidadã idosa francesa morando na Espanha.

— Houve dinheiro envolvido.

— Sempre há.

— Não no caso de Kim. Ah, ele pegava um pouco, só o suficiente para sobreviver quando precisava. Mas suas ações eram motivadas pela fé no comunismo. Eu compartilhava dessa fé. E vários dos seus correligionários também, senhor Allon.

— Eu fui criado nessa fé.

— E ainda crê?

— Outra questão para outro momento.

Ela estava de novo olhando para a caixa.

— E quanto a...

— Infelizmente, não posso dar nenhuma garantia — disse Gabriel.

— Vai haver uma prisão? Um processo? Outro escândalo?

— A decisão é do chefe do MI6, não minha.

— Ele é filho de Arthur Seymour, não é?

— Sim — confirmou Gabriel, surpreso. — É.

— Imagine só. Eu o encontrei uma vez, sabe.

— Arthur Seymour?

— Não. O filho dele. Eu estava no bar do Normandie. Kim estava sendo atrevido e tentava comprar um gin cor-de-rosa para ele. Com certeza, ele não se lembra. Era um garotinho, e faz muito tempo. — Ela sorriu com melancolia. — Mas estamos nos adiantando. Talvez devêssemos começar do começo, monsieur Allon. Para que você entenda melhor por que aconteceu.

— Sim — concordou Gabriel. — Talvez devêssemos.

49
SEVILHA

O começo, disse ela, era uma aldeia remota perto de Nantes, no vale do Loire, oeste da França. Os Bettencourt eram uma família antiga, rica em terras e posses. Charlotte tinha idade suficiente para se lembrar de ver soldados alemães nas ruas de sua aldeia, e do educado capitão Wehrmacht, alojado no castelo da família. O pai de Charlotte tratava os ocupantes alemães com respeito — até demais, na opinião de alguns habitantes — e, depois da guerra, houve boatos de colaboração. Os comunistas eram muito poderosos no *département*. Os filhos dos operários pegavam no pé de Charlotte sem trégua e, em certa ocasião, tentaram cortar o cabelo dela. Podiam ter conseguido se não fosse monsenhor Jean-Marc, que interveio. Muitos anos depois, uma comissão histórica acusaria o monsenhor, amigo da família Bettencourt, de também ser colaborador.

Em 1956, Charlotte se mudou para Paris para estudar literatura francesa na Sorbonne. Foi um outono de acontecimentos políticos sísmicos. No fim de outubro, tropas israelenses, britânicas e francesas tentaram tomar o controle do Canal de Suez, do egípcio Nasser. No início de novembro, tanques soviéticos entraram em Budapeste para esmagar a Revolução Húngara. Nas duas questões,

Charlotte ficou do lado de Moscou, pois, na época, já era uma comunista ferrenha.

Saiu da Sorbonne em 1960 e passou o próximo ano e meio escrevendo resenhas e comentários políticos para uma pequena revista literária. Entediada, pediu ao pai dinheiro suficiente para se mudar para Beirute e tornar-se correspondente estrangeira. Como o pai estava cansado da visão política de Charlotte — mal se falavam, à época —, ele ficou mais do que contente em livrar-se da filha. Ela chegou ao Líbano em janeiro de 1962, achou um apartamento perto da American University e começou a enviar matérias para várias publicações de esquerda francesas, pelas quais não recebia quase nada. Não tinha importância; ela tinha o dinheiro da família para se sustentar. O que ela desejava era deixar sua marca como jornalista de verdade. Buscava com frequência os conselhos de membros da grande comunidade de correspondentes estrangeiros, incluindo um que bebia no bar do Hotel Normandie.

— Philby — afirmou Gabriel.

— Kim — replicou Charlotte. — Para mim, sempre será Kim.

Ela estava sentada na beirada de uma cadeira de brocado, as mãos dobradas impecavelmente acima dos joelhos, os pés apoiados no chão. Eli Lavon sentava-se na cadeira ao lado, olhando ausente para o meio da sala, como um homem em uma plataforma ferroviária esperando por um trem muito atrasado. Mikhail, aparentemente, disputava com uma figura num dos quadros escurecidos, uma cópia pobre de El Greco, para ver quem piscava primeiro. Keller, fingindo indiferença, abrira a parte de trás do relógio de ouropel e mexia no mecanismo.

— Você estava apaixonada por ele? — perguntou Gabriel, andando lentamente pela sala.

— Por Kim? Muito.

— Por quê?

— Porque ele não era meu pai, imagino.

— Você sabia que ele era espião soviético?

— Não seja tolo. Kim nunca teria me confiado esse segredo.

— Mas você com certeza devia suspeitar.

— Perguntei a ele uma vez, e nunca mais. Mas era óbvio que ele estava sofrendo muito. Tinha pesadelos terríveis depois de fazer amor. E a bebedeira... era pior do que eu jamais tinha visto.

— Quando você percebeu que estava grávida?

— No começo de novembro. Esperei até o fim de dezembro para contar a ele.

— Como ele reagiu?

— Quase matou nós dois. Estava dirigindo na hora — explicou ela. — Uma mulher nunca deve dizer ao amante que está grávida com ele ao volante. Em especial, se o amante estiver bêbado.

— Ele ficou bravo?

— Fingiu que ficou. Na verdade, acho que ficou triste. Diga o que quiser sobre Kim, mas ele amava seus filhos. Provavelmente, achou que nunca veria o bebê que eu carregava.

Provavelmente, notou Gabriel.

— Você fez alguma exigência?

— Para Kim? Nem me dei ao trabalho. As finanças dele estavam em péssimo estado. Não havia possibilidade de sustento nem de casamento. Eu sabia que, se tivesse o bebê, teria de cuidar sozinha.

O aniversário de Philby era no Ano-Novo. Ele faria 51 anos. Charlotte queria passar pelo menos alguns minutos com Kim, mas ele telefonara para dizer que não podia ir ao apartamento dela. Tinha caído duas vezes na noite anterior, aberto a cabeça e ficado com os dois olhos roxos. Usou sua aparência horrível como desculpa para evitar vê-la nas duas semanas seguintes. O motivo verdadeiro de sua ausência, disse ela, era a chegada de Nicholas Elliott a Beirute.

— Quando foi a próxima vez que você o viu?

— No dia 23.

— Quando ele fugiu de Beirute.

Ela assentiu.

— Kim foi me ver no fim da tarde. Estava pior do que nunca. Chovia muito e ele estava ensopado. Disse que só podia ficar uns minutos. Precisava encontrar Eleanor para um jantar na casa do primeiro secretário da Embaixada Britânica. Tentei fazer amor com ele, mas ele me afastou e pediu uma bebida. Depois, me contou que Nicholas o tinha acusado de ser espião soviético.

— Ele negou?

— Não — disse Charlotte, incisivamente. — Não negou.

— Quanto ele contou?

— Muito mais do que devia. E, aí, me deu um envelope.

— O que tinha dentro?

— Dinheiro.

— Para o bebê?

Ela assentiu lentamente.

— Ele disse onde tinha conseguido?

— Não. Mas, se eu tivesse que chutar, com Petukhov, seu contato da KGB em Beirute. Kim foi embora naquela mesma noite em um navio de carga soviético. O *Dolmatova*. Nunca mais o vi.

— Nunca?

— Não, monsieur Allon. Nunca.

Quando saiu a notícia da deserção de Philby, continuou Charlotte, ela considerou brevemente escrever um perfil pessoal exclusivo.

— "O Kim Philby que eu conheci e amei", uma bobagem dessas.

Em vez disso, mandou algumas reportagens que não faziam referência ao seu relacionamento pessoal e esperou pelo nascimento do bebê. Deu à luz em um hospital de Beirute, sozinha, no fim da primavera de 1963.

— Nunca contou para sua família?

— Na época, não.

— Para a Embaixada Francesa?

— Foram feitas as declarações necessárias e um passaporte foi emitido.

— Houve uma certidão de nascimento, suponho.

— É claro.

— E o que você colocou em nome do pai?

— Philby — respondeu ela, em um tom, levemente, desafiador. — Harold Adrian Russell.

— E no nome da criança?

— Bettencourt — respondeu ela, evasiva.

— E o primeiro nome? — pressionou Gabriel. — O nome de batismo?

Charlotte Bettencourt olhou para a caixa de madeira.

— Você já sabe o nome da criança, monsieur Allon. Por favor, não me faça cometer outra traição.

Gabriel não faria. Nem naquele momento, nem nunca.

— Você voltou à França em 1965 — induziu ele.

— No inverno.

— Foi para onde?

Uma pequena aldeia perto de Nantes, disse ela, no vale do Loire, oeste da França.

— Seus pais devem ter ficado surpresos.

— Para dizer o mínimo. Meu pai me mandou embora e disse para nunca mais voltar.

— Você contou a eles o nome do pai da criança?

— Se eu tivesse feito isso — afirmou ela —, a situação teria ficado ainda pior.

— Você contou para alguém.

— Não. Para ninguém. *Nunca.*

— E a certidão de nascimento?

— Eu *perdi*.

— Que conveniente.

— Sim.

— O que realmente aconteceu?

Ela fitou a caixa antes de desviar o olhar. No pátio, um trio de seguranças estava parado como estátua na escuridão iminente. Eli Lavon ainda esperava por seu trem, mas Keller e Mikhail, agora, olhavam para Charlotte Bettencourt, absortos. O relógio parara de funcionar de vez. O coração de Gabriel, aparentemente, também.

— Para onde você foi depois? — perguntou ele.

De volta a Paris, respondeu ela, desta vez com uma criança pequena. Moraram em um quarto num sótão no Quartier Latin. Era a única coisa que Charlotte podia pagar, agora que não recebia mais dinheiro do pai. A mãe lhe dava alguns francos sempre que ia visitar, mas o pai não reconhecia a existência da criança. Kim, aparentemente, também não. A cada ano que se passava, porém, a criança se parecia mais com ele. Os mesmos olhos azuis, o mesmo topete indisciplinado. Havia até uma gagueira leve, que desapareceu aos 8 anos. Charlotte abandonou o jornalismo e se dedicou ao Partido e à revolução.

Não tinham dinheiro algum, mas não precisavam de muito. Estavam em Paris, e a cidade gloriosa era sua. Costumavam brincar de um jogo bobo, contar os passos entre seus marcos históricos favoritos. Quantos passos do Louvre à Notre-Dame? Quantos passos do Arco do Triunfo à Praça da Concórdia? Da Torre Eiffel ao Les Invalides?

Havia 87 passos de seu apartamento no sótão até o pátio do prédio, explicou Charlotte, e mais 38 até a porta que levava à rue Saint-Jacques. Ali, em um dia quente de verão em 1974, quando a maioria dos parisienses sabiamente tinham saído da cidade, um homem a esperava.

— Qual era a data? — indagou Gabriel.

— Agosto — respondeu Charlotte. — No dia seguinte à renúncia de Nixon.

— Ou seja, dia 10.

— Se você diz.

— E o nome do homem?

— Naquela ocasião, ele se apresentou como camarada Lavrov.

— E em outras?

Sasha, respondeu ela. Ele se apresentava como Sasha.

50

SEVILHA

Era magro — magro como um prisioneiro de gulag, descreveu Charlotte — e pálido como uma vela. Algumas mechas de cabelo sujo e liso grudavam em sua cabeça, que era ampla na testa, conferindo-lhe uma aparência de inteligência superior. Os olhos eram pequenos e avermelhados, os dentes, cinzas e pontiagudos. Ele usava uma jaqueta de tweed quente demais para o calor abrasador, e uma camisa que já fora branca e parecia ter sido lavada vezes demais numa pia de cozinha. A barba precisava ser aparada.

— Barba?

— Ele tinha uma pequena. — Ela moveu dedão e indicador do lábio superior até o queixo.

— Como Lenin? — perguntou Gabriel.

— Um Lenin mais jovem. Lenin exilado. Lenin em Londres.

— O que o levara a Paris?

— Uma carta, ele disse.

— De Philby?

— Ele nunca falou o nome. Disse que a carta era de um homem que eu conhecera em Beirute. Um jornalista inglês famoso. — Ela baixou o registro da voz para um tom masculino e adicionou um sotaque russo carregado. — "Seria possível falarmos em particular? O assunto que desejo discutir é de natureza bastante sensível." Sugeri a *brasserie* do outro lado da rua — a voz se normalizou de novo —, mas ele disse que seria melhor no meu apartamento. Expliquei que era modesto. Ele disse que já sabia disso.

— Implicando que a estava observando há algum tempo.

— Ele é do seu mundo, não do meu.

— E a carta?

Era datilografada, o que não era o estilo de Kim, e estava sem assinatura. Mesmo assim, ela sabia que as palavras eram dele. Pedia desculpa por tê-la enganado em Beirute e dizia que queria retomar a relação. Como parte dessa nova fase, desejava ver a criança. Por motivos óbvios, escreveu, o encontro não poderia acontecer na França.

— Ele queria que você fosse a Moscou?

— Eu, não. Só a criança.

— E você concordou?

— Sim.

— Por quê?

Ela não respondeu.

— Porque ainda o amava? — sugeriu Gabriel.

— Kim? Não nessa época, não mais. Mas ainda amava a *ideia* de Kim.

— Qual era essa ideia?

— Comprometimento com a revolução. — respondeu ela, e completou: — Sacrifício.

— Você não mencionou traição.

Ela ignorou o comentário e explicou que Sasha e a criança foram embora de Paris naquela mesma noite, em um trem para a Alemanha. Cruzaram para o setor oriental de carro, dirigiram até Varsóvia e voaram para Moscou, a criança com um passaporte russo falso. O apartamento de Philby ficava perto da praça Pushkin, escondido em uma rua estreita perto de uma antiga igreja, entre a rua Tverskaya e o lago dos Patriarcas. Ele morava lá com Rufina, a esposa russa.

— A quarta — adicionou Charlotte, ácida.

— Quanto tempo...

— Três dias.

— Suponho que tenha havido outra visita.

— No Natal daquele mesmo ano.

— De novo em Moscou?

— Dez dias — disse ela, assentindo.

— E a próxima?

— No verão seguinte. Um mês.

— Um mês é muito tempo.

— Foi difícil para mim, admito.

— E depois disso?

— Sasha foi me ver de novo em Paris.

Eles se encontraram no banco de um parque, como Philby encontrara Otto quatro décadas antes. Dessa vez, o banco não era no Regent's Park, mas no Jardin des Tuileries. Sasha contou ter recebido ordens do Centro de Moscou para embarcar em uma missão histórica em nome da paz internacional. Kim seria seu parceiro. Tanto Sasha quanto Kim desejavam que Charlotte se juntasse a eles.

— E qual era seu papel nessa missão?

— Um casamento breve. E um enorme sacrifício.

— Quem era o noivo sortudo?

— Um inglês de uma família influente que também acreditava na paz.

— Com isso, você quer dizer que era agente da KGB.

— Sua afiliação exata com Moscou nunca me foi esclarecida. O pai dele tinha conhecido Kim em Cambridge. Ele era bem radical e bem homossexual. Mas isso não tinha importância. Não seria um casamento de verdade.

— Onde vocês se casaram?

— Na Inglaterra.

— Igreja?

— Civil.

— Sua família foi?

— É claro que não.

— Quanto tempo durou essa união?

— Dois anos. Não éramos uma combinação perfeita, monsieur Allon. Éramos uma combinação do Centro de Moscou.

— O que causou o divórcio?

— Adultério.

— Que apropriado.

— Aparentemente, fui pega em flagrante com um dos melhores amigos de meu marido. Foi um escândalo e tanto, aliás. Assim como minha bebedeira, que me tornava uma mãe inadequada. Para o bem da criança, concordei em abrir mão da guarda.

Seguiu-se um período longo e doloroso de separação, para que a criança se tornasse inteiramente inglesa. Charlotte ficou em Paris por um tempo. Então, a pedido do Centro de Moscou, foi para um *pueblo blanco* nas montanhas da Andaluzia, onde ninguém a encontraria. No início, houve cartas, mas elas logo pararam. Sasha alegava que atrapalhavam a transição.

Ocasionalmente, Charlotte recebia atualizações vagas e superficiais, como a que chegou em 1981, relatando a admissão em uma universidade britânica de elite. A atualização não especificava qual instituição, mas Charlotte conhecia o suficiente do passado de Kim para imaginar com toda certeza. Sem informar a Sasha, ela voltou à Inglaterra, em 1984, e se dirigiu a Cambridge. Lá, na Jesus Lane, viu sua criança fruto de traição, descendente de Philby, caminhando na sombra de um muro alto de tijolos, um topete indisciplinado cobrindo um olho muito azul. Com a câmera, Charlotte tirou uma foto escondida.

— Foi a última vez que eu... — Sua voz sumiu.

— E depois de Cambridge? — perguntou Gabriel.

Charlotte recebera uma atualização informando que a missão tinha sido um sucesso. Nunca lhe disseram qual era o departamento da inteligência britânica, mas ela supunha tratar-se do MI6. Kim, disse ela, nunca teria se contentado com o MI5, não depois que o caçaram de forma tão implacável.

— Você não entrou em contato durante todos esses anos?

— De vez em quando, recebo uma carta, algumas linhas vazias, sem dúvida compostas pelo Centro de Moscou. Não contêm informação alguma sobre trabalho ou vida pessoal, nada que eu possa usar para encontrar...

— Encontrar a criança que abandonou? — O comentário a machucou. — Perdão, madame Bettencourt, não compreendo como...

— Sim, *monsieur Allon*. Não compreende.

— Talvez você possa me explicar.

— Era outra época. O mundo era diferente. *Eles* eram diferentes.

— Quem?

— Os russos. Achávamos que Moscou era o centro do universo. Eles iam mudar o mundo, e tínhamos a obrigação de ajudar.

— Ajudar a KGB? Eles eram monstros — discordou Gabriel. — Ainda são.

Recebido pelo silêncio, ele perguntou quando chegara a última carta.

— Há cerca de duas semanas.

Gabriel escondeu seu alarme.

— Como foi entregue?

— Por um ogro chamado Karpov, da *rezidentura* de Madri. Ele também me informou que o Centro de Moscou gostaria que eu tirasse umas férias longas na Rússia.

— Por que agora? — questionou Gabriel.

— Você deve saber melhor do que eu, monsieur Allon.

— Estou surpreso de que não tenham vindo buscá-la há muito tempo.

— Fazia parte do meu combinado com Kim e Sasha. Eu não desejava viver na União Soviética.

— Talvez não fosse uma utopia marxista, afinal.

Charlotte Bettencourt aceitou a repreensão num silêncio penitente. Em torno deles, Sevilha começava a acordar. Havia música no ar e, dos bares e cafés de uma praça próxima, vinha o tilintar de taças e talheres. A brisa noturna varreu o pátio. Carregou o cheiro de laranja para a sala e, de repente, o som da risada de uma jovem. Charlotte Bettencourt virou a cabeça ansiosa, ouvindo a risada se afastar. Então, olhou para a caixa vitoriana na mesa.

— Foi presente de Kim — confessou, após um momento. — Ele achou em uma lojinha do bairro cristão de Beirute. É bastante apropriado, não acha? Kim me dar uma caixa para trancar todos os meus segredos.

— Os dele também — completou Gabriel. Ele levantou a tampa e tirou uma pilha de envelopes amarrados com uma fita desbotada cor violeta. — Ele era bastante prolífico, não?

— Durante as primeiras semanas de nosso caso, eu às vezes recebia duas cartas por dia.

Gabriel colocou a mão na caixa de novo. Desta vez, retirou uma única folha de papel, uma certidão de nascimento do Hospital Saint George, em Beirute, o mais antigo do Líbano, datada de 26 de maio de 1963. Apontou para o nome de batismo da criança.

— Foi mudado? — perguntou.

— Não — respondeu ela. — Por sorte, era suficientemente inglês.

— Como o seu. — Gabriel voltou à caixa de segredos de Kim Philby. Dessa vez, pegou uma certidão de casamento datada de abril de 1977. — Um casamento na primavera. Deve ter sido lindo.

— Na verdade, foi bem pequeno.

Gabriel apontou para o sobrenome do noivo.

— Imagino que você tenha pegado.

— Por um tempo — respondeu ela. — Voltei a ser Charlotte Bettencourt após o divórcio.

— Mas não...

— Teria sido contraproducente — interrompeu ela. — Afinal, o motivo todo do casamento era adquirir um nome e um status que abrisse as portas de uma universidade de elite e, no fim, do Serviço Secreto de Inteligência.

Gabriel posicionou a certidão de casamento ao lado da certidão de nascimento e das cartas de amor de Philby. Então, colocou a mão na caixa pela última vez e pegou uma fotografia datada de outubro de 1984. Até Gabriel via a semelhança com Philby, mas tinha algo de Charlotte Bettencourt também.

— Você tirou a foto e foi embora? — perguntou. — Não falou nada?

— O que eu teria dito?

— Podia ter implorado perdão. Podia ter acabado com tudo.

— Por que eu teria feito isso, depois de tudo que sacrifiquei? Lembre-se, a Guerra Fria estava em um ponto crítico. Reagan, o cowboy, governava da Casa Branca. Os americanos posicionavam mísseis nucleares na Europa Ocidental.

— E por isso — falou Gabriel, friamente — você estava disposta a abandonar sua filha?

— Ela não era só minha, era de Kim também. Eu era apenas uma militante, mas ela não. Ela era o artigo genuíno. Tinha a traição no sangue.

Você também tem, madame Bettencourt.

Tudo que fiz foi por minha consciência.

— Você, obviamente, não tem uma. Philby também não tinha.

— Kim — disse ela. — Para mim, sempre será Kim.

Ela admirava a fotografia. Não com angústia, pensou Gabriel, mas com orgulho.

— Por quê? — perguntou ele. — Por que você fez isso?

— Há alguma resposta que eu possa dar que você ache satisfatória?

— Não.

— Então talvez, monsieur Allon, devamos deixar isso no passado.

— Sim — concordou Gabriel. — Talvez devamos.

Parte Três

◇◇◇◇◇◇◇◇◇◇◇◇◇◇◇◇◇◇◇◇◇◇

À MARGEM DO RIO

51
SEVILHA — LONDRES

Havia vários voos entre Sevilha e Londres na manhã seguinte, mas, em vez de pegar um deles, Gabriel e Christopher Keller dirigiram até Lisboa, supondo que o Centro de Moscou fosse olhar os manifestos de passageiros que partiam da Espanha. Keller pagou pelas passagens com um cartão de crédito de Peter Marlowe, seu nome do MI6. Não informou Vauxhall Cross sobre o retorno iminente a solo britânico, nem Gabriel alertou sua estação. Sua única bagagem era a maleta do Escritório. Escondido no compartimento falso havia três itens retirados da caixa-forte vitoriana dada por Kim Philby a Charlotte Bettencourt no 23° aniversário dela. Uma certidão de nascimento, uma certidão de casamento e uma fotografia tirada sem o conhecimento da pessoa na Jesus Lane, em Cambridge. No BlackBerry de Gabriel estavam as fotos dos outros itens. As cartas de amor tolas, os cadernos, o início de um livro de memórias, as muitas fotos íntimas de Philby no apartamento de Charlotte Bettencourt em Beirute. Madame Bettencourt estava na casa em Sevilha, protegida pelo Escritório.

O avião pousou no aeroporto de Heathrow alguns minutos após as dez. Gabriel e Keller passaram separados pelo controle de passaporte e se reuniram no caos do saguão de chegadas. O BlackBerry do MI6 de Keller apitou com uma mensagem alguns segundos depois.

— Fomos descobertos.

— Quem é?

— Nigel Whitcombe. Ele devia estar monitorando meu cartão de crédito. Quer nos dar uma carona até a cidade.

— Diga obrigado, mas vamos passar.

Keller franziu o cenho para a fila de táxi.

— Que mal faria?

— Depende de se os russos seguiram Nigel desde Vauxhall Cross.

— Lá está ele.

Keller acenou com a cabeça na direção do Ford *hatch* que esperava com o pisca-alerta ligado em frente à porta do terminal. Gabriel o seguiu relutante e entrou no banco de trás. Um momento depois, aceleravam pela M40 em direção ao centro de Londres. Os olhos de Whitcombe encontraram os de Gabriel no retrovisor.

— O chefe me pediu para levá-lo à casa segura de Stockwell.

— Não vamos passar nem perto de lá. Me deixe na Bayswater Road.

— Não é exatamente o apartamento mais seguro.

— Nem o de vocês — murmurou Gabriel. As nuvens estavam baixas e pesadas e ainda não estava totalmente claro.

— Quanto tempo o chefe pretende me deixar esperando?

— Ele tem reunião com o Comitê de Inteligência Conjunta até o meio-dia. Depois, vai a Downing Street para um almoço privado com o primeiro-ministro.

Gabriel xingou baixinho.

— Devo dizer para cancelar o almoço?

— Não. É importante que ele mantenha a agenda normal.

— Parece ruim.

— E é — disse Gabriel. — O pior possível.

Era verdade que o apartamento do Escritório localizado na Bayswater Road já não era mais tão seguro. Aliás, Gabriel o utilizava com tanta frequência que a Governança se referia como seu *pied-à-terre* londrino. Fazia seis meses desde a última estadia, na noite em que Keller e ele voltaram a Londres depois de matar Saladin em seu complexo no Marrocos. Gabriel tinha chegado ao apartamento e encontrado Chiara esperando. Os dois jantaram tarde e ele dormira apenas algumas horas. Pela manhã, em frente à barreira de segurança em Downing Street, unira-se a Keller para matar um terrorista do Estado Islâmico armado com um dispositivo de dispersão radiológica, uma bomba suja. Juntos, tinham poupado a Inglaterra de uma calamidade. Agora, entregavam uma.

A Governança deixara alguns itens não perecíveis na dispensa e uma Beretta 9mm com um cabo de nogueira no quarto. Gabriel esquentou uma lata de minestrone enquanto Keller assistia, pela janela da sala, ao tráfego e ao homem de aparência vagamente russa descansando em um banco do Hyde Park. O homem levantou-se às 12h30, e uma mulher sentou no lugar dele. Keller encaixou o pente carregado na Beretta e inseriu a primeira bala. O som fez Gabriel colocar a cabeça na sala e levantar uma sobrancelha inquisidora.

— Talvez Nigel tivesse razão — explicou Keller. — Talvez devêssemos ir a uma de nossas casas seguras.

— O MI6 não tem uma sequer. Não mais.

— Então, vamos para outro lugar. Este aqui está me dando nervoso.

— Por quê?

— Por causa dela. — Keller apontou para o parque.

Gabriel caminhou até a janela.

— O nome dela é Aviva. É uma das nossas.

— Quando você contatou sua estação?

— Não fiz isso. O Boulevard deve ter avisado que eu estava vindo.

— Vamos torcer para os russos não estarem ouvindo.

Vinte minutos depois, a mulher saiu do banco e o mesmo homem voltou.

— É o Nir — falou Gabriel. — O principal guarda-costas do embaixador.

Keller checou o horário. Eram quase 13 horas.

— Quanto tempo leva o almoço de um primeiro-ministro e seu chefe de inteligência?

— Depende da pauta.

— E se o chefe de inteligência estiver confessando ao primeiro-ministro que o serviço foi comprometido pelos russos? — Keller balançou a cabeça devagar. — Vamos ter que reconstruir o MI6 do zero. Vai ser o escândalo de todos os escândalos.

Gabriel ficou em silêncio.

— Acha que ele vai sobreviver? — perguntou Keller.

— Graham? Acho que depende de como ele lidar.

— Prisão e julgamento seriam uma confusão.

— Que escolha ele tem?

Keller não respondeu; estava olhando para o telefone.

— Graham saiu de Downing Street. Está vindo. Aliás — completou Keller, levantando o olhar do telefone —, lá vem ele.

Gabriel observou a limusine Jaguar se aproximando.

— Que rápido.

— Ele deve ter pulado a sobremesa.

O carro parou na entrada do prédio. Graham Seymour saiu, sombrio.

— Parece que está indo a um funeral — observou Keller.

— *Mais um* funeral — adicionou Gabriel.

— Você já pensou em como vai contar a ele?

— Não preciso dizer uma palavra.

Gabriel abriu a maleta e, do compartimento escondido, tirou os três itens. Uma certidão de nascimento, uma certidão de casamento e uma fotografia tirada sem o conhecimento da pessoa na Jesus Lane, em Cambridge. Era ruim, pensou Gabriel. O pior possível.

52

BAYSWATER ROAD, LONDRES

A certidão de nascimento fora emitida pelo Hospital Saint George de Beirute no dia 26 de maio de 1963. Listava BETTENCOURT, CHARLOTTE como mãe e PHILBY, HAROLD ADRIAN RUSSELL como pai. A criança pesava pouco mais de três quilos. Chamava-se Rebecca. Pegou o sobrenome da mãe e não o do pai — que era, à época, casado com outra mulher —, mas adquiriu um novo quando BETTENCOURT, CHARLOTE casou-se com MANNING, ROBERT numa cerimônia civil em Londres no dia 2 de novembro de 1976. Uma simples checagem nos registros de matrícula da Universidade de Cambridge confirmaria que MANNING, REBECCA entrou na Trinity College no outono de 1981. E uma checagem dos registros de imigração confirmaria que BETTENCOURT, CHARLOTTE entrou no país em 1984. Durante a breve estadia, tirou uma foto de MANNING, REBECCA caminhando pela Jesus Lane — uma imagem que entregou a ALLON, GABRIEL em uma casa em Sevilha. Assim, sem sombra de dúvidas, estava provado que a Chefe de Estação do MI6 em Washington era filha ilegítima do maior espião da história e, há muito tempo, agente de penetração russa. No jargão do ramo, uma informante.

— A não ser — disse Gabriel — que você tenha uma explicação diferente.

— Por exemplo?

— Que o MI6 sabia dela desde o começo. Que você a recuperou e está usando-a contra o Centro de Moscou. Que ela é a melhor agente dupla da história.

— Quem dera fosse verdade. — Seymour olhava a fotografia quase sem acreditar.

— É ela? — perguntou Gabriel.

— Você nunca a encontrou em nenhuma situação profissional?

— Nunca tive o prazer.

— É ela — confirmou Seymour, após um momento. — Uma versão mais jovem, claro, mas, definitivamente, é Rebecca Manning.

Foi a primeira vez que ele falou o nome dela.

— Você chegou a...

— Suspeitar que ela era espião russa? Filha ilegítima de Kim Philby?

Gabriel não disse nada.

— Num momento desses, a gente costuma fazer uma lista — contou Seymour —, como quando se suspeita de traição da esposa. É ele? Ou será ele?

— E *ela?* — questionou Gabriel, apontando com a cabeça para a foto.

— Fui eu quem tornou Rebecca nossa Chefe de Estação em Washington. Não preciso dizer que eu não duvidava da lealdade dela.

Keller olhava para a Bayswater Road, como se não soubesse do confronto de dois mestres da espionagem na mesa de centro laminada.

— Certamente — disse Gabriel —, você deve ter revisado o arquivo dela com cuidado antes de oferecer o emprego.

— É claro.

— Nada consta?

— O arquivo pessoal dela é impecável.

— E sobre a infância? Ela nasceu em Beirute e sua mãe era uma cidadã francesa que desapareceu da vida dela quando ela era criança.

— Mas Robert Manning era da família certa.

— Por isso Philby o escolheu — interveio Gabriel.

— Os professores dela em Cambridge a avaliavam muito bem.

— Philby também os escolheu. Ele sabia manipular o sistema para conseguir um emprego para Rebecca no MI6. Já tinha feito isso para si mesmo. — Gabriel mostrou a certidão de nascimento. — Seus examinadores nunca notaram que o nome da mãe dela aparecia nos telegramas de Beirute do seu pai? — Ele recitou a passagem relevante com sua memória prodigiosa. — *O nome da outra é Charlotte Bettencourt. Fui informado seguramente de que mademoiselle Bettencourt está grávida de vários meses.*

— Obviamente — declarou Seymour — os examinadores não fizeram a conexão.

— Um simples exame de sangue pode fazer por eles.

— Eu não preciso de exame de sangue. — Seymour fitou a fotografia de Rebecca Manning em Cambridge. — O rosto dela é igual ao que eu vi no bar do Normandie quando era criança.

— A mãe dela se lembra de você, aliás.

— Ah, lembra?

— E do seu pai, também.

Seymour jogou a fotografia na mesa de centro.

— Onde ela está agora? Ainda em Sevilha?

Gabriel assentiu, e disse:

— Recomendo que ela fique lá até você prender Rebecca. Mas eu faria isso rápido. Os russos vão notar que ela não está mais em Zahara.

— Prender Rebecca Manning? — repetiu Seymour. — Sob qual acusação? Ser filha ilegítima de Kim Philby?

— Ela é informante russa, Graham. Invente alguma desculpa para trazê-la a Londres, algo que não a faça suspeitar, e a prenda no minuto em que ela descer do avião no Heathrow.

— Rebecca chegou a *espionar* para os russos?

— É claro que sim.

— Preciso de prova. Senão, só tenho uma história triste de uma garotinha que sofreu lavagem cerebral da KGB para terminar o trabalho de seu pai traidor.

— Eu leria uma história assim.

— Infelizmente, muitas outras pessoas também. — Seymour pausou, antes de completar: — E a reputação do Serviço Secreto de Inteligência ficará destruída.

Um silêncio caiu entre eles. Foi Gabriel quem o quebrou.

— Coloque-a sob vigilância total, Graham. Física, digital, telefônica. Grampeie a casa e o escritório. Ela vai acabar tropeçando.

— Você está esquecendo quem era o pai dela?

— Fui eu que descobri.

— Ela é uma menina prodígio. Philby nunca tropeçou, e ela também não vai tropeçar.

— Tenho certeza de que você e Christopher vão pensar em algo. — Gabriel colocou a certidão de nascimento em cima da fotografia. — Tenho um avião para pegar e várias questões urgentes para resolver em casa.

Seymour conseguiu dar um sorriso.

— Não está nem um pouco tentado?

— A quê?

— Terminar o que começou.

— Vou esperar sair o filme. Além disso, tenho um mau pressentimento sobre como tudo vai acabar. — Gabriel se levantou devagar.

— Por favor, preciso trancar tudo. A Governança vai colocar uma carta mal-educada no meu arquivo se eu deixar vocês aqui.

Seymour continuou sentado. Estava olhando seu relógio de pulso.

— Não tem mais como você chegar para o voo da El Al das 15h30. Por que não fica mais uns minutos e me diz o que faria?

— Como assim?

— Para pegar a filha de Kim Philby com a boca na botija.

— Essa é a parte fácil. Para pegar um espião, você só precisa pegar um espião.

— Como?

— Com um Ford Explorer — explicou Gabriel. — Na rue Saint-Denis em Montreal.

Seymour sorriu.

— Estou prestando atenção. Continue.

53

RUA NARKISS, JERUSALÉM

Era quase meia-noite quando o comboio de Gabriel virou na rua Narkiss. Uma limusine blindada estava estacionada em frente ao prédio dele e, no apartamento, uma luz baixa brilhava na cozinha. Ari Shamron sentava-se à pequena mesa, sozinho. Vestia, como sempre, uma calça cáqui com pregas, uma camisa branca de tecido oxford e uma jaqueta de couro *bomber* com um rasgo não reparado no ombro esquerdo. Na mesa diante dele havia um maço fechado de cigarros turcos e seu isqueiro Zippo. A bengala de madeira de oliveira estava apoiada na cadeira em frente.

— Alguém sabe que você está aqui? — perguntou Gabriel.

— Sua esposa. Seus filhos já dormiam quando eu cheguei. — Shamron contemplou Gabriel através de seus óculos feios de aro de aço. — Parece familiar?

Gabriel ignorou a pergunta.

— Como você sabia que eu estava voltando hoje?

— Tenho uma fonte em alto posto. — Shamron pausou, e completou: — Um informante.

— Só um?

Shamron deu um meio sorriso.

— Estou surpreso de você não ter esperado no Ben Gurion.

— Não quis ser presunçoso.

— Desde quando?

O sorriso de Shamron se ampliou, aprofundando as rugas e fissuras no rosto envelhecido. Fazia muitos anos desde seu último mandato como chefe, mas ele ainda se metia nos assuntos do Escritório como se fosse seu feudo particular. A aposentadoria era intranquila e, como a de Kim Philby, bastante infeliz. Ele passava os dias consertando rádios antigos na oficina de sua casa-fortaleza em Tiberíades, à beira do mar da Galileia. As noites eram reservadas para Gabriel.

— Minha fonte me diz que você anda viajando muito.

— Ah, ele diz?

— Nunca suponha o gênero de um informante. — O tom de Shamron era de reprovação. — As mulheres são tão capazes de traição quanto os homens.

— Pode deixar, vou manter isso em mente. O que mais sua fonte lhe disse?

— Está preocupada de que o que começou como uma busca nobre para limpar seu nome após o desastre em Viena tenha se tornado uma espécie de obsessão. A fonte acredita que você está negligenciando o serviço e a família em uma época em que os dois precisam desesperadamente de você.

— A fonte — disse Gabriel — está enganada.

— O acesso da fonte — contrapôs Shamron — é ilimitado.

— É o primeiro-ministro?

Shamron franziu o cenho.

— Talvez você não tenha ouvido quando eu disse que a fonte tem um posto *alto*.

— Sobra minha esposa — disse Gabriel. — O que explicaria por que você não ousou acender um desses cigarros. Você e Chiara tiveram uma longa conversa hoje à noite, e ela leu a legislação sobre fumar dentro de casa antes de ir se deitar.

— Infelizmente, você não tem permissão para saber a verdadeira identidade do informante.

— Entendo. Nesse caso, por favor, diga ao informante que a operação está quase no fim e que a vida logo voltará ao normal. O que quer que isso signifique no contexto da família Allon.

Gabriel tirou duas taças de vinho do armário e abriu uma garrafa de vinho tinto estilo Bordeaux das montanhas da Judeia.

— Eu preferiria café — disse Shamron, franzindo a testa.

— E eu preferiria estar na cama ao lado da minha mulher. Em vez disso, vou tomar uma única taça com você antes de mandá-lo embora sem culpa.

— Duvido.

Shamron aceitou o vinho com uma mão trêmula, cheia de veias azuis e manchas senis, que parecia emprestada de um homem com o dobro de seu tamanho. Era um dos motivos pelos quais ele havia sido escolhido para a operação Eichmann, o imenso tamanho e força das mãos. Mesmo agora, Shamron não podia sair em público sem ser abordado por sobreviventes idosos que simplesmente queriam tocar nas mãos que se fecharam em volta do pescoço do monstro.

— É verdade? — indagou ele.

— Que eu preferiria estar com minha mulher em vez de com você?

— Que essa sua caça ao informante está quase no fim.

— No que me diz respeito, já acabou. Meu amigo Graham Seymour quer que eu fique até o último ato.

— Preciso aconselhá-lo — disse Shamron, enfaticamente — a escolher outro caminho.

Gabriel sorriu.

— Vejo que assistiu ao interrogatório de Sergei Morosov.

— Com muito interesse. Gostei em especial da parte sobre o desertor inglês que trabalhou com o sósia de Lenin para plantar um informante no coração da inteligência britânica. — Shamron baixou a voz. — Imagino que nada disso seja verdadeiro.

— Tudo é, na verdade.

— Você conseguiu encontrá-la?

— A outra?

Shamron assentiu, e Gabriel fez que sim com a cabeça em resposta.

— Onde?

— Nos arquivos do pai de Graham Seymour. Ele trabalhou em Berlim no início dos anos 1960.

— Eu me lembro. Deve ter sido uma leitura interessante.

— Especialmente as partes sobre você.

Shamron esticou a mão para seus cigarros, mas parou.

— E a criança?

Gabriel arrancou uma folha do bloco de notas sobre o balcão e escreveu o nome e a posição de Rebecca Manning no MI6. Shamron leu com seriedade.

— É o mesmo cargo de...

— Sim — disse Gabriel. — Exatamente o mesmo cargo.

Shamron devolveu a folha e empurrou o isqueiro Zippo pela mesa.

— Talvez você devesse queimar isso.

Gabriel foi até a pia e encostou o canto do papel na chama do isqueiro.

— E o ato final? — questionou Shamron. — Imagino que vá acontecer em Washington.

Gabriel jogou o papel chamuscado na pia, mas não disse nada.

— E os americanos? Você os considerou em seu roteiro? Ah, não — falou Shamron, rapidamente, respondendo à própria pergunta —, isso não adiantaria, não é? Afinal, os americanos não sabem nada sobre o que está acontecendo.

Gabriel abriu a torneira e jogou as cinzas pelo ralo. Então, sentou-se novamente e deslizou o isqueiro pela mesa.

— Vá em frente, Ari. Não vou contar para sua informante.

Shamron rasgou o celofane do maço de cigarros.

— Suponho que Graham queira provas de que ela está de fato *espionando* para os russos.

— Ele tem alguma razão.

— E precisa que você cuide da operação para ele, porque não pode confiar em ninguém em seu próprio serviço.

— Com alguma justificativa — confirmou Gabriel.

— A não ser que eu esteja enganado, o que quase nunca estou, você provavelmente fez barulho dizendo que não queria participar. E, aí, prontamente, concordou.

— Parece familiar, também.

— Na verdade, não posso culpá-lo. Burgess, Maclean, Philby, Aldrich Ames... Não são nada em comparação a isto.

— Não é por isso que estou fazendo.

— Claro que não. Por que sentir prazer em qualquer de suas conquistas? Por que estragar seu registro perfeito? — Shamron tirou um cigarro do maço. — Mas estou divagando. Você estava prestes a me dizer por que está correndo o risco de hostilizar o principal aliado de Israel com uma operação não autorizada em Washington.

— Graham me prometeu acesso total ao interrogatório quando ela estiver presa.

— Prometeu, é? — Shamron colocou o cigarro entre os lábios e o acendeu com o Zippo. — Sabe, Gabriel, só há uma coisa pior do que ter uma espiã em seu serviço de inteligência.

— O que é?

— Capturá-la. — Shamron fechou o Zippo com um clique. — Mas essa é a parte fácil. Você só precisa controlar o método de comunicação dela com o Centro de Moscou e induzi-la a agir. Seu amigo Sergei Morosov contou tudo o que você precisa saber. Eu adoraria mostrar-lhe essa parte do interrogatório.

— Eu estava ouvindo.

— Você tem que pensar em algo para dizer aos americanos — continuou Shamron. — Algo para explicar a presença de seu pessoal. Uma reunião na estação deve ser suficiente. Não vão acreditar em uma palavra, é claro, então, cuide-se.

— Pretendo fazer isso.

— Onde você vai conduzir a operação?

— Chesapeake Street.

— Uma vergonha nacional.

— Perfeita para minhas necessidades.

— Queria poder estar lá — disse Shamron, melancólico —, mas eu seria um obstáculo. Hoje em dia, é só isso que sou, um objeto em torno do qual as pessoas pisam com cuidado, em geral desviando o olhar.

— Somos dois.

Um silêncio amigável caiu entre eles. Gabriel bebeu o vinho enquanto Shamron fumava seu cigarro até virar uma bituca, como se temesse que Gabriel não lhe desse permissão de fumar outro.

— Tive a oportunidade de viajar a Beirute com alguma regularidade no início dos anos 1960 — disse ele, por fim. — Havia um pequeno bar na esquina da antiga Embaixada Britânica. Jack's ou Joe's, não me lembro. O MI6 o tratava como um clube. Eu tinha costume de parar lá para ouvir o que faziam. Agora me diz: quem eu vi em uma tarde bebendo até cair?

— Você falou com ele?

— Fiquei tentado — contou Shamron —, mas só sentei a uma mesa próxima e tentei não ficar olhando.

— Em que você estava pensando?

— Como alguém que amava seu país e seu povo, eu simplesmente não conseguia entender por que ele fez o que fez. Mas como profissional, o admirava muito. — Shamron apagou lentamente o cigarro. — Você chegou a ler o livro dele? Escrito em Moscou depois de desertar?

— Para quê? Não tem uma palavra honesta ali.

— Muitas partes são fascinantes. Você sabia, por exemplo, que ele enterrou a câmera e os filmes soviéticos em algum lugar de Maryland depois de ficar sabendo da deserção de Burgess e Maclean? Nunca foram encontrados. Aparentemente, ele nunca contou para ninguém onde escondeu.

— Na verdade — corrigiu Gabriel —, contou para duas pessoas.

— Verdade? Quem?

Gabriel sorriu e colocou outra taça de vinho.

— Achei que você tinha dito só uma.

— Eu disse. Mas qual é a pressa?

O isqueiro de Shamron chamejou.

— Então, onde estão?

— O quê?

— A câmera e o filme.

Gabriel sorriu.

— Por que você não pergunta para sua fonte?

54

RUE SAINT-DENIS, MONTREAL

Três acontecimentos dispersos, todos aparentemente não relacionados, anunciaram que a busca pelo informante russo tinha entrado em sua fase final e apoteótica. O primeiro ocorreu na cidade às vezes francesa, às vezes alemã de Estrasburgo, onde autoridades da França entregaram os restos mortais horrivelmente carbonizados de um representante do governo russo. Os restos, supostamente, eram de um consultor de negócios russo de Frankfurt. Não eram. E o representante do governo russo que tomou posse deles na verdade era oficial do SVR. Quem testemunhou a transferência descreveu a atmosfera como notadamente fria. A entrega, realizada em uma pista molhada pela chuva no aeroporto de Estrasburgo, sugeria que aquilo terminaria ali.

O segundo acontecimento se passou mais tarde, naquela mesma manhã, no *pueblo blanco* de Zahara, no sul da Espanha, onde uma idosa francesa conhecida como *la loca* ou *la roja*, uma referência à cor de suas tendências políticas, voltou a sua *villa* após uma visita breve a Sevilha. De forma atípica, ela não estava sozinha. Duas outras pessoas, uma mulher de talvez 35 anos que falava francês e um homem alongado que talvez não falasse língua alguma, também se acomodaram na *villa* com ela. Além disso, dois associados deles se hospedaram no hotel localizado a 115 passos pelo paseo. No início da tarde, a mulher foi vista discutindo com um comerciante na calle San Juan. Almoçou entre as laranjeiras no Bar Mirador e, depois, fez uma visita ao padre Diego, na Igreja de Santa María de la Mesa. Ele deu a bênção a ela — ou talvez fosse a absolvição — e a mandou embora.

O último dos três acontecimentos ocorreu não na Europa Ocidental, mas em Montreal, onde, às 10h15 do horário local, enquanto a idosa francesa trocava palavras ríspidas com a garota do caixa do supermercado El Castillo, Eli Lavon saiu de um táxi na rue Saint-Dominique. Caminhou por várias quadras, parando de vez em quando, aparentemente, para se localizar, até um endereço na rue Saint-Denis. Era uma antiga casa de vários andares convertida, como a maioria de suas vizinhas, em apartamentos. Um lance de escadas levava da calçada à unidade no segundo andar, que a Governança, com o orçamento curto, tinha sublocado por três meses.

A porta abriu com um barulho alto, como se um selo estivesse sendo quebrado, e Lavon entrou. Examinou os móveis manchados e queimados de cigarro antes de abrir as cortinas de gaze e olhar para a rua. Aproximadamente 45 graus a sua direita, do outro lado da rua, ficava um pedaço vazio do asfalto onde, se os deuses da inteligência sorrissem para eles, um Ford Explorer cinza-escuro logo apareceria.

Se os deuses da inteligência sorrissem para eles...

Lavon soltou as cortinas. Outro apartamento seguro, outra cidade, outra vigilância. Quanto tempo levaria desta vez? A grande empreitada tinha se tornado a grande espera.

Christopher Keller chegou ao meio-dia; Mikhail Abramov, alguns minutos antes das 13 horas. Carregava uma sacola de nylon com a logo de uma marca popular de equipamentos de esqui. Dentro, havia uma câmera montada em um tripé com uma lente teleobjetiva de visão noturna, um microfone de longo alcance com feixes multidirecionais, transmissores, dois revólveres Jericho e dois laptops do Escritório com links seguros ao boulevard Rei Saul. Keller não tinha parafernália operacional a não ser seu BlackBerry do MI6, que Gabriel lhe proibira terminantemente de usar. Rebecca Manning trabalhava no MI6 durante a fase crítica de transição da tecnologia analógica à digital. Ela sem dúvida tinha dado seu primeiro celular para os russos analisarem, e todos os outros desde então. No fim, o MI6 teria que mudar seu software. Por enquanto, porém, para manter a ilusão de que tudo estava normal, os agentes britânicos ao redor do globo estavam conversando e mandando mensagens em telefones que os russos tinham acesso. Mas não Keller. Só Keller estava off-line.

A tarefa dele, agora, era ficar em um pardieiro em Montreal com dois israelenses e vigiar alguns metros de asfalto ao longo da rue Saint-Denis. Supunham que os russos também estivessem vigiando — talvez não continuamente, mas o bastante para saber se o local era seguro. Os três agentes veteranos faziam mais do que simplesmente esperar pelo aparecimento de um Ford Explorer cinza-escuro. Observavam também os novos vizinhos, além dos muitos pedestres que passavam embaixo das janelas. Com a ajuda do microfone, ouviam pedaços de conversas para buscar qualquer rastro de assuntos operacionais ou sotaque russo. Os que apareciam com frequência ou rondavam por tempo demais eram fotografados, e essas imagens eram despachadas ao boulevard Rei Saul para análise. Nenhuma produziu resultado positivo, o que deu aos três agentes veteranos um conforto magro, mas precioso.

Monitoravam também o tráfego, em especial de madrugada, quando rareava. Na quarta noite, o mesmo Honda sedã — um Civic 2016 com placa canadense comum — apareceu três vezes entre meia-noite e 1 hora. Nas duas primeiras, passou da esquerda para a direita, ou do sudeste para o noroeste, mas, na terceira, veio da direção oposta, e em uma velocidade bem menor. Mikhail capturou uma imagem decente do motorista com a câmera de longo alcance e a encaminhou para Gabriel no boulevard Rei Saul. O chefe, por sua vez, enviou-a para o chefe de Estação em Ottawa, que identificou o homem ao volante como um capanga do SVR ligado ao consulado russo em Montreal. O local de entrega definitivamente estava em jogo.

Como acontece em muitas ocasiões, a operação de vigilância expôs a vida secreta daqueles que, sem ter culpa, moravam próximo ao alvo. Havia o músico de jazz bonito do outro lado da rua que recebia uma mulher casada durante uma hora a cada tarde e depois a mandava embora feliz. Havia o vizinho isolado do músico de jazz, que subsistia por meio de uma dieta de lasanha de micro-ondas e pornografia de internet. Havia o homem de uns 30 anos que passava as noites assistindo a vídeos de decapitações em seu laptop. Mikhail entrou no apartamento do homem durante uma ausência e descobriu pilhas de propaganda jihadista, uma impressão de um desenho rudimentar de uma bomba e a bandeira negra do Estado Islâmico pendurada na parede do quarto. Ele também encontrou um passaporte tunisiano, cuja fotografia mandou ao boulevard Rei Saul.

O que deixou Gabriel em um dilema operacional. Ele era obrigado a reportar aos canadenses — e aos americanos — a ameaça potencial que residia na rue Saint-Denis em Montreal. Se o fizesse, porém, deslancharia uma cadeia de eventos que quase com certeza levaria os russos a mudar o ponto de entrega. Relutantemente, ele decidiu manter a informação para si até poder passá-la aos aliados sem efeitos colaterais. Estava confiante de que era possível conter a situação. Três dos agentes de contraterrorismo mais experientes do mundo residiam em um apartamento seguro do outro lado da rua.

Felizmente, a vigilância dupla não duraria muito, porque três noites depois o Honda Civic voltou. Passou pelo apartamento seguro da esquerda para a direita — sudeste a noroeste — às 2h34, durante a vigia solitária de Keller atrás da cortina puída. Fez uma segunda passagem na mesma direção às 2h47, mas, nesse ponto, Eli Lavon e Mikhail já tinham se unido a Keller. A terceira passagem ocorreu às 3h11, da direita para a esquerda, expondo o motorista à lente de longo alcance da câmera. Era o mesmo capanga do SVR do consulado russo em Montreal.

Levaria mais duas horas e meia para eles o virem de novo. Desta vez, ele dirigia não o Honda Civic, mas um Ford Explorer, placa canadense, cinza-escuro. Estacionou em uma vaga vazia, desligou os faróis e o motor. Pelas lentes da câmera, Keller observou o russo abrindo e fechando o porta-luvas. Depois, ele saiu, trancou a porta com um controle remoto e se afastou — da direita para a esquerda, noroeste a sudeste, com um telefone no ouvido. Mikhail o seguiu com o microfone com feixes multidirecionais.

— O que ele está dizendo? — perguntou Keller.

— Se você calar a boca, talvez eu consiga ouvir.

Keller contou lentamente até cinco.

— E aí? — perguntou.

Mikhail respondeu em russo.

— O que isso quer dizer?

— Quer dizer — falou Eli Lavon — que todos nós vamos para Washington em breve.

O russo virou a esquina e desapareceu. Mikhail mandou uma mensagem urgente ao boulevard Rei Saul, disparando um movimento rápido de pessoal e recursos do Escritório de seus pontos de segurança para Washington. Keller olhou por uma das janelas para o outro lado da rua, a que estava iluminada com o brilho sutil de um computador.

— Precisamos cuidar de uma coisa antes de irmos.

— Talvez não seja uma boa ideia — alertou Lavon.

— Talvez — concordou Keller. — Ou talvez seja minha melhor ideia em muito tempo.

55

MONTREAL — WASHINGTON

Às 8h15 daquela manhã, Eva Fernandes tomava café em seu quarto no Sheraton do boulevard René-Lévesque, no centro de Montreal. Na última visita, ela se hospedara no Queen Elizabeth, na mesma rua, mas Sasha ordenara que ela variasse sua rotina durante as visitas à sua tia doente fantasma. Também a instruíra a economizar. O café no quarto era uma pequena infração. Sasha era de outra época, uma época de guerra, fome e austeridade comunista. Não tolerava que seus ilegais vivessem como oligarcas — a não ser, claro, que o disfarce exigisse. Eva tinha certeza de que sua próxima transmissão do Centro de Moscou traria uma reprimenda aos hábitos perdulários.

Ela estava de banho tomado, mala feita, roupa para o dia disposta cuidadosamente na cama. O controle remoto do Ford Explorer estava na bolsa. O pen drive também. Nele, o material recebido por Eva da informante de Sasha durante a última entrega sem fio, que tinha acontecido na M Street em Washington, às 7h36 de uma manhã fria, mas ensolarada. Eva estava dentro do estúdio de ioga na hora, se preparando para a aula das 7h45, e a informante, do outro lado da rua, no Dean & DeLuca, cercada por várias alunas regulares de Eva. A ilegal a reconheceu de outras entregas no Brussels Midi, onde jantava com frequência, em geral acompanhada por diplomatas britânicos. Chegara a trocar algumas palavras com ela, certa vez, sobre uma reserva feita no nome de um terceiro. A mulher era fria, segura e obviamente inteligente. Eva suspeitava que fosse membro da maior estação do MI6 em Washington, talvez até a Chefe. Se a mulher fosse presa, Eva provavelmente também seria. Como ilegal, não tinha proteção diplomática. Podia ser acusada, julgada e sentenciada a um longo tempo de prisão. A ideia de passar vários anos presa numa gaiola em um lugar como Kentucky ou Kansas não era muito atraente. Eva jurara há muito tempo que nunca permitiria que a situação chegasse a esse ponto.

Às 21 horas, ela se vestiu e desceu para fazer check-out no lobby. Deixou a mala para trás, com o mensageiro, e caminhou uma curta distância pelo boulevard até a entrada da Cidade Subterrânea, o vasto labirinto de shoppings, restaurantes e locais de eventos artísticos enterrado no centro de Montreal. Era o lugar ideal para fazer uma "limpeza", em especial numa terça de manhã cedo, quando havia poucos frequentadores. Eva cumpriu essa tarefa de forma diligente, como fora treinada, primeiro pelos instrutores do Instituto da Bandeira Vermelha e, depois, pelo próprio Sasha. A complacência, alertara ele, era a pior inimiga de um ilegal, a crença de ser invisível à oposição. Eva era o elo mais crítico da cadeia que ia da informante até o Centro de Moscou. Se cometesse um único erro, perderiam a informante e a empreitada de Sasha viraria pó.

Com isso em mente, Eva passou as duas horas seguintes caminhando por entre as galerias — duas horas, pois Sasha não permitia um minuto a menos. A única pessoa que a seguiu era um homem de talvez 55 anos. Não era um profissional, e sim um pervertido. Era uma das desvantagens de ser uma agente bonita: a atenção indesejada e os longos olhares famintos de homens em busca de sexo.

Às vezes, era difícil distinguir o desejo do escrutínio legítimo. Eva tinha desistido de quatro encontros com a informante por *achar* que estava sendo seguida. Sasha não a repreendera. Pelo contrário: parabenizara a vigilância dela.

Cinco minutos depois das 11 horas, certa de que não estava sob vigilância, Eva voltou ao boulevard e chamou um táxi. Ele a levou à Igreja de Notre-Dame-de-la-Défense, onde passou cinco minutos fingindo estar em meditação silenciosa antes de caminhar até a rue Saint-Denis. O Ford Explorer estava na vaga de sempre, estacionado em frente ao número 6822. Eva destrancou as portas com o controle remoto e sentou-se no banco do motorista.

O motor ligou sem hesitar. Ela se afastou do meio-fio e fez uma sucessão de curvas rápidas à direita, com o objetivo de expor algum veículo que a seguisse. Sem ver nada de suspeito, parou em um trecho deserto da rue Saint-André e colocou o pen drive no porta-luvas. Então, saiu, trancou a porta e se afastou. Ninguém a seguiu.

Ela chamou outro táxi, desta vez na Avenue Christophe-Colomb, e pediu que o motorista a levasse ao Sheraton para pegar a mala. O mesmo táxi, então, a levou ao aeroporto. Como residente permanente dos Estados Unidos, ela passou pela checagem de passaportes americanos e foi para o portão. O embarque começou, pontualmente, à 13h15. Como sempre, Eva marcara um assento na frente da cabine, para poder examinar os outros passageiros que passavam. Viu apenas um suspeito, um homem alto com pele muito branca e olhos cinza-claros, como os de um lobo. Ele era bem bonito. E devia ser russo. Ou talvez ex-russo, pensou, como ela própria.

O homem alto e pálido estava sentado várias fileiras atrás de Eva, e ela só o viu de novo quando o avião pousou em Washington, ao atravessar o terminal atrás dela. O Kia sedã de Eva estava no estacionamento, onde ela o deixara na tarde anterior. Cruzou o

Potomac pela Key Bridge, entrou em Washington e se encaminhou a Palisades, chegando ao Brussels Midi às 16 horas em ponto. Yvette fumava um cigarro no bar; Ramon e Claudia montavam as mesas no salão. O telefone tocou enquanto Eva pendurava o casaco.

— Brussels Midi.

— Gostaria de uma mesa para dois hoje à noite, por favor.

Homem, arrogante, sotaque inglês. Eva previu problemas. Ficou tentada a desligar, mas não fez isso.

— Desculpe, o senhor disse que a mesa é para dois?

— Sim — falou o homem, exasperado.

Eva decidiu torturá-lo mais um pouco.

— A que horas está interessado em nos visitar?

— Estou interessado nas 19 horas. — Ele fungou.

— Infelizmente, não consigo nesse horário. Mas tenho uma mesa livre às 20 horas.

— É boa?

— Só temos mesas boas, senhor.

— Pode ser.

— Perfeito. Nome, por favor?

Os donos da reserva em nome de Bartholomew, mesa para dois, 20 horas eram uma mancha em uma terça à noite, em geral, tediosa. Chegaram vinte minutos antes e, notando várias mesas vazias, tiveram um acesso de raiva. O senhor Bartholomew era calvo e usava tweed, e balançava os braços enquanto esbravejava. A esposa era uma mulher cheia de curvas, com cabelo cor de arenito. Alguém que demorava para estourar, pensou Eva. Ela os mudou da mesa designada — número quatro — para a mesa da sorte, número treze, onde soprava uma brisa fria do sistema de ventilação. Previsivelmente, eles pediram para mudar. Quando Eva sugeriu a mesa ao lado da porta da cozinha, o senhor Bartholomew estourou.

— Você não tem mais nada?

— Talvez queiram uma mesa do lado de fora.

— Não há mesas ali.

Eva sorriu.

A partir de então, a refeição foi ladeira abaixo, como seria de se prever. O vinho estava quente demais e a sopa, fria demais, os mexilhões eram um sacrilégio, o *cassoulet* era um crime contra a culinária. A noite, porém, acabou em um tom positivo, quando a esposa do senhor Bartholomew abordou Eva para pedir desculpa.

— Sinto muito, Simon está muitíssimo estressado no trabalho. — Ela falava inglês com um sotaque que Eva não conseguia identificar bem. — Meu nome é Vanessa — disse ela, esticando a mão. Aí, quase numa confissão: — Vanessa Bartholomew.

— Eva Fernandes.

— Posso perguntar de onde você é?

— Do Brasil.

— Ah — falou a mulher, levemente surpresa. — Eu nunca teria imaginado.

— Meus pais nasceram na Alemanha.

— Onde?

— Na Alemanha.

— Os meus também — disse a mulher.

O resto do serviço do jantar correu sem incidentes. Os últimos clientes foram embora às 22h30 e Eva trancou a porta alguns minutos depois das 23 horas. Um carro a seguiu no caminho até o boulevard MacArthur, mas, quando ela chegou, o carro tinha sumido. Eva estacionou a uns noventa metros de seu prédio de tijolos vermelhos e checou as placas dos carros enquanto caminhava até a porta. Quando esticou a mão para o teclado da fechadura eletrônica, notou alguém parado atrás dela. Ao virar-se, viu o homem que estivera em seu voo. O alto com olhos de lobo. Sua pele pálida era luminosa na escuridão. Eva deu um passo para trás, assustada.

— Não tenha medo, Eva — disse ele, baixinho, em russo. — Não vou lhe fazer mal.

Suspeitando de uma armadilha, ela respondeu em inglês.

— Desculpe, mas eu não falo...

— Por favor — ele a interrompeu. — Não é seguro conversarmos na rua.

— Quem o enviou? Fale inglês, idiota.

— Fui mandado por Sasha. — O inglês dele era melhor que o dela, apenas com um leve sotaque.

— Sasha? Por que Sasha o mandaria?

— Porque você está correndo um sério perigo.

Eva hesitou um momento antes de digitar o código correto no teclado. O homem de olhos de lobo abriu a porta e entrou com ela.

Enquanto subia as escadas, Eva foi pegar as chaves do apartamento na bolsa e, imediatamente, sentiu a mão poderosa do homem no seu pulso.

— Você está carregando sua arma? — perguntou ele, em voz baixa, de novo em russo.

Ela pausou e deu-lhe um olhar seco antes de lembrar que, naquele mesmo dia, os dois estiveram num voo comercial entre Canadá e Estados Unidos.

— Talvez estivesse no carro — sugeriu ele.

— Está lá em cima.

Ele soltou o pulso dela, que retirou as chaves da bolsa e, um momento depois, as usou para abrir a porta do apartamento. O homem a fechou, trancou e passou a corrente. Quando Eva procurou o interruptor, ele segurou a mão dela. Foi até a janela e olhou pela borda da persiana para o boulevard MacArthur.

— Quem é você? — questionou ela.

— Meu nome é Alex.

— Alex? Que traiçoeiro. É um milagre nenhum dos nossos inimigos ter conseguido penetrar seu disfarce com um nome desses.

Ele soltou a persiana e se virou para fitá-la.

— Você disse que tinha uma mensagem de Sasha.

— Eu tenho uma mensagem — confirmou ele. — Mas não é de Sasha.

Foi aí que Eva notou a arma na mão direita dele. No cano, estava encaixado um silenciador. Não era o tipo de arma que um agente carregava para sua proteção. Era uma arma de assassinato — de *vysshaya mera*, a mais alta punição. Mas por que o Centro de Moscou decidira matá-la? Ela não havia feito nada de errado.

Eva se afastou dele, lentamente, as pernas tremendo como gelatina.

— Por favor — implorou. — Deve haver algum erro. Eu fiz tudo o que Sasha me pediu.

— É por isso — explicou o homem chamado Alex — que eu estou aqui.

Talvez fosse alguma vingança dentro do Centro de Moscou, pensou ela. Talvez Sasha tivesse perdido sua influência.

— Não no rosto — suplicou Eva. — Não quero que minha mãe...

— Não estou aqui para machucá-la, Eva. Vim fazer uma oferta generosa.

Ela parou de andar para trás.

— Oferta? Que tipo de oferta?

— O tipo que vai evitar que você passe os próximos vários anos numa prisão americana.

— Você é do FBI?

— Para sua sorte — disse ele —, não.

56

FOXHALL, WASHINGTON

Ela o atacou, e com um golpe muito bom, por sinal. Era um movimento ensinado pelo Centro de Moscou, cheio de cotovelos, chutes, socos compactos e uma joelhada na direção da virilha que, se tivesse acertado, podia tê-la feito vencer a batalha. Mikhail não teve escolha senão retaliar. E o fez com habilidade, mas prudência, sem grandes esforços de infligir danos ao rosto russo impecável de Eva Fernandes. No fim da luta, ele estava montado sobre os quadris dela, segurando as mãos de Eva no chão. A favor da garota, ela não mostrava medo, só raiva. Não tentou gritar. Ilegais, pensou Mikhail, sabiam que não era bom pedir ajuda dos vizinhos.

— Não se preocupe — disse ele, lambendo o sangue do canto da boca. — Vou dizer a Sasha que você lutou bravamente.

Mikhail, então, explicou calmamente que o prédio estava cercado e que, mesmo se ela conseguisse escapar do apartamento, o que era improvável, não chegaria longe. Nesse ponto, foi declarada uma trégua. Do freezer, Eva tirou uma garrafa de vodca. Era vodca russa, o único item do país em todo o apartamento, fora os equipamentos de comunicação do SVR disfarçados e o revólver Makarov. Ela também os tirou do compartimento escondido embaixo da tábua do piso do quarto. Dispôs o equipamento na mesa da cozinha. A arma, entregou a Mikhail. Ele só se dirigiu a ela em russo. Fazia mais de uma década, explicou Eva, que ela não falava seu idioma nativo. Tinha sido roubado dela no minuto em que entrou no programa de ilegais do Instituto da Bandeira Vermelha. Ela já sabia um pouco de português quando chegou. Seu pai era diplomata — primeiro, da União Soviética, depois, da Federação Russa — e ela morara em Lisboa quando criança.

— Você entende — disse Mikhail — que não tem proteção diplomática, certo?

— Isso nos foi repetido desde o primeiro dia de treinamento.

— E o que eles disseram para fazer se fosse pega?

— Não falar nada e esperar.

— Pelo quê?

— Pelo Centro de Moscou fazer uma troca. Eles nos prometeram que nunca seríamos abandonados.

— Eu não contaria com isso. Não quando os americanos descobrirem que você auxilia a maior espiã desde a Guerra Fria.

— Rebecca Manning.

— Você sabe o nome dela?

— Descobri há alguns meses.

— O que havia no pen drive que você deixou no porta-luvas daquele Ford Explorer?

— Vocês estavam vendo?

— De um apartamento do outro lado da rua. Fizemos um belo vídeo.

Ela arrancou o esmalte, nervosa. Afinal, era humana, pensou Mikhail.

— Me garantiram que o local de entrega estava limpo.

— O Centro de Moscou prometeu isso também?

Eva terminou o copo de vodca e, imediatamente, encheu-o de novo. O de Mikhail não fora tocado.

— Você não vai beber?

— Vodca — declarou ele — é uma doença russa.

— Sasha dizia a mesma coisa.

Estavam sentados à mesa da cozinha. Entre eles, a garrafa de vodca, os copos e a parafernália de comunicação do SVR. A peça central era um aparelho mais ou menos com o tamanho e o formato de um livro. Era feito de metal polido e de construção sólida. De um dos lados havia três botões, uma luz indicadora e algumas entradas USB. Não havia costuras no metal. Ele era feito para nunca ser aberto.

Eva virou outro copo de vodca.

— Vá com calma — recomendou Mikhail. — Preciso que você continue sóbria.

— O que você quer saber?

— Tudo.

— Tipo o quê?

— Como Rebecca indica que quer entregar material?

— Ela deixa a luz acesa no fim da entrada da casa dela.

— Onde são os locais de entrega?

— Atualmente, temos quatro.

— Quais são os planos B? Qual é a linguagem corporal?

— Graças a Sasha, posso dizer tudo isso de olhos fechados. E mais. — Eva esticou a mão para a vodca de novo, mas Mikhail afastou o copo. — Se vocês sabem a identidade da informante, para que precisam de mim?

Mikhail não respondeu.

— E se eu concordar em cooperar?

— Achei que já tínhamos falado sobre isso.

— Nada de prisão?

Mikhail balançou a cabeça. Nada de prisão.

— Para onde eu vou?

— De volta à Rússia, suponho.

— Depois de ajudar a pegar a informante de Sasha? Eles vão me interrogar por alguns meses na prisão de Lefortovo e depois...

Ela fez uma arma com as mãos e colocou a ponta do indicador na própria cabeça.

— *Vysshaya mera* — disse Mikhail.

Ela abaixou a mão e pegou de volta o copo de vodca.

— Eu prefiro continuar aqui nos Estados Unidos.

— Infelizmente, não vai ser possível.

— Por quê?

— Porque não somos americanos.

— São ingleses?

— Alguns de nós.

— Então, eu vou para a Inglaterra.

— Ou talvez para Israel — sugeriu ele.

Ela fez uma careta.

— Não é tão ruim, sabe.

— Ouvi dizer que tem muitos russos lá.

— Mais a cada dia — confirmou Mikhail.

Havia uma pequena janela ao lado da mesa. O boulevard MacArthur estava silencioso e úmido. Christopher Keller esperava em um carro estacionado próximo, junto com alguns seguranças da embaixada. Em outro veículo estava um mensageiro da estação, esperando pela ordem de Mikhail para subir e apropriar-se dos dispositivos de comunicação do SVR de Eva.

Ela tinha terminado a vodca e bebia, agora, a de Mikhail.

— Tenho uma aula amanhã de manhã.

— Uma aula?

Ela explicou.

— A que horas?

— Às 10 horas.

— Guarde um lugar para mim.

Ela deu um sorriso malicioso.

— Alguma entrega agendada de Rebecca?

— Acabei de receber uma. Provavelmente, ela só vai entrar em contato daqui uma ou duas semanas.

— Na verdade — corrigiu Mikhail —, ela vai entrar em contato bem antes do que você imagina.

— Quando?

— Amanhã à noite, acho.

— E depois que eu fizer a entrega?

— *Puf* — disse ele.

Eva levantou o copo.

— A mais uma noite no Brussels Midi. Você não acredita nos clientes que recebi hoje.

— Bartholomew, duas pessoas, 20 horas.

— Como você sabe?

Mikhail pegou o aparelho de metal polido.

— Talvez você devesse me mostrar como funciona esse negócio.

— É bem fácil, na verdade.

Mikahil apertou um dos botões.

— Assim?

— Não, idiota. Assim.

57

FOREST HILLS, WASHINGTON

Forest Hills é um enclave endinheirado de casas em estilo colonial, Tudor e federal localizado no extremo noroeste de Washington, entre a Connecticut Avenue e Rock Creek. A casa na Chesapeake Street, porém, tinha pouca semelhança com as vizinhas elegantes. O bloco cinza pós-moderno empoleirado em seu próprio promontório gramado parecia mais uma plataforma de artilharia do que uma residência. O muro alto de tijolos e o enorme portão de ferro completavam o ar beligerante.

O proprietário dessa mácula na vizinhança era ninguém menos que o Estado de Israel, e seu ocupante azarado, o embaixador nos Estados Unidos. O enviado atual, um homem com muitos filhos, tinha trocado a residência oficial por uma casa na comunidade de golfe em Maryland. Desocupada, a residência da Chesapeake Street entrara em decadência, o que a tornava completamente adequada para uso como posto de comando de uma grande equipe operacional. Da adversidade, acreditava Gabriel, nascia a coesão.

Para o bem ou para o mal, a velha casa em ruínas se espalhava por um único andar. Havia uma grande sala de estar aberta no centro, com cozinha e sala de jantar de um lado e vários quartos do outro.

Gabriel montou seu posto de trabalho no escritório confortável. Yossi e Rimona — conhecidos no Brussels Midi como Simon e Vanessa Bartholomew — trabalhavam em uma mesa de cavalete dobrável em frente à porta dele, junto com Eli Lavon e Yaakov Rossman. Ilan, o nerd dos computadores, habitava uma ilha particular do lado oposto do cômodo. As paredes foram cobertas por mapas em grande escala de Washington e subúrbios. Havia até um quadro branco com rodinhas para uso pessoal de Gabriel. Ali, em uma letra elegante em hebraico, ele tinha escrito as palavras do Décimo Primeiro Mandamento de Shamron. *Não seja pego...*

Gabriel aceitara a sugestão de Shamron de uma reunião de rotina para explicar a presença de sua equipe em Washington. Porém, não informou os americanos diretamente sobre a "reunião". Em vez disso, fez barulho suficiente em ligações e e-mails inseguros para que eles soubessem de sua chegada. A NSA e Langley tinham captado os sinais. Aliás, Adrian Carter, há anos vice-diretor de operações da CIA, mandou um e-mail a Gabriel alguns minutos após ele pousar em Dulles, querendo saber se estava livre para um drinque. Gabriel respondeu que ia tentar encaixá-lo em sua agenda lotada, mas que não estava otimista. A resposta sarcástica de Carter — *Quem é a sortuda?* — quase fez Gabriel voltar para o avião.

A casa na Chesapeake Street era alvo de vigilância da NSA sempre que havia um embaixador presente, e Gabriel e sua equipe supuseram que a agência os estivesse escutando agora. Enquanto estavam lá dentro, eles mantinham uma conversa benigna como pano de fundo — no jargão, conhecida como "falar com as paredes" —, mas todas as informações sensíveis para a operação eram passadas em sinais de mão, escritos no quadro branco ou ditas em conversas em tom baixo no jardim. Uma delas ocorreu pouco depois das 2 horas da madrugada, quando um mensageiro chegou à residência com o hardware de comunicação de Eva Fernandes, junto com as instruções de funcionamento de Mikhail. Gabriel entregou o aparelho a Ilan, que reagiu como se tivesse acabado de receber uma cópia velha do *Washington Post*, não as joias da coroa do SVR.

Às 4 horas, Ilan ainda não havia conseguido quebrar o formidável firewall de criptografia do aparelho. Gabriel, que observava com a ansiedade de um pai em uma apresentação de escola, decidiu que seu tempo seria melhor aproveitado com algumas horas de descanso. Ele se esticou no sofá do escritório e, embalado pelos sons de galhos arranhando a parede da casa, caiu num sono sem sonhos. Acordou com a visão do rosto branquelo de Ilan flutuando acima dele. Ilan era o equivalente cibernético de Mozart. Primeiro código de computador aos 5, primeiro *hack* aos 8, primeira operação secreta contra o programa nuclear iraquiano aos 21. Ele tinha trabalhado com os americanos em um vírus de *malware* de codinome Olympic Games. O resto do mundo conhecia o *worm* como Stuxnet. Ilan não saía muito de casa.

— Algum problema? — perguntou Gabriel.

— Nenhum, chefe.

— Então, por que você parece tão preocupado?

— Não estou.

— Você não quebrou o negócio, quebrou?

— Vem dar uma olhada.

Gabriel colocou os pés no chão e seguiu Ilan até sua mesa de trabalho. Nela, havia um laptop, um iPhone e o aparelho SRAC do SVR.

— A agente russa disse a Mikhail que o alcance é de trinta metros. Na verdade, está mais para 33. Eu testei. — Ilan entregou a Gabriel o iPhone, que mostrava uma lista de redes disponíveis. Uma estava identificada com caracteres sem sentido: JDLCVHJDVODN.

— Essa é a rede do Centro de Moscou.

— Qualquer aparelho consegue enxergar?

— De jeito nenhum. E não dá para acessar sem a senha correta. Tem 27 caracteres e é dura como pedra.

— Como você descobriu?

— Seria impossível explicar.

— Para um imbecil como eu?

— O importante — continuou Ilan — é que conseguimos adicionar qualquer aparelho que quisermos à rede. — Ilan tomou o telefone de Gabriel. — Vou lá para fora. Fique de olho no laptop.

Gabriel fez isso. Passado um momento, depois de Ilan ter tempo suficiente para atravessar o portão de ferro da entrada e atravessar a rua, sete palavras apareceram na tela:

Se ela mandar uma mensagem, vamos pegá-la.

Gabriel deletou a mensagem e apertou algumas teclas. Uma transmissão de vídeo criptografada apareceu na tela — uma pequena casa, mais ou menos do tamanho de um chalé inglês típico, com uma fachada peculiar em estilo Tudor acima do pórtico. No fim do caminho de lajotas havia uma luminária de ferro e, ao lado dela, uma mulher. Gabriel pensou na mensagem que tinha recebido de seu amigo Adrian Carter, da CIA. *Quem é a sortuda*? Se você soubesse...

58

TENLEYTOWN, WASHINGTON

Quando passou pela grande casa colonial na esquina da Nebraska Avenue com a 42th Street, Rebecca refletiu sobre o dia em que seu pai revelara seu plano para ela. Era verão, ela estava hospedada na pequena *datcha* dele nos arredores de Moscou. Ele e Rufina tinham recebido alguns amigos para um almoço. Yuri Modin, antigo controlador dele da KGB, estava lá, e Sasha também. O pai tinha bebido muito vinho georgiano e vodca. Modin tentara seguir o ritmo dele, mas Sasha se abstivera.

— Vodca — disse a Rebecca, não pela última vez — é uma maldição russa.

No fim da tarde, eles foram para o alpendre para escapar dos mosquitos, Rebecca, o pai, Modin e Sasha. Mesmo agora, quarenta anos depois, Rebecca se lembrava da cena com clareza fotográfica. Modin estava sentado à mesa de madeira, diretamente em frente a ela, e Sasha, à esquerda de Modin. Rebecca posicionara-se ao lado de seu pai, com a cabeça apoiada no ombro dele. Como todos os seus filhos — e como sua mãe —, ela o adorava. Era impossível não adorar.

— Rebecca, minha q-q-querida — disse ele, com sua gagueira encantadora —, há algo que precisamos discutir.

Até aquele momento, ela acreditava que o pai era um jornalista que vivia em um país estranho e cinza longe do dela. Mas, naquele dia, na presença de Yuri Modin e Sasha, ele contou a verdade. Era *o* Kim Philby, mestre da espionagem que traíra o país natal, sua classe e seu clube. Agira não por ganância, mas por fé no ideal de que a classe operária não devia ser usada como ferramenta, de que devia ser dona dos meios de produção, uma frase que Rebecca ainda não compreendia. Ele só tinha um arrependimento: ter sido forçado a desertar antes de terminar a tarefa de destruir o capitalismo ocidental e a aliança da Otan liderada pelos Estados Unidos.

— Mas você, meu bem, você vai terminar o trabalho para mim. Só posso prometer uma coisa: você nunca ficará entediada.

Rebecca não tivera a oportunidade de recusar a vida que o pai escolhera para ela; aquilo, simplesmente, *aconteceu*. Sua mãe casou--se com um inglês chamado Robert Manning, a relação acabou e sua mãe voltou à França, deixando Rebecca na Inglaterra. Com o passar dos anos, ela passou a ter dificuldade de lembrar do rosto da mãe, mas nunca se esqueceu do joguinho que faziam em Paris, quando eram muito pobres. *Quantos passos...*

A cada verão, Rebecca viajava clandestinamente à União Soviética para receber doutrinação política e para ver o pai. Sasha sempre tomava um cuidado extraordinário com os movimentos dela — uma balsa até a Holanda, uma mudança de passaporte na Alemanha, outra em Praga ou Budapeste e um voo da Aeroflot até Moscou. Era sua época do ano favorita. Ela amava a Rússia, mesmo a Rússia sinistra dos anos de Brezhnev, e sempre odiava voltar à Inglaterra, que à época, não era muito melhor. Gradualmente, o sotaque francês desapareceu e, quando ela chegou à Trinity College, seu inglês era impecável. Por orientação de Sasha, porém, ela não escondeu o fato de que falava francês fluente. No fim, foi um dos motivos para o MI6 contratá-la.

Depois disso, não houve mais viagens à União Soviética nem contato com o pai, mas Sasha sempre cuidou dela, mesmo de longe. O primeiro posto estrangeiro foi em Bruxelas, onde, em maio de 1988, ela soube da morte do pai. A notícia foi enviada, simultaneamente, a todas as estações do MI6. Depois de ler o telegrama, ela se trancou em um cubículo e chorou. Foi encontrada por um colega, um oficial de sua turma do Ionec em Fort Monckton. O nome dele era Alistair Hughes.

— O que diabos está acontecendo com você? — perguntou ele.

— Estou tendo um dia ruim, só isso.

— Está naqueles dias?

— Vá se ferrar, Alistair.

— Ficou sabendo da notícia? O desgraçado do Philby está morto. Drinques na cantina para comemorar.

Três anos depois, o país ao qual Kim Philby havia dedicado sua vida também morreu. Privados, de repente, do inimigo tradicional, os serviços de inteligência do Ocidente começaram a buscar novos alvos para justificar sua existência. Rebecca usou esses anos de incerteza para focar em avançar sua carreira. Por sugestão de Sasha, estudou árabe, o que lhe permitiu servir na linha de frente da guerra global contra o terrorismo. Seu mandato de sucesso como chefe de Estação em Amã a levou ao posto em Washington. Agora, ela estava a um passo do prêmio final — o prêmio que escapara a seu pai. Ela não se considerava traidora. O único país de Rebecca era Kim Philby, e ela só era fiel a ele.

Sua corrida pela manhã a levou até o Dupont Circle. Na Warren Street, já de volta, passou duas vezes por sua casa sem entrar. Como sempre, foi de carro para a embaixada e deu início ao que se mostrou um dia incomumente tedioso. Por esse único motivo, concordou em tomar uns drinques com Kyle Taylor no J. Gilbert's, um ponto de encontro da CIA em McLean. Taylor era chefe do

Centro de Contraterrorismo e um dos oficiais menos discretos de Langley. Rebecca raramente saía de um encontro com Taylor sem saber algo que não devia.

Naquela noite, Taylor estava ainda mais loquaz do que o normal. Um drinque virou dois e já eram quase 20 horas quando Rebecca cruzou a Chain Bridge de volta a Washington. Fez uma rota longa de volta a Tenleytown e estacionou em frente a sua casa. A Warren Street estava deserta, mas, andando pelo caminho de ladrilhos, ela teve a sensação desconfortável de estar sendo observada. Virou-se e não viu nada que justificasse o temor, mas, dentro de casa, descobriu evidências inegáveis de que seu lar fora invadido: o sobretudo Crombie jogado despojadamente nas costas de uma poltrona e o homem sentado na ponta do sofá, no escuro.

— Olá, Rebecca — disse ele, calmamente, enquanto acendia um abajur. — Não tenha medo, sou só eu.

59

WARREN STREET, WASHINGTON

Rebecca encheu dois copos de gelo e vários dedos de Black Label. Adicionou um pouco de água Evian à sua bebida, mas deixou o outro sem diluir. A última coisa de que ela precisava era mais um drinque, mas aproveitou a oportunidade para se recompor. Era uma sorte não estar carregando sua arma; podia muito bem ter atirado no diretor-geral do Serviço de Inteligência Secreta. Estava no andar de cima, a arma, na primeira gaveta do criado-mudo, uma SIG Sauer 9mm. Os americanos sabiam do revólver e aprovavam que ela o mantivesse em casa para se proteger. Estava proibida, porém, de carregá-lo em público.

— Eu estava começando a achar que você tinha fugido do país — falou Graham Seymour, da sala ao lado.

— Kyle Taylor — explicou Rebecca.

— Como ele está?

— Tagarela.

— Ele atacou alguém com drones hoje?

Rebecca sorriu de forma involuntária. Sabia que Kyle Taylor era um homem infinitamente ambicioso com a carreira. Dizia-se que ele jogaria um drone na mãe se achasse que ia garantir-lhe um cargo no cobiçado sétimo andar de Langley.

Rebecca levou os dois copos para a sala de estar e entregou um a Seymour. Ele a observou atentamente por sobre a borda, enquanto ela acendia um L&B. Sua mão tremia.

— Você está bem?

— Vou ficar. Como você entrou?

Seymour levantou uma cópia da chave da porta da frente. Ela a guardava na estação para emergências.

— E seu motorista e o carro? — perguntou ela.

— Dobrando a esquina.

Rebecca se repreendeu por não ter passado por todas as ruas próximas antes de voltar para casa. Ela tragou pesadamente o cigarro e exalou uma golfada de fumaça na direção do teto.

— Desculpe por não dizer que eu estava vindo para a cidade — disse Seymour. — E pela visita não anunciada. Queria uma palavra em particular, longe da estação.

— Não é seguro aqui. — Rebecca quase engasgou no absurdo de suas próprias palavras. Nenhum lugar do mundo era seguro, se ela estivesse nele.

Seymour entregou seu BlackBerry a ela.

— Faça um favor e coloque isso em um saco de Faraday. O seu também.

Sacos de Faraday bloqueavam sinais de entrada e saída de smartphones, tablets e laptops. Rebecca sempre levava um na bolsa. Ela colocou o BlackBerry de Seymour no saco, junto com o seu e o iPhone pessoal, e guardou na geladeira. Voltando à sala, encontrou Seymour acendendo um de seus cigarros.

— Espero que você não se importe — disse ele —, mas estou precisando.

— Parece um mau sinal.

— Infelizmente, é mesmo. Às 11 horas, vou me reunir com Morris Payne em Langley. Vou dizer ao diretor que meu governo obteve prova definitiva de que o SVR estava por trás do assassinato de Alistair em Berna.

— Você me disse que foi um acidente.

— Não foi. É por isso que amanhã, ao meio-dia, nosso secretário das Relações Exteriores vai telefonar para o secretário de Estado em Foggy Bottom com mensagem similar. Além disso, o secretário das Relações Exteriores vai dizer ao secretário de Estado que o Reino Unido pretende suspender todos os laços diplomáticos com a Rússia. O primeiro-ministro vai dar a notícia ao presidente às 13 horas.

— Ele não vai receber muito bem.

— Essa — continuou Seymour — é a menor de nossas preocupações. As expulsões vão começar na mesma hora.

— Temos mesmo certeza do envolvimento da Rússia na morte de Alistair?

— Eu não permitiria que o primeiro-ministro tomasse uma medida tão drástica sem informações irrefutáveis.

— Qual é a fonte?

— Recebemos assistência crítica de um de nossos parceiros.

— Qual deles?

— Os israelenses.

— Allon? — questionou Rebecca, com ceticismo. — Por favor, me diga que não estamos tomando essa medida com base na palavra de Gabriel Allon.

— Ele recebeu em primeira mão.

— De onde?

— Sinto muito, Rebecca, mas infelizmente...

— Posso ver a inteligência antes de nossa reunião com Morris?

— Você não vai a Langley.

— Eu sou C/Washington, Graham. Preciso estar nessa reunião.

— Vai ser de chefe para chefe. Vou para Dulles direto de Langley. Quero que você me encontre lá.

— Meu papel se reduziu a dar tchauzinho para o seu avião?

— Na verdade — explicou Seymour —, você vai estar no avião.

O coração de Rebecca bateu forte em seu peito.

— Por quê?

— Porque quero que você esteja ao meu lado em Londres quando a tempestade começar. Vai dar-lhe uma experiência valiosa em gerenciamento de crise. — Baixando a voz, Seymour completou: — Também vai dar aos mandachuvas de Whitehall uma chance de conhecer a mulher que quero que seja minha sucessora como chefe do Serviço Secreto de Inteligência.

Rebecca sentiu como se tivesse ficado muda. Quatro décadas de tramas e esquemas, e tudo saíra exatamente conforme os planos de seu pai e de Sasha.

Mas você, meu bem, você vai terminar o trabalho para mim...

— Algum problema? — perguntou Seymour.

— O que se deve dizer em um momento como este?

— Você *quer* isso, certo, Rebecca?

— É claro. Mas vai ser uma grande responsabilidade substituí-lo. Você foi um grande chefe, Graham.

— Está esquecendo que o Estado Islâmico devastou o West End de Londres sob minha vigilância?

— A culpa foi do MI5, não sua.

Ele deu a ela um sorriso de leve repreensão.

— Espero que não se importe que eu lhe dê uns conselhos de vez em quando.

— Eu seria tola de não aceitar.

— Não perca tempo com velhas batalhas. Os dias em que o Cinco e o Seis podiam operar como adversários já passaram. Você vai aprender bem rápido que precisa da proteção da Thames House.

— Algum outro conselho?

— Sei que você não compartilha de meu afeto pessoal por Gabriel Allon, mas será sábio mantê-lo em seu arsenal. Em algumas horas, uma nova guerra fria vai começar. Allon conhece os russos melhor que qualquer um. Tem as cicatrizes para provar.

Rebecca foi à cozinha e pegou o BlackBerry de Seymour do saco de Faraday. Quando voltou, ele já estava na porta com o sobretudo.

— A que horas quer que eu esteja em Dulles? — perguntou ela, entregando o telefone.

— Não mais que meio-dia. Planeje ficar em Londres por pelo menos uma semana.

Ele guardou o telefone no bolso do casaco e olhou para a entrada de ladrilhos.

— Graham — chamou Rebecca, do pórtico.

Seymour parou ao lado da luminária de ferro apagada e se virou.

— Obrigada — disse ela.

Ele franziu o cenho, perplexo.

— Pelo quê?

— Por confiar em mim.

— Eu poderia dizer o mesmo — respondeu Seymour, e desapareceu na noite.

O carro estava estacionado na Forty-Fifth Street. Seymour entrou no banco de trás. Através de um buraco nas árvores, ele conseguia distinguir a casa de Rebecca a distância, e a luminária apagada no fim do caminho.

— De volta à residência do embaixador, senhor?

Seymour ia passar a noite lá.

— Na verdade — falou —, preciso fazer uma ligação primeiro. Importa-se de sair e dar umas cem voltas pelo quarteirão?

O motorista saiu. Seymour começou a discar o número de Helen, mas parou; já passava muito da meia-noite em Londres, e ele não queria acordá-la. Além disso, duvidava de que Rebecca o fizesse esperar muito. Não depois do que ele acabara de contar sobre o plano de cortar laços com a Rússia. Ela tinha uma janela de oportunidade estreita para alertar seus mestres no Centro de Moscou.

O BlackBerry de Seymour vibrou. Era uma mensagem de Nigel Whitcombe em Londres, uma coisinha para fazer parecer em Vauxhall Cross que tudo estava normal. Seymour digitou uma resposta e clicou em ENVIAR. Então, ele olhou pelo buraco nas árvores para a casa de Rebecca Manning.

A luminária de ferro brilhava.

Seymour digitou um número e levou o telefone ao ouvido.

— Está vendo o mesmo que eu?

— Estou — disse a voz do outro lado.

— Fique de olho nela.

— Não se preocupe, não vou perdê-la de vista.

Seymour desligou e fitou a luz. O dia seguinte, disse a si mesmo, seria apenas uma formalidade, a assinatura de um nome em um documento de traição. Rebecca era a informante, e a informante era Rebecca. Ela era Philby encarnado, a vingança de Philby. A verdade estava escrita no rosto dela. Era a única coisa que Philby não conseguira desfazer.

Eu sou Kim. E você?

Eu sou Graham, pensou ele. Fui eu quem deu a ela seu antigo emprego. Sou sua última vítima.

60

PALISADES, WASHINGTON

Eram 23h25 quando Eva Fernandes trancou a porta da frente do restaurante Brussels Midi no boulevard MacArthur. Seu carro estava parado a algumas casas de distância, em frente a um pequeno correio. Ela entrou, ligou o motor e se afastou do meio-fio. O homem que ela conhecia como Alex — o alto e pálido, que falava russo como um nativo e que a tinha seguido o dia todo — estava parado na esquina de Dana Place, em frente a uma churrascaria afegã fechada. Tinha uma mochila no ombro. Entrou no banco da frente ao lado de Eva e, com um aceno de cabeça, a instruiu a continuar dirigindo.

— Como foi o trabalho? — perguntou.

— Melhor que ontem.

— Alguma ligação do Centro de Moscou?

Ela revirou os olhos.

— Meu telefone está com você.

Ele o tirou da mochila.

— Sabe o que vai acontecer se alguma coisa der errado amanhã?

— Você vai supor que a culpa é minha.

— E qual será o resultado?

Ela colocou a ponta do indicador na própria cabeça.

— Isso é o que o SVR faria com você, não nós. — Ele segurou o telefone. — Essa coisa para de apitar alguma hora?

— Eu sou muito popular.

Ele rolou as notificações.

— Quem é toda essa gente?

— Amigos, alunos, amantes... — Ela deu de ombros. — O de sempre.

— Algum deles sabe que você é espiã russa? — Sem receber resposta, ele falou: — Aparentemente, tem uma luz acesa em frente a uma casa na Warren Street. Me lembre, o que acontece agora?

— De novo, não.

— De novo, sim.

— Alguém da *rezidentura* passa de carro pela casa toda noite às onze. Se virem a luz acesa, avisam ao Centro de Moscou, que me avisa.

— Como?

Ela expirou pesadamente, frustrada.

— E-mail. Texto simples. Nada demais.

— Amanhã é uma quinta-feira.

— Não me diga.

— Uma quinta-feira ímpar — reforçou Mikhail.

— Muito bem.

— Onde vai acontecer a entrega?

— Quintas-feiras ímpares são no Starbucks na Wisconsin Avenue. — O tom dela era de uma aluna deficiente.

— Qual Starbucks na Wisconsin? Tem vários.

— Já falamos disso mil vezes.

— Vamos continuar falando até eu me convencer de que você não está mentindo.

— O Starbucks logo a norte de Georgetown.

— Qual é a janela de transmissão?

— Das 8 horas às 8h15.

— Achei que você tinha dito das 8h15 às 8h30.

— Eu *nunca* disse isso.

— Onde você deve esperar?

— Nas mesas do andar de cima.

Ela seguiu pelo boulevard MacArthur pela beira da reserva, iluminada por uma lua baixa. Havia uma vaga em frente a seu prédio. O homem que ela conhecia como Alex a instruiu a parar ali.

— Em geral, eu paro mais longe para poder checar se o prédio está sendo vigiado.

— O prédio *está* sendo vigiado. — Ele esticou a mão no console e desligou o motor. — Saia.

Ele caminhou até a porta dela, mochila em um dos ombros, telefone no bolso, e beijou sua nuca enquanto ela inseria o código no teclado.

— Se você não parar com isso — sussurrou ela —, vou quebrar seu pé. E, depois, vou quebrar o nariz.

— Pode acreditar, Eva, é só para enganar seus vizinhos.

— Meus vizinhos acham que eu sou uma garota comportada que nunca traria alguém como você para casa.

A fechadura se abriu com um clique. Eva o levou pelas escadas até o apartamento. Foi direto para o freezer e para a garrafa de vodca. O homem que ela conhecia como Alex tirou o aparelho de comunicação do SVR da mochila e o colocou na mesa da cozinha. Ao lado, pôs o telefone de Eva.

— Seus amigos conseguiram passar pelo firewall? — perguntou ela.

— Bem rápido. — Ele entregou o aparelho celular. — Algum desses é do Centro de Moscou?

Eva rolou a longa lista de notificações com uma mão e, com a outra, segurou a bebida.

— Este — disse. — De Eduardo Santos. Texto simples. Nada demais.

— Você precisa responder?

— Eles provavelmente estão se perguntando por que não tiveram notícias minhas.

— Então, talvez você devesse mandar.

Ela digitou habilmente com o dedão.

— Deixe-me ver.

— Está em português.

— Será que preciso lembrar...

— Não, não precisa.

Ela clicou em ENVIAR e se sentou à mesa.

— E agora?

— Você vai terminar sua bebida e dormir algumas horas. Eu vou me sentar aqui e olhar para a rua.

— De novo? Você fez isso ontem.

— Termine a bebida, Eva.

Ela o fez. Depois, serviu outro copo.

— Me ajuda a dormir — explicou.

— Tente uma xícara de chá de camomila.

— Vodca é melhor. — Como se estivesse provando seu ponto, ela bebeu metade do copo. — Você fala russo muito bem. Imagino que não tenha aprendido em uma escola de idiomas.

— Aprendi em Moscou.

— Seus pais eram membros do Partido?

— Pelo contrário, na verdade. Quando a porta finalmente se abriu, foram para Israel o mais rápido possível.

— Você tem uma namorada lá?

— Sim, uma excelente.

— Que pena. O que ela faz?

— É médica.

— Verdade?

— Basicamente.

— Eu já quis ser médica. — Ela observou um carro passando na rua. — Você sabe o que vai acontecer comigo se alguma coisa der errado?

— Sei exatamente o que vai acontecer.

— *Puf* — disse ela, e serviu mais um drinque.

61

SEDE DO SVR, YASENEVO

Naquele mesmo momento, na sede do SVR em Yasenevo, o homem conhecido apenas pelo codinome Sasha também estava acordado. Devido à diferença de fuso horário, era cedo, pouco depois das 8 horas. Como era Moscou, e ainda inverno, o céu na janela congelada da *datcha* particular de Sasha ainda não estava claro. Ele não sabia disso, porém, pois só tinha olhos para o papel fino que chegara uma hora antes da sala de códigos do prédio principal.

Era uma cópia de um telegrama urgente da *rezidentura* de Washington — aliás, do próprio *rezident* — afirmando que a informante de Sasha queria transmitir outra leva de inteligência naquela manhã. O *rezident* achava isso encorajador, o que não era de se surpreender; ele se banhava na glória refletida da informante, e sua estrela brilhava a cada entrega bem-sucedida. Sasha, porém, não compartilhava do mesmo entusiasmo. Estava preocupado com o *timing*; era cedo demais. Era possível que a informante tivesse descoberto alguma informação vital que exigisse transmissão imediata, mas esses casos eram raros.

Sasha colocou o papel em sua escrivaninha, ao lado do relatório que recebera na noite anterior. Especialistas forenses do SVR tinham feito uma análise preliminar do corpo carbonizado entregue pelas autoridades francesas no aeroporto de Estrasburgo. Por enquanto, não tinham conseguido determinar se o cadáver era de Sergei Morosov. Talvez fosse, disseram os cientistas, talvez não. Sasha achou o momento do acidente suspeito, para dizer o mínimo. Como oficial do SVR e, antes disso, da KGB, ele não acreditava em acidentes. Também não estava convencido de que Sergei Morosov, o homem a quem tinha confiado alguns de seus segredos mais preciosos, estivesse mesmo morto.

Mas haveria uma ligação entre a "morte" de Sergei Morosov e o telegrama de Washington? Seria hora de resgatar a informante?

Sasha quase ordenara a extração dela depois do traidor Gribkov se aproximar do MI6 pedindo para desertar. Por sorte, com o vacilo dos britânicos, Sasha conseguira fazer com que Gribkov voltasse a Moscou para prisão, interrogatório e, no fim, *vysshaya mera*. A execução do prisioneiro acontecera no porão da prisão de Lefortovo, em uma sala no fim de um corredor escuro. Sasha dera o tiro fatal, sem um pingo de pena ou melindre. Em outros tempos, ele fazia boa parte do trabalho sujo.

Com Gribkov morto e enterrado em uma cova anônima, Sasha decidira reparar os danos. A operação se desdobrou exatamente como ele planejara, embora tenha feito um cálculo errado. O mesmo erro de outros antes dele.

Gabriel Allon...

Ele podia estar se alarmando à toa. Era um problema, pensou, comum em velhos que ficavam tempo demais no jogo. Há mais de trinta anos — mais tempo, até que o pai dela — a informante operava sem ser detectada dentro do MI6. Guiada pela mão invisível de Sasha, ascendera na hierarquia até se tornar C/Washington, um cargo poderoso que lhe permitia penetrar também na CIA, igual ao pai.

Agora, a oportunidade de ouro estava ao alcance dela. Ao alcance de Sasha, também. Se ela se tornasse diretora-geral do Serviço Secreto de Inteligência, poderia solapar, sozinha, a Aliança Atlântica, liberando a Rússia para ir atrás de suas ambições nos Bálticos, no Leste Europeu e no Oriente Médio. Seria o maior golpe de inteligência da história. Maior, até, que o de Kim Philby.

Foi por esse motivo que Sasha escolheu um caminho do meio. Escreveu a mensagem a mão e pediu que um mensageiro a levasse de sua *datcha* à sala de códigos. Às 10h15, horário de Moscou — 2h15 da madrugada em Washington —, o mensageiro voltou com um memorando confirmando que a mensagem fora recebida.

Não havia nada a fazer a não ser esperar. Em seis horas, ele teria a resposta. Levantou a tampa de um antigo arquivo. Era um relatório escrito por Philby em março de 1973, quando tinha voltado às boas com o Centro de Moscou. Dizia respeito a uma jovem francesa que ele conhecera em Beirute, e a uma criança. Philby não deixou claro no relatório que a criança era dele, mas a implicação estava óbvia. "Estou inclinado a achar que ela pode nos ser útil", escreveu, "pois tem a traição no sangue".

62

FOREST HILLS, WASHINGTON

O alvo das suspeitas de Sasha também aguardava. Não em uma *datcha* particular, mas em uma casa arruinada no noroeste de Washington. Dado o horário tarde, ele estava esticado no sofá do escritório. Durante as duas horas anteriores, revisara seu plano de batalha, buscando as falhas, os pontos fracos que fariam todo o edifício ruir na cabeça deles. Sem encontrar algo relevante, exceto por uma preocupação chata com a verdadeira lealdade de Eva Fernandes, seus pensamentos voltaram-se, como muitas vezes em momentos assim, a uma floresta de bétulas 205 quilômetros a leste de Moscou.

É manhã cedo, a neve cai de um céu acinzentado. Ele está ao lado de uma cova, uma ferida na carne da Mãe Rússia. Chiara está ao seu lado, tremendo de frio e medo. Mikhail Abramov e um homem chamado Grigori Bulganov estão no fim da fileira. Diante deles, bradando uma arma e gritando ordens sobre o ruído de helicópteros que se aproximam, está Ivan Kharkov.

Espero que goste de ver sua esposa morrer, Allon...

Os olhos de Gabriel se abriram de repente com a memória do primeiro tiro. Foi o momento, pensou, em que sua guerra pessoal com o Kremlin começou de fato. Sim, houvera batalhas de abertura, rodadas preliminares, mas foi naquela manhã terrível em Vladimirskaya Oblast que as hostilidades começaram formalmente. Foi ali que Gabriel compreendeu que a nova Rússia seguiria o caminho da velha. Foi ali que sua guerra fria contra o Kremlin esquentou.

Desde então, lutaram um contra o outro em um campo de batalha secreto que se espalhava do coração da Rússia a Brompton Road, em Londres, dos penhascos da Cornualha e até aos morros verdes da Irlanda do Norte. Agora, a guerra tinha chegado a Washington. Dentro de algumas horas, quando Rebecca Manning transmitisse seu relatório — um relatório que Gabriel praticamente tinha escrito por ela —, tudo acabaria. Essa luta, porém, ele já tinha vencido, desmascarando a informante russa enterrada no fundo do Serviço Secreto de Inteligência Britânico. Era a filha de ninguém menos que Kim Philby. Gabriel só precisava da última prova, uma pincelada final, e sua obra-prima estaria completa.

Foi esse pensamento, a perspectiva sedutora da maior vitória sobre o inimigo mais implacável, que manteve Gabriel acordado pelo resto daquela longa noite final. Às 5h30, ele se levantou do sofá, tomou banho, barbeou-se com cuidado e se vestiu. Jeans claro, pulôver de lã, jaqueta de couro: o uniforme de um chefe operacional.

Ele entrou na sala, onde encontrou três membros de sua equipe lendária — Yaakov Rossman, Yossi Gavish e Rimona Stern — reunidos tensos ao redor de uma mesa de cavalete. Não estavam falando com as paredes, só um com o outro, e com as vozes mais suaves possíveis. Cada um olhava para um laptop. Em um deles estava uma imagem estática de uma pequena casa, do tamanho de um chalé inglês típico, com uma peculiar fachada Tudor sobre o pórtico. Uma luminária brilhava no fim do caminho de lajotas, e outra na janela de um quarto no andar de cima.

Eram 6h05. A informante tinha acordado.

63
WARREN STREET, WASHINGTON

Rebecca passou os olhos pelos jornais londrinos em seu iPhone enquanto bebia o café e fumava o primeiro de dois L&Bs matutinos. De algum jeito, o plano do primeiro-ministro Lancaster de suspender laços diplomáticos com o Kremlin não vazara. Também não havia pistas da crise iminente no tráfego aberto de seu BlackBerry do MI6. Aparentemente, a informação estava sendo guardada a sete chaves — pelo primeiro-ministro e seus conselheiros sêniores, o secretário das Relações Exteriores e Graham. E Gabriel Allon, é claro. Rebecca tinha ficado alarmada com o envolvimento de Allon no caso. Por enquanto, estava confiante de não estar exposta. Graham não a teria incluído na lista de distribuição se suspeitasse de traição.

Graças a Rebecca, o Centro de Moscou e o Kremlin não seriam pegos totalmente de surpresa pela notícia. Após a saída de Graham, ela havia elaborado um relatório detalhado sobre os planos britânicos e o carregado em seu iPhone, escondido dentro de um aplicativo de mensagens popular, só acessível ao SVR e seu sistema de comunicação digital de curto alcance entre agentes. A mensagem continha um código de emergência instruindo sua agente — uma ilegal atraente que operava sob disfarce brasileiro — a entregar o material imediatamente à *rezidentura* de Washington. Era arriscado, mas necessário. Se a ilegal entregasse a mensagem ao Centro de Moscou pelos canais de sempre, ela só chegaria em Moscou vários dias depois, tarde demais para ser útil.

Rebecca examinou os jornais americanos tomando uma segunda xícara de café e, às 6h30, subiu para tomar banho e se vestir. Não haveria corrida naquela manhã, não com seus dois mundos em crise. Depois de fazer a entrega no Starbucks da Wisconsin Avenue, ela planejava uma breve aparição na estação. Com alguma sorte, conseguiria alguns minutos com Graham antes da reunião dele com o diretor da CIA, Morris Payne. Isso lhe daria uma última chance de convencê-lo a levá-la a Langley. Rebecca queria ouvir em primeira mão quanto o MI6 soubera por intermédio de Gabriel Allon.

Às 7 horas, ela estava vestida. Colocou os telefones na bolsa e foi em busca do passaporte. Achou-o na primeira gaveta do criado--mudo, junto com a SIG Sauer e um pente extra carregado com balas 9 mm. Instintivamente, pegou os três itens e os colocou na bolsa. No andar de baixo, desligou a luminária no fim do corredor e saiu.

64

YUMA STREET, WASHINGTON

Havia muito que Rebecca Manning não sabia naquela manhã, incluindo o fato de que sua casa estava sendo vigiada por uma minicâmera escondida na horta comunitária do outro lado da rua, e de que, durante a noite, um rastreador magnético tinha sido colocado em seu carro: um Honda Civic azul-acinzentado com placa diplomática.

A câmera foi testemunha de sua saída de casa na Warren Street, e o rastreador mostrou o movimento para oeste, pelo bairro residencial de Tenleytown. Yaakov Rossman transmitiu a informação, através de mensagens criptografadas, a Eli Lavon, que estava recostado no banco de passageiro de um Nissan alugado estacionado na Yuma Street. Christopher Keller estava ao volante. Os dois tinham seguido alguns dos homens mais perigosos do mundo. Uma informante russa com um rastreador no carro mal parecia valer os talentos deles.

— Ela acabou de virar na Massachusetts Avenue — informou Lavon.

— Em que direção?

— Ainda indo para oeste.

Keller moveu o carro lentamente e foi pela Yuma na mesma direção. A rua cruzava com a Massachusetts Avenue em um ângulo de mais ou menos 45 graus. Keller freou em uma placa de PARE e esperou um carro passar, um Honda Civic azul-acinzentado com placa de representação diplomática, conduzido pela chefe de Estação do MI6 em Washington.

Eli Lavon checava o BlackBerry.

— Ela ainda está indo para oeste pela Massachusetts.

— Não me diga.

Keller permitiu que mais dois carros passassem e, então, a seguiu.

— Tome cuidado — advertiu Lavon. — Ela é boa.

— Sim — respondeu Keller, calmamente. — Mas eu sou melhor.

65

EMBAIXADA BRITÂNICA, WASHINGTON

Depois de voltar ao complexo da Embaixada Britânica na noite anterior, Graham Seymour informara ao chefe das viaturas que precisaria de um carro e de um motorista pela manhã. Sua primeira parada, disse, seria o Hotel Four Seasons, em Georgetown, para uma reunião particular durante o café da manhã. Dali, ele seguiria para a sede da CIA em Langley e de Langley para o aeroporto internacional Dulles, onde seu avião fretado estaria esperando. Em uma quebra de protocolo, porém, ele informara ao chefe de segurança que faria as reuniões naquele dia sem destacamento de proteção.

O chefe da segurança se opôs, mas, no fim, cedeu aos desejos de Seymour. O carro aguardava, como solicitado, às 7 horas, em frente à residência do embaixador no Observatory Circle. Dentro do veículo, Seymour informou ao motorista uma pequena mudança no itinerário. Também lhe informou que não devia, sob quaisquer circunstâncias, contar ao chefe de viaturas ou ao chefe de segurança.

— Aliás — alertou Seymour — se você der uma palavra sequer sobre isso, vou mandar prendê-lo na Torre, torturá-lo ou algo igualmente horrendo.

— Para onde vamos em vez do Four Seasons?

Seymour recitou o endereço e o motorista, que era novo em Washington, o inseriu no GPS. Eles seguiram o Observatory Circle até a Massachusetts Avenue, depois foram para norte pela Reno Road, atravessando o Cleveland Park. Na Brandywine Street, viraram à direita. Na Linnean Avenue, à esquerda.

— Tem certeza de que digitou o endereço correto? — duvidou Seymour.

— Quem mora aqui?

— Você não ia acreditar se eu contasse.

Seymour saiu e caminhou até o portão de ferro, que abriu quando ele se aproximou. Um lance de escadas o levou até a porta de entrada, onde uma mulher com cabelo cor de arenito e quadris largos esperava. Seymour a reconheceu. Era Rimona Stern, chefe da divisão do Escritório conhecida como Coletas.

— Não fique aí parado! — advertiu ela. — Entre.

Seymour a seguiu até a grande sala principal, onde Gabriel e dois de seus oficiais sêniores — Yaakov Rossman e Yossi Gavish — estavam reunidos em torno de uma mesa de cavalete, olhando para laptops. Na parede atrás deles havia uma grande mancha de mofo. Parecia um pouco com o mapa da Groenlândia.

— Seu embaixador mora *mesmo* aqui? — perguntou Seymour.

Gabriel não respondeu; ele estudava a mensagem que acabara de chegar à tela. Afirmava que Eva Fernandes e Mikhail Abramov estavam saindo do prédio no boulevard MacArthur. Seymour tirou o sobretudo Crombie e, relutante, o apoiou nas costas de uma cadeira. Do bolso, pegou o BlackBerry do MI6. Checou o horário. 7h12.

66

BURLEITH, WASHINGTON

O trânsito já estava um pesadelo, em especial na Reservoir Road, que ia de Foxhall à ponta norte de Georgetown. Era uma via com pessoas indo dos subúrbios de Maryland ao trabalho, na direção leste pela manhã e de volta para casa pelo oeste à noite, piorada pela presença do Centro Médico da Universidade de Georgetown e, naquele horário, por um nascer do sol ofuscante. Eva Fernandes, motorista experiente, ainda que ilegal, conhecia alguns atalhos. Estava vestida com sua roupa matinal de sempre — leggings, tênis verde-neon da Nike e uma jaqueta de zíper justa, também verde-neon. Após duas noites consecutivas sem dormir, Mikhail parecia o namorado problemático dela, que preferia álcool e drogas a trabalho.

— E eu achei que o trânsito em Moscou era ruim — murmurou ele.

Eva virou à esquerda na 37th Street e foi para norte, em Burleith, um bairro de pequenas casas com terraço, populares entre estudantes e jovens profissionais. E entre espiões russos, pensou Mikhail. Aldrich Ames deixava uma marca de giz em uma caixa de correio na T Street quando queria entregar os segredos da CIA a seu controlador da KGB. A caixa de correio original estava em um museu no centro da cidade. A que passou pela janela de Mikhail era uma substituta.

— Me lembre do que vai acontecer depois que você me deixar — pediu ele.

Fora um suspiro pesado, Eva não protestou. Eles tinham revisado o plano de cabo a rabo à mesa da cozinha dela. Agora, nos últimos minutos antes da entrega programada, iam revisar de novo, ela precisasse ou não.

— Eu dirijo o resto do caminho até o Starbucks — recitou ela, como que automaticamente.

— E se você tentar fugir?

— FBI — respondeu ela. — Prisão.

— Peça seu *latte* — instruiu Mikhail, com uma tranquilidade operacional — e leve-o para o andar de cima. Não faça contato visual com cliente algum. Aconteça o que acontecer, não esqueça de ligar o receptor. Quando Rebecca transmitir, ele vai nos encaminhar o relatório dela.

Eva virou na Whitehaven Parkway.

— E o que acontece se ela der para trás? Se não transmitir?

— O mesmo que se ela transmitir. Fique no andar de cima e espere notícias minhas. Depois, vá para o carro e ligue o motor. Eu vou me juntar a você e aí...

— *Puf* — disse ela.

Eva encostou o carro na esquina da 35th Street.

Mikhail abriu a porta e colocou um pé na sarjeta.

— Não se esqueça de ligar o receptor. Aconteça o que acontecer, não saia do café a não ser que eu mande.

— O que acontece se ela não transmitir? — perguntou Eva, mais uma vez.

Mikhail saiu do carro sem responder e fechou a porta. Instantaneamente, o Kia se afastou e virou à direita na Wisconsin Avenue. Por enquanto, tudo bem, pensou ele, e começou a caminhar.

67

WISCONSIN AVENUE, WASHINGTON

Para um quadro de espionagem ao estilo da Guerra Fria, faltava a iconografia de sempre. Não havia muros nem pontos de checagem, nem torres de guarda ou holofotes, nem pontes de espiões. Só uma cafeteria de uma rede extremamente popular, com sua logo verde e branca onipresente. Localizava-se no lado oeste da Wisconsin Avenue, no fim de uma fileira de pequenos comércios — um hospital veterinário, um salão de cabeleireiro, um alfaiate, um sapateiro, um pet shop e um dos melhores restaurantes franceses de Washington.

Apenas o café possuía estacionamento próprio. Eva parou no centro dele por dois longos minutos até surgir uma vaga. Lá dentro, a fila ia do caixa quase até a porta. Não tinha importância; ela tinha chegado com bastante antecedência.

Ignorando as instruções do homem que conhecia como Alex, ela examinou o ambiente com atenção. Havia nove pessoas à sua frente — pessoas tensas que estavam a caminho de prédios comerciais do centro, alguns clientes regulares de suéter, que moravam no bairro, e três crianças usando a gravata listrada da British International School, localizada do lado oposto da Wisconsin Avenue. Mais cinco ou seis clientes esperavam por suas bebidas na outra ponta do balcão em formato de L, e quatro outros liam cópias do *Washington Post* ou do *Politico* em uma mesa comunitária. Nenhum aparentava ser agente do FBI, dos serviços de inteligência israelense ou britânico nem, mais importante, da *rezidentura* do SVR em Washington.

Havia mais assentos nos fundos do café, passando pelo mostruário de bolos e sanduíches com aparência de plástico. Todas as mesas estavam ocupadas, exceto duas. Em uma, sentava-se um homem de vinte e poucos anos, com a palidez de quem vive enclausurado. Usava um moletom da Universidade de Georgetown e olhava para um laptop. Parecia um típico aproveitador de Wi-Fi, que era exatamente o que deveria parecer. Eva acreditou ter identificado o técnico de computador israelense que conseguira quebrar o firewall inquebrável do receptor do SVR.

Às 7h40, ela finalmente fez seu pedido. O barista cantava muito bem "Let's Stay Together", de Al Green, enquanto preparava o grande *latte* dela com um *shot* extra, que ela adoçou antes de ir até a área com mesas e assentos nos fundos. O menino de moletom de Georgetown foi o único que não levantou o olhar para observar Eva passando com as leggings e jaqueta justa, confirmando, assim, que era mesmo o técnico israelense.

Do lado esquerdo do salão ficava a escada para a área de cima. Só uma pessoa estava presente, um homem de meia-idade vestindo calças de algodão e um suéter de gola redonda escrevendo furiosamente em um bloco de papel amarelado. Sentava-se ao lado da balaustrada que dava para a frente da loja. Eva sentou-se ao fundo, perto de uma porta que levava a um terraço vazio. O botão de ligar do receptor, ao ser apertado, emitiu um clique mudo. Mesmo assim, o homem levantou os olhos e fez uma careta antes de voltar ao trabalho.

Eva tirou o telefone da bolsa e checou o horário. 7h46. A janela se abriria em 14 minutos. Quinze minutos depois disso, se fecharia de novo e, se tudo corresse conforme o planejado, a informante de Sasha seria revelada. Eva não sentia culpa por suas ações, apenas medo — medo do que aconteceria se, de algum modo, o SVR conseguisse capturá-la e levá-la de volta à Rússia. Uma sala sem janela no fim de um corredor escuro na prisão de Lefortovo, um homem sem rosto.

Puf...

Ela olhou o horário de novo. 7h49. Corra, pensou ela. Corra, por favor.

68

WISCONSIN AVENUE, WASHINGTON

Do lado oposto da Wisconsin Avenue e noventa metros ao norte ficava um supermercado Safeway luxuoso, feito para atrair a clientela sofisticada de Georgetown. Havia um estacionamento coberto no nível da rua e um segundo, ao ar livre, nos fundos da loja, que Rebecca Manning preferia. Ela subiu lentamente a rampa enquanto olhava pelo retrovisor. Em dois momentos durante a corrida para detectar vigilância, ela considerara abandonar a transmissão, por medo de estar sendo seguida pelo FBI. Agora, julgava esses medos infundados.

Rebecca parou no canto extremo do estacionamento e, com a bolsa no ombro, caminhou até a entrada dos fundos da loja. As cestas ficavam perto do elevador que levava ao piso da garagem. Rebecca pegou uma da pilha e a levou pelo mercado, das verduras à comida pronta, para cima e para baixo dos muitos corredores longos, até ter certeza de que ninguém a estava seguindo.

Deixou a cesta na área de caixas de pagamento automático e desceu um longo lance de escadas até a entrada principal da loja na Wisconsin Avenue. O trânsito da hora do *rush* fluía pelo morro na direção de Georgetown. Rebecca esperou o sinal de trânsito abrir antes de atravessar a avenida. Do outro lado, virou na direção sul e, passando em frente a um restaurante turco apagado, comprometeu-se, mentalmente, a seguir para o local da entrega.

Eram 47 passos da porta do restaurante turco até a entrada do Starbucks, guardada por um sem-teto vestido com farrapos imundos. Em circunstâncias normais, Rebecca teria dado dinheiro ao homem, como sua mãe sempre dava alguns centavos a mendigos nas ruas de Paris, embora tivesse pouco mais que eles. Naquela manhã, porém, ela passou culpada pelo homem e entrou.

Oito pessoas estavam na fila do caixa. Lobistas e advogados com ares de ansiedade, dois futuros agentes do MI6 da British International School, um homem alto de pele pálida e olhos sem cor, que parecia não dormir há uma semana. O barista estava cantando "A Change Is Gonna Come". Rebecca olhou para o relógio de pulso. 7h49.

Christopher Keller e Eli Lavon não se deram ao trabalho de seguir Rebecca até o estacionamento superior do Safeway. Em vez disso, estacionaram na 34th Street, em frente à Hardy Middle School, um ponto de observação que lhes permitia testemunhar em primeira mão a chegada dela ao Starbucks. Lavon deu a notícia ao posto de comando da Chesapeake Street — sem necessidade, pois Gabriel e o resto da equipe assistiam a Rebecca ao vivo pela câmera do celular de Ilan. Todos menos Graham Seymour, que tinha ido para o jardim atender uma ligação de Vauxhall Cross.

Eram 7h54 quando Seymour voltou. Rebecca Manning agora fazia seu pedido. Seymour forneceu a trilha sonora.

— Um café torrado *tall*. Nada para comer, obrigado.

Quando o jovem no balcão se virou para pegar o café de Rebecca da cafeteira, ela inseriu o cartão de crédito no leitor da máquina, confirmando, assim, sua presença no estabelecimento naquela manhã.

— Quer uma cópia da nota fiscal? — recitou Gabriel.

— Sim, por favor — respondeu Seymour, em nome de Rebecca, e, alguns segundos depois, o jovem no caixa entregou a ela um pequeno pedaço de papel junto com o café.

Gabriel olhou o relógio digital no centro da mesa de cavalete: *7:56:14*... A janela de transmissão estava quase aberta.

— Já viu o suficiente? — perguntou ele.

— Não — disse Seymour, olhando para a tela. — Deixe que ela continue.

69

WISCONSIN AVENUE, WASHINGTON

Havia um espaço na mesa comunitária. Era a cadeira mais próxima da porta, o que dava a Rebecca visão desobstruída da rua e da área de assentos do fundo do café. O homem que estava à sua frente na fila, o que tinha pele e olhos pálidos, acomodara-se na ponta do salão, de costas para Rebecca. A algumas mesas, um jovem que parecia estudante de pós-graduação digitava em seu laptop, bem como quatro outros clientes. As três pessoas sentadas com Rebecca na mesa comunitária eram dinossauros digitais que preferiam consumir informação impressa. Era a preferência de Rebecca também. Inclusive, algumas das horas mais felizes de sua infância extraordinária tinham sido passadas na biblioteca do apartamento de seu pai em Moscou. Entre a vasta coleção dele estavam os quatro mil livros herdados do colega espião de Cambridge, Guy Burgess. Rebecca ainda conseguia se lembrar do cheiro intoxicante de tabaco. Ela fumara seus primeiros cigarros lendo os livros de Burgess. Desejava um agora. Não ousaria, é claro. Era um crime pior que a traição.

Rebecca tirou a tampa do café e colocou na mesa, ao lado do iPhone. O BlackBerry do MI6, ainda na bolsa, vibrava com uma mensagem. Provavelmente, era a estação ou a mesa do Hemisfério

Ocidental em Vauxhall Cross. Ou talvez, pensou, Graham tivesse mudado de ideia sobre levá-la a Langley. Ele devia estar saindo agora da casa do embaixador. Rebecca considerou importante a leitura da mensagem para ter certeza de que não era uma emergência. Em um minuto, pensou.

O primeiro gole de café caiu no estômago vazio igual a ácido de bateria. O barista agora cantava "What's Going On", de Marvin Gaye, e o homem do outro lado da mesa comunitária, talvez inspirado pela letra, resmungava com o vizinho sobre o último ultraje do presidente americano nas redes sociais. Rebecca olhou para a área dos fundos e não viu ninguém devolver o olhar. Supôs que a ilegal estivesse no andar de cima; conseguia ver o receptor dela nas configurações de rede de seu iPhone. Se o dispositivo estivesse funcionando adequadamente, seria invisível a qualquer outro telefone, tablet ou computador nas proximidades.

Ela checou o horário: *7h56*. Outro gole de café, outra onda corrosiva na boca de seu estômago. Aparentando calma, ela passou pelos ícones da tela principal do iPhone até chegar ao aplicativo de mensagens com o protocolo do SVR dentro. O relatório estava lá, criptografado e invisível. Até o ícone que o enviava era uma mentira. Com o dedão em cima dele, ela varreu o salão com o olhar pela última vez. Não havia nada suspeito, só a vibração incessante do BlackBerry do MI6. Até o homem do outro lado da mesa parecia estar se perguntando por que ela não o respondia.

7h57. Rebecca pousou o iPhone em cima da mesa e colocou a mão dentro da bolsa. O BlackBerry estava encostado na SIG Sauer 9mm. Ela tirou o telefone com cuidado e digitou sua longa senha. A mensagem era de Andrew Crawford, querendo saber quando ela chegaria à estação.

Rebecca ignorou a mensagem e, às 7h58, guardou o BlackBerry de volta na bolsa. Dois minutos antes de a janela de transmissão se abrir, seu iPhone chacoalhou com uma nova mensagem. Era de um número londrino que Rebecca não reconhecia, e só tinha uma palavra.

Fuja...

70

WISCONSIN AVENUE, WASHINGTON

Fuja...

Fugir do quê? Fugir de quem? Fugir para onde?

Rebecca examinou o número no iPhone. Não lhe significava nada. A fonte mais provável da mensagem era o Centro de Moscou ou a *rezidentura* de Washington. Ou talvez, pensou, fosse algum tipo de truque. Uma ilusão. Só uma espiã fugiria.

Ela franziu o cenho para enganar as câmeras que sem dúvida a estavam observando e, apertando um ícone mentiroso, transformou seu relatório original em poeira digital. Sumira, sem nunca ter existido. Então, apertando um segundo ícone falso, o próprio aplicativo sumiu. Ela, agora, não tinha evidência de traição em seu telefone ou entre suas posses, só a arma que havia colocado na bolsa antes de sair de casa. De repente, ela ficou contente por tê-la.

Fuja...

Há quanto tempo sabiam? E *quanto* sabiam? Sabiam só que ela era espiã do Centro de Moscou? Ou também que tinha nascido e sido criada para ser espiã, que era filha de Kim Philby e obra da vida de Sasha? Ela pensou na visita nada ortodoxa de Graham a sua casa na noite anterior, e na notícia alarmante de que Downing Street pretendia cortar laços diplomáticos com Moscou. Era uma mentira, compreendeu, criada para levá-la a fazer contato com seus controladores. Não havia plano de romper relações com Moscou, nem reunião marcada em Langley. Ela suspeitava, porém, haver de fato um avião esperando no aeroporto internacional de Dulles — um avião que a levaria de volta a Londres, onde ela estaria ao alcance do sistema legal britânico.

Fuja...

Ainda não, pensou. Não sem um plano. Ela tinha de reagir metodicamente, como seu pai em 1951 ao ficar sabendo que Guy Burgess e Donald Maclean tinham desertado para a União Soviética, deixando-o exposto. Ele tinha ido com seu carro para o interior de Maryland e enterrado a câmera em miniatura e filmes da KGB. *À margem do rio, perto da ilha de Swainson, na base de um enorme plátano...* O carro de Rebecca, porém, não tinha utilidade alguma. Certamente estava com um rastreador. Isso explicaria por que ela não tinha visto equipes de vigilância.

Para conseguir escapar — para *fugir* —, Rebecca precisava de um carro diferente e de acesso a um telefone não comprometido. Sasha garantira a ela que, em caso de emergência, conseguiria levá-la a Moscou, assim como Yuri Modin tirara seu pai de Beirute. Rebecca tinha um número para ligar dentro da Embaixada Russa, e um código que diria à pessoa do outro lado da linha que ela estava enrascada. A palavra era "Vrej", nome de um antigo restaurante no bairro americano de Beirute.

Mas, primeiro, ela precisava se retirar do local de entrega. Supôs que várias das pessoas sentadas a seu redor fossem agentes britânicos, americanos ou até israelenses. Com calma, ela colocou o iPhone na bolsa e, levantando-se, jogou o copo de café no buraco circular na estação de condimentos. A porta que levava à Wisconsin Avenue estava à sua direita. Em vez disso, ela virou para a esquerda e foi na direção das mesas nos fundos do café. Ninguém olhou para ela. Ninguém ousava.

71

CHESAPEAKE STREET, WASHINGTON

Aproximadamente cinco quilômetros ao norte, no posto de comando da Chesapeake Street, Gabriel observou, cada vez mais alarmado, Rebecca Manning passando pela transmissão da câmera do telefone de Ilan.

— O que acabou de acontecer?

— Ela não transmitiu o relatório — disse Graham Seymour.

— Sim, eu sei. Mas por quê?

— Algo deve tê-la assustado.

Gabriel olhou para Yaakov Rossman.

— Onde ela está agora?

Yaakov digitou a pergunta em seu laptop. Mikhail respondeu dentro de segundos. Rebecca Manning estava no banheiro.

— Fazendo o quê? — perguntou Gabriel.

— Use a imaginação, chefe.

— Estou usando. — Mais trinta segundos se passaram sem sinal dela. — Estou com um mau pressentimento, Graham.

— O que você quer fazer?

— Você tem todas as provas de que precisa.

— Isso é questionável, mas estou ouvindo.

— Diga a ela que mudou de ideia sobre a reunião em Langley. Que, afinal, a quer lá. Isso deve chamar a atenção dela.

— E depois?

— Instrua-a a encontrá-lo na embaixada. — Gabriel pausou, e completou: — Depois, prenda-a no segundo em que ela pisar em solo britânico.

Seymour digitou a mensagem em seu BlackBerry e enviou. Quinze segundos depois, o aparelho apitou com a resposta.

— Ela está a caminho.

72

WISCONSIN AVENUE, WASHINGTON

Por trás da porta trancada do banheiro unissex do café, Rebecca releu a mensagem de Graham Seymour.

Mudança de planos. Quero que você me acompanhe a Langley. Me encontre na estação assim que possível... O tom benigno não escondia o significado verdadeiro da mensagem. Confirmava os piores medos de Rebecca. Ela fora exposta e atraída a uma armadilha.

A maçaneta da porta chacoalhou impaciente.

— Um minuto, por favor — disse Rebecca, com uma serenidade que teria amolecido o coração traiçoeiro de seu pai. Era o rosto dele refletido no espelho.

"A cada ano que passa", sua mãe costumava dizer, "você se parece mais com ele. Os mesmos olhos. A mesma expressão de desprezo." Rebecca nunca soube se a mãe falava aquilo como elogio.

Ela fechou o BlackBerry e o iPhone no saco de Faraday na sua bolsa e arrancou uma única folha de seu caderno. Nela, escreveu algumas palavras em alfabeto cirílico. A descarga soou estrondosa. Ela deixou a água correr na pia por alguns segundos, depois puxou algumas toalhas de papel e jogou no lixo.

Do outro lado da porta vinha o zumbido suave do café lotado. Rebecca colocou a mão esquerda na maçaneta e a direita dentro da bolsa, em torno do cabo da SIG Sauer compacta. Ela tinha soltado a trava de segurança externa assim que entrou no banheiro. O pente tinha dez projéteis Parabellum de 9mm, e o reserva também.

Ela abriu a porta e saiu com a pressa de uma habitante poderosa de Washington atrasada para o trabalho. Esperava encontrar alguém esperando, mas o espaço estava vazio. O menino com moletom da Georgetown tinha alterado o ângulo de seu laptop. A tela estava escondida da visão de Rebecca.

Ela virou abruptamente para a direita e subiu as escadas. Na área do andar de cima, encontrou duas pessoas, um homem de meia--idade rabiscando em um bloco amarelo e Eva Fernandes, a ilegal russa. De jaqueta verde-neon, era difícil não a ver.

Rebecca sentou-se na cadeira em frente. A mão direita ainda estava dentro da bolsa, em torno do cano da SIG Sauer. Com a esquerda, ela entregou o bilhete a Eva Fernandes. A ilegal fingiu não compreender.

— Só obedeça — sussurrou Rebecca em russo.

A mulher hesitou antes de entregar o telefone. Rebecca o adicionou ao saco de Faraday.

— Onde está seu carro?

— Eu não tenho um carro.

— Você dirige um Kia Optima. Está no estacionamento externo. — Rebecca abriu a bolsa o suficiente para que a ilegal visse sua arma. — Vamos.

73

WISCONSIN AVENUE, WASHINGTON

Mikhail Abramov violara todas as doutrinas do Escritório, escritas e não escritas, explícitas e tácitas, ao mudar de assento e trocar sua cadeira virada para os fundos por uma voltada à frente do café. Ele estava com um ponto minúsculo na orelha esquerda, virada para a parede. Assim, podia monitorar a transmissão do telefone de Eva, completamente grampeado e funcionando como transmissor. Pelo menos *estava* funcionando como transmissor até as 8h04, quando Rebecca Manning, após sair do banheiro, subiu, inesperadamente, as escadas.

Nos últimos segundos antes de o telefone silenciar, Mikhail tinha ouvido um sussurro. Era possível que as palavras fossem russas, mas ele não conseguia ter certeza. Também não podia garantir quem as tinha dito. Independentemente do que tivesse se passado, as duas mulheres agora se encaminhavam para a porta. Eva olhava direto para a frente, como se caminhando para uma cova aberta. Rebecca Manning estava um passo atrás, com a mão direita dentro da bolsa da moda.

— O que você acha que ela tem dentro dessa bolsa? — perguntou Mikhail em voz baixa quando as duas agentes russas passaram ao alcance da câmera de Ilan.

— Vários telefones celulares — respondeu Gabriel — e um dispositivo de comunicação entre agentes do SVR.

— Tem mais do que isso. — Mikhail observou Eva e Rebecca saírem pela porta e virarem à esquerda no estacionamento. — Talvez você devesse perguntar para o seu amigo se a chefe de Estação dele carrega um revólver.

Gabriel fez isso e repetiu a resposta a Mikhail. Como regra geral, Rebecca não carregava uma arma em público, mas tinha uma em casa para proteção pessoal, com a benção do Departamento de Estado e da CIA.

— De que tipo?

— SIG Sauer.

— Uma nove, suponho?

— Suposição correta.

— Provavelmente é compacta.

— Provavelmente — concordou Gabriel.

— Quer dizer que a capacidade é de dez.

— Mais dez no reserva.

— Imagino que Eli não esteja carregando uma arma.

— A última vez que Eli carregou uma arma foi em 1972. Ele quase me matou sem querer.

— E Keller?

— Graham não permitiria.

— Sobrei eu.

— Fique onde está.

— Desculpe, chefe, a conexão está falhando. Não entendi.

Mikhail se levantou e passou pela mesa de Ilan. Lá fora, virou à esquerda e começou a atravessar o estacionamento. Eva já estava ao volante de seu Kia; Rebecca abria a porta do passageiro. Antes de sentar-se, ela olhou para Mikhail, e seus olhares se cruzaram. Ele desviou primeiro e continuou andando.

A 34th Street era mão única na direção sul. Mikhail caminhava contra o fluxo de tráfego, pelos fundos do restaurante turco, enquanto Eva saía de ré da vaga e virava na rua. Rebecca Manning olhava para ele pela janela do passageiro, ele tinha certeza. Conseguia sentir os olhos dela queimando como balas em suas costas. Ela o desafiava a virar para uma última olhada. Ele não virou.

O Nissan estava estacionado em frente à escola. Mikhail entrou no banco do passageiro atrás de Keller. Gabriel gritava com ele pelo rádio do posto de comando. Eli Lavon, melhor observador da história do Escritório, o repreendeu do banco do passageiro.

— Parabéns, Mikhail. Que beleza. Não tem como ela ter notado um movimento discreto desses.

Lavon disse tudo isso em um hebraico sarcástico. Keller analisava a extensão da 34th Street, na direção de um Kia Optima que rapidamente encolhia. No cruzamento com a Reservoir Road, o carro virou à direita. Keller esperou um grupo de crianças em idade escolar atravessar a rua. Então, pisou fundo no acelerador.

74

BURLEITH, WASHINGTON

— Não tenho permissão de falar com você — disse Eva Fernandes. — Aliás, não tenho permissão nem de *olhar* para você.

— Parece que eu invalidei essas ordens, não é?

Rebecca instruiu Eva a fazer outra curva à direita na 36th Street e mais uma na S Street. Nas duas vezes, o Nissan sedã a seguiu. Estava a uma distância de cerca de seis carros. O motorista não fazia esforço algum para esconder sua presença.

— Faça outra curva à direita — gritou Rebecca e, alguns segundos depois, Eva virou na 38th Street, desta vez sem parar nem desacelerar. O Nissan fez o mesmo. Suas táticas rudimentares de vigilâncias sugeriam a Rebecca que estavam operando sem reforços e, portanto, não eram do FBI. Ela descobriria logo.

Havia um semáforo na esquina da 38th Street com a Reservoir Road, um dos poucos na Georgetown residencial. O sinal de trânsito mudou de verde para amarelo quando eles se aproximaram. Eva pisou no acelerador e o Kia atravessou o cruzamento enquanto ele mudava para vermelho. Buzinas soaram quando o Nissan seguiu.

— Vire à direita de novo — falou Rebecca rapidamente, apontando para a entrada da Winfield Lane. Uma rua particular com casas combinantes de tijolo vermelho, ela lembrava Rebecca de Hampstead, em Londres. O Nissan estava atrás delas.

— Pare aqui!

— Mas...

— Faça o que estou dizendo!

Eva freou com tudo. Rebecca arrancou a SIG Sauer da bolsa e saltou do carro. Segurou a arma com as duas mãos, formando um triângulo com os braços, e virou o corpo de leve para reduzir sua silhueta, como tinha aprendido a fazer no estande de tiro de Fort Monckton. O Nissan ainda estava se aproximando. Rebecca mirou acima da cabeça do motorista e apertou o gatilho até esvaziar o pente.

O Nissan desviou bruscamente para a esquerda e bateu no capô de um Lexus SUV. Ninguém desceu e não houve fogo devolvido, provando satisfatoriamente para Rebecca que os homens não eram do FBI. Eram agentes de inteligência britânicos e israelenses que não tinham jurisdição legal para fazer uma prisão ou disparar uma arma, mesmo quando atacados em uma rua tranquila de Georgetown. Aliás, Rebecca duvidava que o FBI soubesse que os ingleses e israelenses agiam contra ela. Em alguns minutos, pensou ela, olhando para o carro destruído, saberiam.

Fuja...

Rebecca entrou no banco da frente do Kia e gritou para Eva dirigir. Um segundo depois, estavam correndo pela 37th Street em direção à Embaixada Russa. Ao cruzarem a T Street, Rebecca jogou o saco de Faraday pela janela. O receptor do SVR foi depois.

Rebecca olhou por cima do ombro. Não estavam sendo seguidas. Ela expeliu o pente vazio e encaixou o reserva em seu lugar. O som fez Eva Fernandes se encolher. Guiada por Rebecca, ela virou na Tunlaw Road.

— Para onde estamos indo? — perguntou quando passaram pelos fundos do complexo da Embaixada Russa.

— Preciso fazer uma ligação.

— E depois?

Rebecca sorriu.

— Vamos para casa.

Naquele exato momento, três homens caminhavam pela 38th Street na direção do rio Topomac. Em vestimenta e comportamento, eram diferentes dos frequentadores típicos de Georgetown. Um deles parecia estar sentindo uma dor considerável, e um exame próximo da mão direita teria revelado a presença de sangue. A mão em si não estava machucada. A ferida estava na clavícula direita, atingida por uma bala 9mm.

Quando cruzaram a O Street, as pernas do homem ferido cederam, mas seus dois colegas, um alto com pele pálida e um mais baixo com um rosto fácil de esquecer, o seguraram de pé. Do nada, um carro se materializou e os dois que não estavam feridos colocaram o terceiro no banco de trás. Uma funcionária de uma floricultura popular do bairro foi a única testemunha. Ela diria à polícia que a expressão no rosto do homem pálido era uma das mais assustadoras que já vira.

Nesse ponto, unidades do Departamento de Polícia Metropolitana de Washington respondiam a relatos de tiroteio na, em geral, tranquila Winfield Lane. O carro que levava os três homens atravessou Georgetown rapidamente para a Connecticut Avenue. Lá, virou para o norte e se encaminhou a uma casa em ruínas na Chesapeake Street. Nela, estavam dois dos agentes de inteligência mais poderosos do mundo. Eles a deixaram fugir. Agora, ela tinha desaparecido.

75

TENLEYTOWN, WASHINGTON

Havia apenas um punhado de telefones públicos sobrando no noroeste de Washington. Rebecca Manning, para um momento como este, tinha memorizado as localizações da maioria. Um ficava no posto Shell da esquina da Wisconsin Avenue com a Ellicott Street. Infelizmente, ela não tinha dinheiro trocado. Eva, porém, sempre mantinha um rolo de moedas de 25 centavos escondido no carro, para parquímetros. Deu duas a Rebecca e a observou andar até o telefone e discar um número de cor. Eva o reconheceu; tinha recebido o mesmo número. Ele tocava dentro da Embaixada Russa e só deveria ser usado em caso de extrema emergência.

Para Rebecca Manning, o número representava uma tábua de salvação que a levaria de volta a Moscou em segurança. Para Eva, porém, era uma séria ameaça. Rebecca sem dúvidas seria recebida como heroína. Mas a ilegal iria diretamente para uma sala de interrogatório onde Sasha estaria esperando. Ficou tentada a engatar o Kia e deixar Rebecca para trás. Duvidava que chegasse longe. Até onde sabia, havia três homens mortos em um carro numa rua particular de Georgetown. Além de ser agente de um serviço de inteligência estrangeiro, ela agora era potencialmente cúmplice de assassinato. Sua única escolha era ir com Rebecca Manning para Moscou e esperar pelo melhor.

Rebecca voltou ao carro e disse para Eva ir na direção norte na Wisconsin Avenue. Então, ligou o rádio e colocou na estação WTOP. *Temos notícias de última hora sobre um incidente de tiroteio em Georgetown...* Ela bateu no botão de desligar e o rádio ficou em silêncio.

— Quanto tempo? — perguntou Eva.

— Duas horas.

— Vão nos pegar.

Rebecca balançou a cabeça em negação.

— Querem que a gente saia da rua e espere o esconderijo abrir.

Eva ficou secretamente aliviada. Quanto mais tempo ficasse longe das mãos do SVR, melhor.

— Onde é o esconderijo?

— Eles não me disseram.

— Por que não?

— Querem garantir que seja seguro antes de nos mandar para lá.

— Como vão entrar em contato conosco?

— Querem que a gente ligue de novo em uma hora.

Eva não gostou. Mas quem era ela para questionar a sabedoria do Centro de Moscou?

Estavam se aproximando da fronteira invisível que separava o distrito de Columbia do de Maryland. Dois grandes shoppings se encaravam dos dois lados do boulevard movimentado. Rebecca apontou para o complexo da direita. A entrada da garagem ficava ao lado de uma franquia de um restaurante conhecido pelo tamanho de suas porções e o comprimento da fila de espera. Eva desceu a rampa e pegou um tíquete da máquina. Depois, seguindo as instruções de Rebecca, dirigiu até um canto deserto e entrou de ré em uma vaga.

Ali esperaram, em silêncio, por mais trinta minutos, a SIG Sauer no colo de Rebecca. Não tinham telefones para conectar-se ao mundo acima, só o rádio do carro. A recepção era frágil, mas suficiente. A polícia procurava por um Kia Optima sedã, placa de D.C., com duas mulheres dentro. Também buscava três homens que abandonaram um Nissan cravado de balas na Winfield Lane. Segundo as testemunhas, um dos homens parecia ter sido ferido no tiroteio.

O sinal ficou cheio de estática. Eva abaixou o volume.

— Estão buscando duas mulheres num Kia.

— Sim, eu ouvi.

— Precisamos nos separar.

— Vamos ficar juntas. — Então, completou Rebecca, pesarosa. — Não consigo fazer isso sem sua ajuda.

Rebecca aumentou o volume do rádio e ouviu uma residente de Georgetown expressar seu choque com o tiroteio. Eva, porém, via uma van branca comercial, placa de Maryland, ir na direção delas sob a luz irregular. O FBI, pensou, amava vans não identificadas. O SVR também.

— Estamos em apuros — disse ela.

— É só um caminhão de entregas — respondeu Rebecca.

— Você acha que os dois na frente parecem entregadores?

— Eles são, na verdade.

A van parou na vaga ao lado, a porta lateral abriu. Eva olhou para o rosto russo em sua janela, tentando desesperadamente esconder o medo.

— Achei que íamos de carro até o esconderijo.

— Mudança de planos — explicou Rebecca. — O esconderijo veio até nós.

76

FOREST HILLS, WASHINGTON

A bala atravessara a clavícula de Christopher Keller. Em seu rastro, porém, o projétil 9mm Parabellum havia deixado ossos estilhaçados e lesões nos tecidos. Por sorte, todos os prédios governamentais israelenses mantinham um estoque de suprimentos médicos. Mikhail, veterano de combate, lavou a ferida com antisséptico e aplicou curativos. Para a dor, ele só tinha um frasco de ibuprofeno. Keller tomou oito comprimidos com um uísque do bar.

Com a ajuda de Mikhail, ele colocou uma roupa limpa e pendurou o braço direito em uma tipoia. A volta a Londres prometia ser longa e desconfortável, mas, por sorte, Keller não ia pegar um voo comercial. O jato executivo fretado de Graham Seymour o esperava em Dulles. Os dois foram vistos pela última vez no posto de comando às 9h30, descendo lentamente pelos degraus íngremes e traiçoeiros. Gabriel apertou o botão que destrancava o portão de ferro. Assim, a grande empreitada chegava a um fim ignóbil.

Os minutos finais foram amargos e anormalmente rancorosos. Mikhail confrontou Gabriel, que confrontou o velho amigo e camarada Graham Seymour. Ele implorou que o inglês telefonasse aos americanos e os instruísse a selar Washington. Quando Seymour se recusou, Gabriel ameaçou ligar ele mesmo para os americanos. Chegou a discar o número de Adrian Carter na sede da CIA antes de Seymour arrancar o telefone da mão dele.

— É meu escândalo, não seu. Se alguém vai contar aos americanos que eu plantei a filha de Kim Philby no meio deles, serei eu.

Seymour não fez essa confissão aos americanos naquela manhã, e Gabriel, embora horrivelmente tentado, não o fez por ele. No espaço de alguns minutos, um relacionamento de importância histórica ruiu. Por mais de uma década, Gabriel e Graham trabalharam lado a lado contra os russos, os iranianos e o movimento jihadista global. Neste processo, conseguiram desfazer décadas de animosidade entre seus serviços, e até entre seus países. Bem, comentaria mais tarde Eli Lavon, isso fazia parte do plano de Sasha desde o começo, criar um conflito entre o Escritório e o MI6 e quebrar o laço forjado por Gabriel e Graham Seymour. Se mais nada desse certo, nisso Sasha obtivera sucesso.

Yossi Gavish e Rimona Stern foram embora em seguida. Um dos observadores arrancou a câmera da horta comunitária e se dirigiu à estação de metrô. Os outros logo os seguiram e, às 9h45, só Gabriel, Mikhail e Eli Lavon permaneciam no posto de comando. Um único carro os esperava em frente à casa. Oren, guarda-costas principal de Gabriel, guardava o portão, contra o que, ninguém sabia.

Na pressa de sua saída, a equipe deixara o interior da cassa arruinado, igual tinha sido encontrado. Um único laptop permanecia na mesa de cavalete. Gabriel assistia à gravação de Rebecca Manning dentro do Starbucks quando o BlackBerry tremeu com uma mensagem. Adrian Carter.

O que diabos está acontecendo?

Sem nada a perder, ele digitou de volta.

Não sei, me diga você.

Carter ligou dez segundos depois e fez exatamente isso.

Parecia que um tal Donald McManus, agente especial veterano do FBI ligado à sede do Bureau em Washington, parara para abastecer no posto Shell da Wisconsin Avenue e Ellicott Street às 8h20. McManus, sendo naturalmente vigilante e ciente de seus arredores, notara uma mulher bem-vestida usando o telefone público velho e encardido do posto, o que considerou estranho. Na sua experiência, as únicas pessoas que usavam telefones públicos hoje em dia era imigrantes ilegais, traficantes de drogas e cônjuges infiéis. Ela não parecia se encaixar em nenhuma dessas categorias, embora chamara a atenção de McManus o fato de ter ficado com a mão dentro da bolsa durante toda a conversa. Depois de desligar, a mulher entrou no banco de passageiro de um Kia Optima com placa de D.C. McManus anotou o número enquanto o carro ia para o norte pela Wisconsin. A motorista era mais jovem do que a que tinha usado o telefone, e mais bonita. O veterano achou que ela parecia um pouco assustada.

Enquanto ia na direção sul pela Wisconsin, McManus mudou da CNN, no serviço de satélite, para a WTOP, e ouviu um dos primeiros boletins da estação sobre um tiroteio recém-ocorrido em Georgetown. Soava a McManus como briga de trânsito, e ele não achou nada demais. Mas, quando chegou ao centro, a polícia tinha liberado a descrição do veículo suspeito. Kia Optima, placa de D.C., duas mulheres dentro. Ele passou o número da placa do carro que tinha visto no posto de gasolina à Polícia Metropolitana e, já que estava nisso, passou-o pela base de dados do Bureau. O registro estava no nome Eva Fernandes, uma brasileira com *green card*, o que era estranho, pois McManus tivera a impressão dela ser do Leste Europeu.

Mais ou menos nesse mesmo momento, uma equipe de vigilância da Divisão de Contrainteligência do FBI percebeu vários carros saindo da entrada dos fundos da Embaixada Russa, todos com membros conhecidos ou suspeitos da *rezidentura* da SVR. Pareceu, à equipe, que o *rezident* estava com uma crise em suas mãos, uma observação dividida com a sede. O agente especial McManus, que trabalhara com contraterrorismo, soube dos movimentos de pessoal russo e contou ao encarregado de contrainteligência sobre a mulher que ele tinha visto usando um telefone público. O encarregado transmitiu para o vice e ele, por sua vez, passou para o próprio chefe de divisão.

Foi neste instante, às 9h35, na mesa imaculada do chefe, que os três elementos — o tiroteio em Georgetown, o êxodo apressado da Embaixada Russa e as duas mulheres no Kia sedã — uniram-se com todas as características de um desastre em progresso. Quando ninguém estava olhando, McManus fez uma rápida checagem no telefone público e descobriu que a ligação da mulher tinha sido para um número dentro da Embaixada Russa. Assim, o desastre em progresso se tornou uma verdadeira crise internacional que ameaçava iniciar a Terceira Guerra Mundial. Era, pelo menos, o que parecia ao agente especial Donald McManus, que, por acaso, parara para abastecer no posto Shell na esquina da Wisconsin Avenue com a Ellicott Street mais ou menos às 8h20.

Nesse ponto, o chefe da Divisão de Contrainteligência do FBI telefonou para seu par na CIA para perguntar se a Agência estava conduzindo uma operação sem o conhecimento do Bureau. O homem da CIA jurou que não, o que era verdade, mas achou que seria sábio verificar com Adrian Carter, que se preparava para a reunião diária das 10 horas com Morris Payne. Carter se fez de bobo, sua resposta-padrão para perguntas desconfortáveis de colegas, superiores e membros de comitês de supervisão do Congresso. Então, da tranquilidade de seu escritório no sétimo andar, ele mandou uma mensagem rápida a seu velho amigo Gabriel Allon, que, por acaso, estava na cidade. A mensagem era cheia de significados duplos ou triplos e Gabriel, que sabia que Carter o descobrira, respondeu à altura. Foi assim que eles terminaram ao telefone, às 9h48, em uma manhã normal de quinta-feira em Washington.

— Quem eram os três homens? — perguntou Carter, quando terminou de informar Gabriel.

— Que três homens?

— Os três homens — disse Carter, deliberadamente — alvos de fogo pesado na Winfield Lane em Georgetown.

— Como eu deveria saber?

— Dizem que um deles ficou ferido.

— Espero que não tenha sido sério.

— Aparentemente, um carro os pegou na 35th. Ninguém os vê desde então.

— E as duas mulheres? — provocou Gabriel, gentilmente.

— Nem sinal delas também.

— Foram vistas pela última vez indo para o *norte* pela Wisconsin Avenue? Tem certeza de que era norte?

— Esqueça a direção — explodiu Carter. — Só me diga quem são.

— Segundo o agente do FBI — respondeu Gabriel —, uma delas é uma cidadã brasileira chamada Eva Fernandes.

— E a outra?

— Não saberia dizer.

— Alguma ideia de por que ela estaria ligando de um telefone público para um número na Embaixada Russa?

— Talvez você devesse perguntar a um daqueles oficiais do SVR que foram vistos saindo com tanta pressa da embaixada.

— O Bureau também está procurando por eles. Qualquer ajuda — afirmou Carter — seria no mais estrito sigilo. Por que não começamos do começo? Quem eram os três homens?

— Que três homens?

— E as mulheres?

— Desculpe, Adrian, infelizmente, não posso ajudar.

Carter expirou com força.

— Quando você está planejando ir embora da cidade?

— Hoje à noite.

— Alguma chance de conseguir ir mais cedo?

— Provavelmente, não.

— Que pena — disse Carter, e a ligação ficou muda.

77

CHESAPEAKE STREET, WASHINGTON

Mikhail Abramov e Eli Lavon saíram do posto de comando às 10h05, no banco de trás de uma van da Embaixada Israelense. O plano era voar de Dulles a Toronto e de Toronto ao Ben Gurion. Mikhail deixou a Barak .45 com Gabriel, que prometeu trancá-la no cofre da residência antes de sair para o aeroporto.

Sozinho, ele ajustou o horário do computador e, mais uma vez, assistiu às duas mulheres saindo do Starbucks, Eva na frente, Rebecca um passo atrás, segurando a SIG Sauer 9mm escondida em sua bolsa. Gabriel agora sabia que ela tinha ligado para a Embaixada Russa de um posto Shell na Wisconsin Avenue antes de ir para o norte, na direção dos subúrbios de Maryland. Muito provavelmente, direto para os braços de uma equipe de extração do SVR.

A velocidade da reação russa sugeria que a *rezidentura* tinha um plano de fuga bem elaborado. O que significava que as chances de achar Rebecca eram próximas de zero. O SVR era um serviço de inteligência altamente capaz, sucessor da poderosa KGB. Tirá-la às escondidas dos Estados Unidos não seria problema.

Ela apareceria depois em Moscou, como seu pai em 1963. A não ser que, de alguma forma, Gabriel conseguisse pará-la antes de sair da região metropolitana de Washington. Ele não podia pedir ajuda dos americanos; tinha feito uma promessa a Graham Seymour e, se a quebrasse, a recriminação pesaria sobre ele durante o resto de seu mandato de chefe. Não, ele teria de achar Rebecca Manning sozinho. Não totalmente sozinho, pensou. Tinha Charlotte Bettencourt para ajudá-lo.

Ele voltou à gravação e, mais uma vez, assistiu à Rebecca seguindo Eva na saída do café. Eram 14 passos, notou. Catorze passos da escada até a Wisconsin Avenue. Gabriel se perguntou se Rebecca, por dentro, os contava, ou se lembrava da brincadeira que fazia com a mãe em Paris. Gabriel duvidava. Com certeza, Philby e Sasha teriam expurgados esses impulsos contrarrevolucionários.

Gabriel observou, na tela de seu computador, Rebecca Manning caminhando. E, aí, se lembrou de algo que Charlotte Bettencourt lhe dissera naquela noite em Sevilha, muito tarde, quando estavam sozinhos porque nenhum dos dois conseguia dormir.

— Ela se parece mais com o pai do que sabe — dissera ela. — Faz as coisas da mesma forma e nem sabe por quê.

Charlotte Bettencourt contara mais uma coisa a Gabriel naquela noite. Algo que, na época, parecia trivial. Algo de que só mais duas pessoas no mundo sabiam.

— Vai saber se ainda estão lá — dissera ela, os olhos fechados de exaustão. — Mas, talvez, se tiver um momento livre, você queira dar uma olhada.

Sim, pensou Gabriel. Ele podia querer, sim.

Eram 10h15 quando Gabriel colocou a Barak .45 na cintura da calça jeans e desceu os degraus íngremes. Oren destrancou o portão de ferro e começou a caminhar para o carro, um Ford Fusion alugado. Gabriel, porém, ordenou que ele ficasse para trás.

— De novo, não — disse Oren.

— Infelizmente, sim.

— Trinta minutos, chefe.

— Nem um minuto a mais — prometeu Gabriel.

— E se você se atrasar?

— Significa que fui sequestrado por uma equipe de extração russa e levado a Moscou para ser julgado e preso. — Ele sorriu involuntariamente. — Eu não ficaria muito esperançoso com minha sobrevivência.

— Tem certeza de que não quer companhia?

Sem mais palavras, Gabriel entrou no carro. Alguns minutos depois, passou em alta velocidade pela grande casa colonial castanha na esquina da Nebraska Avenue com a 42th Street. Em seus pensamentos, viu um homem desesperado entrando em um automóvel muito velho segurando um saco de papel. O homem era Kim Philby. No saco, uma câmera em miniatura e vários rolos de filme da KGB e uma colher de pedreiro.

78

BETHESDA, MARYLAND

Os dois russos na van se chamavam Petrov e Zelenko. Petrov era da *rezidentura* de Washington, mas Zelenko tinha feito uma viagem de emergência desde Manhattan na noite anterior, depois de uma mensagem de Sasha. Os dois agentes tiveram experiência prévia extensa em países de língua inglesa antes de serem designados para os Estados Unidos, que ainda eram o "maior adversário" do SVR e, portanto, a primeira divisão. Petrov atuara na Austrália e Nova Zelândia; Zelenko, na Grã-Bretanha e no Canadá. Zelenko era o maior dos dois e faixa preta em três artes marciais diferentes. Petrov era bom com armas. Nenhum pretendia permitir que qualquer coisa acontecesse com sua carga preciosa. Entregar uma informante e uma ilegal com segurança a Moscou os faria lendários. Falhar era impensável. Aliás, tinham concordado que seria melhor morrer nos Estados Unidos do que voltar de mãos vazias a Yasenevo.

A van era uma Chevrolet Express Cargo, de propriedade de uma contratante baseada na Virginia do Norte, que, por sua vez, era de um ativo ucraniano do Centro de Moscou. O plano era dirigir para o sul pela I-95 até Florence, Carolina do Sul, onde adquiririam um segundo veículo limpo para o resto da viagem até o sul da Flórida.

O Centro de Moscou tinha acesso a várias propriedades seguras na área de Miami, incluindo a pocilga em Hialeah onde passariam os seis dias seguintes — tempo que levava para o *Archangel*, navio porta-contêineres de bandeira russa, chegar ao estreito da Flórida. Petrov, que servira na Marinha russa antes de entrar no SVR, cuidaria da saída em um barco de pescador esportivo de cinquenta pés.

Estavam bem provisionados para a viagem, e fortemente armados. Petrov estava em posse de duas armas — uma Tokarev e uma Makarov — e Rebecca Manning ainda tinha sua SIG Sauer. Estava no chão do compartimento de carga, ao lado de um telefone que ela tomara emprestado de Zelenko. Ela se sentava com as costas apoiada no painel lateral do motorista, as pernas esticadas, ainda vestida com o terno escuro e o sobretudo impermeável Burberry. Eva estava posicionada de forma similar do lado oposto, mas um pouco mais para trás. Elas mal tinham falado desde a saída da garagem. Rebecca agradecera Eva por sua habilidade e coragem, prometendo elogiá-la para Sasha quando chegassem a Moscou. Eva não acreditou em uma palavra.

A rota mais curta para a I-95 era a Wisconsin Avenue. Rebecca, porém, deu um caminho diferente a Petrov, que dirigia.

— Seria melhor se nós...

— Sou eu que decido o que é melhor — interrompeu Rebecca. Petrov não discutiu mais, porque há muito tempo Rebecca era cidadã russa e coronel do SVR, o que significava que sua hierarquia era mais alta que a dele.

Ele virou na 42th Street e seguiu por ela até Tenleytown. Eva notou o interesse peculiar de Rebecca na grande casa colonial castanha que ficava na esquina com a Nebraska Avenue. Eles passaram pelo Departamento de Segurança Nacional e pelo campus da American University. Então, Petrov virou à esquerda na Chain

Bridge Road, que corria pela margem do Battery Kemble Park até o boulevard MacArthur. Pelo para-brisas, Eva viu o toldo do restaurante Brussels Midi enquanto ia para o oeste na direção de Maryland.

— Era lá que eu trabalhava — contou ela.

— Sim, eu sei — respondeu Rebecca, com desdém. — Você era garçonete.

— Hostess — corrigiu Eva.

— Dá no mesmo. — Rebecca pegou a arma e a apoiou na coxa. — Só porque vamos passar as próximas duas ou três semanas viajando juntas não quer dizer que precisamos ter conversas sobre nossa vida. Você fez bem seu trabalho e, por isso, sou grata. Mas, no que me diz respeito, você é uma garçonete, só isso.

Também era, pensou Eva, totalmente descartável. Ela olhou para o para-brisas e Rebecca, para o telefone. Acompanhava o progresso deles no mapa. Estavam se aproximando do retorno para a Clara Barton Parkway na direção oeste, rota para o Beltway e a I-95, mas Rebecca mandou Petrov continuar em frente. Havia um pequeno shopping na vila de Glen Echo. Ela avisou que queria comprar algumas coisas para a viagem.

Petrov, de novo, começou a se opor, mas se calou. Seguiu dirigindo, passando em frente de um pub irlandês e do velho parque de diversões de Glen Echo, até o cruzamento do boulevard MacArthur com a Goldsboro Road. Havia um posto Exxon, um 7-Eleven, uma farmácia, uma lavanderia, uma lanchonete e uma loja de ferramentas True Value. Para surpresa de Petrov, Zelenko e Eva Fernandes, Rebecca entrou nesta última.

Fez isso às 10h27, segundo uma câmera de vigilância da loja, enquanto um Ford Fusion passava pelo shopping em alta velocidade, indo para o oeste. Dentro dele, só o motorista, um homem de meia-idade, cabelo curto preto, grisalho nas têmporas. Ele tinha um revólver Barak .45 de fabricação israelense, mas nenhum guarda-costas. O FBI e a CIA não sabiam de seu paradeiro, nem o serviço de inteligência que ele liderava. No momento, ele estava completamente sozinho.

79

CABIN JOHN, MARYLAND

Logo a oeste do boulevard Wilson fica a histórica Ponte Union Arch. Finalizada em 1864 e construída com granito e arenito de Massachusetts, vindos da pedreira próxima de Seneca, faz parte do Aqueduto de Washington, uma estrutura de cerca de vinte quilômetros que leva água de Great Falls à capital norte-americana. O asfalto da ponte só é largo o suficiente para uma pista, e há faróis nas duas pontas para regular o fluxo de tráfego, o que significava que Gabriel teve de suportar uma espera de quase quatro minutos antes de poder passar.

Do lado oposto da ponte ficavam um campo verde para esportes, um centro comunitário e uma agradável colônia de chalés de tábua branca em meio às árvores mostrando os primeiros aparecimentos de folhagens de primavera. Gabriel continuou para o oeste, passando embaixo do Capital Beltway, até mais uma vez um semáforo atrapalhar seu progresso. Por fim, ele virou à esquerda e desceu a encosta de um pequeno morro até o Clara Barton Parkway.

A via tinha duas faixas em cada direção, separadas por uma área verde. Gabriel estava na faixa que ia para o leste, voltando a Washington. Não era um erro da parte dele; o israelense agora estava mais perto do Rio Potomac e do histórico canal Chesapeake & Ohio, que se estendia por 297 quilômetros de Georgetown até Cumberland, em Maryland. O canal possuía 74 eclusas, várias delas ao longo do Clara Barton Parkway, incluindo a Eclusa 10, onde há um pequeno estacionamento. Em um fim de semana normal, ele costuma ficar lotado de carros de quem vai fazer trilhas e piqueniques. Mas, às 10h39 da manhã de uma quinta-feira, quando o resto da cidade se preparava para mais um dia de embates políticos, estava deserto.

Gabriel saiu do Ford e atravessou uma velha ponte de madeira que cruzava o canal. Uma trilha, enlameada das chuvas recentes, levava a um bosque de bordos e álamos à margem do rio. A Ilha de Swainson estava pouco além da margem, do outro lado de um canal estreito de água escuro, que fluía rápido. Um barco de madeira virado, da cor verde da administração do parque, descansava sob um enorme plátano. Do lado oposto da árvore, longe da erosão da água que passava pelo canal, havia três pedras grandes, um Stonehenge em miniatura. Gabriel cutucou uma com a ponta de seu mocassim e viu que ela estava firmemente plantada no solo.

Ele voltou à trilha e esperou. O rio corria sob seus pés, a alameda, às suas costas. Menos de cinco minutos se passaram até ele ouvir um motor sendo desligado no estacionamento, seguido pelo som de três portas se abrindo e fechando em rápida sucessão. Olhando por cima do ombro, ele viu quatro pessoas, duas mulheres e dois homens, cruzando a ponte que atravessava o canal. Uma das mulheres vestia um terninho; a outra, roupa esportiva de cor chamativa. O maior dos dois homens carregava uma pá. Melhor para cavar uma cova, pensou Gabriel.

Ele se virou e observou a água negra passando pelo canal. No bolso direito da jaqueta de couro estava o BlackBerry do Escritório. Inútil. Só a arma às suas costas podia salvá-lo agora. Era uma Barak .45. Feita para parar um homem. Mas, em uma emergência, podia parar uma mulher também.

80

CAPITAL BELTWAY, VIRGINIA

A caminho do aeroporto de Dulles, Mikhail Abramov ligou para o boulevard Rei Saul e informou à Mesa de Operações que tinha deixado o chefe do Escritório no posto de comando da Chesapeake Street, num humor sombrio e imprevisível, com um único guarda-costas para protegê-lo. A mesa imediatamente telefonou para o guarda-costas, que admitiu ter permitido que o chefe saísse sozinho do posto de comando dirigindo um Ford Focus alugado. Para onde ele estava indo? O guarda-costas não sabia dizer. Ele estava com o BlackBerry do escritório? Até onde o guarda-costas sabia, sim. Tinha uma arma? De novo, o guarda--costas não tinha certeza, então, a mesa ligou para Mikhail e repetiu a pergunta. Sim, confirmou Mikhail, ele tinha uma arma. Bem grande, por sinal.

A Mesa de Operações não levou muito tempo para localizar o telefone do chefe indo na direção sul pela Nebraska Avenue. Minutos depois, o telefone estava saindo da cidade pelo boulevard MacArthur. Após cruzar o Beltway, fez uma mudança de rota peculiar e começou a voltar para Washington por uma grande via paralela, cujo nome não reconheceram em Tel Aviv. Parecia ao técnico que o chefe estava perdido. Ou coisa pior. Ele ligou várias vezes para o telefone. Nenhuma ligação foi atendida.

Foi nesse ponto que Uzi Navot, espectador distante dos acontecimentos da manhã, interveio. Também ligou para o telefone do chefe e, como o técnico, foi ignorado. Ligou, então, para Mikhail, querendo saber onde ele estava. O agente respondeu que ele e Eli Lavon aproximavam-se de Dulles, atrasados para o voo para Toronto.

— Infelizmente, vocês vão precisar remarcar — disse Navot.

— Onde ele está? — perguntou Mikhail.

— Eclusa 10. À margem do rio.

81

CABIN JOHN, MARYLAND

O grupo se comunicava em russo, baixo e em frases curtas. Gabriel, que não tinha dom para línguas eslávicas, só podia imaginar o que diziam. Supôs que estivessem debatendo como proceder, agora que já não estavam sozinhos. A voz de Rebecca Manning era bem distinta da de Eva; o sotaque dela era uma mistura de inglês britânico e francês. Na voz de Eva, Gabriel só ouvia medo.

Por fim, ele virou-se, lentamente, para enfrentar a presença dos recém-chegados. Sorriu com cuidado, fez um único aceno de cabeça. Calculou quanto tempo levaria para colocar o revólver em posição de atirar. *O tempo que um mero mortal leva para bater palma...* Era o que Ari Shamron dizia. Mas isso era com uma Beretta .22, não uma Barak pesada. E quando Gabriel era jovem.

Nenhum dos quatro devolveu o cumprimento. Rebecca guiava--os pelo caminho de pedestres, um pouco cômica de terninho, escarpins e sobretudo pendendo para um lado, devido à presença de um objeto pesado no bolso. Um passo atrás dela vinha Eva e, atrás de Eva, os dois homens. Ambos pareciam capazes de violência. O que tinha a pá nas mãos era o alvo natural de Gabriel; teria de deixá-la cair para sacar a arma. O menor seria rápido, e Rebecca já tinha demonstrado sua proficiência com um revólver no tiroteio de Georgetown. Gabriel considerou que a chance de sobreviver aos próximos segundos era pequena. Ou talvez, afinal, não o matassem. Talvez o colocassem na traseira da van e o levassem a Moscou para ser julgado pelos crimes contra o czar e os camaradas cleptomaníacos do Kremlin.

O tempo que um mero mortal leva para bater palma...

Mas isso fora há muito tempo, quando ele era o príncipe de fogo, o anjo da vingança. Melhor acenar e se afastar, esperando que não o reconhecessem. Melhor ir embora com honra e corpo intactos. Ele tinha esposa e filhos em casa. Tinha um serviço para liderar e um país para proteger. E tinha a filha de Kim Philby vindo em sua direção por um caminho cheio de árvores. Ele a havia descoberto e enganado para que se traísse. Agora, ela vinha direto para os braços dele. Não, pensou, iria até o fim. Iria sair daqui com Rebecca Manning e levá-la de volta a Londres no avião de Graham Seymour.

O tempo que um mero mortal leva para bater palma...

Com os escarpins de salto alto, Rebecca dava passos curtos. Ela escorregou e quase caiu e, ao se recuperar, cruzou o olhar com o de Gabriel.

— Não estou com a roupa apropriada — falou, arrastando as palavras com seu sotaque emprestado da elite britânica. — Devia ter trazido minhas galochas.

Ela tropeçou e parou, a filha de Kim Philby, a empreitada de Sasha, a menos de três metros de onde Gabriel estava. Ele abriu o sorriso e disse, em francês:

— Achei que seria você.

Ela apertou os olhos, confusa.

— Perdão? — falou, em inglês, mas Gabriel respondeu em francês, idioma nativo de Rebecca. A língua de sua mãe.

— Foi o que seu pai disse a Nicholas Elliott em Beirute. E foi o que sua mãe me disse na Espanha na noite em que a encontramos. Ela manda um abraço, aliás. Sente muito que tenha acabado assim.

Rebecca murmurou algo em russo, algo que Gabriel não entendeu. Algo que fez o menor dos dois homens pegar sua arma. Gabriel sacou primeiro e atirou duas vezes no rosto dele, da mesma forma que tinham atirado em Konstantin Kirov em Viena. O maior tinha derrubado a pá e estava tendo dificuldades de tirar um revólver do coldre. Gabriel atirou nele também. Duas vezes. No coração.

Menos de três segundos haviam se passado, mas, nesse breve tempo, Rebecca Manning tinha sacado sua SIG Sauer e agarrara uma mecha do cabelo de Eva. Estavam sozinhos agora, só os três, à margem do rio, perto da Ilha de Swainson, na base de um enorme plátano. Não inteiramente sozinhos, pensou Gabriel. No estacionamento, um homem saía de um automóvel muito velho, segurando um saco de papel...

82

CABIN JOHN, MARYLAND

— Como você sabia sobre este lugar?

— Sua mãe me contou também.

— Foi ela quem me traiu?

— Há muito tempo — disse Gabriel.

Ele olhava diretamente nos olhos azuis selvagens de Rebecca pelo cano da Barak fumegante. No silêncio das árvores, os quatro tiros tinham soado como canhões, mas, por enquanto, carro algum havia parado na alameda para investigar. Rebecca ainda segurava Eva pelos cabelos. Puxara a mulher para perto de seu corpo e apertava a boca da SIG Sauer na lateral do pescoço, bem abaixo da curva da mandíbula.

— Vá em frente, pode matá-la — falou Gabriel, tranquilamente. — Outra agente do SVR morta não significa nada para mim. E me dá uma desculpa para matar você também.

Por sorte, ele falou essas palavras em francês, idioma que Eva não compreendia.

— Ela *era* agente do SVR — disse Rebecca. — Agora, é sua.

— Se você diz.

— Estava trabalhando para você quando entrou no café.

— Se fosse verdade, por que teria ajudado em sua fuga?

— Eu não dei muita escolha, Allon.

O sorriso de Gabriel foi sincero.

— Você é o mais perto de realeza que existe em nosso meio, Rebecca. Estou orgulhoso de que saiba meu nome.

— Não fique.

— Você tem os olhos do seu pai — comentou Gabriel —, mas a boca da sua mãe.

— Como você a encontrou?

— Não foi difícil, na verdade. Ela foi o único erro de Sasha. Ele devia tê-la levado para Moscou há muito tempo.

— Kim não permitiria.

— É assim que você o chamava?

Ela ignorou a pergunta.

— Ele casara-se de novo, com Rufina — explicou Rebecca. — Não queria bagunçar sua vida pessoal mais uma vez levando um antigo caso para morar na vizinhança.

— Então, deixou-a nas montanhas da Andaluzia — desdenhou Gabriel. — Sozinha no mundo.

— Não era tão ruim assim.

— Você sabia onde ela estava?

— É claro.

— Nunca pensou em visitá-la?

— Eu não podia.

— Porque Sasha não permitia? Ou porque teria sido doloroso demais?

— Doloroso para quem?

— Para você, é claro. Ela era sua mãe.

— Só sinto desprezo por ela.

— De verdade?

— Ela me entregou bem fácil, não? E nunca tentou entrar em contato comigo.

— Tentou uma vez, na verdade.

Os olhos azuis brilharam como os de criança.

— Quando?

— Quando você estava na Trinity College. Ela tirou uma foto sua caminhando na Jesus Lane. Você estava ao lado do muro de tijolos.

— Ela guardou?

— Era a única coisa que ela tinha.

— Você está mentindo!

— Posso mostrar a você, se quiser. Tenho a certidão de nascimento também. Sua certidão de nascimento *real*. A do Hospital Saint George, em Beirute, que traz o nome do seu verdadeiro pai.

— Nunca gostei muito do sobrenome Manning. Prefiro Philby.

— Ele fez uma coisa horrível com você, Rebecca. Não tinha o direito de roubar sua vida e fazer uma lavagem cerebral para você lutar as velhas guerras dele.

— Ninguém fez lavagem cerebral em ninguém. Eu amava Kim. Tudo o que fiz foi por ele.

— Agora acabou. Solte a arma — disse Gabriel — e me deixe levá-la para casa.

— Minha casa é em Moscou — declarou ela. — Portanto, proponho uma troca. Eu devolvo sua agente e você me concede salvo-conduto até a Federação Russa.

— Desculpe, Rebecca, mas é uma negociação que não posso aceitar.

— Nesse caso, acho que sua agente e eu vamos morrer aqui juntas.

— Não se eu matar você primeiro.

Ela deu um sorriso amargo, superior. Era o sorriso de Philby.

— Você não tem coragem de matar uma mulher, Allon. Se tivesse, já teria feito isso.

Era verdade. Rebecca era vários centímetros mais alta do que Eva e estava atrás dela no caminho íngreme. O topo da cabeça dela estava exposto, ele só precisava mirar. O rio corria a seus pés. Lentamente, com a arma apontada, ele subiu pelo caminho, ladeando as árvores. Rebecca virou-se com ele, mantendo a arma no pescoço de Eva.

O olhar dela mirou brevemente a base do plátano.

— Estou surpreso de ainda estar vivo.

— Eles vivem por uns dois séculos e meio. Provavelmente, estava aqui quando os ingleses queimaram a Casa Branca.

— Fiz o possível para terminar esse trabalho. — Outro olhar para a árvore. — Você acha que ainda está aí? A câmera que roubou mil segredos americanos?

— Por que você veio atrás disso?

— Por razões sentimentais. Sabe, eu não tenho nada dele. Quando ele morreu, Rufina e os filhos e netos *legítimos* ficaram com todas as posses. Já a filha da outra... não recebeu nada.

— Abaixe a arma, Rebecca, e podemos cavar juntos. Depois, vamos para Londres.

— Imagine o escândalo? Vai fazer o caso do terceiro homem parecer... — Ela torceu o cabelo de Eva com mais força. — Talvez fosse melhor a história terminar aqui, à margem do rio, na base de um enorme plátano.

Ela estava balançando, perdendo a fé. De repente, pareceu muito cansada. E louca, pensou Gabriel. Tinha acabado como o resto das mulheres de Philby.

— Quantos passos você acha que são? — perguntou ele.

— Do que você está falando?

— Até meu carro — explicou Gabriel. — Quantos passos da beira do rio até o meu carro?

— Ela também contou isso?

— Quantos passos do Louvre até a Notre-Dame? — provocou Gabriel. — Do arco do Triunfo até a praça da Concórdia... Da Torre Eiffel a Les Invalides...

Ela não disse nada.

— Abaixe a arma — disse ele. — Acabou.

— Abaixe a arma *você* — repetiu Rebecca. — E eu faço o mesmo.

Gabriel baixou o Barak, apontando-o para o solo molhado. Rebecca ainda estava segurando a SIG Sauer na lateral do pescoço de Eva.

— Abaixe até o fim — falou ela.

Gabriel, depois de hesitar por um momento, soltou a arma.

— Seu idiota — disse Rebecca, e mirou no peito dele.

83

CABIN JOHN, MARYLAND

Era um movimento ensinado pelo Centro de Moscou, e muito bom, por sinal. Um calcanhar no peito do pé, um cotovelo no plexo solar, o dorso de uma mão no nariz, tudo num piscar de olhos. Tarde demais, Gabriel agarrou a arma e tentou arrancar das mãos de Rebecca. O tiro atingiu Eva à maneira russa, na nuca, e ela caiu na terra úmida.

Rebecca mandou mais duas balas inofensivas nas árvores, enquanto Gabriel, ainda segurando a SIG Sauer dela, a empurrava trilha abaixo. Juntos, mergulharam nas águas geladas do Potomac. A arma ficou sob a superfície. Ela deu um rebote nas mãos de Gabriel com quatro pequenos torpedos disparados na direção da Ilha de Swainson.

Pelas contas dele, havia ainda três balas no pente. O rosto de Rebecca estava embaixo das águas escuras, de correnteza rápida. Os olhos estavam abertos e ela gritava para ele com raiva, sem se esforçar para economizar o fôlego. Gabriel a empurrou mais para o fundo enquanto outros dois tiros foram disparados.

Sobrava uma única bala. Ela escapou da arma quando a última respiração escapou dos pulmões de Rebecca. Tirando-a da água,

Gabriel ouviu passos na trilha. Em sua loucura, esperou que fosse Philby vindo salvar a filha, mas eram só Mikhail Abramov e Eli Lavon vindo salvá-lo.

Rebecca, engasgando com água do rio, caiu de joelhos na base do plátano. Gabriel jogou a arma dela no canal e começou a subir a trilha até o carro. Só mais tarde percebeu que estava contando os passos. Eram 122.

Parte Quatro

A MULHER DA ANDALUZIA

84

CABIN JOHN, MARYLAND

Uma corredora fez a descoberta às 11h15. Ela discou 911 e o operador ligou para a polícia do parque, que tinha jurisdição. Os policiais encontraram três corpos, dois homens e uma jovem, todos com ferimentos de arma de fogo. Os homens estavam com roupas comuns; a mulher, com um conjunto esportivo de cor vibrante. Ela tinha levado um tiro na nuca, ao contrário dos homens, cada um com dois tiros. Não havia veículos no estacionamento, e uma busca preliminar na cena do crime não produziu identificações. Produziu, porém, duas pistolas de fabricação russa — uma Tokarev e uma Makarov — e, curiosamente, uma pá da True Value.

O bico parecia novo e, no cabo, havia uma etiqueta de preço impecável com o nome da loja onde ela havia sido comprada. Um dos policiais ligou para o gerente, perguntando se ele tinha vendido recentemente uma pá a dois homens ou uma mulher com roupas esportivas de cor vibrante. Não, disse o gerente, mas tinha vendido uma naquela mesma manhã para uma mulher de terninho e um sobretudo castanho.

— Dinheiro ou cartão?

— Dinheiro.

— Pode descrevê-la?

— Cinquenta e poucos anos, olhos muito azuis. E sotaque — completou o gerente.

— Russo, por acaso?

— Inglês.

— Você tem vídeo?

— O que você acha?

O policial foi da cena do crime até a loja de ferramentas em exatos quatro minutos. No caminho, entrou em contato com seu supervisor, expressando a opinião de que algo significativo tinha ocorrido à margem do rio naquela manhã — mais significativo até do que a perda de três vidas — e de que o FBI precisava entrar imediatamente na jogada. O supervisor concordou e ligou para a sede do Bureau, já em pé de guerra.

O primeiro agente do FBI a chegar à cena do crime foi ninguém menos que Donald McManus. Às 11h50, ele confirmou que a mulher morta era a mesma que ele tinha visto naquela manhã no posto Shell da Wisconsin Avenue. Às 12h10, depois de ver o vídeo da loja de ferramentas, confirmou que a mulher que comprou a pá era a mesma que ele tinha visto ligar para a Embaixada Russa do telefone público do posto de gasolina.

Mas quem era ela? McManus correu para mandar uma cópia do vídeo à sede do FBI e, assim, começar a tentar ligar um nome ao rosto. O chefe da Divisão de Segurança Nacional, porém, deu uma olhada na imagem e disse para McManus nem se dar ao trabalho. A mulher era a chefe de Estação do MI6 em Washington.

— Rebecca Manning? — perguntou Donald McManus, incrédulo. — Tem certeza de que é ela?

— Tomei café com ela na semana passada.

— Você divulgou alguma informação confidencial?

Mesmo ali, nos primeiros momentos do escândalo que se desdobrava, ele sabia que não devia responder. Em vez disso, ligou para seu diretor. O diretor, em rápida sucessão, ligou para o procurador-geral, o diretor da CIA, o secretário de Estado e, por fim, a Casa Branca. O protocolo ditava que o secretário de Estado contatasse o embaixador britânico, o que ele fez às 13h30.

— Acredito que ela esteja a caminho do aeroporto de Dulles — respondeu o embaixador. — Se você correr, pode conseguir pegá-la.

Ficaria provado que o jato executivo Falcon decolara do aeroporto internacional Dulles doze minutos após as 13 horas. Havia seis passageiros a bordo, três britânicos, três israelenses. Só uma era mulher. A equipe da empresa Signature Flight Support, operadora do aeroporto, lembraria que ela parecia levemente desorientada e que estava de cabelo molhado. Vestia uma roupa de ginástica e tênis de corrida novos, assim como um dos homens, um israelense meio baixinho com têmporas grisalhas e olhos muito verdes. Além disso, um dos passageiros — seu passaporte britânico o identificava como Peter Marlowe — estava com o braço numa tipoia. Em resumo, concordou a equipe, pareciam ter passado por poucas e boas. Para dizer o mínimo.

Quando o avião pousou em Londres, os oficiais de Washington estavam em polvorosa. Pelas 24 horas seguintes, porém, a tempestade permaneceu confidencial, compartimentalizada e basicamente confinada ao reino do secreto. Dos três cadáveres encontrados perto do rio, o FBI falou muito pouco ou quase nada, apenas que parecia um roubo que dera errado e que as vítimas ainda não tinham sido identificadas, o que não era exatamente verdade.

Nos bastidores, a investigação avançava a passos rápidos, e com resultados alarmantes. A análise balística determinou que os dois homens tinham sido mortos por uma arma calibre .45 — disparada por um atirador de habilidade considerável — e que a mulher conhecida como Eva Fernandes morrera com um único tiro 9mm disparado a queima-roupa. Analistas da Divisão de Segurança Nacional do Bureau investigaram o pedido de *green card* dela, bem como o histórico de viagem e a alegação duvidosa de nacionalidade brasileira. Logo concluíram que muito provavelmente ela era agente ilegal do SVR, o Serviço de Inteligência Estrangeiro da Rússia. Os dois homens, determinou o FBI, tinham empregos parecidos, embora fossem detentores de passaportes diplomáticos russos. Um se chamava Vitaly Petrov e o outro, Stanislav Zelenko. Os dois tinham trabalhos diplomáticos falsos de baixa hierarquia, Petrov na embaixada de Washington e Zelenko em Nova York.

O que fazia com que o silêncio oficial da Rússia fosse ainda mais estranho. A embaixada em Washington não fez inquérito algum sobre os dois mortos, nem expressou qualquer protesto. A NSA também não detectou qualquer aumento nas comunicações criptografadas entre a embaixada e o Centro de Moscou. Era óbvio que os russos escondiam algo. Algo mais valioso que uma mensageira ilegal do Brasil e dois agentes fortões. Algo como Rebecca Manning.

Langley não imitou o silêncio russo. Aliás, se os intrusos estivessem escutando, o que certamente estavam, podiam muito bem ter notado um pico agudo de ligações seguras entre o sétimo andar da sede da CIA e Vauxhall Cross. Se conseguissem quebrar a criptografia impenetrável, teriam, sem dúvida, gostado do que ouviriam. Nos dias seguintes à fuga de Rebecca, a relação entre a CIA e o MI6 se deteriorou a níveis inéditos desde 1963, quando certo Kim Philby fugiu de Beirute e pousou em Moscou.

Mais uma vez, os americanos bradaram em indignação e exigiram respostas. Por que Rebecca Manning tinha contatado a

Embaixada Russa? Ela era espiã russa? Se sim, há quanto tempo? Quanto tinha traído? Era responsável pelos três cadáveres encontrados à margem do Potomac, perto da Ilha de Swainson? Qual era a ligação dos israelenses? E por que, pelo amor de Deus, ela tinha comprado uma pá na loja de ferramentas True Value da esquina do boulevard MacArthur com a Goldsboro Road?

Não havia como esconder o que aconteceu e, para o crédito de Graham Seymour — pelo menos aos olhos dos poucos apoiadores que ele ainda tinha na comunidade de inteligência norte-americana —, ele não tentou. Anuviou um pouco as coisas, era verdade, mas não contou nenhuma mentira direta aos americanos, pois, se o tivesse feito, o casamento podia ter acabado ali mesmo. Basicamente, ele ganhou tempo e implorou para Langley manter o nome de Rebecca fora dos jornais. Um escândalo público, disse, não seria bom para ninguém. Além do mais, daria mais uma vitória para o czar, que andava numa maré de sorte. Melhor lidar com os danos em particular e começar a reparar o relacionamento.

— Não existe relacionamento — disse o diretor da CIA, Morris Payne, a Seymour em uma ligação segura quatro dias depois da volta de Rebecca a Londres. — Não até termos certeza de que o vazamento foi consertado e seu serviço não está mais deixando entrar água russa.

— Você já teve seus problemas também, e nós nunca ameaçamos deixar de cooperar.

— É porque vocês precisam mais de nós do que o contrário.

— Que cordial da sua parte, Morris. Que diplomático.

— Para o inferno com a cordialidade! Onde ela está, aliás?

— Prefiro não dizer nesta linha.

— Há quanto tempo isso está acontecendo?

— Essa — respondeu Seymour, com a precisão de um advogado — é uma questão que nos interessa muito.

— Fico aliviado em saber. — Payne xingou alto, com grande efeito. — Cathy e eu a tratamos como família, Graham. Deixamos que ela entrasse na nossa casa. E como ela me pagou? Roubou meus segredos e me apunhalou pelas costas. Me sinto...

— Como, Morris?

— Me sinto como James Angleton deve ter se sentido quando seu bom amigo Kim Philby desertou para Moscou.

Podia ter acabado ali, com os russos em silêncio e os primos brigando, se não fosse uma matéria no *Washington Post* uma semana após a partida às pressas de Rebecca Manning. Era obra de uma repórter que já tinha escrito com autoridade sobre questões de segurança nacional e, como sempre, as fontes estavam cuidadosamente camufladas. A origem mais provável do vazamento, porém, era o FBI, que nunca tinha ficado confortável com a ideia de varrer Rebecca Manning e os três russos para debaixo do tapete.

O vazamento era seletivo. Mesmo assim, a reportagem foi uma bomba. Afirmava que as três pessoas encontradas mortas à margem do Potomac não eram vítimas de um assalto, mas oficiais do SVR. Dois tinham passaporte diplomático e a outra era uma ilegal se passando por brasileira. Como e por que tinham sido mortos, ainda não se sabia, mas dizia-se que o FBI investigava o envolvimento de, pelo menos, dois serviços de inteligência estrangeiros.

A matéria teve uma consequência importante: a Rússia não podia mais ficar quieta. O Kremlin reagiu com fúria e acusou os Estados Unidos de um assassinato a sangue frio, uma acusação que o governo negou vigorosa e repetidamente. Os três dias seguintes foram uma sucessão de vazamentos e contravazamentos, até, por fim, tudo desaguar na capa do *New York Times*. Ao menos, uma parte. Os especialistas da TV a cabo declararam que era o pior caso de espionagem desde o desastre de Kim Philby. Nisso, ainda que em mais nada, estavam totalmente corretos.

Havia muitas questões ainda a responder no que dizia respeito ao recrutamento de Rebecca Manning como agente russa. Havia questões também sobre o papel de Gabriel Allon, supostamente a bordo da aeronave que levara Rebecca Manning a Londres. Da capital inglesa, apenas silêncio. De Tel Aviv, também.

85

TEL AVIV — JERUSALÉM

Ele foi visto naquele mesmo dia chegando ao escritório do primeiro-ministro para a reunião semanal do gabinete turbulento de Israel, vestido com um terno azul elegante e uma camisa branca, e sem um arranhão. Quando um repórter pediu um comentário sobre o desmascaramento de Rebecca Manning como espiã russa, ele sorriu e não disse nada. Na sala do gabinete, rabiscava em seu caderno enquanto os ministros debatiam, perguntando-se, o tempo todo, como o povo israelense conseguia prosperar apesar dos péssimos políticos. Quando chegou sua vez de falar, ele informou sobre uma incursão recente conduzida por elementos do Escritório e das Forças de Defesa de Israel contra militantes islâmicos na península de Sinai, com a benção tática do novo faraó. Não mencionou o fato de que a operação tinha ocorrido enquanto ele sobrevoava o Atlântico tentando conduzir o primeiro interrogatório de Rebecca Manning. Graham Seymour o cortara sumariamente. Em Londres, eles se despediram quase sem dizer adeus.

No boulevard Rei Saul, o trabalho de proteger o país de suas múltiplas ameaças seguia normalmente, como se nada tivesse acontecido. Na reunião de equipe da segunda de manhã, houve a gritaria usual por causa de recursos e prioridades, mas ninguém falou o nome de Rebecca Manning. O Escritório tinha outros problemas urgentes. Os ataques secretos em Sinai eram só uma faceta da nova estratégia israelense de trabalhar de perto com os regimes sunitas do Oriente Médio contra seu inimigo comum, a República Islâmica do Irã. A retirada americana da região criara um vácuo, ocupado, rapidamente, por iranianos e russos. Israel funcionava como baluarte contra a crescente ameaça iraniana, com Gabriel e o Escritório como a ponta de lança. Além do mais, o imprevisível presidente dos Estados Unidos decretara sua intenção de acabar com o acordo que adiava as ambições nucleares do Irã. Gabriel esperava que a reação dos iranianos fosse reforçar o programa de armas, e estava criando um novo programa de coleta de inteligência e sabotagem para impedir isso.

Ele também esperava que os russos retaliassem pela perda de Rebecca Manning. Portanto, não ficou surpreso com a notícia, no fim daquela semana, de que Werner Schwarz morrera em Viena depois de cair de uma janela de seu apartamento. Era a mesma que ele usava para sinalizar ao Centro de Moscou que queria um encontro. Não foi encontrado bilhete de suicídio, mas a Bundespolizei achou várias centenas de milhares de euros guardadas em uma conta bancária particular. A imprensa austríaca aventou a possibilidade de a morte estar, de alguma forma, relacionada ao assassinato de Konstantin Kirov. O Ministério do Interior austríaco também se perguntou isso.

Internamente, havia um relatório oficial para escrever e uma defesa legal protetiva para preparar, mas Gabriel achou várias desculpas para evitar os interrogadores e os advogados do Escritório. Eles queriam saber o que acontecera à margem do Rio Potomac, em Maryland. Quem matara os dois capangas russos, Petrov e Zelenko? E a ilegal que concordara em ludibriar Rebecca Manning em troca de asilo em Israel? Uzi Navot tentou arrancar as informações de Mikhail e Eli Lavon, mas os dois responderam, com honestidade, que chegaram à cena com os três russos já mortos. Portanto, não podiam afirmar como tudo terminara de tal forma.

— E vocês nunca *perguntaram* o que aconteceu?

— Nós tentamos — disse Lavon.

— E Rebecca?

— Nem um pio. Foi um dos piores voos da minha vida, e eu já peguei uns bem ruins.

Eles estavam no escritório pequeno de Lavon, que parecia uma gaiola. Era cheio de cacos de cerâmica, moedas e ferramentas antigas. Em seu tempo livre, Lavon era um dos mais importantes arqueólogos de Israel.

— Vamos supor — disse Navot — que foi Gabriel quem matou os dois capangas.

— Vamos — concordou Lavon.

— Então, como a garota acabou morta? E como Gabriel sabia que Rebecca ia estar lá? E por que diabos ela parou para comprar uma pá?

— Por que você está perguntando para mim?

— Você é arqueólogo.

— Só sei — disse Lavon — que o chefe do Escritório tem sorte de estar vivo. Se tivesse sido você...

— Estariam gravando meu nome na parede de um memorial.

Se alguém merecia ter o nome na parede, pensou Lavon, era o homem que encontrou Rebecca Manning, mas ele não aceitaria louros. A única recompensa eram algumas noites em casa com a esposa e os filhos, para variar. Dessa vez, porém, até eles sentiram que algo o estava incomodando. Uma noite, Irene o interrogou enquanto ele se sentava à beira da cama dela. Ele mentia mal, nem os filhos acreditavam.

— Fique comigo, Abba — ordenou ela, naquela mescla peculiar de italiano e hebraico, quando Gabriel tentou ir embora. — Por favor, nunca me abandone.

Gabriel ficou no quarto até Irene entrar em sono profundo. Na cozinha, serviu-se de uma taça de shiraz da Galileia e sentou-se à pequena mesa, assistindo carrancudo às notícias de Londres enquanto Chiara preparava o jantar. Na tela, Graham Seymour estava curvado no banco de trás de uma limusine saindo de Downing Street, onde tinha oferecido sua demissão por causa do escândalo que recaía sobre o Serviço Secreto de Inteligência sob seu comando. O primeiro-ministro Lancaster recusara-se a aceitar — pelo menos, por enquanto, segundo um assessor anônimo de Downing Street. Houve ligações da investigação parlamentar obrigatória e, pior, um inquérito independente apontou informações falsas do MI6 em relação às armas de destruição em massa no Iraque. E Alistair Hughes?, gritou a mídia. A morte na sonolenta Berna estava de alguma forma ligada à traição de Rebecca Manning? Ele também era espião russo? Havia um terceiro homem à espreita? Em resumo, era exatamente o tipo de espetáculo público que Seymour tentara evitar.

— Por quanto tempo ele vai conseguir manter segredo? — perguntou Chiara.

— Sobre qual parte?

— A identidade do pai de Rebecca Manning.

— Imagino que dependa de quantas pessoas dentro do MI6 sabem que ela se refere a si mesma como Rebecca Philby.

Chiara colocou uma tigela de *spaghetti al pomodoro* diante de Gabriel. Ele a embranqueceu com queijo ralado, mas hesitou antes da primeira garfada.

— Preciso dizer algo — falou ele, por fim — sobre o que aconteceu naquela manhã à margem do rio.

— Acho que tenho uma boa ideia.

— Tem?

— Você estava em um lugar onde não devia estar, sozinho, sem reforços nem guarda-costas. Por sorte, teve o bom senso de colocar uma arma no bolso ao sair pela porta da casa segura.

— Uma arma grande.

— Quarenta e cincos nunca foram sua preferência.

— Altas demais — falou Gabriel. — Fazem muita bagunça.

— A ilegal foi morta com uma 9mm — apontou Chiara.

— Eva — explicou Gabriel. — Pelo menos, era esse o nome brasileiro dela. Nunca nos contou o verdadeiro.

— Imagino que Rebecca a tenha matado.

— Imagino que sim.

— Por quê?

Gabriel hesitou, depois disse:

— Porque eu não matei Rebecca antes.

— Não conseguiu?

— Não — disse Gabriel. Não tinha conseguido.

— Agora, sente-se culpado porque a mulher que você coagiu a fazer o que você queria está morta.

Gabriel não respondeu.

— Mas você está incomodado com mais alguma coisa. — Recebida pelo silêncio, Chiara completou: — Diga, Gabriel, quão perto da morte você chegou na semana passada?

— Mais perto do que eu gostaria.

— Pelo menos, você é honesto.

Chiara olhou para a televisão. A BBC encontrara uma foto antiga de Rebecca, tirada quando ela estava na Trinity College. Ela se parecia muito com o pai.

— Quanto tempo eles conseguem manter em segredo? — perguntou Chiara, mais uma vez.

— Quem ia acreditar numa história dessas?

Na tela da televisão, a velha fotografia de Rebecca Manning desapareceu. No lugar dela, surgiu outra imagem de Graham Seymour.

— Você só cometeu um erro, meu amor — disse Chiara, após um momento. — Se a tivesse matado quando teve a chance, nada disso teria acontecido.

Naquela madrugada, enquanto Chiara dormia ao seu lado, Gabriel sentou-se com um laptop apoiado nas coxas e com fones de ouvido, e assistiu, repetidamente, aos mesmos quinze minutos de vídeo. Gravado com um Samsung Galaxy, ele começava às 7h49, quando uma mulher de terninho e sobretudo castanho entrava em um Starbucks ao norte de Georgetown, e se juntava à fila do caixa. Oito pessoas esperavam à sua frente. Nos fones, Gabriel escutou o barista cantando "A Change Is Gonna Come" muito bem. Graham Seymour, lembrou, não tinha visto a apresentação. Estava fora da casa no momento, no jardim emaranhado do posto de comando, atendendo a uma ligação de Vauxhall Cross.

Eram 7h54 quando a mulher fez o pedido, um café torrado, nada para comer, e 7h56 quando ela se sentou a uma mesa comunitária e pegou o iPhone. Executou vários comandos, todos com o dedão direito. Então, às 7h57, ela colocou o iPhone na mesa e tirou o BlackBerry da bolsa. A senha era longa e inquebrável como pedra, doze caracteres, digitada com os dois dedões. Depois de digitá-la, ela olhou para a tela. O barista estava cantando "What's Going On".

"*Mother, mother...*"

Às 7h58, a mulher pegou de novo o iPhone, olhou para a tela, olhou ao redor do interior do café. Tensa, pensou Gabriel, o que não era comum para ela. Então, bateu várias vezes na tela do iPhone, rápido, e o guardou na bolsa. Levantou-se e jogou o café no buraco do balcão de condimentos. A porta estava à sua direita. Em vez disso, ela foi para a esquerda, nos fundos do estabelecimento.

Quando se aproximou do Samsung Galaxy, o rosto era uma máscara branca. Gabriel pausou o vídeo e fitou os olhos azuis de Kim Philby. Ela ficara assustada, como sugerira Graham Seymour, ou fora avisada? Se sim, por quem?

Sasha era o suspeito mais óbvio. Era possível que ele estivesse monitorando a entrega de longe, com equipes na rua ou dentro do próprio café. Podia ter visto algo que não gostou, algo que o fez ordenar que o trabalho de sua vida abortasse o plano sem transmitir a mensagem e fugisse para um esconderijo pré-combinado. Se fosse o caso, por que Rebecca fora embora? Por que tinha ido para os braços de Eva Fernandes em vez de uma equipe de extração do SVR?

Porque *não havia* equipe de extração, pensou Gabriel, lembrando-se do êxodo rápido, por volta das 8h20, de ativos conhecidos do SVR pelos fundos da Embaixada Russa. Ainda não. Ele ajustou o tempo do vídeo e clicou no PLAY para continuar. Eram 7h56 em um Starbucks ao norte de Georgetown. Uma mulher de terninho e um sobretudo castanho senta-se a uma mesa comunitária e executa vários comandos num iPhone. Às 7h57, troca o iPhone por um BlackBerry, mas, às 7h58, volta ao iPhone.

Gabriel clicou no PAUSE.

Lá estava, pensou. O leve baque no corpo, o arregalar quase imperceptível dos olhos. Foi nesse momento que aconteceu, às 7:58:46, no iPhone.

Reiniciou o vídeo e assistiu a Rebecca Manning digitar vários comandos no iPhone — comandos que sem dúvida deletaram o relatório ao Centro de Moscou e o software do SVR. Gabriel imaginou que ela também apagara a mensagem com o alerta para fugir. Talvez o FBI a tivesse encontrado, talvez não. Não tinha importância; nunca compartilharia com alguém como ele. Os britânicos eram primos. Primos distantes, mas, ainda assim, primos.

Gabriel abriu o browser do laptop e passou os olhos pelas manchetes dos jornais londrinos. Eram uma pior do que a outra. *Se a tivesse matado quando teve a chance, nada disso teria acontecido.* Sim, pensou ele, deitando-se ao lado de sua esposa adormecida no escuro, isso explicaria tudo.

86

EATON SQUARE, LONDRES

Gabriel voou para Londres três dias mais tarde com um passaporte diplomático israelense com um nome falso. Um destacamento de segurança da embaixada o encontrou na chegada ao aeroporto de Heathrow, bem como uma equipe de vigilância não tão disfarçada do braço A4 do MI5. Ele telefonou para Graham Seymour durante o caminho para o centro da cidade e pediu uma reunião. Seymour concordou em vê-lo às 21 horas em sua casa em Eaton Square. O horário tarde sugeria que não seria oferecido jantar, e o cumprimento indiferente de Helen Seymour confirmou isso.

— Ele está lá em cima — anunciou ela, com frieza. — Acho que você sabe o caminho.

Quando Gabriel entrou no escritório no primeiro andar, Seymour revisava o conteúdo de um arquivo confidencial listrado de vermelho. Ele fez uma marcação com uma caneta tinteiro Parker verde e jogou o arquivo às pressas em uma maleta de aço inoxidável. Até onde Gabriel sabia, Seymour já trancara até a prataria. Ele não se levantou nem ofereceu a mão. Também não sugeriu irem para sua câmara antiescuta pessoal. Gabriel supôs que não fosse necessário. O MI6 não tinha mais segredos a perder. Rebecca Manning entregara todos aos russos.

— Sirva-se — disse Seymour, o olhar indiferente para o carrinho de bebidas.

— Não, obrigado — respondeu Gabriel, e, sem ser convidado, sentou-se.

Seguiu-se um silêncio pesado como chumbo. De repente, ele se arrependeu de ter viajado até Londres. O relacionamento deles, temia, seria irreparável. Ele se lembrou com afeto da tarde no Chalé Wormwood vasculhando os velhos arquivos em busca do nome de Kim Philby. Se Gabriel soubesse que chegaria a isso, teria sussurrado o nome de Philby no ouvido de Seymour e lavado as mãos.

— Feliz? — perguntou Seymour, enfim.

— Meus filhos estão bem e minha esposa parece estar gostando bastante de mim no momento. — Gabriel deu de ombros. — Então, sim, suponho que estou tão feliz quanto posso ser.

— Não foi isso que eu quis dizer.

— Um amigo de quem eu gosto está sendo atacado por algo que não foi culpa dele. Estou preocupado com seu estado.

— Parece algo que li num cartão de pêsames.

— Por favor, Graham, não vamos fazer isso. Já passamos por coisa demais juntos.

— E, de novo, você é o herói e eu preciso limpar a bagunça.

— Não existem heróis em uma situação como essa. Todo mundo sai perdendo.

— Exceto pelos russos. — Seymour foi até o carrinho e colocou um dedo de uísque num copo. — Keller manda saudações, aliás.

— Como ele está?

— Infelizmente, os médicos dizem que vai sobreviver. Ele está por aí com um segredo muito importante na cabeça.

— Algo me diz que seu segredo está seguro com Christopher Keller. Quem mais sabe?

— Ninguém, só o primeiro-ministro.

— Um total de três pessoas dentro do Governo de Sua Majestade — conferiu Gabriel.

— Quatro — corrigiu Seymour — se incluirmos Nigel Whitcombe, que tem uma ideia considerável.

— E Rebecca.

Seymour não respondeu.

— Ela está falando? — perguntou Gabriel.

— A última pessoa no mundo com quem eu quero falar — disse Seymour — é Rebecca Manning.

— Eu gostaria de dar uma palavra com ela.

— Já teve sua chance. — Seymour contemplou Gabriel por cima do uísque. — Como você sabia que ela estaria lá?

— Tive um pressentimento de que ela ia querer pegar algo antes de sair do país. Algo que o pai dela deixou lá em 1951, depois das deserções de Guy Burgess e Donald Maclean.

— A câmera e o filme?

Gabriel assentiu.

— Isso explicaria a pá. Mas como você sabia onde eles estavam enterrados?

— Fui informado por fonte segura.

— Por Charlotte Bettencourt?

Gabriel não disse nada.

— Quem me dera você tivesse levado aquela pá quando foi embora...

Gabriel pediu para Seymour explicar.

— Podíamos ter tirado Rebecca de Washington sem os americanos saberem — continuou Seymour. — O vídeo dela comprando a pá na loja de ferramentas foi o que a denunciou.

— Como você teria explicado os três agentes mortos do SVR?

— Com muito cuidado.

— E a volta repentina de Rebecca a Londres?

— Um problema de saúde — sugeriu Seymour. — Uma nova missão.

— Um disfarce.

— Palavras suas. Não minhas.

Gabriel ficou pensativo.

— Os americanos teriam percebido.

— Graças a você, nunca saberemos.

Gabriel ignorou o comentário.

— Aliás, teria sido muito melhor se Rebecca tivesse ido embora de Washington com os russos. — Ele pausou, antes de completar: — Que era o que você queria, não era, Graham?

Seymour não disse nada.

— Por isso você mandou uma mensagem para o iPhone dela dois minutos antes de a janela abrir, alertando-a a não transmitir o relatório. É por isso que você disse para ela fugir.

— Eu? — questionou Seymour. — Por que eu faria uma coisa dessas?

— Pelo mesmo motivo que o MI6 deixou Kim Philby fugir em 1963. Melhor ter o espião em Moscou que num tribunal inglês.

O sorriso de Seymour foi condescendente.

— Pelo jeito, você descobriu tudo. Mas não foi você que me disse que meu chefe de Estação em Viena era espião russo?

— Você consegue inventar uma desculpa melhor que essa, Graham.

O sorriso de Seymour desapareceu.

— Se eu tivesse que chutar — continuou Gabriel —, diria que você mandou a mensagem do jardim enquanto supostamente atendia àquela ligação urgente de Vauxhall Cross. Ou talvez tenha pedido para Nigel fazer isso por você, para não deixar digitais.

— Se alguém disse para Rebecca fugir — disse Seymour —, foi Sasha.

— Não foi Sasha, foi você.

O silêncio voltou. Então, é assim que acaba, pensou Gabriel. Ele se levantou.

— Caso você esteja se perguntando — falou Seymour, de repente —, a negociação já foi feita.

— Que negociação?

— Para mandar Rebecca a Moscou.

— Patético — murmurou Gabriel.

— Ela é cidadã russa e coronel do SVR. É o lugar dela.

— Pode dizer isso a si mesmo, Graham. Talvez até chegue a acreditar.

Seymour não respondeu.

— Quanto você recebeu por ela?

— Todo mundo que pedimos.

— Imagino que os americanos tenham aproveitado também. — Gabriel balançou a cabeça devagar. — Quando você vai aprender, Graham? Quantas outras eleições o czar tem de manipular? Quantos outros oponentes políticos ele tem que assassinar no seu território? Quando você vai enfrentá-lo? Precisa tanto assim do dinheiro dele? É só isso que está mantendo esta cidade supervalorizada de pé?

— A vida é bem preto no branco para você, não é?

— Só no que diz respeito a fascistas. — Gabriel dirigiu-se para a porta.

— A negociação — disse Seymour — tem uma condição.

Gabriel parou e se virou.

— Qual é?

— Sergei Morosov. Ele está com você, e os russos o querem.

— Você não pode estar falando sério.

Com sua expressão, Seymour deixou claro que estava.

— Adoraria poder ajudar — disse Gabriel —, mas Sergei Morosov está morto. Lembra? Diga a Rebecca que sinto muito, mas ela vai passar o resto da vida aqui na Inglaterra.

— Pode dizer você mesmo.

— Do que está falando?

— Você falou que queria dar uma palavra com ela.

— E quero.

— Acontece — falou Seymour — que ela também quer dar uma palavra com você.

87

TERRAS ALTAS, ESCÓCIA

Gabriel passou aquela noite no apartamento seguro da Bayswater Road e, pela manhã, embarcou em um avião de transporte militar no campo aéreo de RAF Northolt, na fronteira da grande Londres. O destacamento de segurança do MI6 não lhe deu nenhuma pista sobre o destino, mas a longa duração do voo e a configuração do terreno lá embaixo deixavam o norte da Escócia como única possibilidade. Rebecca Manning, aparentemente, tinha sido banida para a extremidade de seu reino.

Por fim, Gabriel viu uma faixa de areia dourada e uma pequena cidade à beira-mar, além de duas estradas esculpidas como um X de lado a lado em uma área de fazendas que parecia uma colcha de retalhos. Era RAF Lossiemouth. Uma caravana de Range Rovers esperava na pista varrida pelo vento. Eles dirigiram por vários quilômetros pelos pequenos morros cobertos de urze e tojo até, finalmente, chegarem ao portão de uma casa de campo remota. Parecia algo que o MI6 tomara emprestado durante a guerra e esquecera de devolver.

Por trás da cerca dupla, guardas à paisana patrulhavam amplos gramados verdes. Lá dentro, um homem desagradável chamado

Burns brifou Gabriel sobre questões de segurança e o estado mental da prisioneira.

— Assine isto — disse ele, colocando um documento debaixo do nariz de Gabriel.

— O que é?

— Uma declaração de que você nunca vai discutir nada que viu ou ouviu hoje.

— Sou cidadão do Estado de Israel.

— Não importa, a gente dá um jeito.

A câmara à qual Gabriel foi levado não era exatamente uma masmorra, mas podia muito bem ser. Chegava-se a ela por uma série de degraus de pedra longos e sinuosos, que cheiravam a umidade e esgoto. As paredes de pedra originais tinham sido cobertas com concreto. A tinta era branca como osso — branca, pensou Gabriel, como um *pueblo blanco* nos morros da Andaluzia. As luzes brilhavam com a intensidade de lâmpadas cirúrgicas e zumbiam com a corrente elétrica. Câmeras olhavam dos cantos e alguns guardas vigiavam através de um espelho falso blindado.

Uma cadeira fora disposta para Gabriel em frente às barras da cela de Rebecca. Havia uma cama de armar bem arrumada e uma mesa pequena com uma pilha de romances antigos. Havia também vários jornais; Rebecca, pelo jeito, estava acompanhando o progresso de seu caso. Ela vestia uma calça de veludo larga e um suéter escocês pesado para se proteger do frio. Parecia menor do que da última vez em que Gabriel a vira, e muito magra, como se tivesse começado uma greve de fome em troca de sua liberdade. Não usava maquiagem e o cabelo estava liso e lambido. Gabriel não tinha certeza de se ela merecia tudo isso. Philby, talvez, mas não o fruto da traição.

Depois de um momento de hesitação mútua, Gabriel aceitou relutante a mão que ela tinha esticado entre as barras. A palma estava áspera e seca.

— Por favor, sente-se — sugeriu ela, afável, e Gabriel, de novo com hesitação, acomodou-se na cadeira. Um guarda lhe levou chá. Estava doce e com leite. A xícara era pesada.

— Nada para você? — perguntou ele.

— Só tenho permissão na hora das refeições. — Intencionalmente ou não, ela abandonara o sotaque inglês. Parecia e soava muito francesa. — Me parece uma regra boba, mas é isso.

— Se for um incômodo...

— Não, por favor — insistiu ela. — Deve ter sido uma longa viagem. Ou talvez não — completou. — Para falar a verdade, não tenho ideia de onde estou.

Para falar a verdade...

Gabriel se perguntou se ela era capaz disso, ou se sabia discernir verdade e mentira.

Ela se sentou na beirada da cama de armar, os joelhos juntos e os pés plantados no chão de concreto. Usava mocassins de camurça com pele dentro, sem cadarços. A cela não continha nada que ela pudesse usar para se machucar. Parecia uma precaução inútil. A Rebecca Manning que Gabriel encontrara à margem do Potomac não era o tipo suicida.

— Tive medo de você não vir — disse ela.

— Por quê? — perguntou ele, com sinceridade.

— Porque eu o teria matado naquele dia se não fosse...

— Admiro sua honestidade — interrompeu Gabriel.

Ela sorriu com o absurdo da afirmação.

— Isso não o incomoda?

— Encontrar alguém que já tentou me matar?

— Sim.

— Já virou um hábito.

— Você tem muitos inimigos em Moscou — apontou ela.

— Agora mais do que nunca, suspeito.

— Talvez eu possa mudar a opinião do SVR sobre você quando assumir meu novo posto no Centro de Moscou.

— Vou esperar sentado.

— Faça isso. — Ela sorriu sem abrir os lábios. Talvez Gabriel estivesse errado sobre ela. Talvez o lugar dela fosse em uma gaiola. — Na verdade — continuou —, duvido que eu vá lidar muito com o Oriente Médio. A mesa da Grã-Bretanha é o lugar mais natural para mim.

— Mais um motivo por que seu governo nem devia considerar entregar uma traidora como você.

— Não é *meu* governo, e eu não sou traidora. Sou agente de penetração. Não é culpa minha os ingleses serem idiotas o suficiente para me contratar e depois me promover a C/Washington.

Fingindo tédio, Gabriel olhou para o relógio.

— Graham disse que você tinha algo a discutir comigo.

Ela fez uma careta.

— Você me decepciona, monsieur Allon. Realmente não quer me perguntar nada?

— Para quê? Você só ia mentir.

— Pode valer a pena tentar. Dou-lhe uma — disse ela, provocando. — Dou-lhe duas...

— Heathcliff — soltou Gabriel.

Ela fez um biquinho.

— Pobre Heathcliff.

— Imagino que tenha sido você quem o entregou.

— Não nominalmente, é claro. Eu nunca soube o nome dele. Mas o Centro de Moscou usou meus relatórios para identificá-lo.

— E o endereço do apartamento seguro?

— Isso veio direto de mim.

— Quem contou a você?

— Quem você acha?

— Se eu tivesse que chutar — disse Gabriel —, Alistair Hughes.

A expressão dela ficou sombria.

— Como você sabia que ele estava indo a uma médica na Suíça?

— Ele também me contou. Eu era a única pessoa dentro do Seis em que ele confiava.

— Grande erro.

— De Alistair, não meu.

— Vocês foram amantes?

— Por nove meses medonhos — confirmou ela, revirando os olhos. — Em Bagdá.

— Imagino que Alistair tivesse sentimentos diferentes.

— Ele estava bastante apaixonado por mim. O tonto queria se separar de Melinda.

— Tem gosto para tudo.

Ela não disse nada.

— Seu interesse romântico nele era de natureza profissional?

— É claro.

— O Centro de Moscou sugeriu o caso?

— Na verdade, foi ideia minha.

— Por quê?

Ela olhou de forma longa e deliberada para uma das câmeras, como se para lembrar Gabriel que a conversa deles estava sendo monitorada.

— No dia em que meu pai morreu — disse ela —, Alistair e eu estávamos trabalhando na estação de Bruxelas. Como você pode imaginar, fiquei muito abalada. Mas Alistair ficou...

— Feliz com a notícia?

— Radiante.

— E você nunca o perdoou por isso?

— Como eu poderia?

— Você deve ter notado os comprimidos quando estava transando com ele.

— Era difícil não notar. Alistair estava muito mal em Bagdá. Ficou ainda pior depois que eu terminei nosso caso.

— Mas vocês continuaram amigos?

— Confidentes — sugeriu ela.

— O que você fez quando soube que ele viajava à Suíça sem contar a Vauxhall Cross?

— Guardei a informação para quando fosse necessária.

— E foi — disse Gabriel — quando VeeVee Gribkov tentou desertar em Nova York.

— Muito.

— Então, você contou para Sasha sobre Alistair, e Sasha começou uma operação para fazer parecer que seu ex-amante era o infiltrado.

— Problema resolvido.

— Não exatamente — disse Gabriel. — Você sabia que eles planejavam matá-lo?

— Isso não é uma brincadeira de crianças, monsieur Allon. Você mais do que ninguém sabe disso.

A mesa britânica no Centro de Moscou, pensou Gabriel, logo estaria em mãos hábeis; ela era mais cruel do que eles. Gabriel tinha milhares de perguntas, mas, de repente, só queria ir embora. Rebecca Manning pareceu sentir que ele estava inquieto. Ela cruzou e descruzou as pernas e passou a palma da mão, vigorosamente, pela superfície da calça de veludo.

— Eu queria saber — o sotaque inglês tinha voltado — se posso pedir-lhe um favor.

— Já pediu.

Ela franziu o cenho mostrando consternação.

— Você tem o direito de ser sarcástico, mas, por favor, me ouça.

Com um pequeno movimento de cabeça, Gabriel convidou-a a continuar.

— Minha mãe...

— Sim?

— Ela está bem?

— Está morando sozinha nas montanhas da Andaluzia há quase quarenta anos. Como você acha que ela está?

— E a saúde dela?

— Um problema no coração.

— Uma doença comum em mulheres que conheceram meu pai.

— Em homens também.

— Você parece ter desenvolvido uma relação com ela.

— Nosso encontro não foi muito agradável.

— Mas ela contou a você sobre o...

— Sim — confirmou Gabriel, olhando para uma das câmeras. — Contou.

Rebecca esfregava a palma na calça de novo.

— Eu q-q-queria saber — gaguejou — se você podia falar com ela p-p-por mim.

— Assinei um papel há alguns minutos declarando, entre outras coisas, que não transmitiria mensagem alguma ao mundo exterior.

— O governo britânico não tem poder sobre você. Pode fazer o que quiser.

— Eu *não quero*. Além do mais — completou Gabriel —, você tem o SVR para entregar sua correspondência.

— Minha mãe os detesta.

— Com razão.

Um silêncio caiu entre eles. Só havia o zunido das lâmpadas, que irritava Gabriel.

— Você acha — falou Rebecca, enfim — que ela t-t-talvez... quando eu estiver em Moscou...

— Vai ter que perguntar você mesma.

— Estou perguntando a *você*.

— Ela já não sofreu o suficiente?

— Nós duas sofremos.

Por causa *dele*, pensou Gabriel.

Ele se levantou abruptamente. Rebecca também. Mais uma vez, a mão se esticou entre as barras. Ignorando-a, Gabriel deu uma batidinha no espelho falso e esperou que os guardas destrancassem a porta externa.

— Você cometeu um erro em Washington — disse Rebecca, puxando a mão.

— Só um?

— Devia ter me matado quando teve a chance.

— Minha esposa me disse a mesma coisa.

— Ela se chama Chiara. — Rebecca sorriu friamente por trás das barras de sua cela. — Mande meus cumprimentos.

Passava alguns minutos das 14 horas quando o avião de transporte pousou no RAF Northolt, num subúrbio de Londres. Heathrow ficava cinco quilômetros ao sul, portanto, Gabriel tinha tempo mais que suficiente para pegar o voo das 16h45 da British Airways com destino a Tel Aviv. Atipicamente, ele aceitou uma taça de champanhe antes da decolagem. Merecia, disse a si mesmo. Depois, pensou em Rebecca Manning em sua gaiola, em Alistair Hughes em seu caixão e em Konstantin Kirov em uma rua coberta de neve, em Viena, e devolveu a taça intocada à aeromoça. Enquanto o avião corria pela pista, a chuva pulsava na janela de Gabriel como sangue nas veias. Todo mundo saiu perdendo, pensou, vendo a Inglaterra encolhendo abaixo de si. Todo mundo, menos os russos.

88

ZAHARA, ESPANHA

A troca aconteceu seis semanas depois, na pista de um aeródromo deserto no extremo leste da Polônia. Havia dois aviões presentes. Um era um Sukhoi da Aeroflot; o outro, um Airbus fretado da British Airways. Quando bateu meio-dia, doze homens, todos ativos preciosos dos serviços de inteligência britânico e americano, todos magros de prisão, desceram os degraus do Sukhoi. Tropeçando felizes pela pista em direção ao Airbus. Eles passaram por uma única mulher caminhando serenamente na direção oposta. Não havia câmeras nem repórteres presentes para registrar o acontecimento, só alguns policiais secretos poloneses experientes, que garantiram que todo mundo seguisse as regras. A mulher passou por eles sem dar uma palavra, com os olhos voltados para baixo, e substituiu os doze homens a bordo do Sukhoi. A aeronave começou a se mover antes mesmo de a porta da cabine se fechar. Às 12h15, entrou no espaço aéreo da amigável Bielorrússia, em direção a Moscou.

Levaria mais uma semana até a população ser informada da troca, e, mesmo assim, sem muitos detalhes. Os doze homens, garantiram, forneceram informações valiosas sobre a nova Rússia e, consequentemente, valiam o preço. Nos Estados Unidos, houve indignação nos lugares de sempre, mas a reação em Londres se caracterizou por uma resignação silenciosa. Sim, era um remédio amargo, concordaram os mandachuvas de Whitehall, mas provavelmente era o melhor. O único lado bom foi uma reportagem no *Telegraph* dizendo que a troca tinha acontecido apesar de os russos quererem dois prisioneiros em vez de uma.

— Pelo menos *alguém* teve a coragem de enfrentar os caras — reclamou um espião britânico aposentado naquela noite no Travellers Club. — Quem dera tivéssemos sido nós.

Os russos esperaram mais um mês antes de mostrar publicamente seu prêmio, em um documentário de uma hora na televisão russa controlada pelo Kremlin. Seguiu-se uma coletiva de imprensa conduzida pelo próprio czar. Ela exaltou as virtudes dele, elogiou a volta da Rússia à liderança global sob sua liderança e protestou, veementemente, contra ingleses e americanos, cujos segredos tinha saqueado. O único arrependimento, disse, era não ter conseguido se tornar diretora-geral do MI6 e, assim, completar sua missão.

— Está gostando de sua estada na Rússia? — perguntou um membro de boa reputação do dócil corpo de jornalistas do Kremlin.

— Ah, sim, é absolutamente adorável — respondeu ela.

— Pode nos dizer onde está morando?

— Não — respondeu o czar, sério, por ela. — Não pode.

Em um *pueblo blanco* das montanhas de Zahara, na Andaluzia, os acontecimentos em Moscou foram motivo de uma breve comemoração, pelo menos por parte dos defensores da extrema-direita anti-imigração e contra a Otan. O Kremlin era mais uma vez a meca em direção à qual certo tipo de cidadão europeu se prostrava. No século XX, tinha sido o farol-guia da esquerda. Agora, perversamente, era a extrema-direita que seguia os passos de Moscou, os brutamontes políticos que riam de Charlotte Bettencourt a cada tarde, quando ela caminhava pelas ruas de sua aldeia. Se eles soubessem a verdade, pensou ela. *Se soubessem...*

Não era surpresa que ela tivesse acompanhado o caso da espiã britânica com mais atenção que a maioria dos habitantes. A coletiva de imprensa do Kremlin foi um espetáculo, não havia outra palavra — Rebecca sentada no palanque como uma espécie exótica sob uma redoma de vidro, o czar ao lado dela, sorrindo e se envaidecendo de seu último triunfo sobre o Ocidente. Quem exatamente ele achava que estava enganando com aquela cara engomada e passada? Fascistas de verdade, pensou Charlotte, não faziam Botox. Rebecca parecia desgastada. Charlotte ficou chocada com a aparência emaciada da filha. Também ficou chocada com o quanto ela se parecia com Kim. Até a gagueira tinha voltado. Era um milagre ninguém ter notado.

Mas tão rapidamente quanto apareceu, Rebecca sumiu. Os hóspedes israelenses de Charlotte foram embora da Andaluzia pouco depois. Antes de irem, porém, revistaram a *villa* uma última vez buscando qualquer rastro de Rebecca e Kim entre suas posses. Levaram as últimas fotografias antigas de Charlotte de Beirute e, apesar de suas objeções, a única cópia de *A outra mulher.* Parecia que a breve carreira literária acabara antes de começar.

Já era fim de junho, a aldeia estava amaldiçoada por turistas suados e queimados do sol. Em sua solidão, Charlotte voltou à rotina, pois era só o que lhe restava. Proibida de terminar seu livro de memórias, decidiu escrever a história como *roman à clef*, em vez disso. Mudou o cenário de Beirute para Tânger. Charlotte virou Amelia, filha impressionável de um administrador colonial francês colaboracionista, e Kim se tornou Rowe, diplomata britânico elegante, embora um pouco enfadado, que Amelia descobre ser espião russo. Mas como terminaria? Com uma velha sentada sozinha em uma *villa* isolada esperando por uma mensagem da filha que abandonou? Quem acreditaria em uma história dessas?

Ela queimou o manuscrito no fim de outubro, usando-o para acender o primeiro fogo de outono na lareira, e pegou a autobiografia falaciosa de Kim. Ele resumira seu tempo em Beirute a cinco parágrafos vagos e desonestos. *Minhas experiências no Oriente Médio de 1956 a 1963 não se prestam facilmente à forma narrativa...* Talvez as dela também não, pensou. Queimou o livro de Kim junto.

Naquela mesma tarde, ela caminhou pelo paseo em meio do rodopiante vento *leveche*, contando, em voz alta, os passos. De repente, percebeu que era um sinal de que enfim estava enlouquecendo. Almoçou sob as laranjeiras do Bar Mirador.

— Você viu as notícias da Palestina? — perguntou o garçom, quando lhe trouxe uma taça de vinho, mas Charlotte não estava no clima para polêmicas antissionistas. Verdade fosse dita, ela mudara de opinião sobre os israelenses. Kim, decidiu, estava errado sobre eles. Bem, Kim estava errado sobre tudo.

Ela tinha comprado uma cópia da véspera do *Le Monde*, mas o vento tornava impossível lê-lo. Baixando o jornal, notou um homem de óculos sentado sozinho à mesa ao lado. Ele estava muito diferente. Mesmo assim, Charlotte soube imediatamente que era ele, o amigo silencioso de Rosencrantz e Guildenstern, o mordomo que a acompanhara a Sevilha para que ela confessasse seus pecados secretos. Por que tinha voltado a Zahara? Por que agora?

Nervosa, Charlotte considerou as possibilidades enquanto cada um consumia um almoço moderado, ao mesmo tempo evitando o olhar do outro. O israelense pequeno terminou primeiro e, ao sair, deslizou um cartão-postal na mesa de Charlotte. Foi tão furtivo que ela levou um momento para notá-lo, enfiado cuidadosamente debaixo do prato para que o *leveche* não o carregasse. Na frente, estava a paisagem inevitável de casas pintadas de branco. No verso, um bilhete breve, escrito com uma caligrafia linda.

Charlotte terminou o vinho tranquilamente e, quando a conta chegou, deixou o dobro do valor cobrado. A luz na praça cegou seus olhos. Eram 22 passos até a igreja.

— Achei que seria você.

Ele sorriu. Estava diante das velas votivas, olhando para cima na direção da estátua da *Madona e menino.* Charlotte olhou ao redor da nave. Estava vazia, exceto por alguns guarda-costas bastante evidentes.

— Vejo que você trouxe uma comitiva.

— Por mais que tente — disse ele —, não consigo me livrar deles.

— Provavelmente, é melhor assim. Os russos devem estar furiosos com você.

— Em geral, estão.

Ela sorriu, apesar de estar nervosa.

— Você teve algo a ver com a decisão de mandá-la para Moscou?

— Na verdade, fiz o possível para evitar.

— Você é vingativo por natureza?

— Pragmático, gosto de pensar.

— O que pragmatismo tem a ver com isso tudo?

— Ela é uma mulher perigosa. O Ocidente vai se arrepender dessa decisão.

— É difícil para mim pensar nela dessa forma. Sempre vai ser a garotinha que eu conhecia em Paris.

— Ela mudou muito.

— É mesmo? Não tenho tanta certeza. — A mulher olhou para ele. Até no brilho vermelho das velas, os olhos dele eram de um verde chocante. — Você falou com ela?

— Duas vezes, na verdade.

— Ela falou de mim?

— É claro.

Charlotte sentiu o coração palpitar. *Seus remédios*... Ela precisava de um de seus remédios.

— Por que ela não tentou entrar em contato comigo?

— Estava com medo.

— De quê?

— De qual seria sua resposta.

Ela levantou os olhos para a estátua.

— Se alguém tem algo a temer, monsieur Allon, sou eu. Dei minha filha e permiti que Kim e Sasha a transformassem naquela criatura que vi sentada ao lado do czar.

— Foi há muito tempo.

— Para mim, sim, mas não para Rebecca. — Charlotte cruzou a nave até o altar. — Você frequenta muitas igrejas católicas? — perguntou.

— Mais do que você poderia imaginar.

— Acredita em Deus, monsieur Allon?

— Às vezes — respondeu ele.

— Eu não — disse Charlotte, dando as costas para ele —, mas sempre amei igrejas. Gosto em especial do cheiro. O cheiro de incenso, velas e cera. Tem cheiro de...

— De quê, madame Bettencourt?

Ela não ousou responder, não depois do que tinha feito.

— Quanto tempo vai levar para eu ter notícias dela? — perguntou, depois de um momento, mas, quando se virou, percebeu a igreja deserta.

Perdão, pensou, saindo para a praça. Tem cheiro de perdão.

NOTA DO AUTOR

A outra mulher é uma obra de entretenimento e não deve ser lida como nada além disso. Os nomes, personagens, lugares e incidentes retratados na história são produto da imaginação do autor ou foram usados de forma fictícia. Qualquer semelhança com pessoas vivas ou mortas, empresas, instituições, eventos ou locais reais é mera coincidência.

A sede do serviço secreto de inteligência de Israel já não se localiza no boulevard Rei Saul, em Tel Aviv. Escolhi manter ali a sede de meu serviço fictício, em grande parte, por gostar do nome da rua muito mais do que do endereço atual. Como ficamos sabendo em *A outra mulher*, Gabriel é da mesma opinião. Não é preciso dizer que ele e sua família não residem em um pequeno prédio de apartamentos de calcário na rua Narkiss, no bairro histórico de Nachlaot, em Jerusalém.

Quem viaja com frequência entre Viena e Berna sem dúvida notou que manipulei os horários de voos e trens segundo as exigências de minha trama. Peço desculpas à gerência do famoso Hotel Schweizerhof por conduzir uma operação de inteligência em seu lobby, mas, infelizmente, não dava para evitar. Há uma instituição médica particular na pitoresca aldeia suíça de Münchenbuchsee, cidade natal de Paul Klee, mas não se chama Privatklinik Schloss.

A escola do MI6 para novos espiões de fato fica localizada em Fort Monckton, adjacente ao primeiro campo do clube de golfe do Gosport & Stokes Bay, embora o serviço mantenha também vários outros locais de treinamento mais isolados. Até onde sei, não há uma casa segura na beira de Dartmoor conhecida como Chalé Wormwood. Não tenho ideia de onde o MI6 armazena seus arquivos antigos, mas duvido muito de que seja em um armazém em Slough, perto do aeroporto de Heathrow.

Visitantes do bairro de Palisades, em Washington, buscarão em vão um restaurante belga chamado Brussels Midi, no boulevard MacArthur. Há um Starbucks na Wisconsin Avenue, em Burleith, não muito longe da Embaixada Russa, mas não há um telefone público no posto Shell na esquina com a Ellicott Street. A Eclusa 10 do canal Chesapeake & Ohio está fielmente representada. Infelizmente, a residência oficial do embaixador israelense nos Estados Unidos também.

Harold Adrian Russell Philby, mais conhecido como Kim, de fato morou na casa colonial grande e castanha que ainda está de pé na Nebraska Avenue, em Tenleytown. A breve biografia de Kim Philby que aparece no capítulo 41 de *A outra mulher* é verdadeira, exceto pelas duas últimas frases. Philby não podia ter conhecido um oficial do MI6 chamado Arthur Seymour no dia seguinte à sua chegada a Beirute porque Arthur Seymour, como seu filho Graham, não existe. Nem Charlotte Bettencourt ou sua filha Rebecca Manning. As duas foram criadas por mim e não são inspiradas em ninguém que encontrei durante minha pesquisa sobre a vida de Kim Philby e seu trabalho como espião para Moscou.

É verdade que Philby só dedicou cinco parágrafos à época em Beirute em sua autobiografia nada confiável, *My Silent War* [Minha guerra silenciosa]. Ele fugiu da cidade em janeiro de 1963, depois de admitir ao velho amigo Nicholas Elliott que era espião soviético. É improvável que tenha contado a verdade sobre seu passado a uma amante antes de embarcar no *Dolmatova*. Segundo Yuri Modin, controlador de Philby na KGB, ele nunca falou para as esposas ou amantes a verdade sobre o trabalho secreto para a inteligência russa. "Nunca tivemos um único problema no histórico dele", lembrou Modin em seu livro de memórias, *My Five Cambridge Friends* [Meus cinco amigos de Cambridge].

Em Moscou, Philby se casou pela quarta vez e, após vários anos afastado, aceitou alegremente vários projetos para a KGB. Boa parte do trabalho era analítico e educacional, mas, segundo Modin, alguns tinham natureza operacional, como "identificar agentes a partir de fotografias que lhe eram mostradas". Não há evidências para sugerir que ele estivesse envolvido na preparação de um agente de penetração, um informante. Mas também não há evidências para sugerir que não estivesse. Na minha experiência, é sábio ler as memórias de espiões com um olho vivo.

No verão de 2007, enquanto eu pesquisava o romance que acabaria sendo intitulado *As regras de Moscou*, visitei o museu particular da KGB em sua enorme sede na praça Lubyanka. Lá, em um mostruário de vidro, vi um pequeno santuário aos Cinco de Cambridge — ou os Cinco Magníficos, como a KGB se referia a eles. Foram recrutados, a começar por Philby, só dezesseis anos após o nascimento da União Soviética, em uma época de grande paranoia em Moscou, quando Stalin e seus comparsas buscavam defender a revolução nascente, em parte declarando uma guerra política contra os adversários no Ocidente. A NKVD, precursora da KGB, se referia a esse programa como "medidas ativas". Iam de campanhas de desinformação na mídia ocidental até violência e assassinatos políticos. O objetivo era enfraquecer e, por fim, destruir o Ocidente capitalista.

Há paralelos impressionantes entre aquela época e hoje. A Rússia de Vladimir Putin é ao mesmo tempo revanchista e paranoica, uma combinação perigosa. Econômica e demograficamente fraco, Putin usa os poderosos serviços de inteligência e guerreiros cibernéticos como multiplicadores de força. Ao plantar o caos político na Europa Ocidental e descreditar uma eleição norte-americana, ele está indo fundo no velho manual da KGB. Está tomando "medidas ativas".

Como os czares e diretores do Partido antes dele, Vladimir Putin usa o assassinato como ferramenta de espionagem. Um exemplo é o caso de Sergei V. Skripal, ex-agente de inteligência militar russo e ativo do MI6 que foi envenenado na sua casa em Salisbury, Inglaterra, no dia 4 de março de 2018, com uma substância neuroquímica conhecida como novichok. Enquanto escrevo este livro, Skripal continua hospitalizado em condições graves. Sua filha de 33 anos, Yulia, também afetada pela toxina, ficou inconsciente por três semanas. Mais 48 pessoas reportaram sintomas, incluindo um policial que foi internado numa UTI.

O ataque a Sergei Skripal veio doze anos depois de Alexander Litvinenko, crítico de Putin residente em Londres, ser assassinado com uma xícara de chá envenenado com polônio. Em 2006, a reação oficial da Inglaterra ao uso de uma arma radioativa em seu território se limitou a um pedido de extradição, que o Kremlin ignorou solenemente. Depois da tentativa de assassinato de Sergei Skripal, porém, a primeira-ministra Theresa May expulsou 23 diplomatas russos. Estados Unidos, Canadá e catorze membros da União Europeia fizeram o mesmo. Além disso, os Estados Unidos impuseram sanções econômicas a sete dos homens mais ricos da Rússia e dezessete dos maiores funcionários públicos, em parte por causa da interferência russa na eleição presidencial de 2016. Vladimir Putin, considerado por muitos observadores o homem mais rico do mundo, não estava na lista.

Analistas de segurança estimam que dois terços dos "diplomatas" baseados em uma embaixada russa na Europa Ocidental sejam, na realidade, oficiais de inteligência. Portanto, é improvável que uma modesta rodada de sanções "olho por olho" detenha Putin em seu caminho atual. E por que deveria? Putin e o putinismo estão em marcha. O homem forte e o "Estado corporativo" — ou seja, o fascismo — são a última moda. A democracia ao estilo ocidental e as instituições globais que criaram um período de paz sem precedentes na Europa já não estão mais em voga.

"Sonde o terreno com baionetas", aconselhou Lenin. "Se encontrar mingau, vá em frente; se encontrar aço, recue". Até agora, Putin só encontrou mingau. Nos anos 1930, quando o mundo testemunhou uma ascensão similar de regimes autoritários e ditatoriais, eclodiu uma calamitosa guerra mundial que deixou mais de sessenta milhões de mortos. É uma ilusão supor que o flerte do século XXI com o neofascismo seguirá sem conflito.

Não é preciso olhar além da Síria, onde um eixo composto por Rússia, Hezbollah, Guarda Revolucionária Iraniana e milícias xiitas do Iraque e Afeganistão sustentaram o regime de Bashar al-Assad, melhor amigo do Kremlin no Oriente Médio. Assad usou repetida e flagrantemente armas químicas contra seu próprio povo, presume-se que com a benção, e talvez até a ajuda, de Moscou. Até o momento, estima-se que quatrocentas mil pessoas tenham morrido na guerra civil síria, e não há sinais para o fim do conflito. Putin está sondando o terreno com baionetas. Só o aço pode impedi-lo.

AGRADECIMENTOS

Sou grato a minha esposa, Jamie Gangel, que me ouviu, pacientemente, enquanto eu descobria os temas e as viradas na trama de *A outra mulher* e, depois, cortou, com destreza, cem páginas da pilha de papel que eu chamava de primeiro esboço. Minha dívida com ela é imensurável, assim como meu amor.

Meu querido amigo Louis Toscano, autor de *Triple Cross* [A cruz tripla] e *Mary Bloom*, fez incontáveis melhorias na história, grandes e pequenas, e minha preparadora de originais pessoal com olhos de lince, Kathy Crosby, garantiu que o texto estivesse livre de erros tipográficos e gramaticais. Quaisquer erros que tenham passado por essa formidável muralha são meus, não deles.

Tenho uma eterna dívida com David Bull, um dos maiores restauradores de arte do mundo, e com o grande Patrick Matthiesen, da Matthiesen Gallery, em Londres, cuja sabedoria e charme dão vida à série Allon desde o início.

Escrever um romance sobre um espião que trabalha no meio do século XX exigiu uma pesquisa enorme — minha prateleira de livros de fato se parece com a de Charlotte Bettencourt em Zahara. Devo muito às memórias e à pesquisa de Yuri Modin, Rufina Philby, Richard Beeston, Phillip Knightley, Anthony Boyle, Tom

Bower, Ben Macintyre, Anthony Cave Brown, Patrick Seale e Maureen McConville.

Um agradecimento especial ao meu superadvogado de Los Angeles, Michael Gendler. Também aos muitos amigos e familiares que proporcionaram risadas tão necessárias durante o ano de escrita, em especial Nancy Dubuc e Michael Kizilbash, Andy e Betsy Lack, Jeff Zucker, Elsa Walsh e Bob Woodward, Ron Meyer e Elena Nachmanoff.

Por fim, gostaria de agradecer a meus filhos, Lily e Nicholas, fonte constante de amor e inspiração. Recém-formados na faculdade, eles embarcaram em suas próprias carreiras. Talvez não seja surpreendente, dado o que testemunharam quando crianças, que nenhum dos dois tenha escolhido ser escritor.

SOBRE O AUTOR

Daniel Silva é o autor premiado, número 1 na lista de mais vendidos do *New York Times*, de mais de vinte romances, incluindo *A marca do assassino*, *O espião improvável*, *A temporada das marchas*, *O artista da morte*, *O assassino inglês*, *O confessor*, *Morte em Viena*, *Príncipe de fogo*, *O criado secreto*, *As regras de Moscou*, *O desertor*, *O caso Rembrandt*, *Retrato de uma espiã*, *O anjo caído*, *A garota inglesa*, *O assalto*, *O espião inglês*, *A viúva negra*, *A casa de espiões* e *A outra mulher*. É mais conhecido por sua série estrelando o espião e restaurador de arte Gabriel Allon. Seus livros são *best-sellers* aclamados pela crítica em todo o mundo e foram traduzidos para mais de trinta idiomas. Ele mora na Flórida com sua mulher, a jornalista televisiva Jamie Gangel, e os dois gêmeos deles, Lily e Nicholas. Para mais informações, visite www.danielsilvabooks.com.

Este livro foi impresso em 2019
pela Edigráfica, para a HarperCollins Brasil.
O papel do miolo é pólen soft $80g/m^2$, e o da capa é cartão $250g/m^2$.